Companhia Das Letras

ÀS AVESSAS

JORIS-KARL HUYSMANS nasceu em Paris em 1848, filho único de pai holandês e mãe francesa. Depois de uma infância marcada pela morte do pai e pelo segundo casamento da mãe, tornou-se funcionário administrativo do Ministério do Interior, onde trabalharia durante 32 anos. Passou a primeira metade da Guerra Franco-Prussiana no hospital, acometido de disenteria, e a segunda metade sob fogo cerrado, na capital sitiada. Quando se fez a paz, retornou ao Ministério. Três anos depois publicou seu primeiro livro, *Le drageoir aux épices* (1874), coletânea de poemas em prosa à maneira de Baudelaire. Voltou-se então para o romance, publicando *Marthe* (1876), *Les soeurs Vatard* (1879), *En ménage* (1881) e *A vau-l'eau* (1882). *À rebours* [*Às avessas*], publicado em 1884 e aclamado por Arthur Symons como "o breviário da Decadência", marcou sua ruptura com o grupo Médan, de Zola, e o começo de uma tentativa de ampliar o alcance do romance. Seus outros romances são *En rade* (1887) *Là-bas* (1891), *En route* (1895), *La cathédrale* (1898) e *L'oblat* (1903). Morreu em 1907.

JOSÉ PAULO PAES nasceu em Taquaritinga, interior de São Paulo, em 1926. Estudou química industrial em Curitiba, onde publicou seu primeiro livro de poemas, *O aluno*, em 1947. Trabalhou num laboratório farmacêutico e numa editora de livros, aposentando-se em 1981 para poder dedicar-se inteiramente à literatura. Publicou mais de dez livros de poesia, inclusive para o público infantojuvenil, e foi colaborador regular na imprensa literária. Destacou-se também como ensaísta e tradutor de poesia e prosa. Organizou e dirigiu, junto com Massaud Moisés, o *Pequeno dicionário de literatura brasileira* (1967). Dele, a Companhia das Letras publicou *A aventura literária* (1990), *Poesia completa*

(2008) e *Armazém literário* (2008), além de traduções de Sterne, Ovídio, Conrad e W. H. Auden, entre outras. Morreu em São Paulo, em 1998.

PATRICK MCGUINNESS nasceu na Tunísia em 1968. É professor do St. Anne's College, na Universidade de Oxford, onde ensina francês. É autor de *Maurice Maeterlinck and the making of modern theatre* (2000) e organizador de *Selected writings* (1998), de T. E. Hulme; *Symbolism, decadence and the fin de siècle* (2000); *Anthologie de la poésie symboliste et décadente* (Paris, 2001) e *A survey of modernist poetry* (2002), de Laura Riding e Robert Grave. Sua tradução para o inglês de *Pour un tombeau d'Anatole*, de Stéphane Mallarmé, foi publicada em 2003. Em 1998, ganhou o Prêmio Eric Gregory de poesia concedido pela Society of Authors. Seus poemas e traduções saíram em diversos livros e revistas. Mora em Cardiff, no País de Gales.

JORIS-KARL HUYSMANS

Às avessas

Tradução de
JOSÉ PAULO PAES

Introdução e notas de
PATRICK MCGUINNESS

2ª reimpressão

COMPANHIA DAS LETRAS

Copyright da tradução e prefácio © 2011 by José Paulo Paes
Copyright da introdução e notas © 2003 by Patrick McGuinness
Copyright da cronologia © 2001 by Terry Hale

*Grafia atualizada segundo o Acordo Ortográfico
da Língua Portuguesa de 1990,
que entrou em vigor no Brasil em 2009.*

Penguin and the associated logo and trade dress
are registered and/or unregistered trademarks
of Penguin Books Limited and/or
Penguin Group (USA) Inc. Used with permission.

Published by Companhia das Letras in association
with Penguin Group (USA) Inc.

TÍTULO ORIGINAL
À rebours

CAPA E PROJETO GRÁFICO PENGUIN-COMPANHIA
Raul Loureiro, Claudia Warrak

TRADUÇÃO DOS APÊNDICES
Donaldson M. Garschagen

REVISÃO
Luciane Helena Gomide
Huendel Viana

Dados Internacionais de Catalogação na Publicação (CIP)
(Câmara Brasileira do Livro, SP, Brasil)

Huysmans, Joris-Karl, 1848-1907.
  Às avessas / Joris-Karl Huysmans; tradução de José
Paulo Paes; introdução e notas de Patrick McGuinness. —
São Paulo: Penguin, 2011.

  Título original: À Rebours.
  ISBN 978-85-63560-18-6

  1. Romance francês — Século 19 I. McGuinness, Patrick.
II. Título.

11-01502   CDD-843.7

Índice para catálogo sistemático:
  1. Romances : Século 19 : Literatura francesa 843.7

Todos os direitos desta edição reservados à
EDITORA SCHWARCZ LTDA.
Rua Bandeira Paulista, 702, cj. 32
04532-002 — São Paulo — SP
Telefone (11) 3707-3500
www.penguincompanhia.com.br
www.blogdacompanhia.com.br
www.companhiadasletras.com.br

Sumário

Nota do tradutor 7
Huysmans ou a nevrose do novo — José Paulo Paes 9
Introdução — Patrick McGuinness 33

ÀS AVESSAS 63

Prefácio escrito vinte anos depois do romance —
J.-K. Huysmans 289
Recensões e reações a *Às avessas* 309

Notas 323
Cronologia 341
Leituras complementares 347

Nota do tradutor*

Publicado pela primeira vez em 1884, *Às avessas* se consagrou de imediato como uma espécie de bíblia do decadentismo. E seu protagonista Des Esseintes passou a figurar desde então — ao lado de D. Quixote, de Madame Bovary, de Tristram Shandy — na galeria dos grandes personagens de ficção. Herói visceralmente baudelairiano pelo refinamento dos seus gostos, pelo seu ódio à mediania burguesa, pelo solitário afastamento em que dela timbrava em viver, pelo esteticismo e pela hiperestesia de que fazia praça, encarnava ele, melhor ainda que o Axël de L'Isle-Adam ou o Igitur de Mallarmé, os ideais de vida e de arte da geração simbolista, geração na qual a modernidade teve os seus mestres reconhecidos.

Aliás, *Às avessas* é um romance pioneiramente moderno. Reconheceu-o de modo implícito a crítica "oficial" de fins do século passado quando, vendo-o como um romance camicase que vinha lançar uma pá de cal sobre os postulados do naturalismo na prosa de ficção, contra ele investiu. Ao reclamar o novo a qualquer preço, ao propor uma filosofia do avessismo e ao abrir a forma romanesca às experimentações da prosa *art-nouveau*, a obra-prima de J.-K. Huysmans antecipou de

* Texto publicado originalmente na orelha da edição de *Às avessas*, Companhia das Letras, 1987. (N. E.)

muitos anos, quando mais não fosse, a ótica objetual do *nouveau roman*.

Era realmente incompreensível que *Às avessas* não houvesse sido até hoje traduzido em português. Agora que é finalmente posto ao alcance da curiosidade do leitor brasileiro, este irá decerto curti-lo como cumpre: como um momento decisivo na cronologia da literatura de inovação.

JPP

Huysmans ou a nevrose do novo*

JOSÉ PAULO PAES

Pouca gente sabe, hoje em dia, quem foi J.-K. Huysmans ou que papel desempenharam os seus romances *À rebours* [Às avessas] e *Là-bas* [Acolá] na popularização das figuras de proa e dos ideais de vida da geração decadentista-simbolista. Entretanto, mesmo no Brasil, onde nunca chegaram a ser traduzidos, esses dois romances repercutiram de maneira significativa. Pelo que consta, foi Medeiros e Albuquerque, introdutor do simbolismo entre nós com as suas *Canções da decadência*, de 1889, quem primeiro os trouxe ao conhecimento dos seus confrades, em fins do século XIX. Importou-os da França, juntamente com outros livros e revistas "decadentes", e por intermédio de Araripe Júnior e Gama Rosa eles acabaram indo parar nas mãos de Cruz e Sousa, em cuja poesia os "satanismos diabólicos, mordazes" de peças como "Pandemonium" têm algo a ver com as missas negras de *Là-bas*, assim como a hiperestesia ou "febre dos nervos" apontada por Roger Bastide[1] como uma das causas do isolamento existencial do poeta tem algo a ver com a nevrose estética de Des Esseintes, o herói de *À rebours*. Mas onde o magistério deste se faz mesmo claramente perceptível é em *Mocidade morta*, de Gonzaga

* Texto publicado originalmente na edição de *Às avessas*, Companhia das Letras, 1987. (N. E.)

Duque, um dos pouquíssimos romances produzidos pelo simbolismo brasileiro. Tanto no estilo rebuscado do seu autor, que infelizmente fica bem longe da opulenta precisão da prosa de arte de Huysmans, quanto na frustração vital do seu protagonista, Camilo Prado, um artista pertencente à boêmia dourada carioca, que se compraz em longas tiradas acerca de pintura e sonha com sensações raras, mórbidas, refinadas, capazes de extremá-lo da mediocridade burguesa a que abomina, é ostensiva a influência do *À rebours*.

A circunstância de essa influência ter se confinado ao nosso período simbolista, sem deitar renovos para o futuro, levaria a supor seja o famoso romance de Huysmans um livro irremediavelmente datado, pelo que a sua tradução a esta altura dos acontecimentos seria uma empresa de certo modo anacrônica. Desmentem o suposto anacronismo as suas sucessivas reedições em França. Elas dão testemunho da atualidade de *Às avessas*, onde um dos seus estudiosos mais recentes, Marc Fumaroli, prefaciador da edição Gallimard de 1977, viu não só antecipações da técnica do fluxo de consciência, de que Édouard Dujardin tem sido considerado o iniciador, com o seu *Les lauriers sont coupés* (1887), como uma "abertura" da forma romanesca que levaria em linha reta a Proust e Joyce, ou seja, ao romance experimental do século xx. O caráter revolucionário de *Às avessas* ficou implicitamente reconhecido nas restrições que lhe fez a crítica oficial quando de sua primeira publicação em 1884. Jules Lemaître, por exemplo, achou-lhe a linguagem "putrefata como o restante, cheia de neologismos inúteis, de improbidades e daquilo a que os pedantes chamam solecismos e barbarismos", terminando por dizer que "a desgraça desse livro, de resto divertido, é a de se parecer demasiadamente a uma aposta: tem-se medo de sair logrado levando-o a sério".[2]

Antes do aparecimento de *Às avessas*, Huysmans havia sido considerado um obediente, conquanto bem-dotado, discípulo de Zola. Os livros que publicara até então, *Le drageoir aux épices* [A caixa de especiarias, 1874], *Marthe, histoire d'une fille* [Marta, história de uma rapariga, 1876], *Les soeurs Vatard* [As irmãs Vatard, 1879], *En ménage* [Vida em comum, 1881] e *A vau-l'eau* [Por água abaixo, 1882], tinham sido efetivamente talhados pelo figurino naturalista, embora no primeiro deles já se fizesse sentir um gosto pelo poema em prosa que estava bem mais próximo do devaneio simbolista que do estrito documentarismo naturalista. Todos esses livros vinham assinados J.(oris)-K.(arl) Huysmans, nome literário de Charles-Marie-George, cujo nome de família, Huysmans, significa "campônio" em flamengo. Filho de um pintor miniaturista, de quem veio a herdar o interesse pelas artes plásticas, nascera Charles-Marie-George em Paris a 5 de fevereiro de 1848. Perdera o pai aos oito anos de idade e logo depois sua mãe se tornava a casar, dessa vez com o dono de uma oficina de brochagem de livros, oficina que iria inspirar o ambiente e as personagens de *Les soeurs Vatard*. Depois de cursar o liceu, o futuro romancista arranjou um emprego no Ministério do Interior e se inscreveu na Faculdade de Direito de Paris. No ano seguinte, 1867, quando iniciava a sua atividade literária como colaborador da *Revue Mensuelle*, teve um caso com uma atriz de teatro, ligação que lhe iria dar o material para *Marthe, histoire d'une fille*. Convocado pela Guarda Nacional em 1870, Huysmans tomou parte na Guerra Franco-Prussiana, mas durante a Comuna transferiu-se para Versalhes, dada a sua condição de funcionário do Ministério da Guerra, no qual estava então lotado. Em 1876, com a morte da mãe, teve de assumir os negócios da família, pelo que voltou para Paris e para o Ministério do Interior. A publicação do seu livro de estreia, *Le drageoir aux épices*, em 1874, trouxera-lhe um certo renome e, ao mesmo tempo que continuava a colaborar regularmente na imprensa, inclusive com artigos sobre pintura, passou a conviver com jovens escritores, entre eles Villiers de l'Isle-Adam, a cuja obra fará uma longa referência em *Às avessas*. Entra também em contato com Edmond de Goncourt, Flaubert e Zola; este o convida a integrar-se no seu círculo de discípulos e acompanha com interesse a composição de *Les soeurs Vatard*, que Huysmans publicaria em 1879 e dedicaria ao mestre. Dois anos depois, para tratar-se de um surto de nevralgia, veraneia em Fontenay-aux-Roses, um vilarejo próximo de Paris, o mesmo em que Des Esseintes irá refugiar-se para escapar à vulgaridade burguesa da capital. Ainda em 1881, Huysmans conhece o castelo de Lourps, do qual fará o lar ancestral do protagonista de *Às avessas*.

Se a publicação deste romance em maio de 1884 teve o condão de suscitar o entusiasmo de escritores católicos como Léon Bloy e Barbey d'Aurevilly, nele elogiosamente citados aliás, desagradou profundamente a Zola, que, ao entrevistar-se com o seu autor em julho, censurou-lhe o severo golpe por ele desferido contra os princípios naturalistas a que até então se mostrara obediente. De fato, desde o seu título, *Às avessas* alardeava o propósito de contrapor-se ao estabelecido, na vida como na arte. Dentro do plano específico da prosa de ficção, a escola de Zola, que se havia institucionalizado, esforçava-se, "a pretexto de trabalhar ao vivo", por "criar seres que fossem tão parecidos quanto possível à média das pessoas". Era o que assinalava o próprio Huysmans num prefácio a um só tempo autocrítico e apologético escrito vinte anos depois da primeira edição do romance.*

Nada mais longe da "média das pessoas" do que Des Esseintes, o protagonista de *Às avessas*, hoje definitivamente incorporado, ao lado de D. Quixote, Tristram

* Este prefácio está reproduzido ao fim do romance.

Shandy, Mme. Bovary e outros, à galeria dos grandes personagens da literatura. Exteriormente, atribuiu-lhe Huysmans, em registro caricaturesco, alguns dos traços e hábitos de Robert de Montesquiou, um dândi parisiense, diletante das artes cujos gostos refinados e singulares, inclusive em matéria de sexo, serviram para celebrizá-lo entre os seus contemporâneos, a ponto de ter servido de modelo não apenas para Des Esseintes como para o Barão de Charlus de *Sodoma e Gomorra*, de Proust. Huysmans teve notícia dessas singularidades através de seu amigo Stephane Mallarmé, o qual iria também aparecer num dos capítulos de *Às avessas* como o requintado poeta que, "num século de sufrágio universal e num tempo de lucro, vivia longe das letras, resguardado da tolice ambiente pelo seu desdém, comprazendo-se, distante do mundo, nas surpresas do intelecto, nas visões do seu cérebro, requintando pensamentos já especiosos, enxertando-lhes finuras bizantinas", croquis onde não é difícil discernir traços de igual modo atribuídos a Des Esseintes. Ao criador deste falou Mallarmé, que tivera ocasião de visitar a residência parisiense de Montesquiou, do divertido espanto com que ali admirara uma tartaruga viva com o casco folheado a ouro e uma sala com as paredes revestidas de couro, em vez de papel, isso para nada dizer dos casacos de cores extravagantes, como azul-pálido ou verde-amêndoa, usados por Montesquiou de conformidade com o aspecto do dia ou o seu estado de espírito. No capítulo IV de *Às avessas*, a sua tartaruga vai aparecer com o casco de ouro incrustado de pedras preciosas, numa exageração deliberadamente grotesca, assim como, no capítulo I, as paredes da biblioteca da tebaida de Des Esseintes em Fontenay já nos haviam sido mostradas encadernadas, "como se fossem livros, com marroquim". Quanto aos casacos de cores extravagantes, superavam-nos de longe os trajes de veludo branco, os coletes orlados a ouro e o ramilhete de violetas à guisa de gravata com que Des Esseintes granjeara reputação de excêntrico na sociedade parisiense, quando ainda dela não se entediara mortalmente.

A par da excentricidade dos seus hábitos de vida e dos seus gostos artísticos, o tédio, o *spleen* baudelairiano, é outro dos traços marcantes da singularíssima pessoa do herói criado por Huysmans como polêmica contrapartida à tirania do termo médio cultuado pelos naturalistas da escola de Zola. No capítulo VII de *Às avessas*, quando ele se interroga acerca da sua nostalgia da Igreja (católica, bem entendido) e do ceticismo que o impedia de aceitar-lhe os dogmas, surge uma significativa citação de Schopenhauer, seu filósofo preferido, acerca do "invencível tédio gerado pela abundância". Esse o tédio de que incuravelmente sofre o bem-nascido Des Esseintes, herdeiro de uma fortuna graças à qual lhe foi dado saborear até a saciedade todos os frutos da terra e todas as volúpias da carne. Mas se o preço da abundância é a saciedade, o preço da saciedade é o tédio. Para fugir do tédio, Des Esseintes se vê forçado a refinar cada vez mais os seus prazeres. *Às avessas* nos descreve em pormenor, ao longo dos seus dezessete capítulos, o progressivo itinerário desse refinamento, que acaba por se constituir numa espécie de ioga ou educação dos sentidos fundamentada na exploração da sinestesia. Uma exploração levada a extremos jamais sonhados por Baudelaire, seu codificador moderno com o famoso soneto das correspondências, de onde partiram Rimbaud e os simbolistas.

De um desses extremos tem-se conhecimento no capítulo IV, onde nos é descrito o "órgão-de-boca" inventado por Des Esseintes, instrumento por via do qual ele busca como que transferir sensações musicais para o palato, compondo, com licores, verdadeiras sinfonias gustativas. Mais adiante, uma frase de Flaubert — que é, com Baudelaire, Poe, Mallarmé e mais meia dúzia de autores, uma das eminências do seu selecionadíssimo panteão literário — vai-lhe servir de lema a outra fase da sua ioga de refinamento dos sentidos: "Busco novos perfumes, flores maiores, prazeres ainda não experimentados". Aos perfumes, ou melhor, à "ciência do olfato", está dedicado todo o capítulo x de *Às avessas*. Ali, antecipando-se e, mais do que isso, indo muito além das pretensões da semiótica de nossos dias, Des Esseintes propõe o desenvolvimento de uma gramática e de uma sintaxe dos odores, ao mesmo tempo que se compraz em instigantes paralelos entre a evolução da perfumaria e a da literatura. Assim, os "aromas místicos" em voga no reinado de Luís xiv corresponderiam ao estilo de Bossuet e dos "mestres do púlpito", do mesmo modo por que os aromas do Levante combinados pelos perfumistas da época romântica em "antíteses até então não ousadas" ecoariam a poesia orientalizante de Victor Hugo e de Gautier.

À ioga do refinamento dos sentidos compendiada em *Às avessas* não falta uma dimensão ética, de índole crítica. Ela transparece sobretudo naquelas passagens que evocam as aventuras sexuais do seu protagonista. Depois de haver se fartado "dos acepipes carnais com um apetite de homem caprichoso", ele se vê a braços com uma letargia dos sentidos que o adverte da impotência cada vez mais próxima. Contra ela tenta lutar baldadamente pelo recurso a estratagemas eróticos de que nos dá notícia o capítulo ix. Tais como o da acrobata de circo por quem se sente atraído sob o acicate de um "sentimento difícil de definir", vizinho da androginia: imagina-a fazendo o papel de homem, com a sua "brutalidade de atleta", enquanto ele se feminizaria. A feminização imaginária parece culminar na "desconfiada amizade", tão reticentemente descrita no mesmo capítulo, entre Des Esseintes e um jovem estudante a quem encontra por acaso na rua, amizade cheia de "perigos" para aquele, mas que o deixa "dolorosamente satisfeito".

Nesses dois episódios, ou em outros correlatos, como o da ventríloqua e das estátuas falantes, ainda no mesmo capítulo IX, importa notar a índole puramente cerebral das extravagâncias de carne excogitadas por Des Esseintes. Não o move nenhuma urgência do instinto; é tudo capricho da inteligência, *cosa mentale*. Trai-se, nisto, a sua marca de fábrica decadente-simbolista, aquele horror à vida em bruto tão bem emblematizado no grito do Axël de Villiers de l'Isle-Adam, "Viver? Nossos criados farão isso por nós". Os sacerdotes do símbolo preferiam substituir a vida em bruto pelos sutis castelos no ar que o cerebralismo do Axël villieresco ou do Igitur mallarmaico comprazia-se em edificar, compensativamente. Era o avesso simétrico da prática dos naturalistas, sempre tão sôfregos de sujar as mãos no trato direto com o que a realidade tivesse de mais nua e crua, donde preferirem conceber os seus heróis como seres "destituídos de alma, regidos singelamente por impulsos ou instintos", para citar outra frase do prefácio autocrítico de Huysmans, vinte anos depois, ao seu romance. Mas é bom de ver que ao fazer a vontade cerebrina de Des Esseintes sobrepor-se dominadoramente ao cego automatismo dos instintos, às avessas do modelo naturalista de herói, Huysmans extremava a tal ponto esse predomínio que acabava por convertê-lo numa doença. Uma doença que, irmã gêmea do tédio, deixou seu sinal indelével no *Zeitgeist* dos fins do século XIX e que o romance psicológico dessa mesma época celebrizaria sob o nome de "nevrose", mais tarde mudado em "neurose", sobretudo após seu grande etiologista e terapeuta, o vienense Sigmund Freud.

Foi dito, mais atrás, que *Às avessas* se ocupa primacialmente em historiar a ioga de refinamento dos sentidos desenvolvida por Des Esseintes desde a sua fuga da azáfama mercantil de Paris para a tranquilidade monacal da tebaida de Fontenay-aux-Roses até a sua volta, por intimação médica e com um doloroso sentimento de derrota, à mesma azáfama que tanto abominava. Paralelamente ao desenvolvimento dessa ioga, que no fundo nada mais é do que a crescente exacerbação da nevrose, vamos acompanhando os progressos da moléstia. Daí poder-se dizer, bem feitas as contas, que *Às avessas* não deixa de ser um romance naturalista. É-o na medida em que o romancista volta o foco da sua atenção para a patologia da conduta humana, embora cuide de ilustrá-la com o caso de um indivíduo de exceção e não de um grupo social, como os naturalistas ortodoxos. Para explicar a nevrose do seu herói, Huysmans invoca causas de ordem hereditária, caracterizando-a como a "singular moléstia que assola as raças de sangue exaurido". O "anêmico e nervoso" Des Esseintes é o último descendente de uma "antiga casa" cujo "resto de vigor" se fora exaurindo ao longo dos séculos em "uniões consanguíneas". Neste, como em outros passos, Huysmans estava era parodiando as práticas naturalistas: é mais do que sabido que Zola e seus discípulos costumavam recorrer a alguma hereditariedade malsã para dar conta de degenerescências individuais e/ou sociais. O pastiche naturalista faz-se ainda presente nos termos clínicos usados para descrever a enfermidade de nervos do protagonista e que Huysmans colheu numa leitura mais ou menos dinâmica de tratados de medicina.

Não será preciso passar em revista aqui todos os sintomas de nevrose de Des Esseintes tão minuciosamente descritos por seu criador. Bastará lembrar que ela se traduz sobretudo numa sobre-excitação mental a que se seguem períodos de funda prostração física. A sobre-excitação acoroçoa os gostos de Des Esseintes por "histerias eruditas, pesadelos complicados, visões lânguidas e atrozes", e esse gosto baudelairiano do malsão, do perverso, da *charogne*, seus olhos o vão satisfazer na arte fantástica e antecipadoramente surrealista de gravadores como o holandês Luyken, o espanhol Goya e o francês Redon, cujas obras lhe ornam o gabinete de trabalho. Ali figura também, em lugar de honra, a *Salomé* de Gustave Moreau, sendo o esplendor de suas pedrarias celebrado em páginas antológicas nas quais, mais que a sugestividade simbolista, a prosa de arte de Huysmans, tanto quanto a de Edmond de Goncourt, a quem admirava, deixa entrever os lineamentos de uma nova estética literária, a do *art nouveau*. Mas disso se falará mais adiante; por agora, basta acentuar que, para Des Esseintes, só "cérebros excitados" como o seu, "tornados visionários pela nevrose", eram capazes de visualizar a Salomé bíblica como uma "deidade simbólica da indestrutível Luxúria [...] a Beleza maldita".

Nevroticamente visionário, o cérebro do herói de *Às avessas* não tinha maior dificuldade em substituir a "realidade vulgar dos fatos" por réplicas imaginativas mais satisfatórias do que ela. É o caso da sua sala de jantar em Fontenay, decorada à maneira de uma cabine de navio, até no cheiro de alcatrão e maresia, pelo que podia ele imaginar-se viajando sem ter de abdicar do conforto doméstico para sujeitar-se a incômodos deslocamentos. É o caso, igualmente, da sua pretensa e hilariante jornada à Inglaterra, que acaba se resumindo em jantar num restaurante inglês de Paris onde as comidas e as caras tipicamente britânicas de seus frequentadores, completadas pela lembrança de uma recente leitura de Dickens, são o quanto basta para satisfazer-lhe a imaginação e ele poder voltar para casa como se tivesse efetivamente passado uma longa temporada em Londres.

O cerebralismo de Des Esseintes se deixa ver bem na sua paixão do artifício, em que ele discerne a "marca distintiva do gênio humano", ao mesmo tempo que reputa a natureza uma "sempiterna maçadora" que "já teve a sua vez". Agora é a vez da beleza mecânica das locomotivas, para ele muito superior à beleza natural das mulheres, juízo de valor no qual se trai, de resto, a sua misoginia de celibatário que, ao verberar a "parvoíce inata" da mulher e ao vê-la, catolicamente, como um "Vaso maculado, causa de todos os pecados e crimes", mal esconde o seu ressentimento de impotente precoce. De forma semelhante, seu entusiasmo pelas plantas exóticas, particularmente os antúrios e flores carnívoras a que está consagrado um capítulo inteiro do romance, se deve à circunstância de serem cultivadas, em França, sob os "falsos equadores" das estufas, e de parecerem de todo artificiais: "era como se o tecido, o papel, a porcelana, o metal, tivessem sido cedidos pelo homem à natureza a fim de permitir a esta criar seus monstros".

Num dos seus momentos de autoanálise, Des Esseintes enxerga nas "suas tendências para o artifício" a manifestação de "ímpetos no rumo de um ideal, de um universo desconhecido, de uma beatitude longínqua, desejável como aquela que as Escrituras nos prometem". Nessa ânsia, que subjaz à funda insatisfação com o mundo tal qual é, uma religiosidade ainda incerta de si se casa com um radical esteticismo para ilustrar, do outro lado da Mancha, um fenômeno apontado por David Daiches como típico de certos artistas ingleses dos fins do século XIX — Aubrey Beardsley e Francis Thompson, entre outros — que se voltaram para a Igreja menos por força de "uma crença na teologia católica que de um desejo de achar sanção para as suas emoções não burguesas, as quais os conduziram à religião".[3] Em mais de uma passagem de *Às avessas*, o protagonista dá vazão a irados sentimentos antiburgueses, investindo contra o positivismo da III República francesa, o sufrágio universal e a instrução laica, a que opõe a educação jesuíta que recebera e que tem por paternal e branda. Mais ainda do que os seus princípios políticos, despreza ele o gosto convencional da burguesia, recusando por princípio tudo quanto a ela agrade e que, por agradar-lhe, automaticamente fica com o seu valor comprometido. Desde flores como a rosa, "cujo único lugar são os *cache-pots* de porcelana pintados por mocinhas", ou pedras preciosas como o topázio e a ametista, vítimas de "aviltamento nas orelhas sanguíneas e nas mãos tubulosas das açougueiras", até as águas-fortes de Goya, que ele renunciara a mandar enquadrar por causa da "universal admiração" por elas suscitada. A seu ver, "a obra de arte que não permanece indiferente para os falsos artistas, que não é contestada pelos parvos, que não se contenta em suscitar o entusiasmo de uns poucos, torna-se também, por isso mesmo, poluída, banal, quase repugnante para os iniciados". O desprezo de Des Esseintes por "toda a imundície das ideias utilitárias contemporâneas, toda a ignorância mercantil do século" em que vivia, ou, o que dá no mesmo, pelos "costumes americanos do seu tempo", coadunava-se, de resto, com o seu esteticismo de aristocrata e com a sua hiperestesia de nevrótico. Mas não se tratava de uma tomada de posição em favor da arte pela arte e sim de um encarecimento do único valor ainda não aviltado pela civilização mercantil, ou seja, a sensibilidade individual dos "iniciados" a comprazerem-se — a observação é ainda de David Daiches — menos nos "acontecimentos do mundo exterior" que "em sua própria contemplação de objetos antecipadamente escolhidos pela sua capacidade de suscitar o desejado estado de percepção".[4]

Antecipando-se de quase um século à ótica eminentemente objetual do *nouveau roman*, Huysmans esmerou-se em inventariar, no seu romance destituído de intriga ou enredo, os objetos que compunham o mundo estanque desse asceta do hedonismo — passe o paradoxo — que foi Des Esseintes. Um mundo solipsista, totalmente isolado dos "costumes americanos do seu tempo", em que só contavam as sensações do esteta misantropo que o habitava e que selecionara com fanática meticulosidade os móveis, os estofos, os tapetes, os perfumes, os livros e os licores capazes de satisfazer-lhe a exigente hiperestesia de "iniciado". À primeira vista, a ênfase excessiva dada ao cenário onde se desenrola a "ação" de *Às avessas* (se assim pode ser chamada a marcha da nevrose de Des Esseintes, único fio fabular que se percebe no livro) parece configurar uma instância típica daquilo que o próprio Huysmans censurava em Zola, de fazer dos cenários "os personagens principais dos seus dramas". Há, porém, uma diferença de raiz entre os métodos dos dois romancistas. Para o determinismo de Zola, o personagem era um epifenômeno da sua hereditariedade ou do seu meio social, ao passo que com Des Esseintes ocorre exatamente o contrário: os objetos de luxo de que se cerca é que são o ideograma ou símbolo da sua personalidade, uma emanação dela, não ela deles. Na relação do herói zolaesco e do herói huysmaniano com os seus respectivos ambientes ou cenários vai, pois, a mesma distância que separa a metomínia ou sinédoque do símbolo propriamente dito. Des Esseintes se espelha no mundo que *escolhe*, em vez de ser a sua mera extensão *a posteriori*. Mas não é o verdadeiro criador desse mundo: limita-se a povoá-lo de criações alheias capazes de satisfazer-lhe a ânsia de estesia — quadros, móveis, livros e flores saídos de outras mãos demiúrgicas que não as suas, ainda que escolhidos com um gosto impecável de conhecedor. E aqui avulta novamente, como no caso do seu refinamento, que, por cerebrino e extremado, se transforma em doença dos nervos, a dimensão ética ou, se se preferir, a "moralidade" da fábula de Des Esseintes. Ou seja, a fábula de quem tentou viver vicariamente na realidade o que Igitur e Axël viveram por direito de nascença no imaginário da literatura. E o que foi catarse terapêutica em criadores como Mallarmé e Villiers de l'Isle-Adam faz-se nevrose destrutiva num diletante como Des Esseintes, muito embora, ao criá-lo, Huysmans tivesse também lançado mão da mesma terapêutica, sublimando suas próprias perplexidades. Haveria ele de insistir ainda nessa terapêutica com *En rade* [Ao abrigo, 1887], publicado originariamente sob a forma de folhetins dois anos depois de *Às avessas*. A esposa do protagonista de *En rade* é igualmente uma nevrótica que deixa Paris para tentar curar-se na tranquilidade do campo, ou mais precisamente em Lourps, o mesmo arruinado castelo onde nascera Des Esseintes e que Huysmans voltaria a visitar em 1885, dessa vez em companhia de Anna Meunier, amante com que mantinha relações intermitentes mas de quem cuidaria zelosamente até ela morrer em 1895, ao cabo de uma longa doença culminada em paralisia geral.

Após a publicação de *En rade*, foram se acentuando as preocupações religiosas já manifestas em *Às avessas*. Liga-se então Huysmans a ocultistas como Sâr Peladan e Stanislas de Guaita e aprofunda-se no estudo do satanismo, tema de *Là-bas* (1891). Através do abade Mugnier, que se torna o seu diretor de consciência, integra-se finalmente à Igreja e faz retiros em conventos. Dessa fase final da sua vida (ele morreu em 1907, vítima de câncer) dão testemunho *La cathédrale* [A catedral, 1898] e *L'oblat* [O oblato, 1903], que são uma espécie de meditação estética sobre a simbólica da liturgia e da arquitetura religiosa. Tal persistência de preocupações de ordem estética no catolicismo de que o romancista fez praça nos últimos anos de vida mostra não ter morrido de todo dentro dele, mesmo àquela altura, o seu alter ego de *Às avessas*. Foi aliás pelo avesso da ortodoxia, vale dizer, pelo satanismo de *Là-bas*, que a sua conversão deu o primeiro sinal público de si, numa demonstração de que o gosto do paradoxo, convertido por Des Esseintes num programa de vida, continuava aceso dentro do seu criador.

A inclinação que o esteta de *Às avessas* confessava ter pela Igreja advinha, nas suas próprias palavras, de haver sido ela quem "recolheu a arte, a forma perdida dos séculos", preservando assim "da barbárie, na Idade Média, a filosofia, a história e as letras". Esta vinculação histórica entre catolicismo e barbárie, de um lado, e entre barbárie e decadência, de outro, ajuda a entender melhor a nostalgia religiosa de Des Esseintes. Conforme está dito no capítulo III de *Às avessas*, a maior parte dos livros por ele reunidos na biblioteca de Fontenay era de autores do período depreciativamente rotulado, no seu entender, "com o nome genérico de 'decadência' ". É interessante assinalar que na erudição exibida por Huysmans nesse capítulo há uma deliberada mistificação, visto resultar não de um conhecimento direto dos textos dos numerosos e obscuros autores cristãos ali citados, e sim da mera e paradoxal inversão — em consonância com o "avessismo" de Des Esseintes — dos juízos formulados por Desiré Nisard em seus *Études de moeurs et de critique sur les poètes latins de la décadence* [Estudos sobre os costumes e crítica dos poetas latinos da decadência, 1834]. Assim, enquanto tem por indigestos e pedantes os clássicos consagrados, como Virgílio, Horácio ou Cícero, Des Esseintes não esconde a sua preferência pelos autores da decadência latina, a exemplo de Petrônio e Apuleio, e da literatura cristã primitiva, de Tertuliano em diante, para nada dizer de outros obscuros poetas e prosadores desse período que ele se distrai em resgatar do esquecimento. Neles aprecia, acima de tudo, o que tanto encarece no Petrônio do *Satyricon*, ou seja, a tendência para o ornamental no plano da linguagem — admira-lhe o "refinamento do estilo", a "língua de esplêndida ourivesaria" — e a capacidade de testemunhar o crepúsculo "de uma civilização decrépita, de um império que se esboroa". Tertuliano e seus sucessores em prosa e verso o deliciam com o "aroma especial que, no século IV e sobretudo durante os séculos subsequentes, o cristianismo irá dar à língua pagã, decomposta como carne de caça, esboroando-se ao mesmo tempo que aluía a civilização do velho mundo, ao mesmo tempo que desmoronavam, ao avanço dos bárbaros, os Impérios putrefatos pela sânie dos séculos".

Mesmo na arte moderna, o gosto decadentista de Des Esseintes busca a "corrupção antiga", longe de "nossos costumes, de nossos dias", que ele vai encontrar não só na pintura de Gustave Moreau como no romance de Edmond de Goncourt, cujo "estilo perspicaz e mórbido, nervoso e retorcido" lhe parece ser o "verbo indispensável às civilizações decrépitas que, para a expressão de suas necessidades, exigem, em qualquer idade em que se manifestem, novas fundições de frases e palavras". Esse verbo da decadência ele o frui de igual modo em Baudelaire, seu poeta máximo, que "com uma estranha saúde de expressão" se aplicou em fixar a decadência da alma moderna, "os estados mórbidos [...] dos espíritos esgotados". Note-se de passagem, nesta paradoxal circunstância de a saúde de expressão estar a serviço da morbidez do tema, um tácito reconhecimento da função catártico-terapêutica da criação artística a que o próprio Huysmans recorreu, como já se disse, quando escreveu *À rebours* e *Là-bas*. Nos outros poetas admitidos ao exigentíssimo panteão pessoal de Des Esseintes, também avulta o pendor para o *faisandé*: ele se deleita na "encantadora corrupção" dos poemas de Théodore Hannon, um simbolista belga hoje quase esquecido, tanto quanto no "começo de decomposição" que fareja nos versos excêntricos de Tristan Corbière e, especialmente, nas quintessências poéticas de Mallarmé, em cujo "estilo em decomposição" a literatura francesa, "esgotada pelos excessos da sintaxe, sensível somente às curiosidades que enfebrecem os doentes e, no entanto, instada a tudo exprimir no seu declínio", lança os últimos e esplêndidos clarões.

Com privilegiar esses poetas como os únicos capazes de satisfazer os gostos refinados de Des Esseintes, flores malsãs de uma nevrose que o impelia irresistivelmente "às curiosidades que enfebrecem os doentes", Huysmans estava era fazendo uma espécie de defesa e ilustração da decadência, quando mais não fosse, para contestar o mito do progresso cultivado pela burguesia. Fiel àquela filosofia dos avessos proclamada desde o título do seu romance, vinha ele dar acepção positiva ao termo posto em voga por Desiré Nisard para caracterizar o período final da literatura latina, quando a descrição, de ornamento, se converte no próprio objeto da criação literária. Acentua Nisard que, ao cultivar de tal modo "a descrição dos detalhes", a literatura latina da decadência deixava patente as suas inclinações eruditas; fechados os demais caminhos pelas obras-primas do classicismo que a havia antecedido, o pouco de originalidade que ainda lhe restava a explorar só poderia estar mesmo na glosa retórica de pormenores da "história" e da "natureza exterior".[5]

Outro não podia ser o programa dessa bíblia do decadentismo que é, reconhecidamente, o *Às avessas*. No seu prefácio de 1903 a uma reedição dele, após reconhecer que o modelo tradicional de ficção em prosa estava "morto, gasto pela repetição, sem mais interesse", propunha-se Huysmans a "romper os limites do romance", a "nele introduzir a arte, a ciência, a história" e a "suprimir a intriga tradicional", concentrando "o feixe de luz num único personagem", para "realizar o novo a qualquer preço".

A intromissão sistemática da erudição, em prejuízo da intriga, se deixa ver no tom por assim dizer eminentemente ensaístico de *Às avessas*. Cada um dos seus capítulos é uma monografia acerca de assuntos tão variados quanto a psicologia das cores, a filosofia do mobiliário, a literatura latina, as pedras preciosas, as flores exóticas, a semiótica dos perfumes, a literatura francesa moderna, a música religiosa etc. Prepondera aí o registro descritivo, pontilhado de reflexões do protagonista, no qual está evidentemente centrado o foco da narração em terceira pessoa, e aos poucos, através dos objetos que compõem o paraíso artificial por ele cuidadosamente montado, sua personalidade a um só tempo patética e grotesca vai se arredondando diante dos olhos do leitor. Aqui e ali, entretecido à trama descritivo-reflexiva, um fio metalinguístico progressivamente desenha o que se poderia chamar uma teoria da *écriture artiste*, para usar o termo de Edmond de Goncourt hoje consagrado pelo uso e que se aplica, melhor do que qualquer outro, à própria escrita de *Às avessas*. Essa teoria formula-a implicitamente Des Esseintes quando destaca o que mais o impressiona no estilo dos seus autores preferidos: em Petrônio, a "esplêndida ourivesaria" com que pinta, sem aprová-los nem reprová-los, os "vícios de uma civilização decrépita"; em Tertuliano, as anfibologias ou duplicidades de sentido, as oposições, os jogos de palavras, as agudezas; na literatura da alta Idade Média, os neologismos, as construções inusitadas, os "adjetivos extravagantes, grosseiramente talhados em ouro, com o gosto bárbaro e encantador das joias góticas"; em Ausônio, a profusão de ornatos; em Rutílio, a finura impressionista com que fixa "paisagens vagas refletidas na água"; em Hannon, as iridescências de pedras e estofos, as suntuosidades materiais "que contribuíam para as excitações cerebrais"; em outros autores modernos, o "epíteto raro que, mesmo mantendo a precisão, abre no entanto, à faculdade imaginativa dos iniciados, os aléns sem fim". O leitor mais alerta não terá dificuldade de encontrar por si mesmo, na escrita de *Às avessas*, abundantes exemplificações de cada uma dessas instâncias do ornamentalismo de estilo que, pela voz do seu personagem, o romancista contrapõe, com indisfarçado desprezo, à "linguagem administrativa, incolor, árida" de Stendhal, "prosa de aluguel, quando muito adequada para a ignóbil indústria do teatro". De nossa parte, o que importa encarecer é que, ao postular o ornamental como virtude maior do estilo, a teoria da *écriture artiste* proposta por Huysmans extrapolava da estilística do simbolismo, centrada na sugestão e na vaguedade musicais, para anunciar intuitivamente a estilística, antes de índole plástica, visual, do *art nouveau* literário.

Como se sabe, a estética do arte-novismo não chegou a ser codificada num manifesto doutrinário, veículo de propaganda a que costumam sistematicamente recorrer os movimentos de ruptura e inovação. Firmou-se ela, ao contrário, por via do silencioso trabalho de artesãos de várias nações europeias que, embora sem ligações entre si, estavam todos imbuídos de um ideal comum: o de, em oposição ao revivalismo eclético do século XIX, em cuja arquitetura e artes ditas aplicadas imperavam o neoclássico e o neogótico, dotar a época em que viviam de uma estética própria, nesses campos, mais consentânea com as "novas técnicas e novos materiais"[6] postos ao seu dispor pela civilização industrial. À falta de uma doutrina explícita, e em face da variedade de manifestações do *art nouveau*, por vezes aparentemente contraditórias entre si, torna-se difícil resumir-lhe numa definição a estética. Mas sempre se pode dizer que duas de suas características fundamentais foram a ênfase no ornamental e a preocupação de conciliar o artificial com o natural. A primeira dessas características é mais facilmente perceptível nas linhas caprichosas, serpentinas e entrelaçadas, que lhe denunciam de imediato a presença nas balaustradas de ferro de Guimard, nos padrões de tecidos e nos papéis pintados de Mackmurdo, na vidraria e no mobiliário de Gallé, nas ilustrações de Beardsley, nas fachadas dos edifícios de Horta e Gaudi — para citar os nomes de apenas alguns dos seus luminares. No tocante ao ornato arte-novista, é essencial esclarecer que não se tratava de algo exterior, acrescentado posteriormente ao objeto e sem vínculos mais íntimos, mais orgânicos, com a sua natureza. Era, isto sim, algo nascido da própria estrutura das coisas, das quais se fazia signo consubstancial. Donde constituírem uma unidade esteticamente indissolúvel a forma do ornato e a forma do objeto ornamentado. Esta preocupação de unidade decorria de um vitalismo que procurava exprimir no ornamental as linhas de força dos processos orgânicos, a dinâmica das forças da Natureza, numa empatia panteísta a que não era estranha a mística das correspondências simbolistas. E a mesma preocupação unificadora das correspondências subjaz ao empenho *art nouveau* de reaproximar o mundo da natureza do mundo da técnica, que os passadistas viam como irremediavelmente inimigos. Em vez de investir reacionariamente contra a "feiura" da máquina ou dos produtos dela, os arte-novistas procuravam integrá-los ao seio do natural por via da ornamentação, e flores, folhas, frutos, lianas vegetais estilizados em volutas excêntricas, passaram a retorcer a madeira dos móveis, a cerâmica ou o vidro dos vasos e luminárias, o ferro não só das balaustradas como inclusive o da estrutura de apoio das construções, agora não mais escamoteado pelo reboque, mas deixado bem à vista como elemento a um só tempo estrutural e decorativo. Com isso, a Natureza entra pela casa adentro, o artificial se confunde com o natural fazendo-lhe as vezes, o utilitário se torna *também* estético. O sonho perseguido pelos artífices da Arte Nova era precisamente o de estetizar cada momento da vida cotidiana dos homens, fazê-los viver num ambiente de elegância e refinamento, "criar um mundo de beleza e felicidade universais".[7] Evidentemente, a despeito dos ideais socialistas de alguns desses artífices, tal *piccolo mondo* de refinamento artístico só podia estar ao alcance da bolsa de uma minoria de privilegiados. É o que, a propósito do estilo-juventude, variante austríaco-alemã do *art nouveau*, diz excelentemente Jost Hermand: "Considerado do ponto de vista da sua cosmovisão, ele [o estilo-juventude] presta vassalagem ao mesmo esteticismo que marca as correntes decadentistas, simbolistas e neorromânticas da virada do século e que são consideradas como uma reação contra o feio e o disforme da época naturalista. Tanto ele como elas constituem-se em refúgio de pequenas elites autônomas, um mundo de belas aparências onde a pessoa não tem de avir-se com as questões cada vez mais urgentes da realidade técnica, econômica e social. No centro dessa arte, está uma cultura de palacete cujos principais sustentáculos são o esteta e o dândi, para os quais não existe nada de mais alto do que o requinte artístico de suas próprias salas de estar".[8]

Quem não identifica de pronto nesse "refúgio de belas aparências", nessa "cultura de palacete" com o "requinte de sua sala de estar" como valor de topo, o próprio retrato da requintada tebaida de Fontenay-aux-Roses onde "o esteta e o dândi" Des Esseintes, membro privilegiado de uma das "pequenas elites autônomas", se isola, e à sua nevrose hiperestésica, das "questões cada vez mais urgentes" do mundo burguês e proletário de Paris? E como não ver, em *À rebours*, a mais categórica das reações ao "feio e disforme da época naturalista", a mais bem lograda das apologias daquele "esteticismo que marca as correntes decadentistas, simbolistas e neorromânticas da virada do século"? Ao aparecer em 1884, o romance de Huysmans atrasava-se de apenas um ano em relação às primeiras obras em vidro de Gallé, e antecedia de apenas outro o início da construção da igreja da Sagrada Família, em Barcelona, por Gaudi, os dois acontecimentos históricos com que B. Champigneulle inaugura a sua cronologia das "Datas marcantes da Arte Nova".[9] Vinha ele a lume, portanto, quando esse movimento de renovação artística que não se anunciou por nenhum manifesto doutrinário começava a sua caminhada histórica, cuja última data marcante, na cronologia de Champigneulle, é 1905, dois anos antes da morte de Huysmans. Este, aliás, na sua crítica de arte compendiada em *L'art moderne* (1883) e *Certains*, mais de uma vez emprega o termo *"art nouveau"* para dar nome às suas aspirações de uma arte capaz de exprimir cabalmente a vida industrial moderna. Uma arte cujos pródromos ele ia descobrir na arquitetura parisiense mais avançada, a da estação do Norte, de Les Halles, do mercado de la Vilette e do novo Hipódromo.

Nela, mais bem que na pintura ou escultura da época, via enfim corporificada a sua divisa de modernidade: "*À temps nouveaux, procedés neufs*". Do mesmo passo em que desancava na sua crítica a inépcia do ecletismo arquitetônico do segundo Império, "amálgama disparado de todos os estilos", Huysmans discernia nas estruturas de ferro à vista "uma forma original, nova, inacessível à pedra, possível somente com os elementos metalúrgicos de nossas usinas". Ainda no tocante à arquitetura do ferro (e em *Certains* um capítulo inteiro lhe é dedicado), louvava ele, nos pilares do edifício da Bolsa, a ornamentação dos capitéis "enlaçados de lianas e caules que se enrolam, se fundem, desabrocham no ar em flores ágeis". Eram já os prenúncios do ornamentalismo fitomórfico do *art nouveau* manifestando-se preferencialmente no terreno das artes aplicadas às quais, muito mais que seus colegas de ofício, Huysmans valorizava nos seus artigos de crítica de arte, detendo-se nas ilustrações de livros e nos desenhos dos cartazes publicitários, para não falar do seu interesse pela estética do mobiliário, dos objetos ornamentais e da tapeçaria, cuja erotização no século XVIII ele destaca em *Certains* e, com mais detença, num dos capítulos de *Às avessas*. Dedicou ele também percucientes estudos à novidade da obra de Gustave Moreau e de Odilon Redon, dois artistas apontados pelos historiadores como pioneiros do espírito *art nouveau* na pintura do século XIX.

Moreau e Redon, como vimos, eram altamente prezados por Des Esseintes, que gostava também de pontificar, com a sua autoridade de conhecedor, sobre a estética do mobiliário, da tapeçaria, da tipografia, da ourivesaria, da perfumaria, da floricultura — em suma, das artes chamadas decorativas onde se manifestou por excelência o esteticismo *art nouveau*, o qual palpita embrionariamente nas páginas de *Às avessas*. "Embrionariamente" é a palavra certa, pois só nos anos subsequentes à sua publicação foi que esse espírito iria se materializar em realizações específicas e diferenciais. Mas a própria *écriture artiste* do romance de Huysmans já pode ser vista como uma dessas realizações diferencialmente arte-novistas. Atente-se para as suas passagens descritivas, nas quais a opulência verbal busca paralelizar a opulência das impressões visuais, como as suscitadas pela Salomé de Moreau; para a exploração da sonoridade de palavras peregrinas e exóticas, nomes de gemas como "cimófanas" ou "hidrófanas" — bizarras designações latinas de plantas como "Amorphophallus Achinopsis" ou "Encephalartos horridus"; para a incorporação de estrangeirismos ou barbarismos ao vocabulário corrente mercê da dispensa de aspas ou itálicos; para os paradoxos do tipo "deliciosos miasmas" ou "encantadoras corrupções" a espertar de quando em quando a atenção do leitor, rompendo-lhe as associações convencionais de ideias; para os plurais inusitados, a exemplo de "inquietas perspicácias" ou "aléns perturbadores"; para a precisão metafórica dos epítetos, o odor de creosoto chamado de "flor fênica", Edgar Poe de "cirurgião espiritual", Ernest Hello de "relojoeiro do cérebro"; para o recurso à alegoria onírica, como no pesadelo de Des Esseintes com o espectro montado da Grande Sífilis e a flor carnívora do Sexo. Em tudo isso esplende a volúpia do ornamental característica do arte-novismo e que nos faz melhor compreender a inclinação de Des Esseintes pelos autores da decadência, latinos da alta Idade Média ou franceses dos fins do seu próprio século que, pela ourivesaria do estilo, forcejavam para tudo exprimir, retrospectivamente, num momento crepuscular em que a literatura estava "enfraquecida pela idade das ideias" e "esgotada pelos excessos da sintaxe".

Tudo isto se aplica também, claro está, a esse evangelho do esteticismo que é o *Às avessas*, marco zero da ficção *art nouveau* (estilo de época cujo estudo ainda está por ser feito no campo da literatura),[10] um romance que, nas palavras do seu próprio autor, buscou realizar "o novo a qualquer preço". Mesmo que esse preço fosse a nevrose, o tédio e a decadência, três valores negativos na escala do bom-senso burguês mas tornados positivos por Huysmans numa irrepetível equação às avessas. Dessa equação surgiu um novo gênero de romance do qual disse bem Zola ter-se esgotado num único livro. Nem por isso conseguiu o dito livro exorcizar de vez a nevrose do novo. Pois graças a Deus — ou ao Diabo, como decerto se apressaria a corrigir o Huysmans posterior a *Là-bas* —, trata-se de uma doença incurável.

NOTAS

1 Apud Andrade Muricy, *Panorama do movimento simbolista brasileiro* (2. ed. vol. 1. Rio de Janeiro: INL, 1973), p. 164.
2 Citado por Lucien Descaves em sua nota à edição de 1929, reproduzida na edição Gallimard de 1977 de *À rebours*, p. 369.
3 David Daiches, *Poetry and the modern world* (Chicago: University of Chicago Press, 1940), p. 11.
4 David Daiches (op. cit.), p. 14.
5 Citado por Marc Fumaroli em suas "Notas" à edição Gallimard de 1977 de *À rebours*, p. 409.
6 B. Champigneulle, *A "Art nouveau"* (trad. de Maria J. C. Viana, São Paulo: Verbo, 1976), p. 30.
7 Renato Barilli, *Art nouveau* (trad. ingl. de Raymond Rudorff. Feltham, Middlesex: Hamlyn, 1969), p. 10.
8 Jost Hermand, "Nachwort", *Lyrik des Jugendstill* (Stuttgart: Reclam, 1977), p. 64.
9 Champgneulle (op. cit.), p. 289.
10 Tentei rastreá-lo no pré-modernismo brasileiro em dois ensaios: "O *art nouveau* na literatura brasileira" e "Augusto dos Anjos e o *art nouveau*" do meu *Gregos & baianos*, São Paulo: Brasiliense, 1985.

Introdução

PATRICK MCGUINNESS

Quando o sol universal se põe é que a mariposa busca a lâmpada da privacidade.

KARL MARX

"*Às avessas* caiu como um meteorito na quermesse literária", lembrou Joris-Karl Huysmans no prefácio para a edição de luxo, em 1903, desse livro polêmico.[1] A imagem do meteorito — espetacular, explosivo, extraterreno — para transmitir estranheza literária fora usada pelo poeta Stéphane Mallarmé em seu enigmático poema "Le tombeau d'Edgar Poe" [O túmulo de Edgar Poe, 1877]. "Calmo bloco aqui caído após um desastre obscuro", escreveu Mallarmé, e talvez fosse esse verso que Huysmans tinha em mente ao recordar a estupefação, a revolta e o espanto provocados por *Às avessas* quando de sua publicação, em maio de 1884. Na França e em toda a Europa, o livro foi visto como a mais exuberante expressão daquilo que veio a ser conhecido como "decadentismo". Alguns o apontaram como uma narrativa admonitória, outros como um manual da vida moderna; foi lido ora como uma fábula moral, ora como um estudo arrepiante de crise e devassidão. Muitos acharam que ele assinalava o fim do romance, ao passo que alguns poucos viram nele o começo de uma nova maneira de escrever. Para muitos críticos, inclusive Émile Zola, ex-mentor e amigo de Huysmans, *Às avessas* era um livro excêntrico e pernicioso, sem sentimento, introspectivo e, acima de tudo, soberbo em seu distanciamento do mundo. Para outros, como o crítico e romancista Remy de Gourmont, era, pela forma e pelo tema, emancipador. Tratava-se de um romance que parecia não querer *ser* um romance. Nada acontecia, mas ainda assim o texto era denso, atulhado e cheio de alusões. Era obsceno, espalhafatoso, depravado; mas também curiosamente ascético e introvertido. Detinha-se, fascinado, em funções corporais, moléstias complicadas e chocantes aventuras sexuais, mas parecia também almejar serenidade e paz. Ao menos em um sentido, *Às avessas* pode ser considerado um clássico: retratava sua época, mas também intervinha nela. Em quase todas as línguas europeias há poemas e contos inspirados nesse livro, ou que têm uma dívida para com ele, e a criação de Huysmans até conseguiu extravasar para a ficção, já que todo frasista, dândi ou *femme fatale* tinha um exemplar à mão. O protagonista do romance, o duque Jean Floressas des Esseintes — colecionador de tesouros literários, amante do artifício, pessoa cuja vida é mediada pela arte — havia se reunido a Edgar Allan Poe, Schopenhauer e Baudelaire na estante do *fin de siècle*.

Against nature é um título atrevido em inglês, mas na verdade *Against the grain* teria capturado melhor o leque de sugestões do original francês, *À rebours*, título muito mais aberto e indeterminado. Fazer alguma coisa *à rebours* é proceder na direção oposta, ir na contramão, fazer as coisas ao contrário; mas a expressão remete também para obstinação, capricho, dificuldade voluntária — qualidades e tendências que o herói de Huysmans, Des Esseintes, partilha com o romance que conta sua história. Já *Against nature* é um título demasiado redutivo e reflete o clima da acolhida que o livro teve na Inglaterra, e não o âmbito e a complexidade do romance que Huysmans escreveu.[2] Em comparação com alguns títulos mais bizarros surgidos em 1884 — como *Le vice suprême*, de Péladan e *Monsieur Vénus*, de Rachilde, ou *Crépuscule des dieux*, de Elémir Bourges — *À rebours* parecia misterioso e contido. O romance tem se mostrado inexaurível para a crítica, mas também foi escrito de forma exaustiva e talvez sua leitura seja exaustiva. E também é *sobre* exaustão: racial, social, moral, histórica e estética. Esse é um livro de fins. No entanto, para seu autor, em seu "Prefácio escrito vinte anos depois do Romance", é também um livro de começos. Arthur Symons, o poeta e crítico que interpretou o simbolismo europeu para modernistas como Yeats, chamou-o de "breviário do decadentismo",[3] enquanto seu mais famoso leitor ficcional, o Dorian Gray de Oscar Wilde, julgou-o "venenoso" e "o livro mais estranho que já lera".[4] O romance continuou a ser cultuado nos meios intelectuais e artísticos, como lembra Marianne Faithfull em sua autobiografia: "Você perguntava a seu acompanhante: 'Você conhece Genet? Já leu *À rebours*?', e se ele respondesse que sim, você trepava".[5] É uma curiosa ironia que um romance sobre um reacionário impotente, recluso e precocemente envelhecido se tornasse uma obra obrigatória na vigorosa contracultura da década de 1960. Os leitores de hoje podem ou não sentir o mesmo que Dorian Gray ou Marianne Faithfull, mas o certo é que hão de achar o livro diferente de qualquer outra obra de ficção que já tenham visto.

HUYSMANS, O DECADENTISMO E *ÀS AVESSAS*

É a diferença entre a luz do sol ao meio-dia, crua, branca e direta, que incide sobre todas as coisas do mesmo modo, e a luz horizontal do fim de tarde, incendiando de reflexos as nuvens estranhas [...]. *Merece o sol poente do decadentismo nosso desprezo e nosso anátema por ter uma tonalidade menos simples que o sol ascendente da manhã?*

THÉOPHILE GAUTIER, *Histoire du romantisme*

Para Gautier, que discorria sobre seu amigo Baudelaire, o decadentismo é o sol no ocaso, a projetar suas chamas no céu. É o crepúsculo. Não o "Crepúsculo celta" yeatsiano, anterior ao amanhecer e ao reavivamento, mas o crepúsculo de um sol que se põe pela última vez para um mundo cansado e para seus habitantes fatigados. Para os pintores e escritores que se proclamavam "decadentes", essa era uma metáfora irrefutável: "estamos morrendo de civilização", escreveu Edmond de Goncourt, escritor que Huysmans apreciava e de cuja obra tirou algumas lições. Muitos artistas do período invocaram o declínio e a queda do supercivilizado império romano como a mais soante "rima cultural" para a França moderna. Essas ideias decerto tinham fundamento: uma sensação de declínio histórico, simbolizado pela humilhante derrota diante dos prussianos, que desfilaram na capital francesa em 1870, seguida pela Comuna e pelo sítio de Paris em 1871, um episódio sangrento e divisivo na história da França, cuja lembrança perdurou até a Segunda Guerra Mundial. Àquele episódio os franceses chamaram *"la débâcle"*, e o simbolismo era forte: invadida e humilhada pelos alemães "bárbaros", e depois desastrosamente autodilacerada, a civilização francesa, guardiã dos valores "latinos", parecia ter chegado a um ápice e começado uma lenta desintegração. Huysmans, soldado (não combatente) durante a Guerra Franco-Prussiana e funcionário público durante o sítio de Paris, assistiu à derrota francesa, à Comuna e sua brutal repressão, bem como ao exame de consciência nacional que se seguiu a esses acontecimentos.

Mas havia também uma *malaise* mais difícil de definir: a sensação de que tudo já tinha sido feito, dito, escrito, sentido. Como Des Esseintes medita ao ler Baudelaire, a mente do fim do século XIX "havia chegado ao outubro de suas sensações". No entanto, havia algo deliberadamente exagerado em todas essas atitudes decadentistas — afinal, o século XIX conhecera extraordinários avanços tecnológicos, políticos e científicos, que ocorreram em ritmo estonteante. Enquanto muitos aplaudiam essas mudanças, outros as encaravam em termos inequivocadamente negativos: "Passamos o século XIX discutindo minúcias; como passaremos o século XX? Discutindo pormenores das minúcias?", perguntava um contemporâneo de Huysmans. *Às avessas* está cheio de referências ao fim do século, ao fim da arte, ao fim da criatividade, e a nova geração olhava para o que Mallarmé chamou de a "musa moderna da Impotência": toda escrita parecia uma reescrita; toda leitura, uma releitura. Mas havia outra história igualmente irrefutável: na arte, na literatura, na teoria social e política e na ciência, a segunda metade do século XIX foi uma época de inovações sem precedentes. Se existiam poetas como Mallarmé, Verlaine e os simbolistas, romancistas como Zola e Maupassant, pintores como Manet e Rodin, compositores como Debussy e Erik Satie, poderíamos objetar que, pelo contrário, não havia como falar em decadência, pois o período era de assombrosa riqueza e diversidade nas artes. Talvez a sensação de que nada havia de novo era, em si, um necessário prelúdio à criação do novo. Eis um dos grandes paradoxos do fim do século XIX: essas visões contraditórias — de decadência e de renovação, de começos e de fins, de exaustão e de inovação — podiam ser abraçadas simultaneamente e, com frequência, pelas mesmas pessoas.

Um dos grandes romances de formação do romantismo francês, *René* (1802), de Chateaubriand, ajudara a definir o que veio a ser chamado de *mal du siècle* —

a "doença do século" — sentida pelos aristocratas sem raízes, sem objetivo, sibaritas, num mundo que parecia não precisar deles. "Solitário neste enorme deserto de homens", era como René, "o último de sua raça", formulava o que sentia. Era uma privação histórica, sexual e cultural, mas dava ao escritor romântico a oportunidade de explorar os mistérios do ser, que, embora finito, tinha desejos infinitos. Ainda em 1878, Robert Louis Stevenson zombava da persistência da "doença de René" entre os jovens de sua própria época: "Moços com renda de trezentos ou quatrocentos por ano [...] encaram com desprezo, de seu píncaro de experiências sombrias, todos os homens adultos e corajosos que ousaram falar bem da vida".[6] Quando Huysmans ofereceu Des Esseintes ao público, as pessoas interpretaram seu personagem, apesar de toda a sua novidade perturbadora, como parte de uma tradição em processo: um órfão, talvez, mas um órfão com pedigree.

O fim do século XIX como que refletiu seu começo, mas enquanto os românticos viram suas ilusões despedaçadas, os decadentistas simplesmente viram as suas reforçadas. Osip Mandelstam lança mão de uma recensão da tradução russa de *Croquis parisiens*, de Huysmans, publicada em 1913, para estabelecer uma distinção entre os românticos e seus sucessores decadentistas, entre o começo e o término do século XIX:

> Este livro é quase intencionalmente fisiológico. Seu tema básico é o choque entre os indefesos mas refinados órgãos externos da percepção e a realidade insultada. Paris é o inferno [...]. A audácia e a inovação de Huysmans provêm do fato de ter ele conseguido manter-se um hedonista empedernido nas piores condições possíveis [...]. Os decadentes não gostavam da realidade, mas *conheciam* a realidade, e é isso que os distingue dos românticos.[7]

"Viver? Nossos criados farão isso para nós": as palavras provocadoras do heroico e nobre recluso do *Axël* (1890), de Villiers de l'Isle-Adam, tornaram-se um grito de guerra idealista, emitido em desafio à sociedade materialista e a seu culto estultificante do "bom-senso" burguês. Essa foi a época do super-homem e do individualista, mas também a época de seu gêmeo menos afortunado: o doente, o destrutivo, o neurótico. Nos romances de Huysmans, o eu não é uma meta, mas um refúgio; não é mais uma aspiração, mas um ponto de retirada final. A herança do individualismo subsistia, mas ferida, humilhada e em retirada.

Os heróis românticos tinham viajado a lugares exóticos em busca de si mesmos só para descobrir que era deles mesmos que tentavam fugir. Tinham, como René, pisado em praias, cumes e vulcões. Seus sucessores decadentistas chafurdavam na sujeira das cidades que se alastravam, atraídos compulsivamente para sua alternância de tédio e euforia; mas eram atraídos também para interiores, para as salas luxuosas, mobiliadas com cuidado e abafadas, que simbolizam sua retirada. Os personagens de Huysmans, como observa Mandelstam, estão entre os mais sensíveis, do ponto de vista fisiológico, da literatura, e sua busca de paz e de realização faz estragos não só em seu espírito, como em seu corpo. No caso de Des Esseintes, a busca termina dentro de casa, o reduto final da privacidade que se alimenta de si mesma até nada mais restar. Com isso, Des Esseintes tornou-se a figura decadentista exemplar: com a mente deteriorada por luxos fantásticos e o corpo arruinado por abusos, o último e doentio rebento de uma família outrora importante retira-se do século XIX — o "século americano", como Des Esseintes e Huysmans o chamam — para construir sua própria fortaleza onírica. *Às avessas* é a narrativa dessa obsessão.

HUYSMANS E ÀS AVESSAS

Era como se tudo o que fosse repulsivo e medonho em todas as esferas da vida se impusesse a sua atenção, e que toda espécie de abominação houvesse produzido um pintor gerado unicamente para representá-las e um homem criado expressamente para sofrer por causa delas.
PAUL VALÉRY, "Souvenirs de J.-K. Huysmans"

Joris-Karl Huysmans nasceu em 1848, o ano revolucionário em que Flaubert situou parte de *L'éducation sentimentale*, o romance que, segundo Huysmans afirmou em seu prefácio de 1903, mais o influenciara. Seu pai, falecido em 1856, era um pintor de origem holandesa, e o filho mais tarde se referiria a si próprio como um místico flamengo sob a pele de um parisiense neurótico. J.-K. Huysmans foi um dos melhores críticos de arte de sua geração, e seu interesse se voltava principalmente para pintores flamengos e holandeses, por cujas culturas ele sempre demonstrou simpatia.

Em 1866, Huysmans ingressou no Ministério do Interior, onde trabalharia até 1898. A monotonia da rotina burocrática foi dissecada em minúcias em diversas obras, sobretudo em *A vau-l'eau*, novela que originou *Às avessas*, e no estranho conto *La retraite de M. Bougran*, escrito em 1888, mas só publicado em 1964, sobre um burocrata que se aposenta mas continua dependente da trivialidade do emprego. Em 1870, Huysmans foi convocado para o Exército e mais tarde trabalhou para o Ministério da Guerra de Versalhes durante a Comuna de Paris. Ele descreve algumas de suas experiências no Exército em *Sac au dos* (1880), conto que foi sua contribuição para o volume *Les soirées de Médan* (esse livro, com trabalhos de Zola e seus discípulos, pretendia ser uma vitrina da obra dos autores naturalistas). Entretanto, o primeiro trabalho publicado de Huysmans, *Le drageoir aux épices* (1874), não tinha nada de naturalista. Era formado por uma série de fantásticos, rutilantes e precoces poemas em prosa que um editor parisiense, rejeitando o original, acusou de lançar uma "revolucionária Comuna de Paris na língua francesa".[8] Dois anos depois, quando Huysmans se ligou aos naturalistas, defendeu com veemência Zola e seus princípios, publicando uma defesa fervorosa de *L'Assommoir* e da literatura naturalista. Em breve Huysmans conhecia os mais inovadores escritores e pintores do período. Entre seus amigos e correspondentes estavam Flaubert, os irmãos Goncourt, Maupassant, Villiers de l'Isle-Adam e Mallarmé — um representativo corte transversal das várias tendências literárias da época.

O primeiro romance de Huysmans, *Marthe, histoire d'une fille*, foi publicado em 1876. Segundo seu biógrafo Robert Baldick, foi o primeiro romance a tratar da prostituição em bordéis autorizados, qualificados inesquecivelmente de "matadouros do amor". Seu livro seguinte, *Les soeurs Vatard*, que saiu em 1879, tem um personagem excêntrico e introvertido, o pintor Cyprien Tibaille, um idealista insatisfeito num mundo decepcionante. Flaubert, a quem Huysmans enviou a obra, apreciou-a, mas fez-lhe duas críticas. Primeiro, opinou que, tal como seu próprio *L'éducation sentimentale*, o romance não tinha uma "falsa perspectiva" e, portanto, carecia de "progressão de efeito": "a arte não é a realidade", disse-lhe Flaubert, e, "gostemos ou não, temos de escolher com cuidado entre os elementos [que a realidade] oferece" (carta sem data, de fevereiro-março de 1879). A outra crítica de Flaubert referia-se à paixão de Huysmans por termos raros, preciosos ou especializados: fossem os vocábulos refinados ou grosseiros, herméticos ou coloquiais, o amor de Huysmans pelas palavras chamou a atenção desde seus primeiros trabalhos. A *Les soeurs Vatard* seguiu-se *En ménage* (1881), sobre um casamento fracassado e claustrofóbico, comentado por Zola como sendo "uma página da vida humana, banal, mas ainda assim comovente". Curiosamente, vários dos primeiros romances "naturalistas" de Huysmans foram importantes para André Breton, o autoproclamado líder dos surrealistas, a quem fascinava a vida aparentemente subversiva de Huysmans: um escriturário, um burocrata, escrevendo seus romances escandalosos em sua mesa no Ministério, muitas vezes em papel timbrado do governo. Eis como Breton, em sua *Anthologie de l'humour noir* (1939), imaginou Huysmans trabalhando:

> Com um escárnio cujo prazer secreto ele descobriu, a vida desse grande escritor imaginativo escorreu entre arquivos ministeriais (relatórios de seus superiores o descrevem como um funcionário-modelo). Esse quadro se ajusta à perfeição ao estilo desse escritor, a um tempo triturante e grandíloco, que em pausas do trabalho, com alguns manuais técnicos à mão e um livro de cozinha sempre aberto diante de si, deve ter montado — com singular presciência — a maioria das leis que viriam a governar o sentimento moderno.[9]

Huysmans tinha afeição à vida burocrática. Ela lhe dava tempo para escrever, assim como temas sobre os quais escrever. Mas, acima de tudo, mantinha o mundo acuado. Quando, em 1893, aposentou-se do serviço público, guardou o papel timbrado, alterando-o de forma que agora se lia: "Ministério [*da Vida*] Interior".

Alguns críticos opinaram que pouco havia na obra anterior de Huysmans que prenunciasse *Às avessas*, mas isso é um equívoco. Os leitores de seus primeiros romances já haviam notado sua fixação nas mundanidades aviltantes da vida, no dia a dia como uma aborrecida série de exercícios de desapontamento e de pequenas degradações. Huysmans se interessava pela substância de vidas que nunca chegariam a ser trágicas, mas isso não significava que sua prosa precisasse ser chã e factual. Para além das minúcias descritivas, da precisão documental e da observação social associada ao naturalismo, o estilo de Huysmans — como notaram Goncourt, Flaubert e Zola — era colorido e audacioso, cheio de palavras raras e adjetivos surpreendentes. Edmond de Goncourt constatara mesmo em *Marthe* que Huysmans se deixava seduzir facilmente pela "expressão requintada, pelo termo brilhante, inesperado ou estranhamente arcaico", e que isso ameaçava "matar a realidade de [suas] cenas realistas bem concebidas" (carta de outubro de 1879). Fazendo uma recensão de *Sac au dos*, o romancista Jean Richepin havia tachado o texto de Huysmans de "devassidão do estilo: substantivos raros, arcaísmos e neologismos" (*Gil Blas*, 21 de abril de 1880). É curioso verificar como as reações à obra "naturalista" de Huysmans se assemelham às reações a *Às avessas*, obra na qual, no dizer de Léon Bloy, o autor "arrasta continuamente a Mãe Imagem, pelo cabelo ou pelos pés, na escada caruncada da Sintaxe atônita".[10] Os contemporâneos de Huysmans haviam notado também a atenção que ele dedicava aos íntimos processos emocionais e intelectuais de personagens que eram, muitas vezes, criaturas sensíveis, homens (muito raramente mulheres) desenhados para a dor e a desilusão, fustigados pela brutalidade gratuita da vida moderna. Tais personagens eram com frequência pessoas isoladas; perdidas, machucadas e mal preparadas para sua vida, não eram "tipos", mas exceções. Se Zola sobressaía na pintura de multidões, Huysmans distinguia-se no retrato da pessoa; se Zola traçava o avanço de uma família, Huysmans fixava o olhar no solteiros, nos desemparceirados, nos isolados. Os naturalistas são muitas vezes lidos com simplismo, e os críticos sempre protestam quando pilham uma metáfora ou um reflexo imaginativo num livro "naturalista". Não precisamos nos preocupar em classificar Huysmans, mas devemos lembrar que havia na teoria e na prática do naturalismo espaço abundante para exercitar a imaginação e aprimorar a arte da ilusão. James Joyce nos proporcionou uma valiosa observação sobre o estilo de Huysmans e sobre seus contextos (aqueles em que ele era lido, e também aqueles nos quais escrevia). "A própria intensidade e o refinamento do realismo francês traem suas origens espirituais", escreveu Joyce, antes de apontar, numa formulação bela e precisa, "o indignado fervor de corrupção [...] que ilumina as páginas tristes de Huysmans com uma fosforescência desbotada."[11]

A mais próxima analogia com a maneira de Huysmans, essa ideia de "fosforescência desbotada", era o que se chamou de *écriture artiste*, o estilo rarefeito e hipersensível dos irmãos Goncourt, os aristocratas da escritura naturalista. Em uma das mais inolvidáveis imagens de *Às avessas*, Des Esseintes qualifica o estilo de Verlaine e Mallarmé de *faisandé*, e o dos Goncourt como "perspicaz e mórbido, nervoso e retorcido". Para Des Esseintes, a linguagem, tal como a carne, alcança seu máximo sabor quando começa a se decompor, uma vez que, no início do processo os aromas se desprendem. Essa analogia entre comida e linguagem é recorrente em *Às avessas*, e se o leitor julgar que o estilo de Huysmans é "difícil de engolir" ou que "embrulha o estômago", é assim mesmo que ele é. Afinal, o escritor escrevia regularmente aos amigos pedindo informações sobre termos técnicos, linguagem burocrática e gírias, e se deleitava com as palavras estranhas que desencavava em glossários e manuais.

Foi o conto *A vau-l'eau* que abriu o caminho para *Às avessas*. Seu protagonista, Folantin, busca em vão comida requintada, vestuário e móveis decentes e boas companhias masculinas e femininas. O conto termina com ele a bradar, fazendo eco a Schopenhauer, o filósofo alemão cujo pessimismo moldou uma geração de escritores franceses: "Só o pior acontece". No prefácio que escreveu em 1903, Huysmans lembrou que, ao começar a escrever *Às avessas*,

> imaginava um senhor Folantin mais letrado, mais refinado, mais rico e que havia descoberto, no artifício, um derivativo para o desgosto que lhe inspiram as azáfamas da vida e os costumes americanos de seu tempo; eu o representava fugindo à toda pressa para o sonho, refugiando-se na ilusão de magias extravagantes, vivendo sozinho, longe do seu século, na lembrança evocada de épocas mais cordiais, de ambientes menos vis.

Embora *Às avessas* seja uma obra sem paralelo, faz parte de uma série de romances de fuga que ocuparam Huysmans até e inclusive *Là-bas* (1891), sua extraordinária história de satanismo e sadismo.[12] Três anos depois de *Às avessas*, Huysmans publicou *En rade*, história de um casal jovem que se muda para o campo a fim de se livrar das despesas e do estresse de Paris. O idílio rural converte-se num inferno, pois são ludibriados por camponeses gananciosos e atormentados pela doença e por pragas; a comida é repulsiva; o campo, quente demais, úmido demais, frio demais. Em *La retraite de M. Bougran*, um funcionário aposentado de Ministério sente tanta falta do emprego que manda decorar seu apartamento exatamente como era sua sala na repartição e paga a um contínuo aposentado para lhe trazer as cartas expedidas para si próprio na véspera. Redige relatórios tediosos em seu francês mais burocrático e acaba sendo encontrado morto a sua mesa, na qual deixou algumas últimas palavras rabiscadas no jargão ministerial.

Os livros de Huysmans estão cheios de fugas: para a repartição, para a alcova, para o passado, para o mosteiro. O título provisório de *Às avessas* era "Seul" [Sozinho], mas de certa forma todos os seus romances e contos exploraram a solidão, as aspirações de um indivíduo ansioso num mundo sem valor. Restava agora a Huysmans tentar escrever um livro que banisse esse mundo.

A CRIAÇÃO DE ÀS AVESSAS

Este livro será visto ao menos como uma curiosidade entre as suas obras.

ZOLA a Huysmans, maio de 1884

Na primavera de 1883, Huysmans disse a um amigo, o poeta belga Théodore Hannon, que estava "imerso num romance estranhíssimo, vagamente clerical, um tanto homossexual [...]. Um romance com apenas um personagem!", acrescentando que o livro encerraria "o refinamento supremo de tudo: de literatura, de pintura, de flores, de perfumes, de gemas preciosas etc.".[13] Meses antes, Huysmans havia solicitado a Mallarmé que o ajudasse na dimensão literária desse "refinamento supremo", pedindo-lhe que enviasse alguns poemas inéditos, que ele usaria para retratar o gosto de Des Esseintes em matéria de literatura moderna. Huysmans se dirige a Mallarmé como "Caro Colega", elogiando a "sublimidade incômoda" de sua poesia,[14] mas sua correspondência revela que ele estava se fazendo de agente duplo literário. Em maio de 1884, disse a Zola que, em *Às avessas*, "eu expressei ideias diametralmente opostas às minhas próprias [...] essa completa dicotomia em relação a minhas próprias preferências permitiu-me enunciar ideias verdadeiramente mórbidas e celebrar a glória de Mallarmé, o que considerei um tanto quanto engraçado".[15] Na mesma carta, ele insiste no naturalismo metodológico do livro, assegurando a Zola que havia seguido os tratados médicos com relação ao colapso nervoso e dando ênfase ao fato de ter feito amplo uso de documentos. Entretanto, no ano seguinte (em setembro de 1885), dizia a Jules Laforgue:

> Quando escrevi aquele capítulo de *Às avessas* sobre a moderna literatura profana e elogiei Corbière, Verlaine e Mallarmé, julguei que estivesse escrevendo para mim mesmo, e não suspeitei que todo o movimento estava começando a se encaminhar naquela direção [...]. Até agora ninguém penetrou nas profundezas mais íntimas daquele capítulo, apesar de eu ter interpretado Mallarmé, o mais abstruso dos poetas, de modo a deixá-lo quase inteligível.[16]

Do ponto de vista da estrutura, *Às avessas* tem muito em comum com o romance naturalista "clássico". A imagem evocada por André Breton do escriba em sua mesa, cercado de manuais e guias, tratados sobre a doença nervosa, gemas preciosas ou horticultura é também a imagem do escritor naturalista trabalhando. Aquilo que Breton menciona a seguir — o livro de cozinha — não é tampouco um frívolo acréscimo posterior, uma vez que faz alusão não só ao fato de a comida nunca estar muito longe nos romances de Huysmans (embora a satisfação gastronômica seja inalcançável), como também à importância da "composição", ou seja, a mensuração dos ingredientes de modo a produzir a correta mistura ficcional. Essa mistura tem embaraçado os críticos, e a relação de *Às avessas* com as tendências literárias do período ainda cria dificuldades. Trata-se de um livro inclassificável, visto que parece propor diversas classificações, apenas para jogar uma contra a outra, sem que se chegue a conclusão alguma. Será ele naturalista, decadentista ou simbolista? Precisa ser enquadrado num desses movimentos? Será, talvez, um livro em que a escritura naturalista (documentação e descrição, análise de sintomas) converge para temas "simbolistas" (solidão, refinamento, fantasia), com um fio condutor de filosofia decadentista (pessimismo, distorção, elitismo cultural)? Todas essas tendências literárias refletem-se em *Às avessas*, mas todas são tratadas com ambiguidade e, às vezes, também como paródia.[17] Para Mallarmé, o livro não continha "sequer um átomo de fantasia", e Huysmans mostrara ser um "documentarista mais rigoroso" do que qualquer outro escritor; Zola, porém, condenou sua incoerência e "desordem". O que de certa forma pode ter perturbado Zola em *Às avessas* não foi o abandono do naturalismo, mas seu uso distorcido. A relação entre *Às avessas* e o naturalismo lembra a que existe entre o negativo e a fotografia. Huysmans produziu uma versão invertida da trilogia naturalista "raça, momento, ambiente": Des Esseintes é o último representante de sua raça que tenta fugir ao momento histórico criando um ambiente artificial. O problema de *Às avessas* não era ser um livro antinaturalista, mas ser *suficientemente* naturalista para trazer implicações incômodas para Zola e seus métodos. Nesse sentido, a discussão do *Satyricon* de Petrônio no capítulo 3 se dá num contexto bem significativo: Des Esseintes o lê como um "romance realista", uma "fatia cortada ao vivo na carne da vida romana" (um eco da famosa máxima naturalista de que um romance deve ser uma "fatia de vida"), mas também ressalta o fato de o *Satyricon* ser uma "história sem enredo". Essa proeza satírica de imaginação documental talvez seja uma pista para o que *Às avessas* está tentando fazer.

Outra questão complicada é a promoção, por parte de *Às avessas*, dos poetas simbolistas, que em 1884 não formavam nem um movimento nem uma escola (o "manifesto" simbolista apareceu em 1886). Muitos contemporâneos de Huysmans veriam em Des Esseintes uma caricatura do leitor-consumidor decadentista, um misantropo entregue a uma relação fetichista com seus livros e suas obras de arte. Embora seus gostos sigam a última moda, sejam estranhos e fora do comum, e embora a poesia "requintada" de Mallarmé e os versos "excêntricos" de Corbière fossem pouco conhecidos na época, o fato de serem esses os gostos de um elitista desiludido e rancoroso torna ambígua a homenagem que Huysmans presta a esses escritores — e decerto ela foi interpretada de modo ambíguo por comentaristas, como mostra, no final deste livro, a seção "Recensões e reações a *Às avessas*", sobre as reações da crítica ao romance. Des Esseintes mais *antecipa* do que *reflete* gostos artísticos: conhecemos a influência de Mallarmé sobre o pensamento no século XX, conhecemos também o impacto de Corbière sobre Ezra Pound e T. S. Eliot. Edgar Allan Poe e Baudelaire são clássicos, enquanto Gustave Moreau e Odilon Redon contam-se entre os mais respeitados criadores de imagens de sua época. Em 1884, porém, os pintores e escritores por eles admirados pareciam obscuros, irrelevantes e — com poucas exceções — fadados ao esquecimento. Um comentarista escreveu que a seleção de autores por parte de Des Esseintes haveria de "datar o livro e limitar seu valor no futuro", assim que se desvanecesse a fama efêmera dessas pessoas. O que prometia "datar" o romance de Huysmans em 1884 é um dos elementos que o mantém moderno.

O prefácio que Huysmans escreveu em 1903 é capcioso, por tentar reescrever a história da elaboração e da interpretação do livro de forma condizente com um diferente momento cultural e com um diferente Huysmans — católico. O Huysmans de 1903 vê *Às avessas* como evidência do "trabalho subterrâneo" da alma que busca salvação. Para ele, cada capítulo de *Às avessas* contém as "sementeiras" dos romances que se seguiram: *Là-bas*, *En route*, *La cathédrale* e *L'oblat*. Além disso, ele interpreta retrospectivamente as últimas palavras de Des Esseintes no livro como um prelúdio da conversão. Isso cria problemas, o menor dos quais não será o fato de que Huysmans só se converteu em 1892 e que seus textos nesse interregno mostram poucos sinais desse "trabalho subterrâneo". O prefácio de 1903 é também uma oportunidade de ajustar algumas contas e reescrever certas premissas. Ao apontar *L'éducation sentimentale*, de Flaubert, como o livro-chave, o romance após o qual nada mais pode ser escrito, Huysmans minimiza a importância do naturalismo e o projeto estético e político de Zola, que morrera no ano anterior. Também caricaturiza os princípios da escritura naturalista e exagera seu rompimento com Zola e os naturalistas, quando na verdade manteve boas relações com seus ex-companheiros durante vários anos. A rejeição do naturalismo será encontrada menos em *Às avessas* do que no prefácio de 1903, um texto ambíguo que é reproduzido aqui ao final, porque deve ser encarado com cautela.

TEMAS E ESTRUTURAS

Às avessas *não foi o ponto de partida, e sim a consagração de uma nova literatura* [...] *o romance enfim está liberto.*
   REMY DE GOURMONT, *Le livre des masques*

Des Esseintes é um personagem de ficção, mas não é pura invenção. Huysmans era um arguto observador dos dândis e excêntricos que frequentavam os redutos literários de Paris. Muitas pessoas que ele conhecia pareciam maiores do que a realidade: Villiers de l'Isle-Adam, o famoso dramaturgo e romancista reduzido à condição de *sparring* numa academia de pugilismo; Jules Barbey d'Aurevilly, dândi, católico ultramontano e sádico; Francis Poictevin, jovem romancista e esteta janota. Entre os modelos específicos para Des Esseintes estava o excêntrico rei Luís II da Baviera, que projetou uma floresta artificial com animais mecânicos, mas havia também o próprio Baudelaire, Edmond de Goncourt e diversos personagens ficcionais, como Samuel Cramer, do *Fanfarlo*, de Baudelaire, e Charles Demailly, no romance homônimo dos irmãos Goncourt. O modelo mais óbvio, no entanto, foi o conde Robert de Montesquiou-Fezensac, esteta e excêntrico que inspirou o Barão de Charlus, de *Em busca do tempo perdido*, de Proust (Montesquiou era um poeta e crítico de méritos razoáveis, não de todo ridículo e louco). Muitos elementos do ambiente de Des Esseintes baseiam-se em detalhes dos aposentos de Montesquiou, descritos por Mallarmé em cartas a Huysmans, mas podemos fazer uma ideia do que foi a época estranha em que Huysmans viveu ao recordar que um dos episódios mais implausíveis do livro — a tartaruga com o casco de ouro incrustado de pedras preciosas — é autêntico. Montesquiou mandou reformar o pobre animal a seu bel-prazer, e, quando o quelônio morreu, escreveu em sua memória um poema incluído em *Les hortensias bleus* [As hortênsias azuis], de 1896. A história da tartaruga mobilizou particularmente a atenção de Zola (revelando sua preocupação com a sujeira, a higiene e a ordem), que escreveu a Huysmans: "Uma preocupação um tanto burguesa me atazanou: foi uma sorte [a tartaruga] morrer, pois ela teria defecado no tapete" (carta de maio de 1884).

Des Esseintes é uma espécie de Homem Comum "decadente", mas é também um protótipo. Viveu a infância decadente clássica: uma mãe que passa a vida em quartos penumbrosos, com algum problema nervoso não especificado, morrendo sem um motivo claro. Há um pai ausente, um internato e uma vida familiar destituída de amor. Ficamos sabendo que os Des Esseintes exauriram seu vigor em gerações de uniões consanguíneas e que o atual duque era o último da linhagem, a culminação de um longo processo de "degeneração". *Às avessas* começa, por um lado, com um modelo de linearidade e da natureza cíclica da decadência; por outro, com crise e perturbação. A Notícia que abre o romance aponta não só o gradual declínio da família, como também os hiatos indicados pelos retratos faltantes. No capítulo sobre os poetas decadentistas latinos, vemos que partes da história literária são narradas com riqueza de detalhes, enquanto outras são deixadas de lado; as edições de Des Esseintes "cessavam" e sua coleção fazia um "formidável salto de séculos", chegando ao período moderno. Essas duas formas de organizar e narrar o tempo projetam-se na forma como o livro trata a genealogia e a biologia, em sua utilização da história política e cultural e em suas avaliações da literatura e da arte. Isso, por sua vez, reflete-se na estrutura de *Às avessas*: uma narrativa que avança de forma linear, mas é impulsionada por rupturas, *flashbacks* e rememorações que irrompem de modo imprevisível e muitas vezes demolidor num presente quase estático. Des Esseintes tenta resgatar certas lembranças por meio de vários estímulos, mas é também vítima de memórias que não pode controlar, ou não deseja revisitar. Esse aspecto do livro de Huysmans tem levado a comparações com Proust, mas para Huysmans permanece puramente no nível do expediente narrativo. Em *Às avessas*, a trama novelística tradicional "degenerou" e sofre quase uma paralisia; até mesmo Des Esseintes muitas vezes é "expulso" de trechos inteiros de sua história pelas lembranças perdidas e pelas listas e inventários por ele acumulados.

Des Esseintes, do mesmo modo que o livro que conta sua história, tem uma erudição prodigiosa, conquanto seletiva. Não é pessoa de educação harmoniosa, de mente equilibrada e corpo saudável. Seus gostos se encaminham para o peculiar, o intrincado, o abusivo. Deleita-se com os decadentes latinos, saboreia a percepção da língua a perder sua clareza, tornando-se complexa e estranha, uma "língua pagã, decomposta como carne de caça, esboroando-se". Des Esseintes é também impotente, e, como seu criador, misógino. Não convém nos determos demais nesse fato: em *Às avessas*, como em tantas obras decadentistas, a misoginia não é acidental, mas intrínseca.[18]

Des Esseintes busca prazeres cada vez mais elaborados, mais fascinantes e mais perigosos; encontros sexuais cada vez mais excêntricos, mais artificiosos e teatralizados. Existe nele um pouco de diretor de teatro, uma certa criatividade frustrada que se expressa numa necessidade de encenar e dirigir seus roteiros fantasiosos. E, sobretudo, ele dispõe de dinheiro para permitir-se esses prazeres e encenar esses roteiros. Malgrado suas invectivas contra o "século americano", o consumismo moderno e a propriedade, ele tira proveito de tudo isso. É rico, e o dinheiro raramente se afasta da superfície do livro, que pretensamente versa sobre a vida ascética e cultivada, sobre o prazer não contaminado da arte pura. Com efeito, sua paixão por reproduzir, encomendar cópias, possuir livros encadernados com esmero e móveis feitos sob medida mostra uma semelhança estranha com a paixão dos milionários (americanos) do começo do século XX: comprar, transportar, transplantar. Des Esseintes é também um fetichista em relação a livros; nele, o bibliófilo — o amante de livros enquanto objetos — supera o leitor. Des Esseintes não lê, pois prefere discorrer liricamente sobre a qualidade do papel e das encadernações. Em *Às avessas*, a leitura é apenas recordada ou reencenada, e todas as passagens evocativas sobre Baudelaire e Mallarmé são recordações de leituras que findaram antes do começo do romance. *Às avessas* trata do consumo em todas as suas formas: financeira, material, gastronômica, literária e artística. Ao consumo segue-se inevitavelmente (e de conformidade com a lógica naturalista demonstrada pela preocupação de Zola com a defecação da tartaruga) a expulsão. Des Esseintes submete-se a clisteres, tem problemas de digestão, faz dietas e depois se farta. Toma remédios literários fortes, e o equivalente artístico do caldo de carne que ele ingere é a poesia em prosa que aprecia, aquilo a que chama "osmazona", ou suco concentrado de literatura. Des Esseintes não deseja somente abandonar o mundo, mas envenená-lo (como revelam suas relações com Auguste Langlois). Vemo-lo a exercer sua autoridade sobre criados e comerciantes, numa relação que reproduz a ordem social do mundo do qual tenta fugir. Quanto mais *Às avessas* bane o mundo, mais ele volta para assombrar Des Esseintes, tal como ele próprio é o reflexo do materialismo que detesta.

O classicista Désiré Nisard proporcionou para a geração de Huysmans outro sentido do termo "Decadência" em *Étude de moeurs et de critique sur les poètes latins de la décadence* [Estudo crítico e cultural dos poetas latinos da decadência], de 1834. Nisard definiu a decadência, em termos literários, como o tempo da descrição, em que o engenho verbal substituiu a visão moral, o ornamento substituiu a substância e a falsa complexidade substituiu a clareza de pensamento e de linguagem. *Às avessas* certamente cabe na definição de Nisard, embora a ambição de Des Esseintes não seja tanto de colecionar, mas de *selecionar*: ele tenta destilar, catalogar, peneirar. O *La maison d'un artiste* [A casa de um artista], de Edmond de Goncourt, havia alargado a fronteira entre o romance e o inventário, e a influência de Goncourt pode ser detectada em *Às avessas*, livro vergado pelo peso da descrição, que se dobra e se prostra sob o peso da descrição, como a pobre tartaruga sob o peso de seu ornamento. Também na decoração do apartamento de Des Esseintes detectamos a "Filosofia do mobiliário", de Poe, e "O dormitório duplo", de Baudelaire. Em *Às avessas*, o leitor encontra objetos colecionados e acumulados, do mesmo modo como conhecimentos e recordações, à medida que avança dificultosamente por touceiras de prosa descritiva. A linguagem que antes servia para descrever o mundo agora o expulsou. Nesse sentido, *Às avessas* é um livro decadente, mas seria errôneo considerá-lo um livro que *propugnou* a decadência.

No começo de *Às avessas*, Des Esseintes manifesta sua preferência pelo artificial sobre o natural, uma das atitudes definidoras do decadentismo. "A natureza [...] já teve a sua vez", conjectura, procurando a cópia ou a coisa produzida por meios mecânicos, não como um sucedâneo do natural, mas de preferência a ele. O mundo de Des Esseintes é um mundo artificial: abstrato e descontextualizado, cheio de artefatos e objetos refinados, feitos sob encomenda ou resultantes de processos químicos. No maravilhoso capítulo sobre flores tropicais, vemos sua lógica alcançar um extremo de perversão decadente. Insatisfeito com flores artificiais, Des Esseintes dá um passo além, escolhendo flores verdadeiras que imitam as artificiais, invertendo a relação entre o natural e o artificial, entre a cópia e o original. Aqui a influência dominante é Baudelaire, que em seus textos sobre arte moveu uma cruzada filosoficamente marcante e moralmente implacável contra *la Nature*. Para Baudelaire, era a natureza que levava os seres humanos a se matarem e se brutalizarem; a própria autoridade e a civilização que preservavam os valores humanos eram artificiais: as leis, as religiões, os códigos morais. A posição de Baudelaire era uma reação contra o dado e a favor do feito ("quem ousaria atribuir à arte a função estéril de imitar a natureza?", perguntou em *Peintre de la vie moderne* [*O pintor da vida moderna*]), procurando libertar a arte da tirania da representação. A posição de Des Esseintes apresenta uma diferença sutil: como Baudelaire, prefere o artificial, mas, ao contrário dele, ainda confia na referência ao modelo; deseja a cópia, mas precisa saber *do que* ela foi copiada. Tal como no caso de sua dependência dos comerciantes e fornecedores que mobíliam sua residência, Des Esseintes refere-se constantemente ao que afirma ter abandonado. Sua postura é mais desabrida que a de Baudelaire, mas menos ousada em substância intelectual; poderíamos até julgar suas ideias uma espécie de cópia tosca das de seu mentor — que na mente de Des Esseintes as ideias de Baudelaire "degeneraram". Graças sobretudo a Oscar Wilde, que as repetiu ou parafraseou, não só em *O retrato de Dorian Gray* e *The decay of lying* [*A decadência da mentira*] como também em diversos chistes no palco ou fora dele, este é o capítulo mais famoso do livro. Isso prejudicou *Às avessas*, pois Wilde concentrou-se em apenas um fio — muito ambíguo — do romance de Huysmans. É possível que Dorian Gray interprete mal seu mentor, Des Esseintes, tanto quanto este interpreta mal o seu, Baudelaire.

Uma das façanhas de Huysmans em *Às avessas*, sem levar em consideração a insinceridade manifesta em suas cartas a Mallarmé e Zola, foi ter imaginado — ou predito — um cânone literário alternativo. Os capítulos sobre literatura moderna são refinados e avançados, e as preferências de Des Esseintes não são simplesmente indicadas: são justificadas e, muitas vezes, analisadas de forma aliciante, ao passo que suas desafeições são expressas em palavras vigorosas. As reflexões de Des Esseintes sobre Mallarmé e Villiers, Verlaine e Corbière, Edmond de Goncourt e Flaubert, são precisas e analíticas, assim como de perversa sofisticação. Huysmans orgulhava-se de seu conhecimento da obra de Mallarmé, e suas páginas sobre Edgar Allan Poe contam-se entre as melhores demonstrações da dívida francesa para com o autor americano que enfeitiçou várias gerações de poetas e prosadores. A Des Esseintes fascina o fato de esse campo literário decadentista existir numa espetacular contração do tempo: todas essas modalidades de escrita, todos esses estágios da língua francesa e todas essas tendências artísticas coexistem na Paris de Des Esseintes, um museu modernista vivo de artistas e obras de arte. Para revelar aquilo de que gosta em matéria de literatura, Des Esseintes tem também de dizer do que não gosta, e os grandes nomes das letras francesas, tanto vivos quanto mortos, desfilam diante de nós: Victor Hugo (ainda vivo quando Huysmans escrevia o livro), Rousseau, Voltaire, Molière, estão entre os "clássicos" que Des Esseintes considera pouco originais, bombásticos ou burgueses. Na pintura, admira Gustave Moreau pelo luxo de suas concepções e pela dimensão mitológica de suas telas, e ainda por seu distanciamento da "época odiosa" em que vivia. Moreau não pertence a nenhum movimento, e é revelador que em seus planos iniciais para *Às avessas*, Huysmans pretendesse utilizar Degas como seu pintor exemplar, o que teria dado um viés muito diferente às predileções artísticas de Des Esseintes. Ele admira as contorções de El Greco, como também o gravador holandês Jan Luyken por suas representações de sofrimento e suplício, por suas imagens "recendendo a queimado". Havia também os "sonhos maus e as visões febris" de outro contemporâneo, Odilon Redon, cujos quadros simples e misteriosos contrastam com a minúcia e a ornamentação de Moreau.

Não só o conteúdo, mas também a estrutura de *Às avessas* era vista como insólita. Dorian Gray observou que "aquele era um romance sem enredo, e com um único personagem", mas Ezra Pound, décadas depois, expressou-se de modo mais contundente: "Huysmans se salvou ao pôr um jovem decadente, extremamente chato, no meio de absolutamente nenhum ambiente".[19] Para Remy de Gourmont, *Às avessas* havia "libertado" o romance, mas Zola criticou sua falta de desenvolvimento, sua circularidade e suas "transições dolorosas".

Como podia um romance tão obsedado por fins, sem enredo e emperrado por descrições ser considerado libertador? Em certos aspectos, *Às avessas* era uma versão do sonho de Flaubert: um livro "sobre nada". Huysmans orgulhava-se da falta de enredo de seu romance, e disse a Zola que tinha "emasculado o diálogo". Em seu prefácio de 1903, Huysmans alegou ter procurado romper os limites do romance a fim de inserir nele "labores mais sérios". *Às avessas* é um híbrido, composto de diferentes modalidades de escrita: catálogo, inventário, estudo de caso, enciclopédia e tratado erudito, enquanto os capítulos são dispostos como compartimentos ou vitrines.

Em *Bouvard e Pécuchet*, de Flaubert (publicado postumamente, em 1881), os dois personagens recolhem-se a uma casa de campo a fim de se tornar insignes cientistas e intelectuais. Leem livros, realizam experiências e debatem assuntos transcendentes, mas o problema é que não entendem nada. Novos conhecimentos e novas formas de adquirir conhecimento apenas levavam a novas formas de ignorância. Antes de nossa era de inteligência artificial, Flaubert desmascarou a era da ignorância artificial, e há algo de Bouvard e Pécuchet em Des Esseintes. É legítimo considerar algumas de suas bizarrices como farsescas: seu mundo de conhecimento sem contexto, de referências sem pontos de referência e de descoberta sem aplicação de certa forma é análogo ao mundo de Bouvard e Pécuchet. A cena em que Des Esseintes toca seu "órgão-de-boca" de licores e orquestra perfumes com seus vaporizadores, sua viagem imaginária à Inglaterra baseada em leituras de Dickens, Poe e rótulos de garrafas de vinho do Porto nos restaurantes, ou sua extraordinária relação sexual com uma ventríloqua que declama Flaubert — tudo isso são aventuras excêntricas, mas também com um traço de cômico pedantismo.

Des Esseintes procura a essência das coisas, mas vive na desordem. O momento mais pungente ocorre quando ele tenta impor ordem a seu mundo ou revelar a ordem oculta do mundo lá fora. Está sempre empenhado em classificar: pessoas, plantas, ideias, informações, objetos, sons, aromas, gostos. Sonha com a "sintaxe" de pedras preciosas, com a "gramática" dos perfumes; busca compor sinfonias gustativas e entrevê toda a ordem social nas diferentes variedades de plantas exóticas. O mundo baudelairiano, estuante de "correspondências", torna-se em *Às avessas* um mundo morto em que a metáfora e o modelo se alastram, em que predomina a estrutura classificatória e o conhecimento mediado leva a palma sobre a experiência. O festim negro que pranteia sua virilidade assinala também a morte de um impulso criativo, sepultado sob pilhas de livros e quadros. Do mesmo modo como a casa em Fontenay se converte numa espécie de sepulcro vivo, *Às avessas* torna-se uma catacumba de referências e alusões, carregada de saber morto. Des Esseintes é um híbrido de carcereiro e curador; não pode inventar nem criar, somente absorver, consumir e, de quando em vez, reordenar o que já existe. Não é mais paradigmático do que o René de Chateaubriand, o Meursault de Camus ou o Werther de Goethe. Embora tenha se tornado um dos personagens mais famosos e imitados da literatura, para Huysmans e muitos de seus contemporâneos mais alertas Des Esseintes era uma figura ridícula, uma caricatura aprisionada em sua própria farsa claustrofóbica.

Às avessas pertence a um gênero que se esgotou em si mesmo, um caso isolado. Tem mais em comum com as narrativas não lineares e aparentemente sem enredo do modernismo do que com a maior parte da ficção francesa do *fin de siècle* que ele, a um tempo, inspirou e ultrapassou de antemão. É possível que somente *Sixtine* (que tem como subtítulo *Romance da vida cerebral*, 1890), de Remy de Gourmont, e a obra-prima simbolista *Bruges-la-morte* (1892), de Georges Rodenbach, tenham chegado à altura do romance que os tornou possíveis. *Às avessas* fica mais à vontade ao lado das obras de Proust, Musil, Joyce e Woolf que junto das de Jean Lorrain, Rachilde ou Octave Mirbeau. É uma literatura de retração, de reação e de revolta, mas também um estudo perspicaz e inovador do individualismo e da alienação. *Às avessas* é um romance de excessos — excesso de conhecimento, de sensações, de cultura — e culmina num excesso do ego. É uma espécie de *Coração das trevas* simbolista ou decadentista em seus sonhos contrariados de isolamento, poder e descoberta. Tal como *Coração das trevas*, analisa o jogo mortal de realização pessoal e fuga de si mesmo. Do mesmo modo que o grande romance de Conrad, termina com um resmungo de pessimismo tanto em relação ao mundo quanto ao contramundo forjado em seu lugar — *forjado* nos dois sentidos da palavra: *falsificado* e *recém-criado*. É um livro misterioso, difícil e absurdo. Des Esseintes é o último de sua linhagem, mas talvez o primeiro de sua espécie: o antologista modernista, preso entre um desejo de preservação cultural e um impulso para o apocalipse. Também ele talvez tenha vistoriado seu século moribundo e previsto o vindouro; e também ele, como a voz em *A terra devastada*, talvez haja murmurado: "Com estes fragmentos escorei minhas ruínas".

NOTAS

1 Ver "Prefácio escrito vinte anos depois do romance", p. 289.

2 Escritores como Oscar Wilde, em *O retrato de Dorian Gray* e *A decadência da mentira*, Arthur Symons, em *The symbolist movement in literature* (1899), e Havelock Ellis, em *Affirmations*, fizeram com que o romance de Huysmans fosse visto como um exemplo — e não como um diagnóstico — de decadência e esteticismo.

3 Symons, *The decadent movement in literature* (Londres: Constable, 1899), p. 39.

4 Oscar Wilde, *The picture of Dorian Gray* (org. de Robert Mighall. Londres: Penguin Classics, 2000), pp. 121-2. Ver "Recensões e reações a *Às avessas*", p. 309.

5 Marianne Faithfull, *Faithfull* (Londres: Penguin, 1995), p. 100.

6   Robert Louis Stevenson, "Walt Whitman" (1878), *Essays and poems* (org. de Claire Herman. Londres: Everyman, 1992), p. 138.
7   Osip Mandelstam, *The collected critical prose and letters* (org. de Jane Gary Harris, trad. de Jane Gary Harris e Constance Link. Londres: Harvill, 1991), p. 100.
8   Apud Robert Baldick, *The life of J.-K. Huysmans* (Oxford: Oxford University Press, 1955), p. 27. A biografia escrita por Baldick ainda é uma obra fundamental para os apreciadores de Huysmans.
9   André Breton, *Anthologie de l'humour noire, oeuvres completes* (vol. II, org. de Bonner et al. Paris: Pléiade, 1992), p. 997.
10 Léon Bloy, "Les réprésailles du Sphinx", *Le Chat Noir* (14 de junho de 1884).
11 James Joyce, "Realism and idealism in English literature", *Occasional, critical and political writings* (Oxford: Oxford University Press, 2000), p. 173.
12 *The damned (La-bàs)* (trad. de Terry Hale. Londres: Penguin, 2001).
13 *The road from decadence: From Brothel to Cloister. Selected letters of J.-K. Huysmans* (trad. e org. de Barbara Beaumont. Londres: Athlone, 1989), p. 48.
14 Ibid., p. 46.
15 Ibid., p. 55.
16 Ibid., p. 72.
17 O ano seguinte (1885) assistiu à publicação de *The deliquescences*, volume de paródias, de autoria de um certo "Adoré Floupette", escrito por dois poetas — Vicaire e Beauclair —, uma sátira de seus contemporâneos "decadentes". Como mostra a seção "Recensões e reações a *Às avessas*", p.309. de recensões e reações, alguns leitores de Huysmans consideraram que pelo menos de certo ponto de vista *Às avessas* era uma paródia.
18 Para imagens e representações de mulheres nesse período, ver Shearer West, *Fin de siècle: Art and society in an age on uncertainty* (Londres: Bloomsbury, 1993).
19 Ezra Pound, "The approach to Paris", *New Age* (9 de outubro de 1913).

Às avessas

*Cumpre que eu me regozije acima do tempo...
ainda que o mundo tenha horror
do meu regozijo e que a sua grosseria
não saiba o que quero dizer.*
       JAN VAN RUYSBROECK[1]

Notícia

A julgar pelos retratos conservados no castelo de Lourps[1], a família dos Floressas des Esseintes se compusera, outrora, de atléticos soldados da velha guarda, de rudes veteranos. Apertados na estreiteza das antigas molduras, que eles obstruíam com seus ombros largos, assustavam pelos olhos fixos, os bigodes em forma de iatagãs, os peitos cujo arco convexo enchia a enorme concha das couraças.

Esses eram os antepassados; faltavam retratos de seus descendentes; havia um hiato na fileira de rostos da raça; uma única tela servia de intermediário, de ponto de sutura entre o passado e o presente: uma cabeça misteriosa e matreira, de feições mortiças, cansadas, as maçãs do rosto pontuadas por uma vírgula de rubor, os cabelos engomados e ornados de pérolas, o pescoço esticado e pintado a emergir das caneluras de um rígido colarinho de pregas.

Já nessa imagem de um dos mais íntimos familiares do duque de Épernon e do marquês de O,[2] ressaltavam os vícios de um temperamento empobrecido, a predominância de linfa no sangue.

A decadência[3] dessa antiga casa havia seguido regularmente o seu curso, sem dúvida alguma; o efeminamento dos varões se fora acentuando; como para rematar a obra do tempo, os Des Esseintes, durante dois séculos, casaram seus filhos entre si, exaurindo-lhes o resto de vigor em uniões consanguíneas.

Dessa família, outrora tão numerosa, que ocupava quase todos os territórios da Ilha de França e de Brie, um único descendente ainda vivia, o duque Jean, um jovem franzino de trinta anos, anêmico e nervoso, de faces cavas, olhos azuis de aço frio, nariz erguido conquanto reto, mãos magras e longas.

Por um singular fenômeno de atavismo, o derradeiro descendente parecia-se como o seu remoto avô: tinha dele a mesma barba em ponta de um louro pálido ao extremo e a mesma expressão ambígua, a um só tempo fatigada e esperta.

Sua infância havia sido fúnebre. Ameaçada de escrófulas, acabrunhada de febres caprichosas, logrou no entanto, com o auxílio do ar livre e de cuidados, franquear a rebentação da nubilidade, quando então os nervos se impuseram, corrigiram os langores e abandonos da clorose, levaram a desenvolvimento completo as progressões do crescimento.

A mãe dele, uma mulher alta, silenciosa e branca, morreu de prostração; por sua vez, o pai faleceu de uma vaga moléstia; Des Esseintes completava, a essa altura, dezessete anos.

Não guardara, dos pais, mais que uma lembrança amedrontada, sem reconhecimento nem afeição. O pai, que morava habitualmente em Paris, ele mal chegou a conhecê-lo; a mãe, ele a revia, imóvel e acamada, num aposento sombrio do castelo de Lourps. Raramente estavam juntos o marido e a mulher, e de tais ocasiões ele recordava entrevistas descobridas, pai e mãe sentados um à frente do outro, diante de uma mesinha de centro que era a única iluminada por um candeeiro de amplo quebra-luz, muito baixo porque a duquesa não podia suportar sem crises de nervos a claridade e o ruído; na sombra, mal chegavam a trocar duas palavras, após as quais o duque se afastava indiferente e tomava à pressa o primeiro trem de volta.

No colégio de jesuítas para onde Jean fora mandado fazer os seus estudos, a existência correu-lhe mais amena e favoravelmente. Os padres puseram-se a mimar o menino cuja inteligência os surpreendia; contudo, a despeito de seus esforços, não lograram conseguir que ele se entregasse a estudos disciplinados; tomava gosto por certos trabalhos, tornara-se prematuramente destro na língua latina, mas, em compensação, era absolutamente incapaz de traduzir duas palavras do grego, não demonstrava nenhuma aptidão para as línguas vivas, e revelou-se um ser perfeitamente obtuso quando forcejaram por ensinar-lhe rudimentos das ciências.

Sua família se preocupava pouco com ele; às vezes, o pai vinha visitá-lo no pensionato: "Bom dia, boa noite, comporta-te e estuda bastante". Nas férias de verão, ele partia para o castelo de Lourps; sua presença não tirava a mãe de seus devaneios; ela mal se dava conta dele, ou o contemplava, por alguns segundos, com um sorriso quase doloroso, depois absorvia-se novamente na noite artificial em que os espessos reposteiros das janelas envolviam o aposento.

Os criados eram aborrecidos e velhos. Entregue a si mesmo, o menino entretinha-se com livros nos dias de chuva; nas tardes de bom tempo, vagava pelo campo.

Sua maior alegria era descer até o valezinho, alcançar Jutigny, aldeia plantada no sopé das colinas, um pequeno amontoado de casinhas toucadas de barretes de colmo salpicados de tufos de saião e molhos de musgo. Ele se deitava na campina, à sombra das altas medas, escutando o ruído surdo dos moinhos d'água, aspirando a aragem fresca da Voulzie. Às vezes, ia até as turfeiras, até a aldeola verde e negra de Longueville, ou então trepava pelas encostas varridas de vento e de onde divisava vastos espaços. Dali avistava, de um lado, abaixo de si, o vale do Sena, que se perdia de vista até confundir-se com o azul do céu fechado, ao longe; do outro lado, lá no alto do horizonte, as igrejas e a torre de Provins, que pareciam tremer ao sol na pulverulência dourada do ar.

Ele lia ou sonhava, saciava-se até à noite de solidão; à força de meditar os mesmos pensamentos, seu espírito se concentrou e amadureceram suas ideias ainda indecisas. Após cada período de férias, voltava para seus mestres mais ponderado e mais teimoso; tais mudanças não escapavam à atenção dos jesuítas; perspicazes e astutos, habituados pelo ofício a sondar as almas até o imo, não se deixaram absolutamente enganar por aquela inteligência desperta mas indócil; compreenderam que tal aluno jamais contribuiria para a glória de seu estabelecimento, e como a família dele era rica e parecia desinteressada do futuro do menino, os padres renunciaram desde logo a orientá-lo para as carreiras mais vantajosas; embora Jean discutisse com eles de bom grado todas as doutrinas teológicas que o atraíam por suas sutilezas e argúcias, não cogitaram jamais de destiná-lo às Ordens, isso porque, a despeito dos esforços que faziam, a fé desse discípulo continuava débil; em última instância, por prudência, por temor do desconhecido, deixaram-no aplicar-se aos estudos que lhe interessavam e negligenciar os demais; não desejavam que aquele espírito independente se alienasse deles por manobras de leigos.

Ele vivia destarte perfeitamente feliz, mal sentindo o jugo paternal dos padres; continuou os estudos latinos e franceses à sua maneira e conquanto a teologia não figurasse nos seus programas de aula, completou o aprendizado dessa ciência em que se iniciara no castelo de Lourps, na biblioteca deixada pelo seu tio-bisavô D. Prosper, antigo prior dos cônegos regulares de Saint-Ruf.

Chegou todavia o momento de despedir-se da instituição dos jesuítas; ele alcançara a maioridade e tornava-se dono de sua fortuna; seu primo e tutor, o conde de Montchevrel, prestou-lhe contas dela. As relações que mantiveram foram de curta duração, já que não podia existir nenhum ponto de contato entre esses dois homens, um dos quais era velho e o outro jovem. Por curiosidade, por falta do que fazer, por polidez, Des Esseintes frequentou-lhe a família e suportou, repetidas vezes, no palácio da rua de la Chaise, saraus opressivos onde parentes tão antigos quanto o mundo entretinham-se com quartéis de nobreza, luas heráldicas, cerimoniais cediços.

Mais ainda que esses herdeiros de bens maternos, os homens, reunidos à volta de uma mesa de uíste, revelassem-se seres imutáveis e nulos; ali, os descendentes dos antigos e bravos cavaleiros medievais, os derradeiros ramos das estirpes feudais, mostraram-se a Des Esseintes sob os traços de velhos catarrentos e maníacos a repisar insípidos discursos, frases centenárias. Assim como no caule cortado de um feto, uma flor-de-lis parecia ser a única marca impressa na polpa embotada daqueles velhos crânios.

Tomou-se o jovem de imensa piedade por tais múmias amortalhadas em seus hipogeus pompadour de talho rococó, por tais enfadonhas lesmas que viviam de olho fixado constantemente numa vaga Canaã, numa Palestina imaginária.

Após algumas reuniões nesse meio social, resolveu-se ele, a despeito dos convites e das censuras, a não mais pôr os pés ali.

Principiou então a conviver com gente da sua idade e do seu mundo.

Alguns, educados como ele em internatos religiosos, tinham guardado, dessa educação, uma marca especial. Acompanhavam os ofícios litúrgicos, comungavam na Páscoa, frequentavam os círculos católicos e dissimulavam baixando o olhar, como se de um crime se tratasse, às investidas que faziam às moças. Eram, na maioria, peralvilhos obtusos e servis, cábulas vitoriosos que haviam esgotado a paciência de seus professores; tinham-lhes, não obstante, feito a vontade de depositar, na sociedade, seres obedientes e pios.

Os outros, educados em colégios do Estado ou em liceus, eram menos hipócritas e mais livres; nem por isso revelavam-se mais interessantes ou menos estreitos de mentalidade. Eram estroinas apaixonados por operetas e corridas, jogadores de lansquenê e de bacará que apostavam fortunas nos cavalos, nas cartas, em todos os prazeres caros às pessoas vazias. Ao fim de um ano de experiência, uma lassidão imensa resultou dessa companhia cujas devassidões lhe pareceram vis e fáceis, praticadas sem discernimento, sem aparato febril, sem verdadeira sobre-excitação do sangue e dos nervos.

Pouco a pouco, foi-a abandonando para aproximar-se dos homens de letras com os quais seu pensamento deveria encontrar maior afinidade e sentir-se mais à vontade. Foi um outro malogro; revoltou-se com os juízos rancorosos e mesquinhos deles, com a sua conversação tão banal quanto uma porta de igreja, com os seus discursos enfadonhos a julgar o valor de uma obra em função do número de edições e dos lucros de vendas. Ao mesmo tempo, pôs reparo nos livres-pensadores, nos doutrinários da burguesia, gente que reclamava todas as liberdades para poder estrangular as opiniões alheias, ávidos e descarados puritanos cuja educação ele estimava inferior à do sapateiro da esquina.

Seu desprezo pela humanidade aumentou; compreendeu enfim que o mundo se compõe, na maior parte, de sacripantas e imbecis. Decididamente, não tinha nenhuma esperança de descobrir em outrem as mesmas aspirações e os mesmos rancores, nenhuma esperança de acasalar-se com uma inteligência que se comprouvesse, como a sua, numa estudiosa decrepitude; nenhuma esperança de associar-se a um espírito penetrante e torneado como o seu, de um escritor ou de um letrado.

Desalentado, indisposto, indignado com a insignificância das ideias trocadas ou recebidas, ele se convertia numa dessas pessoas de que fala Nicole,[4] pessoas que em toda parte estão afligidas; ele chegava a esfolar constantemente a própria epiderme, a aturar as balelas patrióticas e sociais divulgadas todas as manhãs pelos jornais, a exagerar o alcance dos favores com que um público todo-poderoso recebe sempre as obras escritas sem ideias e sem estilo, não obstante isso.

A essa altura, já sonhava com uma refinada tebaida, num deserto confortável, com uma arcada imóvel e tépida onde ele se refugiaria, longe do incessante dilúvio da parvoíce humana.

Uma única paixão, a mulher, tê-lo-ia podido deter nesse universal desdém que o empolgava, mas ela também se desgastara. Ele se servira dos acepipes carnais com um apetite de homem caprichoso, atacado de malacias, obcecado por fomes caninas e cujo paladar se embota e se insensibiliza depressa; nos tempos em que se acamaradava com os fidalgotes, tinha ele participado dessas vastas ceias em que mulheres ébrias desapertam os vestidos e põem-se a bater com a cabeça na mesa; tinha também frequentado os bastidores para apalpar atrizes e cantoras, suportado, além da parvoíce inata das mulheres, a delirante vaidade das cabotinas; mais tarde, sustentara raparigas já célebres e contribuíra para a fortuna dessas agências que fornecem, mediante paga, prazeres discutíveis; finalmente, já farto, cansado de tal luxo de imitação, de tais carícias idênticas, havia mergulhado na sarjeta, esperando com isso atender aos seus desejos pelo contraste e estimular seus sentidos entorpecidos pela excitante sujidade da miséria.

Por mais que tentasse, um tédio imenso o oprimia. Insistiu, recorreu às perigosas carícias das virtuoses, mas então debilitou-se a sua saúde e exacerbou-se o seu sistema nervoso; a nuca já se lhe tornara sensível e a mão agitava-se, reta ainda quando agarrava um objeto pesado, saltitante e pensa quando segurava algo leve, como um cálice.[5]

Os médicos consultados o assustaram. Era tempo de parar com aquele tipo de vida, de renunciar àquelas manobras que lhe minavam as forças. Durante algum tempo, ele se manteve tranquilo, mas logo o cerebelo se exaltou, chamou de novo às armas. À semelhança desses rapazolas que, sob o acicate da puberdade, têm fome de iguarias estragadas ou abjetas, ele começou a sonhar com a prática de amores excepcionais, de prazeres anômalos; aí foi o fim; como que saciados por haver esgotado todos os recursos, como que exaustos de fadiga, seus sentidos entraram em letargia, a impotência aproximou-se.

Ele se viu de novo na estrada, desiludido, sozinho, abominavelmente enfastiado, implorando um fim que a covardia de sua carne o impedia de atingir.

Suas ideias de afastar-se para longe do mundo, de fechar-se num retiro, de abafar (como se faz para certos doentes cobrindo a rua de palha) o alarido rolante da vida inflexível, se revigoraram.

Aliás, já era tempo de decidir-se; o balanço que deu na sua fortuna apavorou-o; em farras, em extravagâncias, malbaratara a maior parte do seu patrimônio e a outra parte, aplicada em terras, só lhe dava uns rendimentos irrisórios.

Resolveu vender o castelo de Lourps aonde não ia mais e onde não deixava, atrás de si, nenhuma lembrança sedutora, nenhum pesar; liquidou igualmente seus outros bens, comprou papéis de crédito dos fundos públicos e perfez assim uma renda anual de cinquenta mil libras, reservando ademais uma soma avultada para pagar e mobiliar a casinha onde se propunha mergulhar na definitiva quietude.

Esquadrinhou as cercanias da capital e descobriu uma casinhola à venda nos altos de Fontenay-aux-Roses, um local afastado, sem vizinhos, perto do forte:[6] seu sonho fora satisfeito; naquela região pouco assolada pelos parisienses, ele estava certo de encontrar abrigo; tranquilizava-o a dificuldade de comunicações, mal asseguradas por um ridículo caminho de ferro situado na extremidade da aldeia e por pequenos bondes, que partiam e faziam o percurso quando bem entendiam. Pensando na nova existência que desejava organizar, experimentava uma alegria tanto mais viva quanto já se via à margem, longe demais para ser atingido pela vaga de Paris e perto desta o bastante para que a proximidade da capital o confirmasse na sua solidão. E, com efeito, já que basta estar na impossibilidade de ir a um lugar para que de pronto o desejo de lá ir vos domine, ele tinha possibilidades, evitando barrar completamente o caminho, de não ser assaltado por nenhuma recrudescência do gosto pela sociedade, por nenhum pesar.

Pôs pedreiros a trabalhar na casa que adquirira e então bruscamente, certo dia, sem anunciar seus projetos a ninguém, desembaraçou-se do seu antigo mobiliário, despediu a criadagem e desapareceu, sem deixar à porteira endereço algum.

I

Mais de dois meses se passaram antes que Des Esseintes pudesse engolfar-se no silencioso repouso de sua casa de Fontenay; toda a sorte de compras obrigava-o a deambular ainda por Paris, a percorrer a cidade de uma à outra ponta.

E no entanto a que investigações não recorreu, a que meditações não se entregou antes de confiar seu domicílio aos tapeceiros!

De havia muito tornara-se um especialista em sinceridades e tons evasivos. Outrora, quando recebia mulheres em casa, havia preparado uma salinha onde, em meio a pequenos móveis esculpidos no pálido canforeiro do Japão, sob uma espécie de tenda de cetim rosa das Índias, as cadeiras ganhavam um suave colorido às luzes filtradas pelo tecido.

Esse aposento, onde os espelhos faziam eco uns aos outros e remetiam, nas paredes, a uma enfiada de róseas salinhas que se perdiam de vista, tornara-se célebre entre as raparigas: elas se compraziam em mergulhar sua nudez naquele banho de tépido encarnado que o odor de menta desprendido pela madeira dos móveis aromatizava.

Mas mesmo deixando de lado as vantagens desse ar arrebicado, que parecia transfundir sangue novo nas peles desbotadas e gastas pelo uso de alvaiades e pelo abuso das noitadas, ele saboreava por conta própria, naquele lânguido ambiente, satisfações particulares, prazeres que extremavam e ativavam, de alguma maneira, as recordações dos males passados, dos tédios defuntos.

Destarte, por ódio, por desprezo à sua infância, ele tinha dependurado ao forro daquele aposento uma pequena gaiola de fios de prata onde um grilo preso cantava como nas cinzas das chaminés do castelo de Lourps; quando tornava a ouvir aquele cricrilar tantas vezes ouvido, todos os saraus contrafeitos e mudos em companhia da mãe, todo o abandono de uma juventude sofredora e reprimida se acotovelavam à sua frente, e então, às sacudidelas da mulher que ele acariciava maquinalmente e cujas palavras ou risos lhe interrompiam a visão e o traziam bruscamente de volta à realidade, à salinha, à terra, um tumulto elevava-se na sua alma, uma necessidade de vingar as tristezas suportadas, uma fúria de macular com infâmias as lembranças familiares, um desejo exasperado de ofegar sobre coxins de carne, de esgotar até as derradeiras gotas as mais veementes e as mais acres extravagâncias carnais.

Outras vezes, também, quando o tédio o oprimia, quando, nos dias chuvosos de outono, a aversão pela rua, pelo estar em casa, pelo céu de borra jalde, pelas nuvens de macadame o acometia, ele se refugiava naquele reduto, balançava suavemente a gaiola e ficava a vê-la repercutir ao infinito no jogo de espelhos, até os seus olhos ébrios se darem conta de que a gaiola não se movia mais, mas que a salinha toda oscilava e girava, enchendo a casa de uma rósea valsa.

Mais tarde, à época em que julgava necessário singularizar-se, Des Esseintes tinha criado outrossim mobiliários faustosamente estranhos, dividindo seu salão numa série de nichos atapetados de maneiras diferentes e que podiam se relacionar, por uma sutil analogia, por uma vaga harmonia de cores alegres ou sombrias, delicadas ou bárbaras, ao caráter das obras latinas e francesas que ele estimava. Instalava-se então naquele dos nichos cuja decoração lhe parecia mais bem corresponder à essência mesma do livro que seu capricho de momento o levava a ler.[1]

Por fim, havia mandado preparar uma ampla sala destinada à recepção de seus fornecedores; eles entravam, sentavam-se uns ao lado dos outros em cadeiras de coro de igreja, e então ele se instalava numa alta cátedra magistral e de lá pregava o sermão sobre o dandismo,[2] conjurando seus sapateiros e alfaiates a se conformarem da maneira mais absoluta aos seus breves em matéria de talhe, ameaçando-os de excomunhão pecuniária se não seguissem ao pé da letra as instruções contidas em suas monitorias e em suas bulas.

Adquiriu reputação de excêntrico, que rematou usando trajes de veludo branco, coletes orlados de ouro; espetando, à guisa de gravata, um ramalhete de violetas na chanfradura decotada de uma camisa; oferecendo aos homens de letras jantares retumbantes, num dos quais, para celebrar o mais fútil dos infortúnios, organizara um banquete de luto à imitação do século XVIII.

Na sala de jantar forrada de preto, aberta para o jardim de sua casa subitamente transformado, com as aleias cobertas de carvão em pó, o tanquezinho debruado agora de um parapeito de basalto e cheio de tinta, os maciços providos de ciprestes e pinheiros, servira-se o jantar sobre uma toalha negra, guarnecida de violetas e escabiosas, iluminada por candelabros onde queimavam chamas verdes e castiçais onde ardiam velas.

Enquanto uma orquestra dissimulada tocava marchas fúnebres, os convivas haviam sido servidos por negras nuas, de chinelas e meias de tecido de prata pontilhado de lágrimas.

Comera-se, em pratos orlados de negro, sopa de tartaruga, pão de centeio russo, azeitonas maduras da Turquia, caviar, butargas de sargo, chouriços defumados de Frankfurt, caça com molho cor de suíno de alcaçuz, e de graxa, caldo de trufas, cremes ambarados de chocolate, pudins, pêssegos-carecas, compota de uva, amoras e ginjas; bebera-se, em copos escuros, vinho da Limanha e do Rossilhão, Tenedos, Val-de-Peñas e Porto; saboreara-se, depois do café e do licor de nozes, kwas, cerveja porter e stout.

O jantar de participação de uma virilidade momentaneamente morta[3] fora anunciado por convites semelhantes aos de enterro.

Mas tais extravagâncias, de que ele outrora se gloriava, haviam se desgatado por si próprias; hoje, sentia desprezo por todas aquelas ostentações pueris e antiquadas, por aqueles trajes anormais, por aqueles enfeites de habitações excêntricas. Ele sonhava simplesmente compor, para seu prazer pessoal e não mais para espanto de outrem, um interior confortável e decorado não obstante de maneira singular, criar uma instalação original e calma, adequada às necessidades de sua futura solidão.

Quando a casa de Fontenay foi devidamente preparada, de acordo com seus desejos e planos, por um arquiteto; quando não faltava senão determinar o arranjo dos móveis e da decoração, ele passou em revista, de novo e longamente, a série de cores e tons.

O que desejava eram cores cuja expressão se afirmasse à luz artificial[4] dos candeeiros; pouco lhe importava que se mostrassem, à claridade do dia, insípidas ou ásperas, visto que ele só vivia à noite, por julgar que se estava melhor na própria casa, sozinho, e que o espírito só se excitava e crepitava ao contato da noite vizinha; sentia também um prazer especial em ficar num aposento muito bem iluminado, o único desperto e de pé em meio a casas às escuras, adormecidas: um tipo de prazer onde entrava talvez uma ponta de vaidade, uma satisfação assaz singular, conhecida dos trabalhadores tardios quando, erguendo as cortinas das janelas, percebem que à sua volta está tudo apagado, tudo mudo, tudo morto.

Lentamente selecionou, um por um, os tons.

O azul puxa, à luz das velas, para um verde falso; se for escuro como o cobalto e o anil, torna-se negro; se for claro, torna-se cinza; se for franco e suave como o turquesa, embota-se e acetina-se.

A menos, pois, que o associasse a uma outra cor coadjuvante, não podia cogitar de fazê-lo a cor dominante num aposento.

Por outro lado, os cinzas-ferro se encrespam e se tornam pesados; os cinzas-pérola perdem o azul e se metamorfoseiam num branco sujo; os castanhos se entorpecem e arrefecem; quanto aos verdes-escuros, assim como os verdes-imperador e os verdes-mirto, atuam da mesma maneira que os azuis carregados e fundem-se com os negros; restam pois os verdes mais pálidos, como o verde-pavão, o cinábrio e as lacas, mas então a luz exila deles seu azul e só lhes guarda o amarelo, que não conserva, por sua vez, senão um tom falso, um sabor turvo.

Não se podia nem pensar nos salmões e nos rosas, cujas efeminações contrariavam as ideias de isolamento; tampouco se podia pensar nos violetas que se despojam; o vermelho sobrevive, solitário, e que vermelho! um vermelho viscoso, ignóbil borra de vinho; parecia-lhe aliás assaz inútil recorrer a esta cor, pois, com a intromissão de certa dose de santonina, torna-se violeta à vista, e facilmente se altera, mesmo sem ser tocada, a cor de suas tinturas.

Postas de lado essas cores, só outras três restavam: o vermelho, o laranja e o amarelo.

De todas, ele preferia o laranja, confirmando assim, pelo seu próprio exemplo, a verdade de uma teoria que ele declarava de exatidão quase matemática, a saber: que existe uma harmonia entre a natureza sensual de um indivíduo verdadeiramente artista e a cor que seus olhos veem de maneira mais especial e viva.

Desprezando, com efeito, o comum dos homens,

cujas grosseiras retinas não percebem nem a cadência própria de cada cor nem o encanto misterioso de sua degradação e de suas nuanças; desprezando igualmente os olhos burgueses insensíveis à pompa e à vitória das cores vibrantes e fortes; e não considerando, então, mais do que as pessoas de pupilas refinadas, exercitadas pela literatura e pela arte, parecia-lhe coisa certa que o olho de cada um dos que sonham com o ideal, dos que reclamam ilusões, exigem véus no leito, é geralmente acariciado pelo azul e seus derivados, tais como o malva, o lilás, o cinza-pérola, contanto que se mantenham brandos e não ultrapassem a fronteira onde alienam sua personalidade e se transformam em violetas puros, em cinzas francos.

Contrariamente, as pessoas atiradas, os pletóricos, os belos sanguíneos, os sólidos varões que desdenham as entradas e os episódios e se arrojam, perdendo logo a cabeça, esses se comprazem, em sua maioria, nas luzes brilhantes dos amarelos e dos vermelhos, nos toques de címbalos dos vermelhões e dos cromos que os cegam e os embriagam.

Por fim, os olhos das pessoas debilitadas e nervosas cujo apetite sensual busca as iguarias temperadas pelas defumações e salmouras, os olhos das pessoas sobre-excitadas e héticas adoram, quase todos, essa cor irritante e malsã, de esplendores fictícios, de febres ácidas: o alaranjado.

A escolha de Des Esseintes não dava azo, portanto, a nenhuma dúvida; incontestáveis dificuldades se apresentavam ainda, porém. Se o vermelho e o amarelo se enaltecem sob as luzes, o mesmo nem sempre acontece com o seu composto, o laranja, que se deixa arrebatar e se transmuda frequentemente numa cor de fogo viva ou desmaiada.

Estudou-lhe, à luz de velas, todas as nuanças, descobrindo uma que lhe pareceu não ir se desequilibrar e subtrair-se às exigências que ao laranja se faziam; uma vez terminadas essas preliminares, cuidou de não usar, na medida do possível, em seu gabinete pelo menos, estofos e tapetes do Oriente, os quais, agora que os negociantes enriquecidos os adquirem nas lojas de novidades, com desconto, haviam se tornado tão fastidiosos e tão comuns.

Resolveu, no fim das contas, mandar encadernar as paredes como se fossem livros, com marroquim de grão grosso esmagado, com pele do Cabo acetinada, por chapas resistentes de aço, numa prensa poderosa.

Uma vez prontos os lambris, mandou pintar as molduras e os altos plintos de um anil escuro, um anil lacado semelhante ao que os carpinteiros de carruagens empregam nas almofadas dos veículos, e o teto, um tanto abaulado, igualmente forrado de marroquim, abria-se, qual imensa claraboia, encaixado em sua pele cor de laranja, num círculo de firmamento de seda azul-real no meio do qual se elevavam, em rápido adejo, serafins de prata havia pouco bordados pela confraria de tecelãos de Colônia para um antigo pluvial.

Depois de ter se efetuado a colocação, de noite, tudo aquilo se conciliou, atenuou, assentou: as guarnições imobilizaram seu azul firme e como que aquecido pelos laranjas, os quais, por sua vez, mantiveram-se sem adulteração, apoiados e, de algum modo, atiçados que foram pelo sopro premente dos azuis.

Em matéria de móveis, Des Esseintes não teve de levar a cabo longas pesquisas, já que o único luxo daquela peça iria consistir em livros e flores raras; limitou-se, deixando para decorar mais tarde, com alguns desenhos e alguns quadros, os tabiques que haviam ficado nus, a instalar, na maioria das paredes, prateleiras e armários de biblioteca em madeira de ébano, a cobrir o chão de tacos com peles de animais selvagens e peliças de raposa azul, e a dispor, junto de uma mesa maciça de cambista, do século xv, poltronas fundas com abas laterais e uma velha estante de coro, feita de ferro forjado, um daqueles antigos suportes sobre os quais o diácono outrora pousava o antifonário e que agora sustentava um dos pesados in-fólio do *Glossarium mediae et infimae latinitatis* de Du Cange.[5]

As vidraças, cujos vidros azulados, esmaltados em raiado e recamados de fundos de garrafa com suas protuberâncias salpicadas de ouro, interceptavam a vista do campo e só deixavam penetrar uma luz falsa, foram veladas, por sua vez, por cortinados feitos de velhas estolas em que o ouro escurecido e quase amarelo-escuro se desvanecia na trama de um ruivo quase morto.

Finalmente, sobre a lareira, cuja coberta fora também cortada do suntuoso estofo de uma dalmática florentina, entre dois ostensórios de cobre dourado, de estilo bizantino, provenientes da antiga Abbaye-au-Bois de Bièvre, um maravilhoso cânone de igreja, de três compartimentos separados, ornados como uma renda, continha, sob o vidro de seu caixilho, copiados num velino autêntico, com admiráveis letras de missal e esplêndidas iluminuras, três peças de Baudelaire: à direita e à esquerda, os sonetos intitulados "A morte dos amantes" e "O inimigo"; no meio, o poema em prosa intitulado: "*Any where out of the world.* — Não importa onde, fora do mundo".[6]

II

Após a venda de seus bens, Des Esseintes conservou os dois velhos criados domésticos que lhe haviam cuidado da mãe e desempenhado, ao mesmo tempo, as funções de administradores e porteiros do castelo de Lourps, o qual permaneceu desabitado e vazio até a época em que foi posto em adjudicação.

Mandou vir para Fontenay esse casal habituado a cuidar de doente, a uma regularidade de enfermeiros que distribuíam de hora em hora colheradas de poções e tisanas, a um rígido silêncio de monges em claustro, sem comunicação com o exterior, vivendo em aposentos de janelas e portas cerradas.

O marido ficou encarregado de arrumar os quartos e de ir buscar provisões, a mulher de cuidar da cozinha. Des Esseintes cedeu-lhes o primeiro andar da casa, obrigou-os a usar chinelos de feltro, mandou colocar tambores ao longo das portas bem azeitadas e revestir o assoalho com um grosso tapete para jamais ouvir-lhes os passos acima da cabeça.

Combinou com eles, outrossim, o sentido de certos sinais, determinando a significação dos toques de campainha; mostrou-lhes, em sua escrivaninha, o lugar onde, todos os meses, deveriam deixar, enquanto ele dormia, o livro de contas; dispôs tudo, enfim, de modo a não ter de falar-lhes ou vê-los amiúde.

Todavia, como a mulher precisasse algumas vezes de ladear a casa para ir até o telheiro onde estava guardada a lenha, ele, para evitar que sua sombra, quando passava diante das janelas do térreo, parecesse hostil, mandou fazer-lhe um vestido de faile flamengo, com touca branca e capuz grande, baixo, negro, igual aos que são ainda usados, em Gand, pelas mulheres da beguinaria.[1] A sombra daquela coifa desfilando à sua frente no crepúsculo dava-lhe a sensação de estar num claustro, lembrava-lhe aldeias mudas e devotas, bairros mortos e fechados, ocultos nalgum canto de uma cidade viva e ativa.

Regrou também as horas imutáveis das refeições; aliás, estas eram pouco complicadas e assaz sucintas, visto a fraqueza do seu estômago não lhe permitir mais absorver iguarias variadas ou indigestas.

Às cinco horas, no inverno, após o cair da tarde, fazia um jantar ligeiro, dois ovos quentes, torradas e chá; mais tarde, às onze horas, ceava; durante a noite tomava café, por vezes chá e vinho; debicava um jantarzinho às cinco da manhã, antes de meter-se na cama.

Fazia essas refeições, cuja ordem e cardápio eram fixados, de uma vez por todas, no começo de cada estação, em uma mesa posta no meio de uma salinha separada do seu gabinete de trabalho por um corredor acolchoado, hermeticamente fechado, que não deixava nenhum odor, nenhum ruído infiltrar-se nos dois aposentos por ele interligados.

A salinha de jantar semelhava a cabine de um navio com o seu teto abobadado munido de vigas em semicírculo, seus tabiques e seu forro de pinheiro americano, sua janelinha aberta no forro feito uma vigia ou escotilha.

Tal como essas caixas japonesas que entram umas nas outras, a salinha se inseria num aposento maior, o qual era a verdadeira sala de jantar construída pelo arquiteto.

Esta possuía duas janelas, uma agora invisível, escondida pelo tabique, que uma mola fazia baixar à vontade, a fim de permitir renovar o ar que por tal abertura podia então entrar e circular à volta da caixa de pinho americano; a outra, visível porque colocada bem diante da escotilha praticada no forro de madeira, estava condenada; com efeito, um grande aquário ocupava todo o espaço entre a escotilha[2] e a janela de verdade aberta na verdadeira parede. A luz do dia atravessava, pois, para iluminar a cabine, a janela, cujas vidraças tinham sido substituídas por um espelho não estanhado, a água e, por último, o vidro fixo da escotilha.

No momento em que o samovar fumegava sobre a mesa, ao mesmo tempo que, no outono, o sol acabava de desaparecer, a água do aquário, vítrea e turva, enrubescia e tamisava sobre os ruivos tabiques clarões de brasas inflamadas.

Às vezes, de tarde, quando por acaso estava desperto e de pé, Des Esseintes mandava acionar o jogo de canos e condutores que esvaziavam o aquário e o tornavam a encher de água pura, e ali deitar gotas de essências coloridas, propiciando-se assim, a seu gosto, os tons verdes ou salobros, opalinos ou prateados, que têm os rios de verdade, de conformidade com a cor do céu, o ardor mais ou menos vivo do sol, as ameaças mais ou menos acentuadas de chuva; de conformidade, numa palavra, com as condições da estação e da atmosfera.

Imaginava então achar-se na entreponte de um brigue e contemplava com curiosidade maravilhosos peixes mecânicos, montados como peças de relojoaria, que passavam diante do vidro da escotilha e se embaraçavam em falsas ervas; ou então, aspirando o aroma de alcatrão que era insuflado no aposento antes de ele ali entrar, examinava, dependuradas à parede, gravuras coloridas representando, como nas agências de paquetes ou do Lloyd, barcos a vapor em rota para Valparaíso e la Plata, e tabelas enquadradas nas quais estavam assinalados os itinerários da linha do Royal Mail Steam Packet, das companhias Lopez e Valéry, os fretes e as escalas de serviços postais do Atlântico. Depois, quando se cansara de consultar esses indicadores, descansava a vista olhando os cronômetros e as bússolas, os sextantes e os compassos, as chúmeas e os mapas espalhados por sobre uma mesa acima da qual se elevava um único livro, encadernado em pele de foca, as *Aventuras de Arthur Gordon Pym*,[3] especialmente impresso para ele em papel raiado de pura fibra, escolhido folha por folha, com uma gaivota em filigrana.

Podia divisar, finalmente, varas de pesca, redes curtidas, rolos de velas ruças, uma âncora minúscula de cortiça, pintada de preto, tudo isso amontoado perto da porta que comunicava com a cozinha por um corredor guarnecido de estofo acolchoado que absorvia, tanto quanto o corredor entre a sala de jantar e o gabinete de trabalho, todos os odores e todos os ruídos.

Ele obtinha assim, sem sair de casa, as sensações rápidas, quase instantâneas, de uma viagem de longo curso, e esse gosto do deslocamento que só existe, em suma, na recordação, quase nunca no presente, no próprio instante em que se efetua; desfrutava-o plenamente, à vontade, sem fadiga, sem preocupações, naquela cabine cuja desordem rebuscada, cujo arranjo transitório e instalação como que temporária correspondiam assaz exatamente à sua estada passageira ali, ao tempo limitado de suas refeições, e contrastava de maneira absoluta com o seu gabinete de trabalho, uma peça definitiva, arrumada, bem assente, equipada para a firme manutenção de uma existência caseira.

O movimento lhe parecia, de resto, inútil, e a imaginação podia, no seu entender, facilmente substituir-se à realidade vulgar dos fatos. Reputava ser possível contentar os desejos tidos por mais difíceis de satisfazer na vida normal mediante um ligeiro subterfúgio, uma sofisticação aproximativa do objeto perseguido por eles. Assim é que, de toda evidência, os gastrônomos se deliciam hoje em dia, nos restaurantes renomados pela excelência de suas adegas, bebendo vinhos de marca fabricados com as baixas vinhaças tratadas de acordo com o método do Sr. Pasteur.[4] Ora, verdadeiros ou falsos, esses vinhos têm o mesmo aroma, a mesma cor, o mesmo buquê, e, por conseguinte, o prazer que se experimenta degustando tais beberagens alteradas e factícias é absolutamente idêntico àquele que se experimentaria saboreando o vinho natural e puro, inencontrável mesmo a peso de ouro.

Transportando este capcioso desvio, esta habilidosa mentira para o mundo do intelecto, ninguém põe em dúvida que se possa, tão facilmente quanto no mundo material, desfrutar delícias quiméricas semelhantes, em tudo e por tudo, às verdadeiras; ninguém põe em dúvida, por exemplo, que uma pessoa possa se entregar a longas explorações, desde o cantinho de sua lareira, auxiliando, se necessário, o espírito renitente ou lento com a leitura sugestiva de uma obra que narre viagens a lugares longínquos; ninguém põe em dúvida, tampouco, que se possa — sem sair de Paris — desfrutar a benéfica impressão de um banho de mar: basta ir, de boa-fé, ao banho Vigier, instalado num barco em pleno Sena.

Lá, mandando-se salgar a água da banheira e acrescentar-lhe, de acordo com a fórmula do Codex, sulfato de sódio, cloridrato de magnésio e de sódio; tirando-se de uma caixa, cuidadosamente cerrada por um passo de rosca, um rolo de cordel ou um pedacinho de cabo que se foi procurar especialmente numa dessas grandes cordoarias cujos vastos armazéns e subsolos recendem a odores de maresia e de porto; aspirando-se estes perfumes conservados ainda pelo cordel ou pedaço de cabo; consultando-se a fotografia exata do cassino e lendo--se com ardor o guia Joanne que descreve as belezas da praia onde se desejaria estar; deixando-se embalar pelas vagas que ergue, na banheira, a esteira dos barcos de passeios ao passarem rente à barcaça dos banhos; escutando-se, por fim, os gemidos do vento engolfado sob os arcos e o ruído surdo dos ônibus que rolam, a dois passos acima de vós, sobre a ponte Royal, a ilusão de mar é inegável, imperiosa, segura.

Tudo está em saber a pessoa arranjar-se, concentrar seu espírito num único ponto, abstrair-se o suficiente para provocar a alucinação e poder substituir a realidade propriamente dita pelo sonho dela.

O artifício parecia outrossim a Des Esseintes a marca distintiva do gênio humano.[5]

Como ele costumava dizer, a natureza já teve a sua vez; cansou definitivamente, pela desgastante uniformidade das suas paisagens e dos seus céus, a paciência atenta dos refinados. No fundo, que chatice de especialista confinado a seu papel; que mesquinharia de lojista apegando-se a determinado artigo com exclusão dos demais; que monótona coleção de prados e árvores, que banal agência de montanhas e mares!

Não existe, aliás, nenhuma de suas invenções reputada tão sutil ou grandiosa que o gênio humano não possa criar; nenhuma floresta de Fontainebleau, nenhum luar que cenários inundados de jatos elétricos não reproduzam; nenhuma cascata que a hidráulica não imite se nisso se empenhar; nenhum rochedo que o papelão não assimile; nenhuma flor que tafetás ilusórios e delicados papéis pintados não igualem!

Não há dúvida de que essa sempiterna maçadora já esgotou a indulgente admiração dos verdadeiros artistas e é chegado o momento de substituí-la, tanto quanto possível, pelo artifício.

E ademais, considerando de perto aquela de suas obras considerada como a mais requintada, aquela de suas criações cuja beleza é, no entender de toda a gente, a mais original e a mais perfeita: a mulher; será que o homem, de seu lado, não fabricou, sozinho, um ser animado e factício que lhe equivale perfeitamente, do ponto de vista da beleza plástica?, será que existe, aqui embaixo, um ser concebido nas alegrias da fornicação e saído das dores de uma matriz cujo modelo, cujo tipo seja mais deslumbrante, mais esplêndido que o dessas duas locomotivas adotadas pela linha da estrada de ferro do Norte?

Uma, a Crampton, uma loura adorável de voz aguda, talhe nobre e frágil aprisionado num luzente espartilho de cobre, de ágil e nervoso alongamento de gata, uma loura catita e dourada cuja extraordinária graça assusta quando, retesando os músculos de aço, ativando o suor dos flancos tépidos, põe em movimento a imensa rosácea de sua fina roda e se arremessa, cheia de vida, à testa dos rápidos e dos expressos!

A outra, a Engerth, morena monumental e sombria de gritos surdos e roucos, de rins fornidos estrangulados numa couraça de ferro fundido, um bicho monstruoso de desgrenhadas crinas de fumaça negra, com suas seis rodas baixas e acopladas; que força esmagadora quando, fazendo tremer a terra, reboca árdua, lentamente, a pesada cauda de suas mercadorias!

Certamente não existe, entre as frágeis belezas louras e as majestosas belezas morenas, tipos que tais de esbeltez delicada e de força aterradora; pode-se dizer, com segurança: o homem criou, a seu modo, tão bem quanto o Deus em que acredita.

Essas reflexões ocorriam a Des Esseintes quando a brisa lhe trazia o débil apito do caminho de ferro de brinquedo que fazia pião entre Paris e Sceaux; sua casa estava situada a cerca de vinte minutos da estação de Fontenay, mas a altitude em que fora construída, seu isolamento, não deixavam que chegasse até ela o vozerio das turbas imundas invencivelmente atraídas, nos domingos, pela vizinhança de uma estação ferroviária.

Quanto à aldeia propriamente dita, ele mal a conhecia. Pela janela, certa noite, havia contemplado a silenciosa paisagem que se desdobra, em declive, até o sopé de um outeiro em cujo cimo se erguem as baterias do bosque de Verrières.

Na obscuridade, à esquerda, à direita, massas confusas se escalonavam, dominadas, ao longe, por outras baterias e outros fortes cujos altos taludes pareciam, à luz do luar, aquarelados em prata sobre um olho sombrio. Diminuída pela sombra que as colinas lançavam, a planura parecia ter o seu meio empoado com farinha de amido e untada de alvo *cold-cream*; no ar tépido, arejando as ervas descobridas e destilando baixos perfumes de especiarias, as árvores pintadas de giz pela lua eriçavam pálidas folhagens e desdobravam seus troncos, cujas sombras barravam de raias negras o solo de gesso onde cintilavam pedregulhos bem como estilhaços de louça.

Por causa de sua maquilagem e de seu ar factício, essa paisagem não desagradava a Des Esseintes; todavia, desde aquela tarde passada na aldeola de Fontenay à procura de uma casa, jamais passeara ele, de dia, pelos caminhos; a verdura dessa região não lhe inspirava, de resto, nenhum interesse, pois não tinha o mesmo encanto delicado e dolente que exalam as tocantes e doentias vegetações brotadas, a custo, nos entulhos dos arrabaldes, ao pé das muralhas. Ademais, percebera na aldeia, aquele dia, burgueses barrigudos, de suíças, e gente a caráter, de bigodes, ostentando, qual fossem santos sacramentos, cabeças de magistrados e militares; desde esse encontro, aumentara ainda mais a sua aversão ao rosto humano.

Durante os últimos meses de sua estada em Paris, quando tinha se desiludido de tudo e fora abatido pela hipocondria, esmagado pelo tédio, ele havia chegado a uma tal sensibilidade nervosa que a vista de um objeto ou pessoa desagradável se gravava profundamente no seu cérebro, e eram precisos vários dias para apagar-se, embora não de todo, a impressão; a figura humana por que roçava na rua tinha sido um dos seus mais lancinantes suplícios.

Sofria, positivamente, à vista de certas fisionomias; considerava quase um insulto os trejeitos paternos ou desabridos de certos rostos; sentia ganas de esbofetear aquele senhor que flanava, fechando as pálpebras com um ar douto, ou aquele outro que se balançava, sorridente, diante dos espelhos; ou então um terceiro que parecia agitado por um mundo de pensamentos enquanto devorava, de cenho franzido, as torradas e as notícias de jornal.

Ele farejava uma patetice tão inveterada, uma tal execração de suas, dele, ideias, um tal desprezo pela literatura, pela arte, por tudo quanto ele adorava, implantadas, ancoradas nesses estreitos cérebros de negociantes, exclusivamente preocupados com vigarices e dinheiro e acessíveis tão só a essa baixa distração dos espíritos medíocres, à política, que voltava furioso para casa e se fechava a sete chaves com os seus livros.

Odiava, por fim, com todas as suas forças, as novas gerações, aquela camada de repelentes labregos que sentem necessidade de falar e rir alto nos restaurantes e nos cafés; que vos dão encontrões nas ruas sem pedir desculpas; que vos atiram em cima, sem sequer excusar-se, sem mesmo cumprimentar-vos, as rodas de um carrinho de crianças.

III

Uma parte das estantes que revestiam as paredes de seu gabinete laranja e azul era exclusivamente ocupada por obras latinas, por aquelas que as inteligências domesticadas pelas deploráveis lições repisadas nas Sorbonnes designam com o nome genérico de "decadência".[1]
Com efeito, a língua latina, tal como foi praticada na época que os professores se obstinam ainda em chamar o grande século, não lograva absolutamente estimulá-lo. Essa língua restrita, de contados torneios, quase invariáveis, sem flexibilidade de sintaxe, sem cores nem nuanças; essa língua rasurada em todas as junturas, expurgada das expressões pedregosas mas por vezes figuradas das épocas precedentes, podia, a rigor, enunciar as lenga-lengas majestosas, os vagos lugares-comuns repetidos pelos retóricos e pelos poetas, mas exalava uma tal falta de curiosidade, um tal aborrecimento que seria mister, nos estudos de linguística, chegar ao estilo francês do século de Luís XIV para encontrar língua assim tão voluntariamente debilitada, assim tão solenemente estafante e sombria.
Entre outros, o doce Virgílio, aquele que os prefeitos de colégio cognominam o cisne de Mântua, sem dúvida porque não nasceu nessa cidade, lhe parecia não só um dos mais terríveis pedantes como um dos mais sinistros maçadores que a Antiguidade jamais produziu; seus pastores lavados e embonecados derramam sobre

a cabeça, cada um por vez, potes cheios de versos sentenciosos e glaciais; seu Orfeu, que ele compara a um rouxinol em lágrimas; seu Eneas, esse personagem indeciso e fluente que passeia, feito uma sombra chinesa de gestos automáticos, por detrás do transparente mal fixado e mal azeitado do poema — exasperavam-no. Ele teria aceito de bom grado as fastidiosas banalidades que essas marionetes trocam entre si nos bastidores; teria aceito até os descarados empréstimos feitos a Homero, a Teócrito, a Ênio, a Lucrécio, o furto simplório que nos revelou Macróbio do 2º canto da *Eneida*, quase todo copiado, palavra por palavra, de um poema de Pisandro; em suma, a inenarrável vacuidade desse montão de cantos; entretanto, o que deveras o horrorizava era a fatura daqueles hexâmetros que soavam a ferro frio, o bidão vácuo a alongar suas enfiadas de palavras pesadas por litro de acordo com a imutável ordenação de uma prosódia pedante e seca; era a contextura daqueles versos ásperos e empertigados, em sua correção oficial, em sua rasteira reverência à gramática; daqueles versos cortados mecanicamente por uma imperturbável cesura, batidos em série, sempre da mesma maneira, pelo choque de um dáctilo contra um espondeu.

Tomada de empréstimo à forja aperfeiçoada de Catulo, aquela métrica invariável, sem fantasia nem piedade, atulhada de palavras inúteis, de enchimentos, de rípios de curso idêntico e previsto; a penúria do epíteto homérico repetindo-se continuamente para não designar coisa alguma, não dar a ver nada, todo aquele vocabulário de cores insípidas, sem sonoridade, supliciavam-no.

É de justiça acrescentar que se a sua admiração por Virgílio era das mais moderadas e que se a sua inclinação pelas claras ejeções de Ovídio era das mais discretas e abafadas, seu desgosto das graças elefantinas de Horácio, da tagarelice desse boçal desesperante com seus trejeitos e ditos licenciosos de velho palhaço, excedia qualquer limite.

Em prosa, a língua verbosa, as metáforas redundantes, as descrições anfigúricas do Grão-de-Bico[2] não o arrebatavam de modo algum; a jactância das suas apóstrofes, o fluxo de suas lenga-lengas patrióticas, a ênfase das suas arengas, a massa opressiva do seu estilo carnoso, bem nutrido, mas balofo e falto de medula e ossos, as insuportáveis escórias dos seus longos advérbios a abrir a frase, as inalteráveis fórmulas de seus adiposos períodos mal ligados entre si pelo fio das conjunções, enfim, seus fatigantes hábitos de tautologia, não o seduziam absolutamente; e não mais do que Cícero, César, afamado pelo seu laconismo, tampouco o entusiasmava, pois o excesso contrário se mostrava então de uma aridez de rigorista, de uma esterilidade de agenda, de uma constipação incrível e inconveniente.

Em suma, ele não encontrava alimento nem entre esses escritores nem entre aqueles que fazem, todavia, as delícias dos falsos letrados: Salústio, embora menos descolorido do que os outros; Tito Lívio, sentimental e pomposo; Sêneca, túrgido e desenxabido; Suetônio, linfático e larvado; Tácito, o mais nervoso em sua concisão rebuscada, o mais ríspido, o mais musculado deles todos. Em poesia, Juvenal, a despeito de alguns versos de andamento rijo; Pérsio, a despeito de suas insinuações misteriosas, deixavam-no frio. Com negligenciar Tibulo e Propércio, Quintiliano e os Plínios, Estácio, Marcial de Bílbilis, até mesmo o próprio Terêncio e Plauto, cujo jargão repleto de neologismos, de palavras compostas, de diminutivos, poderia agradar-lhe, mas cuja comicidade rasteira, de sal grosso, lhe repugnava, Des Esseintes começou a interessar-se pela língua latina somente com Lucano, pois então ela se tornava mais ampla, mais expressiva e menos enfadonha; aquela armação trabalhada, aqueles versos revestidos de esmalte, engastados de joias, cativavam-no, mas a preocupação exclusiva da forma, as sonoridades de campainha, os clangores de metal, não escondiam inteiramente, para ele, a vacuidade do pensamento, a inchação das empolas que deformam a pele de *Farsália*.

O autor que ele verdadeiramente apreciava e que o fazia desterrar para sempre de suas leituras os garbos retumbantes de Lucano era Petrônio.

Esse era um observador perspicaz, um delicado analista, um pintor maravilhoso; tranquilamente, sem ideias preconcebidas, sem rancores, descrevia a vida cotidiana de Roma, narrava nos pequenos e vivos capítulos do *Satyricon* os costumes de sua época.[3]

Anotando sucessivamente os fatos, fixando-os numa forma definitiva, fazia desfilar a miúda existência do povo, seus episódios, suas bestialidades, seus cios.

Aqui é o inspetor de locações que vem perguntar o nome de viajantes recentemente chegados; ali são os lupanares onde as pessoas vagueiam à volta de mulheres nuas, de pé entre os letreiros, enquanto pelas portas mal cerradas dos quartos entreveem-se os folguedos dos casais; mais adiante, através das vilas de um luxo insolente, de uma demência de riquezas e de fausto, assim como através dos pobres albergues que se sucedem no livro com suas camas desfeitas, de tiras de lona, cheias de percevejos, a sociedade da época se agita: ratoneiros impudicos como Ascilto e Eumolpo, em busca de algum dinheiro fácil; velhos íncubos de túnicas arregaçadas, faces rebocadas de alvaiade e vermelhão; frangotes de dezesseis anos, roliços e frisados; mulheres tomadas de ataques de histeria; caçadores de heranças oferecendo seus filhos e filhas à devassidão dos testadores — todos desfilam ao longo das páginas, discutem nas ruas, se apinham nos banhos públicos, se desancam de pancadas como numa pantomima.

E isso narrado num estilo de estranho frescor, de cor precisa, um estilo que se vale de todos os dialetos, recorrendo a expressões de todas as línguas carreadas para Roma, fazendo recuar todos os limites, todos os entraves do chamado grande século, pondo a falar cada qual no seu próprio idioma: os libertos, sem educação, no latim da populaça, a gíria da rua; os estrangeiros no seu patuá bárbaro, mesclado de africano, de sírio e de grego; os pedantes imbecis, como o Agamemnon do livro, numa retórica de palavras postiças. Tais pessoas são desenhadas de um só traço, chafurdando à volta de uma mesa, trocando entre si insípidas frases de bêbados, pronunciando máximas senis, ditados ineptos, o focinho voltado para Trimalcião, que palita os dentes, oferece penicos aos convivas, entretém-nos com a saúde de suas vísceras e peida, convidando-os a pôr-se à vontade.

Esse romance realista, essa fatia cortada ao vivo na carne da vida romana, sem preocupação, diga-se o que quiser, de reforma e de sátira, sem necessidade de um fim rebuscado ou moral; essa história sem intriga, sem ação, que põe em cena as aventuras dos tratantes de Sodoma; que analisa com plácida finura as alegrias e as dores desses amores e casais; que pinta, numa língua de esplêndida ourivesaria, sem que o autor se mostre uma única vez, sem que se entregue a qualquer comentário, sem que aprove ou reprove os atos e pensamentos de seus personagens, os vícios de uma civilização decrépita, de um império que se esboroa, tocava de perto Des Esseintes e ele entrevia, no refinamento do estilo, na acuidade da observação, na firmeza do método, singulares aproximações, curiosas analogias com alguns romances franceses modernos que suportava.

Com toda a certeza lamentava amargamente o *Eustion* e *Albutia*, as duas obras de Petrônio que Planciado Fulgêncio menciona e que se perderam para sempre; porém, o bibliófilo que havia nele consolava o letrado, folheando com mãos devotas a soberba edição que possuía do *Satyricon*, in-oitavo, ostentando a data de 1585 e o nome de J. Dousa, de Leiden.

Principiada em Petrônio, sua coleção latina entrava pelo século II da era cristã, pulava o declamador Frontão, de termos antiquados, mal concertados e mal polidos, saltava por cima das *Noites áticas* de Áulio-Gélio, seu discípulo e amigo, espírito sagaz e rebuscador, mas escritor atolado numa vasa viscosa, e detinha-se em Apuleio, de quem guardava a edição princeps, in-fólio, impressa em 1469 em Roma.

Esse africano o deleitava; a língua latina alcançava o auge nas suas *Metamorfoses*; ela punha a rolar vasas, águas variadas, provenientes de todas as províncias, e todas se mesclavam, se confundiam numa cor singular, exótica, quase nova; maneirismos, novos pormenores da sociedade latina fundiam-se em neologismos criados para as necessidades de conversação num canto romano da África; divertiam-no, outrossim, sua jovialidade de homem evidentemente gordo, sua exuberância meridional. Ele surgia assim como um lascivo e alegre pândego ao lado dos apologistas cristãos que viviam no mesmo século, o soporífero Minúcio Félix, um pseudoclássico a escorrer, no seu *Octavius*, as emulsões ainda espessas de Cícero, e mesmo Tertuliano, que ele conservava talvez mais por causa da edição de Alde do que pela obra propriamente dita.

Conquanto fosse muito aferrado à teologia,[4] as disputas dos montanistas com a Igreja Católica, as polêmicas contra a gnose, deixavam-no indiferente; outrossim, e malgrado a curiosidade do estilo de Tertuliano, um estilo conciso, cheio de anfibologias, apoiado nos particípios, marcado pelas oposições, ouriçado de jogos de palavras e agudezas, matizado de vocábulos colhidos na ciência jurídica e na língua dos Pais da Igreja grega, ele nunca abria a *Apologética* e o *Tratado da paciência* e, quando muito, lia algumas páginas do *De cultu feminarum* onde Tertuliano censura as mulheres por se enfeitarem de joias e estofos preciosos, e lhes proíbe o uso de cosméticos porque eles tentam corrigir a natureza e embelezá-la.

Essas ideias, diametralmente opostas às suas, o faziam sorrir; ademais, o papel desempenhado por Tertuliano na sua diocese de Cartago lhe parecia sugestivo de doces devaneios; mais do que as suas obras, o que o atraía na realidade era o homem.

Este vivera, com efeito, em tempos agitados, sacudidos de terríveis perturbações, sob Caracala, sob Macrino, sob o espantoso grão-sacerdote de Êmeso, Heliogábalo, e preparava tranquilamente seus sermões, seus escritos dogmáticos, seus arrazoados, suas homílias, enquanto o Império romano vacilava sobre os alicerces, enquanto as loucuras da Ásia, as imundícies do paganismo, fluíam às carradas; recomendava, com o mais belo sangue-frio, a abstinência carnal, a frugalidade às refeições, a sobriedade nas abluções, numa época em que, pisando pó de prata e areia de ouro, a cabeça circundada de uma tiara, as vestes recamadas de pedrarias, Heliogábalo se entregava, em meio aos seus eunucos, a trabalhos femininos de costura, fazia-se chamar imperatriz e mudava toda noite de imperador, escolhendo-o de preferência entre os barbeiros, os serviçais de cozinha e os cocheiros de circo.

Esta antítese o arrebatava; depois, a língua latina, chegada à sua maioridade suprema com Petrônio, iria começar a dissolver-se, dando lugar à literatura cristã, que traria ideias novas, palavras novas, construções inusitadas, verbos desconhecidos, adjetivos de sentidos alambicados, palavras abstratas, até então raras na língua romana e que Tertuliano fora um dos primeiros a pôr em uso.

Só que esta deliquescência, continuada, após a morte de Tertuliano, por seu aluno discípulo S. Cipriano, por Arnóbio, pelo pastoso Lactâncio, não tinha atrativos. Era uma decomposição incompleta e retardada; eram desajeitados retornos às ênfases ciceronianas, desprovidos ainda daquele aroma especial que, no século IV e sobretudo durante os séculos subsequentes, o cristianismo irá dar à língua pagã, decomposta como carne de caça, esboroando-se ao mesmo tempo que aluía a civilização do velho mundo, ao mesmo tempo que desmoronavam, ao avanço dos bárbaros, os Impérios putrefatos pela sânie dos séculos.

Um único poeta cristão, Comodiano de Gaza, representava em sua biblioteca a arte do ano III. O *Carmen apologeticum*, escrito em 259, é uma coletânea instrutiva de retorcidos acrósticos em hexâmetros populares cesurados de acordo com a moda do verso heroico, compostos sem levar em conta a quantidade e o hiato e acompanhados amiúde de rimas de que o latim de Igreja fornecerá mais tarde numerosos exemplos.

Esses versos tersos, sombrios, cheirando a fera, repletos de termos da linguagem usual, de palavras com seu significado primitivo alterado, solicitavam-no, interessavam-lhe muito mais que o estilo ainda florescente, no entanto sovado, dos historiadores Amniano Marcelino e Aurélio Victor, do epistológrafo Símaco e do compilador e gramático Macróbio; ele os preferia inclusive aos verdadeiros versos escandidos, à língua mosqueada e soberba falada por Claudiano, Rutílio e Ausônio.

Estes eram então os mestres da arte; enchiam o Império agonizante com seus brados; o cristão Ausônio, com o seu *Centão nupcial* e o seu *Mosele*, poema exuberante e referto de ornatos; Rutílio, com seus hinos à glória de Roma, seus anátemas contra os judeus e os monges, seu itinerário da Itália e Gália, onde alcança exprimir certas impressões visuais, a vaguidade das paisagens refletidas na água, a miragem dos vapores, o desfazer-se das brumas que envolvem os montes.

Claudiano, uma espécie de avatar de Lucano, que domina todo o século IV com o clarim terrível dos seus versos; um poeta que forja um hexâmetro brilhante e sonoro; que golpeia, em girândolas de faúlhas, o epíteto com um golpe seco; que atinge uma certa grandeza, soerguendo sua obra com um sopro poderoso. No Império do Ocidente, afundado mais e mais no atoleiro dos morticínios reiterados à sua volta; na ameaça perpétua dos bárbaros, cujas turbas se apinham junto às portas do Império, fazendo seus gonzos estalarem — ele revive a Antiguidade, canta o rapto de Proserpina, aplica suas cores vibrantes, passa com seus fogos todos acesos pela obscuridade em que se engolfa o mundo.

O paganismo revive nele, soando a sua última fanfarra, elevando seu último grande poeta acima do cristianismo que irá doravante submergir totalmente a língua; que irá, para sempre agora, afirmar-se como o único mestre da arte, com Paulino, o aluno de Ausônio; com o padre espanhol Juvencus, o qual parafraseia em versos os Evangelhos; com Vitorino, o autor dos *Macabeus*; com Sanctus Burdigalensis, que, numa égloga imitada de Virgílio, faz os pastores Egon e Buculus deplorarem as doenças de seus rebanhos; e toda a série dos santos: Hilário de Poitiers, o defensor da fé de Niceia, o Atanásio do Ocidente, como lhe chamam; Ambrósio, o autor de indigestas homilias, o fastidioso Cícero cristão; Damásio, o fabricante de epigramas lapidares; Jerônimo, o tradutor da Vulgata, e seu adversário Vigilantius de Comminges, que ataca o culto dos santos, o abuso dos milagres, os jejuns, e já prega, com argumentos que as épocas posteriores haverão de repetir, contra os votos monásticos e o celibato clerical.

Enfim, no século v, Agostinho, bispo de Hipona. Este Des Esseintes o conhecia bem demais, pois era o escritor mais afamado da Igreja, o fundador da ortodoxia cristã, aquele a quem os católicos consideram como um oráculo, como mestre supremo. Não lhe abria mais os livros, se bem tivesse ele celebrado, nas suas *Confissões*, o desgosto da terra e, com piedade gemebunda, houvesse tentado mitigar a pavorosa angústia do século por meio de sedativas promessas de um destino melhor. À época em que estudava teologia, Des Esseintes já estava enfastiado, enjoado de suas prédicas e de suas jeremiadas, de suas teorias sobre a predestinação e a graça, de seus combates contra os cismas.

Preferia bem mais folhear a *Psicomaquia* de Prudêncio, o inventor do poema alegórico que mais tarde causaria repetidos estragos na Idade Média, e as obras de Sidônio Apolinário cuja correspondência lardeada de ditos espirituosos, de agudezas, de arcaísmos, de enigmas, o tentava. Com muito gosto, relia os panegíricos onde esse bispo invocava, em apoio de suas vaidosas louvações, as deidades do paganismo, e, malgrado tudo, sentia um certo fraco pelas afetações e subentendidos naquelas poesias fabricadas por um mecânico engenhoso que cuida bem da sua máquina, azeita-lhe as engrenagens, inventando-lhe, quando necessário, outras tantas, complicadas e inúteis.

Depois de Sidônio, frequentava ainda o panegirista Merobaude; Sedúlio, o autor de poemas rimados e hinos abecedários, de certas partes dos quais apoderou-se a Igreja para atender às necessidades de seus ofícios; Marius Victor, cujo tenebroso tratado acerca da *Perversidade dos costumes* é aclarado, de quando em quando, por versos luzentes como fósforo; Paulino de Pela, o poeta do tiritante *Eucharisticon*; Orientius, o bispo de Auch que, nos dísticos das suas *Monitórias*, invectiva a devassidão das mulheres cujos rostos pretende ele que põem os povos a perder.

O interesse de Des Esseintes pela língua latina não diminuía, agora que, decaída, ela se putrefazia, perdendo os membros, vertendo pus, preservando a custo, em toda a corrupção do seu corpo, algumas partes firmes que os cristãos arrancavam a fim de pô-las em conserva na salmoura de sua nova língua.

A segunda metade do século v chegara enfim, a espantosa época em que abomináveis solavancos transtornavam a Terra. Os bárbaros saqueavam a Gália; Roma paralisada, pilhada pelos visigodos, sentia sua vida enregelar-se, via suas partes extremas, o Ocidente e o Oriente, debaterem-se no sangue, enfraquecer dia por dia.

Na geral dissolução, nos assassinatos dos césares que se sucedem, na atoarda das carnificinas que lavram de um canto a outro da Europa, um hurra assustador ressoa, sufocando os clamores, cobrindo as vozes. Na riba do Danúbio, milhares de homens, montados em pequenos cavalos, envoltos em casacos de pele de rato, os terríveis tártaros, com cabeças enormes, nariz achatado, mento riscado de cicatrizes e gilvazes, rostos de ictericia despojados de pelos, precipitam-se a toda brida, envolvem num turbilhão os territórios dos Baixos-Impérios.

Tudo desaparece na poeira das cavalgadas, na fumaça dos incêndios. Fizeram-se as trevas e os povos consternados tremeram, ouvindo passar, com um fragor de trovoada, a medonha tromba. A horda dos hunos arrasou a Europa, atirou-se sobre a Gália, foi derrotada nas planícies de Châlons onde Aécio a esmagou numa tremenda arremetida. A planura, empapada de sangue, encrespou-se como um mar de púrpura, duzentos mil cadáveres obstruíram a estrada, romperam o impulso daquela avalanche que, desviada, precipitou-se, explodindo em raios, sobre a Itália, onde as cidades exterminadas queimaram como medas.

O Império do Ocidente desmoronou sob o impacto; a vida agonizante que ele arrastava na imbecilidade e na imundície extinguiu-se; o fim do universo parecia, de resto, próximo; as cidades esquecidas por Átila eram dizimadas pela fome e pela peste; o latim pareceu aluir, por sua vez, sob as ruínas do mundo.

Os anos se passaram; os idiomas bárbaros começavam a fixar-se, a sair de suas gangas, a constituir-se em verdadeiras línguas; o latim, salvo na derrocada pelos claustros, confinou-se aos conventos e paróquias; aqui e ali brilharam alguns poetas, lentos e frios: o africano Dracontius, com o seu *Hexameron*; Claudius Mamert, com suas poesias litúrgicas; Avitus de Viena; depois os biógrafos, como Ennodius, que narra os prodígios de Santo Epifânio, o diplomata perspicaz e venerando, o probo e vigilante pastor; como Eugipo, que nos descreveu a vida incomparável de São Severino, aquele ermitão misterioso, aquele humilde asceta que apareceu, feito anjo de misericórdia, aos povos em prantos, endoidecidos pelo sofrimento e pelo medo; escritores como Veranius de Gévaudan, que redigiu um pequeno tratado sobre a continência, como Aureliano e Ferreolus, que compilaram cânones eclesiásticos; historiadores como Rotherius de Agda, famoso por uma história dos hunos, que se perdeu.

As obras dos séculos subsequentes estavam espalhadas pela biblioteca de Des Esseintes. O século VI estava todavia ainda representado por Fortunato, bispo de Poitiers, cujos hinos e cujo *Vexilla Regis*, talhados na velha carniça da língua latina condimentada com as especiarias da Igreja, o assediavam certos dias; por Boécio, pelo velho Gregório de Tours e por Jordanes; posteriormente, nos séculos VII e VIII, como, além da baixa latinidade dos cronistas, dos Fredegários e dos Paulos Diacre, e das poesias contidas no antifonário de Bangor, de que ele relia de quando em quando o hino alfabético e monorrimo cantando em louvor de S. Comgill, a literatura se confinava quase exclusivamente às biografias de santos, à legenda de S. Columbano, escrita pelo cenobita Jonas, e à do bem-aventurado Cuthbert, redigida por Bede o Venerável com base nas notas de um monge anônimo de Lindisfar, ele se limitava a folhear, nos momentos de enfado, a obra desses hagiógrafos e a reler alguns extratos da vida de Santa Rustícula e de Santa Radegunda, narradas, uma por Defensorius, sinodita de Ligugé, a outra pela modesta e cândida Baudonivia, religiosa de Poitiers.

Mas obras singulares da literatura anglo-saxônica em latim o atraíam sobremaneira: toda a série dos enigmas de Adelmo, de Tatwine, de Eusébio, esses descendentes de Symphosius, e sobretudo os enigmas compostos por S. Bonifácio em estrofes com acróstico cuja solução é dada pelas letras iniciais dos versos.

Sua inclinação diminuía com o fim desses dois séculos; pouco atraído, em suma, pela massa pesada dos latinistas carolíngios, pelos Alcuínos e os Eginhard, contentava-se, como amostra da língua do século IX, com as crônicas do anônimo de S. Gall, de Freculfo e de Reginão, com o poema sobre o sítio de Paris urdido por Abbo o Curvo, com *Hortulus*, o poema didático do beneditino Walafrid Strabo, cujo capítulo consagrado à glória da abóbora, símbolo da fecundidade, o punha jubiloso; com o poema de Ermold o Negro, que celebrava as façanhas de Luís o Complacente, um poema escrito em hexâmetros regulares, num estilo austero, quase sombrio, num latim de ferro temperado nas águas monásticas, com falhas de sentimento aqui e ali no duro metal; do *De Viribus Herbarum*, que particularmente o deleitava por suas receitas poéticas e as virtudes deveras estranhas que atribui a certas plantas, a certas flores: à aristolóquia, por exemplo, que, misturada à carne de boi e posta sobre o baixo-ventre de uma mulher prenha, fá-la irremediavelmente parir um filho varão; à borragem, que, esparzida em infusão numa sala de jantar, alegra os convivas; à peônia, cuja raiz, triturada, cura em definitivo a epilepsia; ao funcho, que, colocado sobre o peito de uma mulher, clarifica-lhe as urinas e estimula a indolência dos seus períodos.

Afora alguns volumes especiais, não classificados, modernos ou sem data, certas obras de cabala, de medicina e de botânica, certos tomos desparelhados da patrologia de Migne, compendiando poesias cristãs inencontráveis, e a antologia de pequenos poemas latinos de Wernsdorf; afora o Meursius, o manual de erotologia clássica de Forberg, a moequialogia* e as diaconais para uso dos confessores, que ele desempoeirava a raros intervalos, sua biblioteca latina se detinha no começo do século x.

E, com efeito, a curiosidade, a complicada candidez da linguagem cristã, tinham, elas também, soçobrado. A mixórdia dos filósofos e dos socialistas, a logomaquia da Idade Média, iriam reinar em mestres. O monte de fuligem das crônicas e dos livros de história, o chumbo derretido dos cartulários, ir-se-iam multiplicar, e a graça balbuciante, a imperícia por vezes requintada dos monges que faziam um pio guisado dos restos poéticos da Antiguidade, estavam mortas; as fábricas de verbos de sucos depurados, de substantivos recendendo a incenso, de adjetivos extravagantes, grosseiramente talhados em ouro, com o gosto bárbaro e encantador das joias góticas, haviam sido destruídas. As velhas edições, tão estimadas por Des Esseintes, cessavam — e, num formidável salto de séculos, os livros se alinhavam agora nas prateleiras suprimindo a transição das épocas, chegando diretamente à língua francesa do século atual.[5]

---

* É de supor que esta palavra, não registrada nos dicionários que pude consultar, derive do latim *moechus*, "adúltero", significando portanto "tratado sobre adultério". (N.T.)

IV

Um veículo se deteve, ao fim de certa tarde, diante da casa de Fontenay. Como Des Esseintes não recebia visita alguma, e o carteiro não se aventurava até aquelas paragens desabitadas, já que não havia nenhum jornal, nenhuma revista, nenhuma carta a entregar, os criados hesitaram, perguntando-se se deviam abrir; depois, ao repique da sineta atirada com força contra a parede, arriscaram-se a abrir o postigo e viram um cavalheiro cujo peito estava coberto, do pescoço até a cintura, por um imenso escudo de ouro.

Avisaram ao amo, que fazia seu desjejum.

— Perfeitamente, façam-no entrar — disse ele, pois recordava-se de uma feita haver dado, para entrega de uma encomenda, seu endereço a um lapidário.

O cavalheiro cumprimentou, depôs sobre o soalho de pinheiro americano da sala de jantar o seu escudo, que ali ficou a oscilar, erguendo-se um pouco e alongando uma cabeça serpentina de tartaruga, que, de súbito assustada, reentrou na sua carapaça.

Essa tartaruga era uma fantasia que ocorrera a Des Esseintes algum tempo antes de sua saída de Paris. Examinando certo dia um tapete do Oriente, com reflexos, e acompanhando os clarões de prata que corriam pela trama da lã, amarelo-aladino e violeta-ameixa, carregado, dissera consigo: seria bom colocar sobre este tapete alguma coisa que se mexesse e cujo tom escuro aguçasse a vivacidade dessas cores.

Dominado por tal ideia, vagueara ao acaso pelas ruas até chegar ao Palais-Royal onde, diante da vitrina de Chevet, batera com a mão na fronte: ali havia uma enorme tartaruga num tanque. Comprou-a; mais tarde, uma vez deposta sobre o tapete, sentara-se diante dela e ficara a contemplá-la por longo tempo, piscando o olho.

Decididamente, a cor castanho-escura, o tom de Siena crua daquela carapaça sujava os reflexos do tapete sem ativá-los; os clarões dominantes da prata mal se destacavam agora, aviltando-se em tons secos de zinco esfolado nos bordos daquela concha dura e baça.

Ele roeu as unhas na busca de meios de conciliar tais desarmonias, de impedir o divórcio resoluto desses tons; descobriu finalmente que sua primeira ideia, de querer atiçar o brilho do estofo pelo contraste com um objeto escuro colocado sobre ele, era falsa; tratava-se, em suma, de um tapete ainda demasiado vistoso, demasiado petulante, demasiado novo. As cores não estavam ainda suficientemente embotadas, abrandadas; cumpria antes inverter a proposição, amortecer os tons, desvanecê-los pelo contraste com um objeto brilhante que ofuscasse tudo à sua volta, lançando uma luz dourada sobre a palidez da prata. Assim formulado, o problema se tornava mais fácil de resolver. Des Esseintes decidiu, por conseguinte, revestir de ouro a couraça da sua tartaruga.[1]

Uma vez trazida de volta pelo prático que dela cuidara, o bicho fulgurava como um sol, resplandecia sobre o tapete, cujas cores excessivas se amorteceram, com irradiações de broquel visigótico de escamas imbricadas por um artista de gosto bárbaro.

Des Esseintes ficou a princípio encantado com tal efeito; depois, pensou consigo que aquela joia gigantesca estava apenas em esboço, que não estaria verdadeiramente completa senão depois de ter sido incrustada de pedras raras.

Selecionou numa coleção japonesa um desenho que representava um enxame de flores irradiando em girândola de um delicado caule, levou-o a um joalheiro, desenhou uma cercadura que encerrava esse ramalhete num quadro oval e fez saber ao lapidário estupefato que as folhas, que as pétalas de cada uma das flores seriam executadas em pedrarias e montadas na própria carapaça do animal.

A escolha das pedras exigiu-lhe detença; o diamante se tornara excessivamente comum depois que todos os comerciantes passaram a usá-lo no dedo mínimo; as esmeraldas e os rubis do Oriente estão menos aviltados, lançam chamas rútilas, mas trazem demais à lembrança os olhos verdes e vermelhos de certos ônibus que ostentam faróis laterais dessas duas cores; quanto aos topázios, de cor arruivada ou viva, são pedras baratas, estimadas pela pequena burguesia que guarda escrínios num armário envidraçado; por outro lado, conquanto a Igreja tenha preservado o caráter sacerdotal, a um só tempo grave e cheio de unção, da ametista, esta pedra também sofreu um aviltamento nas orelhas sanguíneas e nas mãos tubulosas das açougueiras que querem, por um preço módico, enfeitar-se com joias de peso e de verdade; entre essas pedras, a safira foi a única que manteve brilhos inviolados pela parvoíce industrial e pecuniária. Suas chispas encrespadas sobre uma água límpida e fria defenderam-lhe, de algum modo, a nobreza alta e discreta de qualquer mácula. Infelizmente, à luz artificial, suas frescas chamas não crepitam mais; a água azulada retira-se para dentro de si mesma, parece adormecer para só despertar, cintilante, ao nascer do dia.

Decididamente, nenhuma dessas pedras contentava Des Esseintes; eram, de resto, por demais civilizadas e conhecidas. Por seus dedos correram os minerais mais surpreendentes e mais extravagantes; terminou por selecionar uma série de pedras reais e factícias cuja mistura deveria produzir uma harmonia fascinadora e desconcertante.

Compôs assim o ramalhete de suas flores: as folhas foram engastadas de pedrarias de um verde acentuado e preciso: de crisoberilos verde-aspargo; de peridotos verde-pera; de olivinas verde-oliva; elas se destacaram dos ramos formados de almandinas e uvarovitas de um rubro violáceo, que lançavam palhetas de brilho seco, à semelhança dessas micas de tártaro luzindo no recesso dos bosques.

Para as flores, isoladas do caule, distanciadas do pé da girândola, usou ele azul de cobre, mas repeliu formalmente a turquesa oriental empregada em broches e anéis e que faz, juntamente com a pérola banal e o coral odioso, as delícias da plebe; escolheu exclusivamente turquesas do Ocidente, pedras que não passam, a bem dizer, de um marfim fóssil impregnado de substâncias cúpricas e cujo verde-mar azuláceo é enfartado, opaco, sulfuroso, como que amarelecido de bile.

Isso feito, podia ele agora incrustar as pétalas de suas flores desabrochadas no meio do ramalhete, as flores mais vizinhas, mais próximas do tronco, com minerais transparentes, de brilhos vítreos e mórbidos, de reflexos febris e acres.

Ele os compôs unicamente de olhos-de-gato do Ceilão, de cimófanas e safirinas.

Essas três pedras lançavam, com efeito, cintilações misteriosas e perversas, dolorosamente arrancadas do fundo gélido de sua água turva.

O olho-de-gato de um cinza-esverdeado, estriado de veias concêntricas que pareciam movimentar-se, deslocar-se a cada momento de conformidade com as variações da luz.

As cimófanas com cambiantes de azul correndo pela cor leitosa que lhe flutua no interior.

A safirina iluminada por fogos azulados de fósforo contra um fundo chocolate, castanho surdo.

O lapidário tomava nota dos lugares exatos onde deveriam ser incrustadas as pedras. E a cercadura da carapaça, perguntou a Des Esseintes?

Este havia pensado a princípio em algumas opalas e em algumas hidrófanas; entretanto, essas pedras, interessantes pela hesitação de suas cores, pelo duvidoso de seus lampejos, são excessivamente insubmissas e infiéis; a opala tem uma sensibilidade toda reumática, o jogo de seus raios se altera conforme a umidade, o calor ou o frio; quanto à hidrófana, só queima na água e não consente em acender sua brasa cinzenta senão quando é molhada.

Decidiu-se ele enfim por minerais cujos reflexos deveriam alternar-se: pelo jacinto de Compostela, vermelho-acaju; pela água-marinha, verde-glauco; pelo balache, rosa-vinagre; pelos rubis de Sudermania, ardósia-pálido. Suas débeis iridescências bastavam para aclarar as trevas da concha e davam o justo valor à floração de pedrarias a que circundavam de uma fina guirlanda de fogos vagos.

Des Esseintes contemplava agora, encolhida num canto da sua sala de jantar, a tartaruga que rutilava na penumbra.

Sentia-se totalmente feliz; seus olhos se embebedavam daqueles resplendores de corolas em chamas sobre um fundo de ouro; além disso, contrariamente a seu hábito, estava com apetite e molhava suas torradas barradas de uma extraordinária manteiga numa taça de chá, impecável mistura de Si-a-Fayoun, de Mo-you-tann e de Khansky, chás amarelos trazidos da China para a Rússia por caravanas excepcionais.

Bebia esse líquido perfumado em porcelanas da China, chamadas casca-de-ovo, de tão diáfanas e leves, e assim como não admitia senão tais adoráveis xícaras, só se servia, em matéria de talheres, da autêntica prata dourada, um pouco desdourada, com a prata se entremostrando um tudo-nada sob a fatigada capa de ouro e dando-lhe assim uma coloração de uma doçura antiga, assaz enfraquecida, assaz moribunda.

Depois de ter bebido o último gole, voltou ao seu gabinete e mandou a criada trazer-lhe a tartaruga que se obstinava em não mover-se.

A neve caia. À luz dos candeeiros, ervas de gelo cresciam por trás dos vidros azulados e a geada, semelhando açúcar derretido, cintilava nos fundos de garrafa das vidraças pintalgadas de ouro.

Um silêncio profundo envolvia a casinha adormecida nas trevas.

Des Esseintes devaneava; o braseiro atestado de achas enchia de eflúvios ardentes o aposento; ele abriu a janela.

Qual uma alta armação de tapeçarias de contra-arminho, o céu se erguia à sua frente, negro e mosqueado de branco.

Um vento glacial soprou, acelerou o voo desvairado da neve, inverteu a ordem das cores.

A heráldica armação de tapeçarias do céu voltou-se do avesso, converteu-se num verdadeiro arminho, branco, pintalgado de negro, por sua vez, mercê dos pontos de noite dispersos entre os flocos de neve.

Ele tornou a fechar o caixilho; aquela brusca passagem sem transição, do calor tórrido à geada do pleno inverno, havia-o enregelado; encolheu-se junto ao fogo e lhe veio a ideia de tomar uma bebida espirituosa para aquecer-se.

Foi até a sala de jantar onde, embutido num dos tabiques, um armário continha uma série de pequenos tonéis, alinhados um ao lado do outro, sobre minúsculos poiais de madeira de sândalo, com torneiras de prata logo abaixo do bojo.

Ele chamava, a essa coleção de barris de licor, seu órgão-de-boca.[2]

Uma haste podia articular todas as torneiras, fazendo-as funcionar num movimento único, de sorte que, uma vez instalado o aparelho no lugar, bastava tocar um botão oculto na guarnição para que todas as torneirinhas, giradas ao mesmo tempo, enchessem de licor as imperceptíveis taças colocadas sob elas.

O órgão achava-se agora aberto. Os registros etiquetados "flauta, trompa, voz celeste" estavam puxados, prontos para a manobra. Des Esseintes bebia uma gota aqui, outra lá, executava sinfonias interiores, lograva suscitar, na garganta, sensações análogas às que a música derrama nos ouvidos.

De resto, cada licor correspondia, segundo ele, como gosto, ao som de um instrumento. O curaçau seco, por exemplo, à clarineta cujo canto é picante e aveludado; o kümmel, ao oboé, com seu timbre sonoro anasalado; a menta e o anisete, à flauta, a um só tempo açucarada e picante, pipilante e doce; enquanto, para completar a orquestra, o kirsch toca furiosamente o clarim; o gim e o uísque arrebatam o paladar com seu estridente estrépito de pistões e trombones, a bagaceira fulmina com o ensurdecedor alarido das tubas, e rolam os trovões do címbalo e da caixa percutidos com toda força, na pele da boca, pelos rakis de Quios e os mástiques!

Pensava ele que a assimilação poderia ampliar-se; que os quartetos de instrumentos de corda poderiam funcionar sob a arcada palatina, com o violoncelo representado pela aguardente envelhecida, capitosa e fina, pungente e leve; com o contralto simulado pelo rum mais robusto, mais ressonante, mais surdo; com a ratafia lancinante e prolongada, melancólica e acariciante como um violoncelo; com o contrabaixo, encorpado, sólido e negro, qual um puro e velho amargo. Poder-se-ia inclusive, se se quisesse formar um quinteto, juntar um quinto instrumento, a harpa, que imitava, por uma analogia verossímil, o sabor vibrante, a nota argentina, destacada e fina, do cominho seco.

A similitude prolongava-se ainda mais; existiam relações de tons na música dos licores; para citar apenas uma nota, o beneditino figura, por assim dizer, o tom menor desse tom maior dos álcoois que as partituras comerciais designam pelo signo de chartreuse verde.

Uma vez admitidos tais princípios, ocorrera a Des Esseintes, graças a eruditas experiências, executar na língua melodias silenciosas, mudas marchas fúnebres espetaculosas; ouvir, na boca, solos de menta, duos de ratafia e de rum.

Ele chegava até mesmo a transferir para as suas mandíbulas verdadeiras peças musicais, acompanhando o compositor passo a passo e exprimindo-lhe os pensamentos, os efeitos, as nuanças, por uniões ou contrastes vizinhos de licores, por misturas aproximativas e doutas.

Outrora, compunha ele próprio as melodias; executava pastorais com o abençoado cássis que ele fazia gorjear, na garganta, cantos perlados de rouxinol; com o suave licor de cacau, que trauteava xaroposas canções campestres, tais como "Os romances de Esteia" e "Ah! eu te direi, mamãe" dos tempos de antanho.

Mas, nessa noite, Des Esseintes não tinha vontade alguma de escutar o sabor da música; contentou-se em tirar uma só nota do teclado do seu órgão servindo-se de um pequeno cálice que previamente enchera de legítimo uísque da Irlanda.

Afundou-se na sua poltrona e sorveu lentamente o suco fermentado de aveia e cevada; um acentuado aroma de creosoto lhe empestava a boca.

A pouco e pouco, enquanto bebia, seu pensamento acompanhou a impressão agora reavivada pelo paladar, acertou o passo com o sabor do uísque, que despertou, por uma fatal exatidão de odores, lembranças apagadas pelos anos.

Essa flor fênica, acre, fazia-o forçosamente recordar idêntico sabor de que tivera a língua saturada nos tempos em que os dentistas lhe tratavam a gengiva.

Uma vez lançados nessa pista, seus devaneios, a princípio esparsos por todos os práticos que havia conhecido, concentraram-se e convergiram para um deles cuja lembrança se lhe gravara na memória mais particularmente.

Isso acontecera três anos antes; acometido, no meio da noite, de uma abominável dor de dente, ele dava palmadas na face, chocava-se contra os móveis, percorria a largas passadas, feito louco, o quarto de dormir.

Tratava-se de um molar já obturado; não havia cura possível; só o boticão dos dentistas poderia remediar o mal. Esperou, febril, a chegada do dia, decidido a suportar a mais atroz das operações, conquanto que lhe pusesse fim aos sofrimentos.

Comprimindo o tempo todo o maxilar, perguntava-se que fazer. Os dentistas que o tratavam eram ricos negociantes a quem não se podia procurar quando bem se entendesse; era mister marcar hora com antecedência. Isso é inadmissível, não posso esperar mais tempo, dizia consigo; resolveu então ir ao primeiro que encontrasse, a um tira-dentes popular, um desses homens de punho de ferro que, embora ignorem a arte, de resto assaz inútil, de tratar as cáries e obturar as covas, sabem extirpar, com incomparável rapidez, as arnelas mais rebeldes; esses têm o consultório aberto desde cedinho e não é preciso esperar. Soaram finalmente as sete horas. Lançou-se porta afora e ocorrendo-lhe o nome conhecido de um mecânico que se intitulava dentista popular e tinha se estabelecido numa esquina do cais, saíra apressado pelas ruas, a morder o lenço e a conter as lágrimas.

Chegado diante da casa, identificável por um enorme letreiro de madeira escura onde o nome de "Gatonax" se desdobrava em grandes letras cor de abóbora, e por duas pequenas vitrinas onde dentes de porcelana estavam cuidadosamente alinhados em gengivas de cera rósea, articuladas entre si por molas de latão, ele se deteve ofegante, as têmporas molhadas de suor; um medo horrível acometeu-o, um arrepio lhe correu a pele, sobreveio um apaziguamento, a dor parou, o dente calou-se.

Ele ali ficou estupidificado na calçada; por fim, reagindo contra o terror, subira uma escadaria sombria, vencendo quatro degraus de vez até chegar ao terceiro andar. Ali se achou diante de uma porta onde uma placa esmaltada repetia, em letras azul-celeste, o nome do letreiro. Tocara a campainha; depois, apavorado pelos grandes escarros vermelhos que via colados aos degraus, fizera meia-volta, resolvido a sofrer dor de dentes pelo resto da vida, quando um grito lancinante trespassou os tabiques, encheu o poço da escada, inteiriçou-o de horror, imobilizou-o no lugar, ao mesmo tempo que uma porta se abria e uma mulher de idade o convidava a entrar.

A vergonha havia levado de vencida o medo; fora introduzido numa sala de jantar; outra porta se abrira ruidosamente dando passagem a um temível granadeiro, vestido com sobrecasaca e calças pretas; Des Esseintes o seguiu até o outro aposento.

Suas sensações se tornaram confusas a partir daquele momento. Lembrava-se vagamente de ter se deixado cair numa poltrona diante de uma janela e de haver balbuciado, pondo o dedo sobre o molar: "Já foi obturado; temo que não haja mais nada a fazer".

O homem atalhara imediatamente as explicações enfiando-lhe um enorme indicador na boca; a seguir, resmungando sob os bigodes envernizados, em forma de gancho, tinha apanhado de uma mesa um instrumento.

Principiara então a grande cena. Agarrado aos braços da poltrona, Des Esseintes havia sentido frio na bochecha; depois, seus olhos viram trinta e seis velas e ele se pusera, devido às dores inauditas, a bater com os pés e a berrar feito um bicho sendo assassinado.

Um estalo se fizera ouvir, era o molar que se partia ao ser extraído; tinha-lhe então parecido que lhe arrancavam a cabeça, que lhe despedaçavam o crânio; ele havia perdido a razão, gritado a plenos pulmões, defendendo-se furiosamente contra o homem que se arrojava de novo sobre ele como se quisesse enfiar-lhe o braço até o fundo do ventre; bruscamente, recuara de um passo e, erguendo o corpo grudado à mandíbula, deixara-o brutalmente cair de novo sentado na poltrona, enquanto ele, de pé, tapando com o corpo toda a janela, resfolegava brandindo na ponta do seu boticão um dente azul de onde pendia um fio vermelho.

Aniquilado, Des Esseintes vomitara, enchendo de sangue uma bacia, e recusara com um gesto, da velha que entrara no aposento, a oferta da arnela, que ela se apressava a embrulhar num pedaço de jornal; fugira então dali, após ter pagado dois francos e lançado por sua vez escarros sanguinolentos sobre os degraus; vira-se novamente na rua, contente, rejuvenescido de dez anos, interessando-se pelas menores coisas.

— Uf! — fez ele, entristecido ao assalto dessas recordações. Ergueu-se para interromper o horrível encanto de tal visão e, devolvido à vida presente, inquietou-se com a tartaruga.

Ela não se movia mais; apalpou-a: estava morta. Habituada sem dúvida a uma existência sedentária, a uma vida humilde passada sob a sua pobre carapaça, não conseguira suportar o luxo deslumbrante que lhe impunham, a chapa rutilante de que a haviam revestido, as pedrarias que lhe tinham engastado nas costas, como um cibório.

V

Ao mesmo tempo que se tornava mais agudo seu desejo de subtrair-se a uma época odiosa, de indignas velhacarias, a necessidade de não mais ver quadros representando a efígie humana que maculava Paris entre quatro paredes ou errava pelas ruas à cata de dinheiro, tornara-se para ele mais despótica.

Após ter se desinteressado da existência contemporânea, havia decidido não introduzir em sua célula larvas de repugnâncias ou pesares; quisera, por isso, uma pintura sutil, extravagante, mergulhada num antigo sonho, numa corrupção antiga, longe de nossos costumes, de nossos dias.

Quisera, para deleite de seu espírito e alegria de seus olhos, algumas obras sugestivas que o transportassem a um mundo desconhecido, desvendando-lhe os rastros de novas conjecturas, sacudindo-lhe o sistema nervoso com histerias eruditas, pesadelos complicados, visões lânguidas e atrozes.

Existia, entre todos, um artista cujo talento o arrebatava em longos transportes, Gustave Moreau.

Dele tinha adquirido duas obras-primas e, noites a fio, sonhava diante de uma delas, o quadro de Salomé, assim concebido:[1]

Um trono se erguia, semelhante ao altar-mor de uma catedral, sob inúmeras abóbadas apoiadas em colunas atarracadas bem como em pilares romanos, esmaltados de ladrilhos polícromos, engastados de mosaicos, incrustados de lápis-lazúli e de sardônica, num palácio parecido a uma basílica, de arquitetura a um só tempo muçulmana e bizantina.

No centro do tabernáculo, que dominava o altar precedido de degraus em forma de meias-bacias de fontenário, o Tetrarca Herodes estava sentado, com uma tiara na cabeça, as pernas juntas, as mãos sobre os joelhos.

O rosto era amarelo, apergaminhado, cortado de rugas, devastado pela idade; a longa barba flutuava como uma nuvem branca sobre as estrelas de pedrarias que lhe constelavam a túnica bordada de ornatos numa placa sobre o peito.

Ao redor dessa estátua imóvel, congelada numa postura hierática de deus hindu, queimavam incensos, lançando nuvens de vapores que eram trespassadas pelo brilho das pedras engastadas nas faces internas do trono, à semelhança de olhos fosfóreos de feras; depois, o vapor subia, espalhando-se pelas arcadas onde a fumaça azulada se misturava ao pó de ouro dos longos raios de luz solar que tombavam das arcadas.

No odor perverso dos incensos, na atmosfera superaquecida dessa igreja, Salomé, o braço direito estendido num gesto de comando, o esquerdo dobrado segurando um grande lótus à altura do rosto, avança lentamente nas pontas dos pés, aos acordes de uma guitarra cujas cordas são feridas por uma mulher agachada.

A face recolhida numa expressão solene, quase augusta, dá ela início à lúbrica dança que deve acordar os sentidos entorpecidos do velho Herodes; seus seios ondulam e, roçados pelos colares que turbilhonam, ficam de bicos eretos; sobre a pele úmida, os diamantes presos cintilam; seus braceletes, seus cintos, seus anéis, lançam faúlhas; sobre a túnica triunfal, recamada de pérolas, ornada com ramagens de prata, guarnecida de palhetas de ouro, a couraça de ourivesaria em que cada malha é uma pedra entra em combustão, faz serpentes de fogo se entrecruzarem, fervilha sobre a carne mate, sobre a pele rosa-chá, à semelhança de esplêndidos insetos de élitros ofuscantes, marmoreados de carmim, salpicados de amarelo-ouro, matizados de azul-aço, mosqueados de verde-pavão.

De olhos fixos, concentrada feito uma sonâmbula, ela não vê nem o Tetrarca que freme, nem a mãe, Herodias, que a vigia, nem o hermafrodita ou eunuco que se mantém de sabre na mão pouco abaixo do trono, uma terrível figura velada até o rosto e cuja mama de castrado pende, feito cabaça, sob a túnica sarapintada de laranja.

O tipo de Salomé, que tanto fascina os artistas e os poetas, obsidiava Des Esseintes havia anos. Quantas vezes não lera, na velha Bíblia de Pierre Variquet traduzida pelos doutores em teologia da Universidade de Louvaina, o Evangelho de S. Mateus que narra, em frases cândidas e breves, a degolação do Precursor; quantas vezes não sonhara em meio a estas linhas:

"Festejando-se, porém, o dia natalício de Herodes, dançou a filha de Herodias diante dele, e agradou a Herodes.

"Pelo que prometeu com juramento dar-lhe tudo o que pedisse.

"E ela, instruída previamente por sua mãe, disse: Dá-me aqui num prato a cabeça de João Batista.

"E o rei afligiu-se, mas, por causa do juramento, e dos que estavam com ele, mandou que se lhe desse.

"E mandou degolar João no cárcere.

"E a sua cabeça foi trazida num prato, e dada à menina, e ela a levou a sua mãe."

Mas nem S. Mateus, nem S. Marco, nem S. Lucas, nem os outros evangelistas, demoraram-se nos encantos delirantes, nas ativas depravações da dançarina. Ela permanecia apagada, perdida, misteriosa e vaga, na névoa longínqua dos séculos, inapreensível para os espíritos precisos e terra a terra, acessível somente aos cérebros excitados, aguçados e como que tornados visionários pela nevrose; rebelde aos pintores da carne, a Rubens, que a disfarçou numa açougueira de Flandres, incompreensível a todos os escritores que nunca puderam exprimir a inquietante exaltação da dançarina, a refinada grandeza da assassina.

Na obra de Gustave Moreau, concebida fora de todos os dados do Testamento, Des Esseintes via enfim realizada aquela Salomé sobre-humana e estranha que havia sonhado. Ela não era mais apenas a bailarina que arranca, com uma corrupta torsão de seus rins, o grito de desejo e de lascívia de um velho; que estanca a energia, anula a vontade de um rei por meio de ondulações de seios, sacudidelas de ventre, estremecimentos de coxas; tornava-se, de alguma maneira, a deidade simbólica da indestrutível Luxúria, a deusa da imortal Histeria, a Beleza maldita, entre todas eleita pela catalepsia, que lhe inteiriça as carnes e lhe enrija os músculos; a Besta monstruosa, indiferente, irresponsável, insensível, a envenenar, como a Helena antiga, tudo quanto dela se aproxima, tudo quanto a vê, tudo quanto ela toca.

Assim compreendida, pertencia às teogonias do Extremo Oriente; não procedia mais das tradições bíblicas, não podia mais sequer ser assimilada à imagem viva da Babilônia, à real Prostituta do Apocalipse, paramentada como ela de joias e de púrpura, como ela arrebicada, mas não atirada, por uma potência fatídica, por uma força suprema, nas excitantes abjeções da devassidão.

O pintor parecia aliás ter querido afirmar sua vontade de manter-se fora dos séculos, de não precisar origem, país ou época quando pôs a sua Salomé no meio daquele extraordinário palácio, de estilo confuso e grandioso, vestindo-a de roupas suntuosas e quiméricas, coroando-a com um incerto diadema em forma de torre fenícia, tal como o de Salambô,[2] e colocando-lhe na mão, por fim, o cetro de Ísis, a flor sagrada do Egito e da Índia, o grande lótus.

Des Esseintes buscava o sentido desse emblema. Teria a significação fálica que lhe emprestam os cultos primordiais da Índia; anunciaria ao velho Herodes uma oblação de virgindade, uma troca de sangue, uma chaga impura solicitada, oferecida sob a condição expressa de um assassínio; ou representaria antes a alegoria da fecundidade, o mito hindu da vida, uma existência sustida por dedos de mulher, arrancada, esmagada por mãos palpitantes de homem que a demência arrebata, que uma crise da carne alucina?

Outrossim, ao prover sua enigmática deusa do lótus venerado, o pintor talvez tenha pensado na dançarina, na mulher mortal, no Vaso maculado, causa de todos os pecados e de todos os crimes; talvez se tivesse lembrado dos ritos do velho Egito, das cerimônias sepulcrais do embalsamamento, em que os químicos e os sacerdotes estendem o cadáver da morta sobre um banco de jaspe, com agulhas curvas lhe arrancam o cérebro pelas fossas nasais, as entranhas por incisão praticada no seu flanco esquerdo, e depois, antes de lhe dourarem as unhas e os dentes, antes de untá-lo de betume e de essências, inserem-lhe, para purificar as partes sexuais, as castas pétalas da divina flor.

Fosse como fosse, uma fascinação irresistível irradiava dessa tela, mas a aquarela intitulada *A aparição* quiçá era ainda mais inquietante.

Ali, o palácio de Herodes se elevava, como um Alhambra, sobre colunas ligeiras, irisadas de ladrilhos mouriscos chumbados como que com uma argamassa de prata, um cimento de ouro; arabescos partiam de losangos em lápis-lazúli, corriam em fio ao longo das cúpulas onde, sobre marchetarias de nácar, alastravam-se brilhos de arco-íris, fogos de prisma.

O assassínio fora praticado; agora o carrasco se mantinha impassível, as mãos sobre o cabo de sua longa espada manchada de sangue.

A cabeça decapitada do santo elevava-se sobre o prato pousado em cima dos ladrilhos, dali a olhar lívida, a boca descorada e aberta, o pescoço carmesim a pingar de lágrimas. Um mosaico cercava o rosto de onde se desprendia uma auréola que dardejava flechas de luz sob os pórticos, iluminando a terrível ascensão da cabeça, acendendo o globo vítreo das pupilas fixadas, de certo modo crispadas sobre a dançarina.

Num gesto de pavor, Salomé repele a visão aterradora que a imobiliza na ponta dos pés; seus olhos se dilatam, sua mão aperta convulsivamente a garganta.

Ela está quase nua; no ardor da dança, os véus se desataram, os brocados escorregaram; está vestida tão só de materiais de ourives e de minerais lúcidos; um gorjal lhe aperta o talhe qual fosse um corpete e, à semelhança de broche soberbo, uma joia maravilhosa dardeja clarões na ranhura dos seus dois seios; mais abaixo, nas ancas, o cinto que a rodeia cobre-lhe a parte superior das coxas sobre as quais pende um gigantesco pingente de onde flui um rio de rubis e de esmeraldas; por fim, sobre o corpo desnudo, entre o gorjal e o cinto, o ventre convexo, escavado pelo umbigo cujo orifício parece um sinete gravado em ônix, de tons leitosos e cores róseas.

Aos raios ardentes desprendidos pela cabeça do Precursor, todas as facetas das joias se abrasam; as pedras se animam, desenham o corpo da mulher em traços incandescentes; picam-na no pescoço, nas pernas, nos braços, pontos ígneos, vermelhos como brasas, violetas como jatos de gás, azuis como chamas de álcool, brancos como raios de astro.

A horrível cabeça flameja, sempre a sangrar, pondo coágulos de púrpura sombria na ponta da barba e dos cabelos. Visível apenas para Salomé, ela não estreita, no seu morno olhar, Herodias que sonha com seus ódios enfim saciados, nem o Tetrarca, que, inclinado um pouco para a frente, as mãos sobre os joelhos, ainda ofega, transtornado por aquela nudez de mulher impregnada de odores selvagens, envolta em bálsamos, defumada de incensos e de mirras.

Tal como o velho rei, Des Esseintes permanecia derrotado, aniquilado, presa de vertigem diante dessa dançarina menos majestosa, menos altiva, porém mais perturbadora do que a Salomé do quadro a óleo.

Na estátua insensível e impiedosa, no inocente e perigoso ídolo, o erotismo, o terror do ser humano amanhecera; o grande lótus tinha desaparecido, a deusa se desvanecera; um horrendo pesadelo estrangulava agora a histriã, extasiada pelo rodopio da dança, a cortesã petrificada, hipnotizada pelo horror.

Aqui, ela era verdadeiramente meretriz; obedecia ao seu temperamento de mulher ardente e cruel; vivia, mais refinada e mais selvagem, mais execrável e mais extravagante; despertava mais energicamente os sentidos em letargo do homem, enfeitiçava, domava-lhe com mais segurança as vontades, com seu encanto de grande flor venérea brotada em canteiros sacrílegos, cultivada em estufas ímpias.

Como Des Esseintes costumava dizer, jamais, em época alguma, a aquarela pudera atingir tal brilho de colorido; jamais a pobreza das cores químicas fizera jorrar sobre o papel semelhantes coruscações de pedras, tais clarões de vitrais feridos por raios de sol, faustos assim tão fabulosos, tão ofuscantes, de tecidos e de carnes.

E, perdido na sua contemplação, ele esquadrinhava as origens daquele grande artista, daquele pagão místico, daquele iluminado que conseguia abstrair-se do mundo o bastante para avistar, em plena Paris, o resplendor de visões cruéis, as feéricas apoteoses de outras épocas.

Sua filiação, Des Esseintes a rastreava a custo; aqui e ali, vagas reminiscências de Mantegna e de Jacopo de Barbarj; aqui e ali, confusas obsessões à Da Vinci e febres de cor à Delacroix; todavia, a influência desses mestres permanecia em suma imperceptível: a verdade era que Gustave Moreau não descendia de ninguém. Sem ascendente verdadeiro, sem descendentes possíveis, continuava único na arte contemporânea. Remontando às fontes etnográficas, às origens de mitologias cujos enigmas sangrentos ele comparava e desenredava; reunindo, fundindo numa só as lendas vindas do Extremo Oriente e metamorfoseadas pelas crenças de outros povos, ele justificava desse modo suas fusões arquitetônicas, seus amálgamas luxuosos e inesperados de estofos, suas sinistras e hieráticas alegorias exacerbadas pelas inquietas perspicácias de um nervosismo de todo moderno; e se mantinha sempre doloroso, obsessionado pelos símbolos de perversidade e amores sobre-humanos, de estupros divinos consumados sem abandonos nem esperanças.

Havia, nas suas obras desesperadas e eruditas, um encantamento singular, um sortilégio que vos agitava até o fundo das entranhas, como o de certos poemas de Baudelaire, e se ficava assombrado, desconcertado, em devaneio, com essa arte que franqueava os limites da pintura, que tomava de empréstimo à arte de escrever suas evocações mais sutis, à arte do Limosino a maravilha dos seus faustos, à arte do lapidário e do gravador suas mais requintadas finuras. Essas duas imagens de Salomé, pelas quais a admiração de Des Esseintes não tinha limites, viviam-lhe diante dos olhos, penduradas às paredes do seu gabinete de trabalho, em painéis reservados entre as prateleiras de livros.

Mas não ficavam nisso as compras de quadros que fizera com o fito de enfeitar a sua solidão.

Conquanto tivesse sacrificado todo o primeiro andar da casa, o único que não habitava pessoalmente, o térreo tinha, por si só, necessidade de numerosas séries de quadros para vestir-lhe as paredes.

O andar térreo estava assim distribuído:

Um banheiro que comunicava com o quarto de dormir ocupava um dos cantos do edifício; do quarto de

dormir se passava para a biblioteca, da biblioteca para a
sala de jantar, a qual formava o outro canto.

Essas peças, que compunham uma das faces do aloja-
mento, dispunham-se em linha reta, com janelas dando
para o vale de Aunay.

A outra face da casa era constituída de quatro peças
exatamente iguais, como disposição, às primeiras. Assim, a cozinha de canto correspondia à sala de jantar;
um grande vestíbulo que servia de entrada, à biblioteca;
uma espécie de toucador, ao quarto de dormir; as privadas, formando um ângulo, ao banheiro.

Todas essas peças recebiam luz do lado oposto do
vale de Aunay e estavam voltadas para a torre de Croy
e Châtillon.

Quanto à escada, era externa e estava fixada a um
dos lados da casa; os passos dos criados a sacudir-lhe os
degraus chegavam assim menos distintos, mais surdos, a
Des Esseintes.

Ele havia mandado atapetar de vermelho vivo o toucador e pendurar a todos os tabiques da peça, em molduras de ébano, estampas de Jan Luyken,[3] um velho gravador da Holanda, quase desconhecido em França.

Possuía, desse artista extravagante e lúgubre, veemente e feroz, a série das suas *Perseguições religiosas*,
espantosas lâminas contendo todos os suplícios que a
demência das religiões inventou, lâminas onde bramia
o espetáculo dos sofrimentos humanos, corpos cresta-
dos sobre braseiros, crânios com a calota decepada por
sabres, trepanados por pregos, entalhados com serras,
intestinos arrancados do ventre e enrolados em bobinas,
unhas lentamente extraídas com tenazes, pupilas vazadas, pálpebras reviradas com aguilhões, membros des-
conjuntados, quebrados com cuidado, os ossos postos a
descoberto, demoradamente raspados a faca.

Tais obras repletas de abomináveis fantasias, recendendo a queimado, transpirando sangue, saturadas de

gritos de horror e de anátemas, punham arrepios na pele de Des Esseintes, a quem mantinham sufocado naquele gabinete rubro.

Mas, para além dos arrepios que provocavam, para além outrossim do terrível talento desse homem, da extraordinária vida que lhe animava os personagens, descobriam-se, nos seus surpreendentes pululamentos de turbas, nas suas vagas de gente fixadas com uma destreza de buril que lembrava a de Callot, mas com um vigor que esse rabiscador jamais teve, curiosas reconstituições de meios e de épocas; a arquitetura, os costumes, as vestimentas no tempo dos Macabeus; em Roma, à época das perseguições de cristãos; em Espanha, sob o reinado da Inquisição; em França, na Idade Média e na época dos São-Bartolomeus e das *Dragonnades** — eram observadas com meticuloso cuidado, anotadas com ciência extremada.

Essas estampas eram verdadeiras minas de informações; podia-se contemplá-las horas a fio sem cansar; profundamente sugestivas de reflexões, ajudavam amiúde Des Esseintes a passar os dias rebeldes a livros.

A vida de Luyken constituía, para ele, um atrativo a mais; explicava, de resto, o caráter alucinatório da sua obra. Calvinista fervoroso, sectário empedernido, transtornado por cânticos e preces, compunha ele poesias religiosas, que ilustrava, parafraseava os salmos em verso, abismava-se na leitura da Bíblia de onde saía extasiado, desvairado, o cérebro obsesso por temas sanguinolentos, a boca torcida pelas maldições da Reforma, por seus cantos de terror e de cólera.

Com isso, desprezava o mundo, abandonava seus bens aos pobres, vivia de um pedaço de pão; acabou embarcando, em companhia de uma velha criada a quem fanatizara, e velejava ao acaso, onde abordasse o seu

---

* Perseguições movidas por Luís XIV contra os protestantes. (N. T.)

barco, pregando o Evangelho em toda parte, procurando não mais comer, tornando-se quase um demente, quase um selvagem.

Na peça contígua, maior, no vestíbulo revestido de painéis de cedro, cor de caixa de charutos, dispunham-se outras gravuras, outros desenhos extravagantes.

A *Comédia da morte*, de Bresdin,[4] onde, numa paisagem inverossímil eriçada de árvores, de matas de corte, de maciços de vegetação que assumem formas de demônios e fantasmas, recoberta de pássaros com cabeça de rato, caudas de legumes, sobre um chão semeado de vértebras, de costelas, de crânios, erguem-se salgueiros nodosos e gretados, encimados de esqueletos agitando, braços no ar, um ramilhete, entoando um canto de vitória, enquanto um Cristo se desvanece no céu pardacento, um eremita reflete, a cabeça entre as mãos, ao fundo de uma gruta, e um miserável morre, exaurido pelas privações, extenuado pela fome, estendido de costas, os pés diante de um charco.

O *Bom samaritano*, do mesmo artista, imenso desenho a pena, traçado sobre pedra: um extravagante emaranhado de palmeiras, sorveiras, carvalhos, crescidos todos juntos, a despeito das estações e dos climas; um trecho de floresta virgem coberto de macacos, de mochos, de corujas, corcovado de velhos cepos tão disformes quanto raízes de mandrágora; um bosque mágico com uma clareira aberta em seu meio, a qual deixa entrever, ao longe, atrás de um camelo e do grupo do Samaritano e do ferido, um rio e depois uma cidade feérica erguendo-se sobre o horizonte, subindo num estranho céu pontilhado de pássaros, encrespado de vagas, como que enfunado de fardos de nuvens.

Dir-se-ia desenho de um primitivo, de um vago Alberto Dürer, composto por um cérebro saturado de ópio; todavia, conquanto apreciasse a finura de pormenores e a grandiosa expressividade dessa lâmina, Des Esseintes detinha-se mais amiúde diante de outros quadros que ornavam o aposento.

Estes estavam assinados: Odilon Redon.[5]

Encerravam, em suas molduras de pereira bruta debruada de ouro, inconcebíveis aparições: uma cabeça de estilo merovíngio pousada sobre uma taça; um homem barbudo, com ares a um só tempo de bonzo e de orador de comício, tocando com o dedo uma colossal bala de canhão; uma aranha assustadora que alojava no meio do corpo uma face humana; certos desenhos a carvão iam ainda mais longe no pavor do sonho atormentado pela congestão. Aqui, um enorme dado onde piscava uma pálpebra triste; ali, paisagens ressequidas, áridas, de planícies calcinadas, de movimentos de solo, de erupções vulcânicas engatadas a nuvens em revolta, a céus estagnados e lívidos; por vezes, os assuntos pareciam ter sido tomados de empréstimo ao pesadelo da ciência, remontar aos tempos pré-históricos; uma flora monstruosa brotava sobre as rochas; por toda parte, blocos irregulares, lamas glaciárias, personagens cujo tipo simiesco, de maxilares volumosos, arcadas superciliares avançadas, fronte fugitiva, crânio de calota achatada, lembravam a cabeça ancestral, a cabeça do primeiro período quaternário, do homem ainda frugívoro e desprovido de fala, contemporâneo do mamute, do rinoceronte de narinas separadas e do urso gigante. Esses desenhos excediam a tudo quanto se possa imaginar; em sua maior parte, ultrapassavam as fronteiras da pintura e inovavam um fantástico muito especial, o fantástico da doença e do delírio.

E, com efeito, alguns daqueles rostos, devorados por olhos imensos, olhos de doido; daqueles corpos desmesuradamente crescidos ou deformados como se vistos através de um vidro de garrafa, suscitavam na memória de Des Esseintes recordações de febre tifoide, recordações que ficaram de noites abrasadoras, de terríveis visões de sua infância.

Tomado de um indefinível mal-estar diante desses desenhos, tanto como diante de certos *Provérbios* de Goya,[6] que eles faziam lembrar; ou como ao sair de uma leitura de Edgar Poe, cujas miragens de alucinação e cujos efeitos terroríficos Odilon Redon parecia ter transposto numa arte diferente, Des Esseintes esfregava os olhos e contemplava uma figura radiante que, em meio a essas lâminas agitadas, erguia-se serena e calma, uma figura da Melancolia sentada ante o disco do sol, sobre os rochedos, numa atitude acabrunhada e sombria.

Como que por encanto, as trevas se dissipavam; uma sedutora tristeza, uma desolação de algum modo languescente, impregnava-lhe os pensamentos e ele meditava longamente diante dessa obra que punha, com seus pontos de guache semeados no carvão grosso, uma claridade verde-água e ouro-pálido em meio ao negror ininterrupto daqueles desenhos a carvão e daquelas gravuras.

Além da série de obras de Redon que guarneciam quase todos os painéis do vestíbulo, ele havia dependurado em seu quarto de dormir um esboço desordenado de Theotokopoulos,[7] um cristo de tons singulares, de desenho exagerado, de colorido feroz, de desequilibrada energia, quadro representativo da segunda maneira desse pintor quando o atormentava a preocupação de não mais parecer-se com Ticiano.

Essa pintura sinistra, com matizes de cera e verde-cadáver, correspondia, para Des Esseintes, a uma certa ordem de ideias acerca do mobiliário.

A seu ver, havia tão só duas maneiras de organizar um quarto de dormir: fazer dele uma alcova excitante, um lugar de deleite noturno, ou então montar um local de solidão e de repouso, um retiro meditativo, uma espécie de oratório.

No primeiro caso, o estilo Luís XV se impunha às pessoas delicadas, esgotadas sobretudo por eretismos do cérebro; só o século XVIII soube, de fato, envolver a mulher numa atmosfera viciosa, dando ao contorno dos móveis a forma de suas graças; imitando as contrações dos seus prazeres, as volutas dos seus espasmos, com as ondulações, os retorcimentos da madeira e do cobre; condimentando o langor açucarado da loira com uma decoração viva e clara, atenuando o gosto picante da morena com tapeçarias de tons adocicados, aquosos, quase insípidos.

Um quarto assim, ele o havia incluído na sua residência de Paris, com o grande leito branco laqueado que é um toque apimentado a mais, uma depravação de velho apaixonado a relinchar diante da falsa castidade, diante do pudor hipócrita das raparigas de Greuze, diante do candor artificial de um leito devasso, com cheiro de criança e de moçoila.

No outro caso — e, agora que ele queria romper com as irritantes lembranças de sua vida pregressa, o único possível — cumpria dar ao quarto feições de cela monástica; mas então as dificuldades se multiplicavam, pois ele se recusava a aceitar, no que lhe dizia respeito, a austera feiura dos asilos de penitências e orações.

À custa de virar e revirar a questão por todos os lados, concluiu que o objetivo a atingir poder-se-ia resumir no seguinte: arrumar, com alegres objetos, uma coisa triste, ou melhor: conservando-lhe o caráter de feiura, imprimir ao conjunto do aposento assim tratado uma espécie de elegância e distinção; inverter a ótica do teatro onde vis ouropéis fazem o papel de tecidos luxuosos e caros; obter o efeito absolutamente oposto servindo-se de estofos magníficos para dar a impressão de andrajos; dispor, em suma, uma cela de cartuxo que tivesse aparência de verdadeira sem o ser, bem entendido.

Ele procedeu da seguinte maneira: para imitar a têmpera do ocre, do amarelo administrativo e clerical, fez recobrir as paredes com seda cor de açafrão; para traduzir o rodapé cor de chocolate, habitual nesse gênero de aposentos, mandou revestir a face do tabique com folhas de madeira de um violeta carregado de amaranto. O efeito era sedutor e fazia lembrar, de longe embora, a desagradável rigidez do modelo a que seguia transformando-o; o teto foi, por sua vez, revestido de tecido branco cru, o qual podia simular o gesso sem dele ter, no entanto, a ostentação; quanto ao frio lajedo da cela, conseguiu muito bem copiá-lo graças a um tapete cujo desenho representava quadrados vermelhos, com lugares esbranquiçados na lã, fingindo o desgaste produzido pelas sandálias e pelas botas.

Mobiliou o aposento com um pequeno leito de ferro, um falso leito de cenobita fabricado de antigas ferragens forjadas e polidas, realçadas, na cabeceira e nos pés, por ornamentações frondosas, de tulipas desabrochadas em meio a pâmpanos, tulipas tomadas de empréstimo ao corrimão da soberba escada de um antigo palácio.

À guisa de criado-mudo, instalou um antigo genuflexório cujo interior podia conter um urinol e cujo exterior suportava um eucológio; encostou à parede fronteira um banco de mordomos de igreja dominado por um grande pálio com abertos e guarnecido de misericórdias esculpidas na própria madeira; equipou-lhe os castiçais com velas de cera mesmo, que adquiria numa casa especializada em objetos de culto, pois professava sincera repugnância pelos petróleos, pelos xistos, pelo gás, pelas velas de estearina, por toda a iluminação moderna, tão brilhante e tão brutal.

Em seu leito, de manhã, a cabeça sobre o travesseiro, contemplava antes de adormecer o seu Theotokopoulos, cuja cor atroz altercava com o sorriso do estofo amarelo, reduzindo-o a um tom mais grave; imaginava facilmente, então, estar vivendo a cem léguas de Paris, longe do mundo, nos confins de um claustro.

E, no fim de contas, a ilusão era fácil, pois que ele vivia uma existência quase análoga à de um religioso.

Desfrutava assim as vantagens da clausura evitando-lhe os inconvenientes: a disciplina soldadesca, a falta de cuidados, a sujidade, a promiscuidade, a monótona ociosidade. Assim como havia feito de sua cela um quarto confortável e tépido, de igual modo tornara a sua vida normal aprazível, rodeada de bem-estar, ocupada e livre.

Qual um eremita, estava maduro para o isolamento, estafado da vida, nada mais esperando dela; qual um monge, outrossim, acabrunhava-o uma lassidão imensa, uma necessidade de recolhimento, um desejo de nada mais ter em comum com os profanos, que eram, para ele, os utilitários e os imbecis.

Em resumo, conquanto não experimentasse nenhuma vocação para o estado de graça, sentia genuína simpatia por essas pessoas enclausuradas em mosteiros, perseguidas por uma sociedade odiosa que não lhes perdoa nem o justo desprezo que por ela têm nem a vontade que afirmam de remir, de expiar, por um longo silêncio, o descaramento sempre crescente das conversações impertinentes ou néscias de tal sociedade.

VI

Afundado numa vasta poltrona de abas, os pés sobre as peras de cobre dos cães da lareira, as pantufas tostadas pelas achas que, crepitando como que fustigadas pelo sopro furioso de um maçarico, dardejavam vivas chamas, Des Esseintes depôs sobre a mesa o in-quarto que estava lendo, espreguiçou-se, acendeu um cigarro e em seguida pôs-se a sonhar deliciosamente, lançado a toda brida numa pista de lembranças apagadas havia meses e subitamente rastreada de novo pela recordação de um nome que lhe assomara, de resto sem motivo, à memória.

Revia, com surpreendente lucidez, o constrangimento de seu camarada D'Aigurande quando, numa reunião de perseverantes celibatários, tivera de confessar os derradeiros preparativos de um casamento. Soaram exclamações, foram-lhe pintadas as abominações do dormir a dois no mesmo leito; nada adiantou: tendo perdido a cabeça, acreditava ele na inteligência de sua futura esposa e pretendia haver discernido nela excepcionais qualidades de devotamento e de ternura.

Daqueles rapazes, Des Esseintes foi o único a encorajar o amigo quando soube que a sua noiva desejava ir morar na esquina de um novo bulevar, num desses modernos apartamentos construídos em rotunda.

Convencido do impiedoso poder das pequenas misérias, mais desastrosas para os temperamentos enérgicos do que as grandes, e baseando-se no fato de que D'Aigurande não possuía fortuna alguma e de que o dote de sua mulher era quase nenhum, percebeu, nesse simples desejo, uma perspectiva infinita de ridículos males.

Com efeito, D'Aigurande comprou móveis arredondados, consolas vazadas por detrás, fechando o círculo, galerias de cortinas em forma de arco, tapetes recortados em crescente, todo um mobiliário fabricado sob encomenda. Gastou o dobro do normal e depois, quando a esposa, sem dinheiro para os seus vestidos, cansou-se de morar naquela rotunda e transferiu-se para um apartamento quadrado, mais barato, nenhum dos móveis pôde ali adaptar-se. Pouco a pouco, o incômodo mobiliário tornou-se uma fonte de intérminos aborrecimentos; a harmonia já desgastada por uma vida em comum ia se deteriorando de semana para semana; os dois cônjuges se irritavam, censurando-se mutuamente pela impossibilidade de utilizar aquela sala de estar onde os canapés e as consolas não se encostavam às paredes e vacilavam mesmo quando tocados de leve, a despeito de seus calços. Faltavam recursos para reformas, de resto quase impossíveis. Tudo se tornava motivo de azedumes e querelas, desde as gavetas emperradas dos móveis fora de prumo até os furtos da criada que se aproveitava da desatenção das disputas para pilhar a caixa; logo a vida se lhes tornou insuportável; ele ia alegrar-se fora de casa, ela buscou nos expedientes do adultério o esquecimento de sua vida chuvosa e insípida. De comum acordo, rescindiram o contrato de aluguel e requereram a separação de corpos.

— Meu plano de batalha estava certo — disse então consigo Des Esseintes, que experimentou a satisfação dos estrategistas quando suas manobras, previstas com grande antecedência, alcançam êxito.

E pensando agora, diante do fogo, no malogro daquele casal que ele havia ajudado, com os seus bons conselhos, a unir-se, lançou uma nova braçada de lenha na lareira e retornou a toda pressa aos seus devaneios.

Outras recordações, pertencentes à mesma ordem de ideias, solicitaram-no prontamente.

Alguns anos atrás, cruzara certa noite, na rua de Rivoli, com um rapazola de cerca de dezesseis anos, de tez algo pálida e ar finório, sedutor como uma rapariga. Sugava a custo um cigarro cujo papel se rompia, furado pelos cavacos pontudos do tabaco ordinário. Praguejando, esfregava na coxa fósforos que não acendiam; usou-os todos. Percebendo então Des Esseintes, que o observava, aproximou-se dele, levou a mão à viseira do boné e pediu-lhe fogo, polidamente. Des Esseintes ofereceu-lhe aromáticos cigarros de boquilha, depois puxou conversa e incitou o rapazola a contar-lhe sua história.

Era das mais simples: ele se chamava Auguste Langlois, trabalhava num cartonageiro, tinha perdido a mãe e possuía um pai que lhe batia desalmadamente.

Des Esseintes escutava-o pensativo: — Vem beber alguma coisa — disse-lhe. E o levou a um café, onde lhe mandou servir ponches violentos. O rapazola bebia sem dizer palavra. — Vejamos — disse de repente Des Esseintes —, queres te divertir hoje à noite? Sou eu quem paga. — E levara o menino até Mme. Laure, uma dama que mantinha num terceiro andar da rua Mosnier um sortimento de floristas, numa série de quartos vermelhos, ornados de espelhos redondos e mobiliados de canapés e bacias.

Lá, embasbacado, Auguste contemplara, amassando a aba do boné, um batalhão de mulheres cujas bocas pintadas se abriram todas ao mesmo tempo:

— Ah! o garoto, olha que gracinha!

— Mas diga, meu menino, já tens idade pra isso? — perguntara uma morena alta, de olhos à flor do rosto e nariz aquilino, que desempenhava, em casa de Mme. Laure, o indispensável papel da bela judia.

À vontade, como se estivesse em casa, Des Esseintes conversava com a dona da casa em voz baixa.

— Não tenhas medo, bobo — disse, dirigindo-se ao menino. — Vamos, escolhe, é um presente meu. — E empurrou brandamente o garoto, que caiu sobre um divã, entre duas mulheres. Elas se apertaram um pouco, a um sinal de Madame, envolvendo os joelhos de Auguste com seus penhoares, pondo-lhe debaixo do nariz seus ombros empoados, de onde se exalava um perfume inebriante e cálido: ele permanecia imóvel, as faces muito coradas, a boca ríspida, os olhos baixos, arriscando espiadas curiosas para as coxas das mulheres.

Vanda, a bela judia, abraçou-o, dando-lhe bons conselhos, recomendando obedecesse ao pai e à mãe, enquanto, ao mesmo tempo, suas mãos erravam, em gestos lentos, pelo corpo do rapazola cujo rosto demudado descaíra para trás, ao contrário de antes.

— Então não é em causa própria que vens esta noite — disse a Des Esseintes Mme. Laure. — Mas, com os diabos, de onde tiraste esse garoto? — continuou ela, quando Auguste saiu da sala levado pela bela judia.

— Da rua, minha cara.

— Não estás então tocado — murmurou a velha senhora. Após refletir, acrescentou, com um sorriso quase maternal: — Compreendo; diz lá, tratante, que os preferes meninos!

Des Esseintes deu de ombros. — Não percebeste bem a coisa; oh, não! de modo algum — disse; — a verdade é que cuido simplesmente de preparar um assassino. Acompanha meu raciocínio. Esse rapaz é virgem e chega à idade em que o sangue ferve; poderia correr atrás das meninas do seu bairro, manter-se honesto, contentando-se em desfrutar, em suma, o seu pequeno quinhão da monótona felicidade reservada aos pobres. Ao contrário, com trazê-lo aqui, a um luxo de que ele nem sequer suspeitava e que se gravará forçosamente na sua memória;

com oferecer-lhe, a cada quinze dias, uma pândega destas, farei com que se habitue a prazeres que os meios de que dispõe o proíbem; admitamos que sejam necessários três meses para que se tornem absolutamente necessários; espaçando-os desse modo, não me arrisco a fartá-lo deles; pois bem! ao cabo desses três meses, suspendo a pequena renda que vou te entregar adiantadamente para cumprimento dessa boa ação, e então ele irá roubar a fim de poder voltar aqui; lançará mão de todos os meios para revolver-se nesse divã à luz desse gás!

"Extremando-se as coisas, ele matará, espero eu, o cavalheiro que aparecer despropositadamente enquanto estiver tentando forçar-lhe a escrivaninha; então, terei atingido o meu propósito e contribuído, na medida dos meus recursos, para criar um malandro, um inimigo a mais desta odiosa sociedade que nos espolia."

As mulheres arregalaram os olhos.

— Oh, aí estás — disse Des Esseintes, vendo Auguste, que voltava ao salão e se escondia, ruborizado e cheio de embaraço, atrás da bela judia. — Vamos, garoto, que já é tarde, despede-te destas senhoras. — E explicou-lhe, na escada, que ele poderia voltar toda quinzena, sem despesa alguma, à casa de Mme. Laure; depois, já na rua, parado na calçada e olhando o menino atordoado:

— Não vamos mais nos ver — disse-lhe —, volta depressa para a casa de teu pai cuja mão está inativa e lhe dá comichões, lembrando-te deste dito quase evangélico: "Faz aos outros o que não queres que eles te façam"; com esta máxima, irás longe. Boa noite. E, sobretudo, não sejas ingrato, dá-me notícias tuas o mais cedo possível, através das gazetas judiciárias.

— O pequeno Judas! — murmurou consigo Des Esseintes enquanto espevitava o fogo —, dizer que nunca vi seu nome figurar no noticiário policial! É verdade que não me foi possível jogar pelo seguro, que pude prever mas não suprimir certos acasos, tais como as vigarices da velha Laure, embolsando o dinheiro sem dar mercadoria em troca; a paixonite de algumas daquelas mulheres por Auguste, que se esbaldou de graça, ao fim dos três meses; talvez até mesmo os vícios refinados da bela judia, que poderiam assustar o garoto, ainda impaciente e novo demais para se prestar aos lentos preâmbulos e aos fulminantes arremates dos artifícios. A menos que ele tenha tido de avir-se com a justiça depois que, vindo para Fontenay, não li mais os jornais. Se esse não é o caso, então fui logrado.

Ergueu-se e deu várias voltas pelo aposento.

— De qualquer modo, seria uma pena — disse consigo —, pois, agindo como agi, eu tinha realizado a parábola laica, a alegoria da instrução universal que, tendendo a nada menos que transmudar todas as pessoas em Langlois, se empenha, em vez de vasar definitivamente e por compaixão os olhos dos miseráveis, em escancará-los à força, para que percebam em derredor destinos imerecidos e mais clementes, alegrias mais finas e mais agudas e, por conseguinte, mais desejáveis e mais caras.

E o fato é — continuou Des Esseintes, levando adiante o seu raciocínio, — o fato é que, como a dor é um efeito da educação, como ela se amplia e se afia à medida que as ideias nascem, os esforços feitos no sentido de enquadrar a inteligência e afinar o sistema nervoso dos pobres-diabos desenvolvem ainda mais neles os germes tão furiosamente vivazes do sofrimento moral e do ódio.

Os candeeiros fumegavam. Ele os ajustou, depois consultou o relógio. — Três horas da manhã. — Acendeu um cigarro e tornou a mergulhar na leitura, interrompida pelos devaneios, do velho poema latino *De laude castitatis*, escrito sob o reinado de Gondebald por Avitus, bispo metropolitano de Vienne.[1]

VII

Desde aquela noite em que, sem causa aparente, evocara a melancólica recordação de Auguste Langlois, ele reviveu toda a sua existência.

Era agora incapaz de compreender uma só palavra dos volumes que compulsava; seus olhos não liam mais; parecia-lhe que seu espírito saturado de literatura e de arte se recusava a continuar absorvendo-os.

Vivia de si mesmo, nutria-se de sua própria substância, à semelhança desses bichos adormecidos, enfiados num buraco durante o inverno; a solidão agira-lhe sobre o cérebro, feita um narcótico. Após tê-lo posto, a princípio, nervoso e tenso, trazia-lhe agora um torpor assombrado de vagas cismas; aniquilava os seus desígnios, desfazia as suas vontades, promovia um desfile de sonhos que ele suportava passivamente, sem mesmo tentar subtrair-se dele.

O confuso acúmulo de leituras, de meditações artísticas em que se empenhara depois do seu isolamento, usando-o como uma espécie de barragem para deter a corrente das antigas lembranças, fora bruscamente arrastada e o caudal despencava, lançando por terra o presente e o futuro, a tudo afogando sob a superfície do passado, enchendo-lhe o espírito de uma imensa extensão de tristezas sobre a qual flutuavam, semelhantes a ridículos restos de naufrágio, episódios sem interesse da sua existência, ninharias absurdas.

O livro que segurava nas mãos caía-lhe sobre o colo; ele se abandonava ao desfile dos anos de sua vida defunta, contemplando-os com desgosto e alarme; eles giravam, fluíam agora à volta da lembrança de Mme. Laure e de Auguste, fixa, nessas flutuações, como uma estaca firme, como um fato claro. Que época, aquela! Eram os tempos de saraus mundanos, de corridas, de jogos de cartas, de amores encomendados de antemão e servidos pontualmente ao bater da meia-noite na sua elegante salinha cor--de-rosa! Ele rememorava rostos, trejeitos, palavras nulas que o obsidiavam com a tenacidade dessas árias vulgares que a pessoa não pode impedir-se de trautear, mas que acabam por esgotar-se, de súbito, inadvertidamente.

Tal período foi de curta duração; Des Esseintes teve uma siesta da memória, e voltou a mergulhar nos seus estudos latinos a fim de apagar os rastros dessas rememorações.

O impulso estava dado; uma segunda fase sucedeu quase imediatamente à primeira, a fase das recordações de infância, sobretudo dos anos passados no colégio de padres.

Eram os anos mais distantes e mais certos, gravados de maneira mais acentuada e mais segura; o parque frondoso, as longas alamedas, as platibandas, os bancos, todos os pormenores materiais desfilaram pelo seu quarto.

Depois os jardins se encheram, ele ouviu ressoarem os gritos dos alunos, os risos dos professores misturados às recreações, jogando pela, de sotaina arregaçada, presa entre os joelhos, ou então conversando com os rapazes, sem presunção nem soberba, como camaradas da mesma idade, sob as árvores.

Lembrou-se daquele jugo paternal que não se habituava às punições, que se recusava a infligir os quinhentos e os mil versos, que se contentava em fazer "repassar" a lição mal-sabida enquanto os outros se divertiam, que recorria as mais das vezes à simples reprimenda, rodeando o aluno de uma vigilância ativa mas branda, procurando ser-lhe agradável, consentindo em passeios às quartas-feiras onde bem lhe parecesse, aproveitando o ensejo de todas as pequenas festas não anunciadas da Igreja para enriquecer o trivial das refeições com bolos e vinho, para brindá-lo com passeios campestres; um jugo paternal que consistia em não embrutecer o aluno, em discutir com ele, em tratá-lo como homem mas sem prejuízo dos seus regalos de criança mimada.

Conseguiam assim conquistar um efetivo ascendente sobre ele, afeiçoar numa certa medida as inteligências que cultivavam, dirigi-las num determinado sentido, nelas implantar pensamentos especiais, assegurar-lhes o crescimento das ideias por via do método insinuante e lisonjeador, que aplicavam, esforçando-se por acompanhá-las na vida, por sustentá-las em suas carreiras, endereçando-lhes cartas afetuosas como o dominicano Lacordaire as sabia escrever a seus antigos alunos de Sorrèze.[1]

Des Esseintes dava-se conta, por si mesmo, da operação que imaginava ter sofrido sem resultado; o seu caráter rebelde aos conselhos, pontilhoso, esquadrinhador, propenso às controvérsias, havia-o impedido de ser modelado pela disciplina dos padres, de ser subjugado por suas lições; uma vez saído do colégio, seu ceticismo crescera; a passagem por um mundo legitimista, intolerante e tacanho, as conversações com fabriqueiros de igreja de pouca inteligência e com clérigos inferiores cujas imperícias rasgavam o véu tão sabiamente tecido pelos jesuítas, tinham robustecido ainda mais seu espírito de independência, aumentado a sua desconfiança pela fé, qualquer que fosse.

Ele se considerava, em suma, liberto de todo liame, de toda coerção; simplesmente conservara, contrariamente às pessoas educadas nos liceus ou internatos laicos, uma excelente recordação de seu colégio e de seus mestres, e eis que agora se consultava, chegando a perguntar-se se as sementes até então caídas em solo estéril não teriam começado a brotar.

Com efeito, fazia alguns dias que se achava num estado de alma indescritível. Acreditava por um segundo, ia do instinto à religião; depois, ao mínimo raciocínio, sua inclinação para a fé se evaporava; continuava porém, a despeito de tudo, cheio de perturbação.

Sabia entretanto muito bem, aprofundando-se em si mesmo, que jamais teria o espírito de humildade e de penitência verdadeiramente cristão; sabia, sem nenhuma hesitação, que aquele momento de que fala Lacordaire, o momento da graça "em que o derradeiro raio de luz penetra na alma e une num centro comum todas as verdades ali esparsas" jamais chegaria para si; não experimentava essa necessidade de mortificação e de prece sem a qual, a acreditar-se na maioria dos padres, nenhuma conversão é possível; não sentia desejo algum de implorar a um Deus cuja misericórdia lhe parecia das menos prováveis; e contudo a simpatia que guardava por seus antigos professores lograva fazê-lo interessar-se pelos trabalhos, pelas doutrinas deles; os acentos inimitáveis da convicção, as vozes ardentes daqueles homens de superior inteligência, voltavam-lhe à memória, levando-o a duvidar de seu próprio espírito e de suas próprias forças. No meio da solidão em que vivia, sem novo alimento, sem impressões frescas, sem renovação de pensamentos, sem intercâmbio de sensações vindas de fora, da frequentação do mundo, da existência em comum; no confinamento antinatural em que se obstinava, todas as questões esquecidas durante a sua estada em Paris voltavam à baila sob a forma de problemas irritantes.

A leitura das obras latinas que tanto apreciava, de obras quase todas redigidas por bispos e por monges, havia sem dúvida contribuído para suscitar aquela crise. Envolvido por uma atmosfera de convento, pelo perfume de incenso que lhe subia à cabeça, ficara de nervos excitados e, mercê de uma associação de ideias, tais livros acabaram por recalcar as lembranças da sua vida de rapaz, trazendo à luz as de sua adolescência entre os padres.

— Não há mais o que dizer — pensava Des Esseintes tentando raciocinar, seguir a marcha dessa ingestão do elemento jesuíta, em Fontenay —, desde a minha infância, e sem que eu houvesse jamais sabido, esse lêvedo não havia ainda fermentado; a inclinação que sempre tive pelos objetos religiosos talvez seja uma prova disso.

Buscava, porém, persuadir-se do contrário, descontente de não mais ser senhor de si mesmo; procurou motivos; deveria ter forçosamente se voltado para o lado do sacerdócio, pois a Igreja foi a única que recolheu a arte, a forma perdida dos séculos; imobilizou, até mesmo na vil reprodução moderna, o contorno das obras de ourivesaria, guardou o encanto dos cálices esguios como petúnias, dos cibórios de flancos puros; preservou, mesmo no alumínio, nos esmaltes falsos, nos vidros coloridos, a graça dos feitios de outrora. Em suma, a maior parte dos objetos preciosos, classificados no museu de Cluny e salvos por milagre da imunda selvageria dos *sans-culottes*, provém das antigas abadias de França; assim como a Igreja preservou da barbárie, na Idade Média, a filosofia, a história e as letras, assim também salvou as artes plásticas, trouxe até os nossos dias esses maravilhosos modelos de tecidos, de joias que os fabricantes de artigos sacros corrompem o quanto podem, sem conseguir no entanto alterar-lhes a forma inicial, requintada. Não havia, pois, nada de surpreendente no fato de ele ter perseguido esses antigos bibelôs e, com numerosos outros colecionadores, retirado tais relíquias das mãos dos antiquários de Paris, dos negociantes de objetos usados da província.

Mas, por mais que invocasse todas essas razões, não lograva convencer-se completamente. Claro que, resumindo-se, ele insistia em considerar a religião como uma soberba lenda, uma impostura magnífica, e mesmo assim, malgrado todas as explicações, o seu ceticismo começava a desmantelar-se.

Evidentemente, havia este fato esquisito: estava menos seguro, agora, do que na sua infância, quando a solicitude dos jesuítas era direta, sua docência inevitável, e ele estava nas mãos deles, pertencia-lhes de corpo e alma, sem vínculos de família, sem influências externas que contra eles pudessem reagir. Tinham-lhe também inculcado um certo gosto do maravilhoso que se havia ramificado em sua alma, lenta e obscuramente, e florescia hoje, na solidão, interiorizado, espraiado no curto picadeiro das ideias fixas.

Com examinar o trabalho do seu pensamento, com buscar articular-lhe os fios, descobrir-lhe as fontes e as causas, ele acabou por persuadir-se de que suas proezas, ao tempo de sua vida mundana, derivavam da educação que recebera. Destarte, suas tendências para o artifício, suas necessidades de excentricidades, não eram, em suma, o resultado de estudos especiosos, de refinamentos extraterrestres, de especulações quase teológicas; eram, no fundo, transportes, ímpetos no rumo de um ideal, de um universo desconhecido, de uma beatitude longínqua, desejável como aquela que as Escrituras nos prometem.

Ele se deteve de inopino, rompeu o fio de suas reflexões.

— Ora vamos! — disse consigo, irritado —, estou mais tocado do que pensava; eis-me a argumentar comigo mesmo, como um casuísta.

Continuou visionário, agitado por um temor surdo; certamente, se a teoria de Lacordaire era exata, ele não tinha nada a temer, já que o golpe mágico da conversão não se produz bruscamente; era mister, para ocasionar a explosão, que o terreno fosse longamente, constantemente minado; mas se os romancistas falam na paixão súbita do amor, um certo número de teólogos fala também da paixão súbita da religião; admitindo-se fosse verdadeira esta doutrina, ninguém estaria então seguro de não sucumbir. Não havia mais nem análise a fazer de si mesmo, nem pressentimentos a considerar, nem medidas preventivas a solicitar; a psicologia do misticismo era nula. Era assim porque era assim, eis tudo.

— Ora, estou me tornando estúpido — disse consigo Des Esseintes —, o temor desta doença vai acabar provocando a própria doença, se isto continuar.

Conseguiu sacudir de si um pouco de tal influência; suas rememorações se abrandaram, mas surgiram outros sintomas mórbidos; agora, eram os temas em si das discussões que o perseguiam; o parque, as lições, os jesuítas, iam longe; era dominado inteiramente por abstrações, agora; pensava, mau grado seu, em interpretações contraditórias de dogmas, em apostasias perdidas, consignadas na obra do padre Labbe sobre os Concílios. Retalhos desses cismas, restos dessas heresias que durante séculos dividiram as Igrejas do Ocidente e do Oriente, vinham-lhe à mente. Aqui, era Nestorius contestando à Virgem o título de mãe de Deus, porque, no mistério da Encarnação, não fora Deus, mas antes a criatura humana que ela tinha trazido no ventre; lá, era Eutíquio, declarando que a imagem do Cristo não podia semelhar à dos outros homens porque a Divindade escolhera o corpo dele para domicílio e lhe tinha por conseguinte alterado completamente a forma; lá, outros argumentadores sustentando que o Redentor não possuíra corpo algum, que semelhante expressão dos Livros santos devia ser tomada em sentido figurado; enquanto Tertuliano emitia o seu famoso axioma quase materialista: "Só é incorpóreo o que não existe: tudo quanto existe tem um corpo que lhe é próprio"; finalmente, a velha questão debatida durante anos a fio: Cristo foi atado à cruz sozinho ou a Trindade, una em três pessoas, sofreu, em sua tríplice hipóstase, sobre o patíbulo do Calvário? — solicitava-o, atormentava-o, e maquinalmente, como uma lição já aprendida, ele formulava as questões a si próprio e lhes dava resposta.

Houve em seu cérebro, durante alguns dias, uma efervescência de paradoxos, de sutilezas, uma revoada de fios de cabelo partidos em quatro, uma confusão de regras tão complicadas quanto artigos de códigos, prestando-se a todos os sentidos, a todos os jogos de palavras, desembocando numa jurisprudência celeste das mais sutis, das mais barrocas; depois, o lado abstrato se apagou, por sua vez, e todo um lado plástico sucedeu-lhe sob a ação dos Gustave Moreau pendurados às paredes.

Ele viu desfilar diante de si uma procissão de prelados: arquimandritas, patriarcas erguendo, para abençoar a turba ajoelhada, braços de ouro, agitando suas barbas brancas na leitura e na prece; viu sumirem-se em criptas obscuras filas silenciosas de penitentes e viu elevarem-se catedrais imensas onde tonitroavam monges brancos nos púlpitos. Do mesmo modo que, após uma pitada de ópio, De Quincey,[2] à simples menção das palavras "Consul Romanus", evocava páginas inteiras de Tito Lívio, via avançar a marcha solene dos cônsules, desfilar a pomposa ordenação dos exércitos romanos; ele, diante de uma expressão teológica, ficava anelante, observava refluxos de gente, aparições episcopais que se destacavam contra os fundos abrasados das basílicas; tais espetáculos o mantinham fascinado, ao longo das épocas, até chegar às cerimônias religiosas modernas, num infinito de música lastimosa e terna.

Aí não havia mais raciocínios que fazer, debates que suportar; era uma indefinível impressão de respeito e de temor; o senso artístico se via subjugado pelas cenas tão bem calculadas dos católicos; a essas lembranças, os nervos de Des Esseintes estremeciam e depois, numa súbita rebelião, numa rápida volta, ocorriam-lhe ideias monstruosas, ideias desses sacrilégios previstos pelos manuais dos confessores, impuros e ignominiosos abusos da água-benta e dos santos óleos.[3] Diante de um Deus onipotente, erguia-se agora um rival cheio de força, o Demônio, e uma terrível grandeza lhe parecia dever resultar de um crime praticado em plena igreja por um crente

que se obstinasse, numa horrível alegria, num júbilo de
todo sádico, em blasfemar, em cobrir de ultrajes, em encher
de opróbrios as coisas sagradas; extravagâncias de
magia, de missa negra, de sabás, pavores de possessões
e exorcismos lhe apareciam; ele chegava a perguntar-se
se não cometia sacrilégio ao possuir objetos outrora consagrados,
cânones de igreja, casulas e custódias, e esse
pensamento de um estado pecaminoso lhe infundia uma
espécie de orgulho e de alívio; discernia aí os prazeres
do sacrilégio, mas de um sacrilégio discutível em todo
caso, pouco grave, pois ele amava, em suma, tais objetos
e não lhes depravava o uso; iludia-se assim com pensamentos
prudentes e covardes: a suspeição de sua alma
lhe interditava crimes manifestos, tirando-lhe a bravura
necessária para levar a cabo pecados assustadores, deliberados,
reais.

A pouco e pouco, essas argúcias finalmente desapareceram.
Viu de algum modo, da eminência do seu espírito,
o panorama da Igreja, sua influência hereditária sobre
a humanidade, durante séculos; representou-a para
si mesmo desolada e grandiosa, enunciando ao homem o
horror da vida, a inclemência do destino; pregando a paciência,
a contrição, o espírito de sacrifício; diligenciando
curar as chagas com mostrar as feridas sangrantes do
Cristo; assegurando privilégios divinos, prometendo a
melhor parte do paraíso aos aflitos; exortando a criatura
humana a sofrer, a oferecer a Deus, como um holocausto,
suas atribulações e ofensas, suas vicissitudes e penas.
Ela se tornava verdadeiramente eloquente, maternal com
os miseráveis, piedosa com os oprimidos, ameaçadora
com os opressores e os déspotas.

Aqui, Des Esseintes retomava pé. Por certo, deixava-o
satisfeito esse reconhecimento do lixo social, mas ele se
revoltava então contra o vago remédio de uma esperança
numa outra vida. Schopenhauer era mais exato;[4] sua doutrina
e a da Igreja partiam ambas de um ponto de vista

comum; ele também se baseava na iniquidade e na torpeza do mundo, também fazia, com a *Imitação de Cristo*,[5] esta dolorosa queixa: "É verdadeiramente uma desgraça viver sobre a Terra!". Também pregava o nada da existência, as vantagens da solidão, advertia a humanidade de que, o que quer que fizesse, para onde quer que se voltasse, continuaria desgraçada: pobre, por causa dos sofrimentos nascidos das provações; rica, em razão do invencível tédio engendrado pela abundância; entretanto, não vos preconizava nenhuma panaceia, não vos embalava, para remediar males inevitáveis, com nenhum engodo.

Ele não perfilhava o revoltante sistema do pecado original; não tentava vos provar que é um Deus soberanamente bom o que protege os patifes, ajuda os imbecis, esmaga a infância, embrutece a velhice, castiga os inculpáveis; não exaltava as mercês de uma Providência que inventou essa abominação inútil, incompreensível, injusta, inepta, que é o sofrimento físico; longe de tentar justificar, como a Igreja, a necessidade de tormentos e provas, exclamava, na sua indignada misericórdia: "Se foi um Deus quem fez este mundo, eu não gostaria de ser tal Deus; a miséria do mundo me rasgaria o coração".

Ah! só ele estava certo! que eram todas as farmacopeias evangélicas ao lado dos seus tratados de higiene espiritual? Ele não pretendia curar coisa alguma, não oferecia aos enfermos nenhuma compensação, nenhuma esperança; mas a sua teoria do Pessimismo era, em suma, a grande consoladora das inteligências eleitas, das almas elevadas; revelava a sociedade tal qual é, insistia na parvoíce inata das mulheres, assinalava-vos os carreiros, salvava-vos das desilusões advertindo-vos de que restringísseis tanto quanto possível vossas esperanças, de que não as concebêsseis de modo algum se lhes sentísseis o vigor, de que vos considerásseis enfim felizes se, em momentos inopinados, não despencassem sobre vossas cabeças formidáveis telhas.

Lançada na mesma pista da *Imitação*, esta teoria desembocava também, mas sem se perder em misteriosos dédalos ou caminhos inverossímeis, no mesmo ponto, na resignação e no deixar-se levar.

Só que se essa resignação, de tão boa-fé nascida da constatação de um deplorável estado de coisas e da impossibilidade de mudar-lhe o que quer que fosse, era acessível aos ricos de espírito, não o era tão facilmente aos pobres, cuja benfazeja religião lhes acalmava então, mais a cômodo, as reivindicações e as cóleras.

Tais reflexões aliviavam Des Esseintes de um pesado fardo; os aforismos do grande alemão acalmavam-lhe as comoções do pensamento e, no entanto, os pontos de contato entre as duas doutrinas ajudavam-nas a se imporem mutuamente à memória, e ele não podia olvidar aquele catolicismo tão poético, tão pungente, de que se embebera e de que absorvera outrora a essência por todos os poros.

Esses retornos à crença, essas apreensões da fé começaram a atormentá-lo sobretudo depois que se produziram alterações em sua saúde; coincidiam com desordens nervosas sobrevindas novamente.

Desde as primícias de sua juventude havia sido torturado por inexplicáveis repulsas, por frêmitos que lhe gelavam a espinha, que lhe faziam os dentes contrair-se, por exemplo, quando via roupa branca molhada sendo torcida por uma criada; tais efeitos tinham sempre persistido; ainda agora ele sofria realmente ao ouvir rasgarem um tecido, ao esfregar com o dedo um pedaço de giz, ao tatear com a mão um trapo de chamalote.

Os excessos de sua vida de moço, as tensões exageradas do seu cérebro, haviam-lhe singularmente agravado a nevrose original, apoucado o sangue já gasto de sua raça; em Paris, tivera de submeter-se a tratamentos de hidroterapia[6] por causa de tremores dos dedos, de dores terríveis, de nevralgias que lhe estouravam a cabeça, que lhe martelavam as têmporas, que lhe picavam as pálpebras, provocando náuseas para as quais só encontrava alívio ao deitar-se de costas na penumbra.

Esses acidentes haviam desaparecido gradualmente, graças a uma vida mais regrada, mais calma; agora, voltavam a acometê-lo, variando de forma, percorrendo-lhe o corpo todo; as dores desertavam o crânio para ir se alojar no ventre inchado, duro, nas entranhas atravessadas por um ferro em brasa, forçando-o a esforços inúteis e torturantes; depois, uma tosse nervosa, dilacerante, seca, começada sempre à mesma hora e durando um número sempre igual de minutos, despertava-o, estrangulava-o na cama; por fim, o apetite cessou, azias gasosas e tépidas, fogos secos, lhe corriam pelo estômago; ele inchava, estufava, não podia mais suportar, após cada tentativa de refeição, uma calça abotoada, um colete apertado.

Suprimiu as bebidas alcoólicas, o café, o chá, bebeu laticínios, recorreu a aspersões de água fria, se empanturrou de assa-fétida, de valeriana e de quinino; quis até mesmo sair de casa, passear um pouco pelo campo, quando chegaram esses dias de chuva que o tornam silencioso e vazio; forçou-se a andar, a fazer exercício; em última instância, renunciou provisoriamente à leitura e, roído pelo tédio, decidiu-se, para ocupar sua vida tornada ociosa, a realizar um projeto que havia adiado incessantemente, por preguiça, por aversão aos transtornos, desde que se instalara em Fontenay.

Não podendo mais embriagar-se com as magias do estilo, enervar-se com o delicioso sortilégio do epíteto raro que, mesmo mantendo a precisão, abre no entanto, à faculdade imaginativa dos iniciados, aléns sem-fim, resolveu completar o mobiliário da casa, cultivar flores preciosas de estufa, entregar-se a uma ocupação material que o distraísse, que lhe distendesse os nervos, repousasse o cérebro; esperava destarte que a visão de seus estranhos e esplêndidos matizes o compensasse um pouco das quiméricas e reais cores do estilo que sua dieta literária iria fazê-lo esquecer ou perder momentaneamente.

VIII

Ele sempre fora um apaixonado das flores, mas essa paixão que, durante suas estadas em Jutigny, se estendera de início à flor, sem distinção nem de espécies nem de gêneros, acabara por depurar-se, por precisar-se numa única casta.

Havia já muito tempo que desprezava a planta vulgar que prospera nos cabazes dos mercados parisienses, em vasos molhados, sob toldos verdes ou para-sóis avermelhados.

Ao mesmo tempo que seus gostos literários, suas preocupações artísticas se haviam refinado, interessando-se somente por obras escolhidas com rigor, destiladas por cérebros atormentados e sutis; ao mesmo tempo, outrossim, que se tinha afirmado o seu desgosto das ideias muito difundidas, livrara-se de toda borra sua afeição pelas flores, clarificando-se, retificando-se, de algum modo.

Ele comparava naturalmente a loja de um horticultor a um microcosmo onde estavam representadas todas as categorias da sociedade: suas flores pobres e canalhas, as flores de pocilga, que só se acham no seu verdadeiro ambiente quando repousam sobre o rebordo das mansardas, raízes comprimidas dentro de vasilhas de leite e de velhas terrinas, o goivo, por exemplo; flores pretensiosas, convencionais, estúpidas, cujo único lugar são os *cache-pots* de porcelana pintados por mocinhas, a exemplo da rosa; por fim, as flores de alta linhagem tais como as orquídeas delicadas e encantadoras, palpitantes e friorentas; as flores exóticas exiladas em Paris, no calor dos palácios de vidro; as princesas do reino vegetal, vivendo à parte sem nada mais ter em comum com as plantas da rua e as flores burguesas.[1]

Em suma, ele não deixava de experimentar um certo interesse, uma certa piedade, pelas flores popularescas extenuadas com as emanações dos esgotos e das pias de despejo, nos bairros pobres; execrava, em compensação, os ramalhetes acordes com os salões rococó das casas novas; reservava, afinal, para a inteira alegria dos seus olhos, as plantas elegantes, raras, vindas de longe, cultivadas com ardilosos cuidados sob falsos equadores produzidos pelos sopros dosados das estufas.

Mas tal escolha definitivamente voltada para a flor de estufa havia-se ela própria modificado sob a influência de suas ideias gerais, de suas opiniões agora atentas a todas as coisas; outrora, em Paris, seu natural pendor para o artifício o levara a trocar a flor verdadeira por sua imagem fielmente reproduzida, graças aos milagres das borrachas e dos fios, das percalinas e dos tafetás, dos papéis e dos veludos.

Possuía, assim, uma coleção maravilhosa de plantas dos trópicos, lavradas pelos dedos de profundos artistas, acompanhando a natureza passo a passo, recriando-a, pegando a flor desde o seu nascimento, levando-a à maturidade, simulando-a até o seu declínio; logrando notar-lhe os matizes mais ínfimos, os traços mais fugitivos do seu despertar ou do seu repouso; observando o porte de suas pétalas arregaçadas pelo vento ou danificadas pela chuva; regando-lhe as corolas matinais com gotas de orvalho em seringa; amanhando-a, em plena floração, quando os ramos se curvam ao peso da seiva, ou amparando-lhe o caule seco, a cúpula endurecida, quando os cálices se despem e as folhas caem.

Essa arte admirável o havia seduzido por longo tempo; agora, porém, ele sonhava com a combinação de uma outra flora.

Depois das flores artificiais a imitar as verdadeiras, queria flores naturais que imitassem as falsas.[2]

Dirigiu seus pensamentos nesse sentido; não teve de procurar muito tempo, de ir muito longe, já que sua casa estava situada bem no meio da região dos grandes horticultores. Foi muito naturalmente visitar as estufas da avenida de Châtillon e do vale de Aunay, voltou esfalfado, de bolsa vazia, maravilhado com as extravagâncias vegetais que tinha visto, só pensando nas espécies que adquirira, obsedado sem trégua pelas lembranças de ramalhetes magníficos e incomuns.

Dois dias mais tarde, chegaram os veículos.

Lista na mão, Des Esseintes nomeava, verificava suas compras, uma por uma.

Os jardineiros desembarcaram de suas carroças uma coleção de Caládios que apoiavam sobre caules túrgidos e velosos enormes folhas, em forma de coração; ainda que conservando entre si um ar de parentesco, nenhuma delas se repetia.

Havia-os extraordinários, róseos, tal como a Virginale que parecia ter sido recortada em tela envernizada, em tafetá gomado da Inglaterra; os de todo brancos, tal como o Albano, que semelhava haver sido talhado na pleura transparente de um boi, na bexiga diáfana de um porco; alguns, sobretudo o Madame Mame, imitavam o zinco, parodiavam pedaços de metal estampado, pintados de verde-imperador, sujos por gotas de pintura a óleo, por manchas de zarcão e de alvaiade; estes, como o Bósforo, davam a ilusão de um paninho de algodão engomado, recoberto de vermelhão e verde-mirto; aqueles, como a Aurora Boreal, tinham folhas cor de carne crua, estriadas de orlas purpúreas, de fibrilas violáceas, folhas tumefatas a transpirar zurrapa e sangue.

O Albano e a Aurora compendiavam as duas notas extremas do temperamento, a apoplexia e a clorose dessa planta.

Os jardineiros trouxeram ainda novas variedades; ostentavam, desta vez, a aparência de pele artificial sulcada de veias falsas; em sua maioria, como que roídas de sífilis e lepras, mostravam carnes lívidas, marmoreadas de roséolas, adamascadas de dartros; umas afetavam o tom rosa vivo das cicatrizes que se fecham ou o acastanhado das crostas que se formam; outras estavam inflamadas por cautérios, soerguidas por queimaduras; outras, ainda, mostravam epidermes pilosas, cavadas de úlceras e repuxadas por cancros; algumas, por fim, pareciam cobertas de curativos, untadas de banha negra mercurial, de unguentos verdes de beladona, picadas de grãos de poeira, de micas jaldes de iodofórmio em pó.

Reunidas, essas flores resplandeceram diante de Des Esseintes, mais monstruosas do que quando ele as havia surpreendido, confundidas com outras, como num hospital, entre as salas envidraçadas das estufas.

— Com os diabos! — exclamou, entusiasmado.

Uma nova planta, de modelo similar ao dos Caládios, a "Alocasia Metallica", o exaltou ainda mais. Estava recoberta de uma camada de verde-bronze na qual assomavam reflexos de prata; era a obra-prima do factício; dir-se-ia um pedaço de cano de chaminé recortado em espadas por um latoeiro.

Os jardineiros descarregaram em seguida tufos de folhas em losangos, cor verde-garrafa; no meio delas se elevava uma vareta em cuja ponta tremelicava um ás de copas tão luzidio quanto um pimentão; como que para escarnecer todos os aspectos conhecidos das plantas, do centro desse ás de intensa vermelhidão surgia uma cauda carnuda, flocosa, branca e amarela, reta nalguns exemplares, espiralada bem no alto das copas, feita rabo de leitão, em outros.

Era o Antúrio, uma aroidea recentemente importada da Colômbia pela França; fazia parte de um lote da família à qual pertencia também um Amorphophallus, planta da Cochinchina, de folhas em forma de espátula com longos caules negros marcados de cicatrizes, como membros lanhados de negro.

Des Esseintes exultava.

Era descida das carroças uma nova fornada de monstros: os Echinopsis que faziam sobressair, de compressas de algodão, flores de um róseo de ignóbil coto; os Nidularium, abrindo, em lâminas de sabre, fundamentos esfolados e hiantes; as "Tillandsia Lindeni" estendendo rascadores embotados cor de mosto de vinho; os Cypripedium, de contornos complicados, incoerentes, imaginados por um inventor em estado de demência. Pareciam um tamanco, uma cestinha, acima do qual se arregaçava uma língua humana, de freio esticado, como as que se veem desenhadas nas pranchas de obras que versam as afecções da garganta e da boca; duas pequenas asas, de um vermelho de jujuba, que pareciam ter sido tiradas de um moinho de brinquedo, completavam essa barroca ensambladura de um avesso de língua, cor de borra e de ardósia, e de uma bolsinha lustrosa cujo forro ressumava uma cola visguenta.

Ele não podia tirar os olhos dessa inverossímil orquídea vinda da Índia; os jardineiros, aborrecidos com tais demoras, puseram-se a anunciar eles próprios, em voz alta, as etiquetas afixadas aos vasos que traziam.

Des Esseintes olhava assombrado, ouvindo o anúncio dos nomes rebarbativos das plantas verdes: o "Encephalartos horridus", uma gigantesca alcachofra de ferro, cor de ferrugem, cujas folhas pontudas faziam lembrar os ferros das grades afixadas aos portões dos castelos a fim de impedir as escaladas; o "Cocos Micania", uma espécie de palmeira denteada e esguia, circundada, de todos os lados, por folhas altas semelhantes a pangaias ou remos;

o "Zamia Lehmanni", um imenso ananás, um prodigioso pão de Chester plantado em terra de charneca e guarnecido, no topo, de lanças dentadas e flechas selvagens; o "Cibotium Spectabile", que levava de vencida os congêneres pela extravagância de sua estrutura e lançava um desafio ao sonho pondo à mostra, numa folhagem palmada, sua enorme cauda de orangotango, uma cauda peluda e acastanhada com a ponta em forma de báculo de bispo.

Mas Des Esseintes só lhes dava um olhar apressado, pois esperava com impaciência a série de plantas que o seduziam entre todas, os vampiros vegetais, as plantas carnívoras, a Mata-Moscas das Antilhas, de limbo despelado a secretar um líquido digestivo, munido de espinhos curvos que se dobravam uns sobre os outros, formando uma grade por sobre o inseto a que aprisionavam; as Drosera das turfeiras, guarnecidas de crinas glandulosas; as Sarracena, os Cephalotus, de vorazes cometas abertas, capazes de digerir, de absorver carne de verdade; finalmente, a Nepente cuja fantasia ultrapassa os limites conhecidos das formas excêntricas.

Des Esseintes não se cansava de virar e revirar entre as mãos o vaso onde se agitava essa extravagância da flora. Ela imitava o caucho, de que tinha a folha alongada, de um verde metálico e sombrio, mas da ponta dessa folha pendia um atilho verde, descia um cordão umbilical que sustentava uma urna esverdeada, jaspeada de violeta, uma espécie de cachimbo alemão de porcelana, um singular ninho de pássaro a balançar-se, tranquilo, mostrando um interior forrado de pelos.

— Essa vai longe — murmurou Des Esseintes.

Teve de arrancar-se à sua alegria, pois os jardineiros, na impaciência de partir, esvaziavam o fundo de suas carroças, amontoavam Begônias tuberosas e Crotons negros pintalgados de vermelho saturnino.

Deu-se conta, então, de que restava ainda um nome na sua lista. A Cattleya de Nova-Granada; apontaram-

-lhe uma sineta alada, de um lilás desmaiado, de um malva apagado; aproximou-se, pôs-lhe o nariz em cima e recuou bruscamente: ela exalava um odor de pinho envernizado, de caixa de brinquedos, evocava os horrores de um dia do ano.

Pensou que seria bom desconfiar dela, quase lamentou ter admitido entre as plantas inodoras que possuía essa orquídea que desabrochava a mais desagradável das recordações.

Uma vez sozinho, contemplou aquela maré de vegetais que rebentava em seu vestíbulo; eles se misturavam uns aos outros, cruzavam suas espadas, seus crises, suas pontas de lança, desenhavam um feixe de armas verdes acima do qual flutuavam, como estandartes bárbaros, flores de tons enceguecedores e duros.

O ar do aposento se rarefazia; logo, na obscuridade de um canto, junto do pavimento, uma luz rastejou, branca e suave.

Foi até ela e percebeu que eram Rizomorfas, que, ao respirar, lançavam clarões de lamparina.

Estas plantas são estupefacientes, disse consigo; depois recuou e abrangeu com um olhar o conjunto: seu objetivo fora alcançado; nenhuma daquelas plantas parecia real; era como se o tecido, o papel, a porcelana, o metal, tivessem sido cedidos pelo homem à natureza a fim de permitir a esta criar seus monstros. Quando não pudera imitar a obra humana, ela se vira reduzida a recopiar as membranas interiores dos animais, a tomar-lhe de empréstimo as cores vivazes de suas carnes em decomposição, a magnífica hediondez de suas gangrenas.

Tudo não passa de sífilis,[3] pensou Des Esseintes, os olhos fascinados fitos no horrível mosqueado dos Caládios a que um raio de sol acariciava. E teve a brusca visão de uma humanidade trabalhada sem cessar pelo vírus das épocas antigas. Desde o começo do mundo, de pai para filho, todas as criaturas transmitiam umas às outras a imperecível herança, a eterna doença que devastou os antepassados do homem, que roeu até os ossos ora exumados de velhos fósseis!

Ela percorrera a sucessão dos séculos sem jamais se abater; ainda hoje causava estragos, disfarçando-se em dores sonsas, dissimulando-se nos sintomas das enxaquecas e das bronquites, dos gases e das gotas; de vez em quando, assomava à superfície, atacando de preferência as pessoas malcuidadas, malnutridas, irrompendo em moedas de ouro, adornando por ironia, com sequins de almeia, as frontes dos pobres-diabos, gravando-lhes na epiderme, para cúmulo da miséria, a imagem do dinheiro e do bem-estar!

E ei-la que reaparecia, em seu esplendor primeiro, sobre as folhagens coloridas das plantas!

— É verdade — continuou Des Esseintes, regressando ao ponto de partida do seu raciocínio, — é verdade que na maior parte do tempo a natureza é incapaz, por si só, de procriar espécies de tal modo malsãs, perversas; fornece a matéria-prima, o germe e o solo, a matriz nutridora e os elementos da planta que o homem cultiva, modela, pinta e esculpe em seguida, a seu gosto.

Por mais obstinada, mais confusa, mais tacanha que seja, ela é finalmente subjugada e seu amo alcança mudar por meio de reações químicas as substâncias da terra, usar combinações longamente amadurecidas, cruzamentos lentamente preparados, servir-se de sábios chantões, de enxertias metódicas, e fá-la então produzir flores de cores diferentes num mesmo ramo, inventa-lhe novos tons, modifica a seu talante a forma secular de suas plantas, desbasta os blocos, conclui os esboços, marca-os com a sua estampa, imprime-lhes o seu sinete de arte.

Não há mais que dizer, murmurou consigo Des Esseintes, resumindo suas reflexões; o homem pode, em poucos anos, levar a cabo uma seleção que a natureza preguiçosa só poderia produzir ao fim de séculos; decididamente, nos tempos que correm, os horticultores são os únicos e verdadeiros artistas.

Ele estava um tanto fatigado e asfixiava naquela atmosfera de plantas encerradas; as excursões que fizera havia alguns dias tinham-no exaurido; a transição entre a tepidez da casa e o ar livre, entre a imobilidade de uma vida reclusa e o movimento de uma existência liberada, fora brusca demais; deixou o vestíbulo e foi se deitar; absorvido, porém, por um único assunto, como que acionado por uma corda, o espírito, conquanto adormecido, continuou a desenrolar sua corrente, e logo envolvia-se nas sombrias extravagâncias de um pesadelo.

Viu-se no meio de uma alameda, em pleno bosque, ao crepúsculo; caminhava ao lado de uma mulher que jamais conhecera ou vira; era esguia, tinha cabelos desgrenhados, uma cara de buldogue, faces sardentas, dentes encavalados sob um nariz achatado. Vestia um avental branco de criada, um longo lenço escarlate cruzado sobre o peito, botins de soldado prussiano, um boné negro ornado de franzidos e guarnecido de uma roseta de fitas.

Tinha o ar de uma vendedora ambulante, a aparência de um saltimbanco de feira.

Perguntou-se quem era aquela mulher que sentia entrada, implantada em sua vida e em sua intimidade fazia já longo tempo; buscava-lhe em vão a origem, o nome, o ofício, a razão de ser; nenhuma lembrança lhe suscitava tal ligação inexplicável e no entanto certa.

Esquadrinhava ainda a memória quando de súbito uma estranha figura surgiu diante deles, a cavalo, trotou por um minuto e voltou-se na sela.

Então, o sangue gelou-se-lhe nas veias e ele ficou imobilizado de horror. A figura ambígua, assexuada, era verde e abria pálpebras violetas pondo à mostra olhos de um azul--claro frios, terríveis; borbulhas circundavam-lhe a boca; braços extraordinariamente magros, braços de esqueleto, nus até os cotovelos, surdiam de punhos esfarrapados, tremendo de febre, e as coxas descarnadas tiritavam dentro de botas de cano longo e dilatado, demasiado largas.

Sua mirada assustadora estava fita em Des Esseintes, penetrava-o, enregelava-o até as entranhas; ainda mais transtornada, a mulher-buldogue apertou-se contra ele e deu um grito de morte, a cabeça tombada sobre o pescoço hirto.

E de pronto ele compreendeu o sentido da espantosa visão. Tinha diante dos olhos a imagem da Grande Sífilis.

Acicatado pelo medo, fora de si, meteu-se por um atalho de través, e correu desabaladamente até um pavilhão que se erguia entre giesteiras, à esquerda; lá, deixou-se cair numa cadeira, num corredor.

Ao fim de alguns instantes, quando começava a retomar o fôlego, soluços o fizeram erguer a cabeça; a mulher-buldogue estava à sua frente; e, lamentável e grotesca, debulhava-se em lágrimas, dizendo que perdera os dentes durante a fuga, tirando do bolso do avental de criada cachimbos de barro, quebrando-os e enfiando pedaços de canudos brancos nos buracos das gengivas.

— Ora, que coisa absurda — dizia consigo Des Esseintes —, esses canudos não podem ficar firmes — e, com efeito, todos caíram da mandíbula dela, um após o outro.

Nesse momento aproximava-se o galope de um cavalo. Um terror medonho tomou conta de Des Esseintes; suas pernas vacilaram; o galope se apressou; o desespero soergueu-o como uma chicotada; atirou-se sobre a mulher que espezinhava agora os fornos dos cachimbos, suplicou-lhe que se calasse, que não os denunciasse com o ruído de suas botas. Ela começou a debater-se, ele a arrastou para o fundo do corredor, estrangulando-a para impedi-la de gritar; avistou, de súbito, uma porta de botequim, de persianas pintadas de verde, sem trinco, empurrou-a, tomou balanço e se deteve.

À sua frente, no meio de uma vasta clareira, imensos e alvos palhaços davam saltos de coelho sob os raios da lua.

Lágrimas de desencorajamento subiram-lhe aos olhos; nunca, oh, nunca conseguiria franquear o limiar da porta. — Estou destruído — pensava, e como que a justificar-lhe os temores, a série de palhaços imensos se multiplicava; suas cambalhotas enchiam agora todo o horizonte, o céu todo, contra o qual batiam alternadamente com os pés e a cabeça.

Os passos do cavalo então se detiveram. Des Esseintes estava no corredor, por trás de uma lucarna redonda; mais morto que vivo, voltou-se, viu pela claraboia orelhas em pé, dentes amarelados, narinas a soprar dois jatos de vapor que fediam a fenol.

Abateu-se, renunciando à luta, à fuga; cerrou os olhos para não perceber a mirada terrível da Sífilis que sentia pesar sobre si, através da parede, por ela atravessada a despeito das pálpebras cerradas, e que sentia deslizar-lhe pela espinha suada, pelo corpo cujos pelos se eriçavam, encharcados de fria transpiração. Ele estava por tudo, esperava mesmo o golpe de graça que o liquidasse; um século, que durou sem dúvida um minuto, transcorreu; reabriu, estremecendo, os olhos. Tudo se desvanecera; sem transição, por uma mudança de vistas, por um truque de cenário, uma atroz paisagem mineral fugia à distância, uma paisagem baça, deserta, esbarrocada, morta; uma luz iluminava o sítio desolado, uma luz tranquila, branca, que lembrava os clarões do fósforo dissolvido em azeite.

Sobre o chão algo mexeu-se, algo que se tornou uma mulher muito pálida, nua, as pernas modeladas por meias de seda, verdes.

Ele a contemplou cheio de curiosidade; como que encrespados por ferros quentes demais, seus cabelos se encaracolavam, quebrando-se nas pontas; urnas de Nepentes pendiam-lhe das orelhas; matizes de vitelo cozido brilhavam em suas narinas entreabertas. De olhos desfalecentes, ela o chamou em voz baixa.

Não teve tempo de responder-lhe, pois a mulher já começava a transformar-se; cores flamejantes corriam-lhe pelas pupilas; seus lábios se tingiam do vermelho furioso dos Antúrios; os bicos dos seios cintilavam, envernizados como duas vagens de pimenta rubra.

Uma súbita intuição ocorreu a Des Esseintes: é a Flor, disse consigo; e a mania raciocinante persistia no pesadelo, derivava, tal como durante o dia, da vegetação sobre o Vírus.

Observou então a medonha irritação dos seios e da boca, descobriu máculas de bistre e de cobre sobre o corpo, recuou alucinado; os olhos da mulher o fascinavam porém e ele se pôs a avançar lentamente, tentando afundar os calcanhares na terra para impedir-se de andar, deixando-se cair, levantando-se todavia para ir no rumo dela; estava quase a tocá-la quando negros Amorphophallus jorraram por toda parte, precipitaram-se sobre aquele ventre que se erguia e se abaixava como um mar. Ele os afastava, os repelia, experimentando uma aversão sem limites de ver fervilharem-lhe entre os dedos os caules tépidos e firmes; depois, subitamente, as odiosas plantas desapareceram e dois braços forcejaram por abraçá-lo; uma angústia medonha fez-lhe o coração bater forte, pois os olhos, os repelentes olhos da mulher tinham se tornado de um azul claro e gélido, terrível. Fez um esforço sobre-humano para livrar-se dos seus enlaces, mas, com um gesto irresistível, ela o retinha, o agarrava, e, desvairado, ele viu brotar-lhe sob as coxas erguidas o selvagem Nidularium, que se entreabria, sanguinolento, em lâminas de sabre.

Ele roçava com o corpo o odioso ferimento da planta; sentiu-se morrer, despertou num sobressalto, sufocado, enregelado, doido de medo, suspirando:

— Ah! graças a Deus não passa de um sonho.

IX

Os pesadelos se repetiram; ele receava adormecer. Permanecia horas a fio deitado no leito, ora tomado de insônias persistentes e febris agitações, ora de sonhos abomináveis, rompidos por sobressaltos de homem perdendo o pé, rolando do alto de uma escada, precipitando-se, sem poder deter a queda, no fundo de um abismo.

A nevrose, adormentada durante alguns dias, voltava a triunfar, revelando-se mais veemente e mais obstinada, sob novas formas.

As cobertas da cama agora o incomodavam; sufocava debaixo delas e sentia formigamentos pelo corpo todo, ardores de sangue, picadas de pulga ao longo das pernas; a tais sintomas logo se juntou uma dor surda nos maxilares e a sensação de um torno comprimir-lhe as têmporas.

Suas inquietações aumentaram; infelizmente, faltavam os meios de domar a moléstia inexorável. Tentara sem êxito instalar aparelhos hidroterápicos no seu banheiro. A impossibilidade de fazer a água subir até as alturas em que sua casa estava empoleirada, a própria dificuldade de obter água em quantidade suficiente numa aldeia onde as fontes só funcionavam parcimoniosamente em certas horas, detiveram-no; não podendo ser acutilado por jatos d'água que, aplicados, pespegados aos anéis da coluna vertebral, eram os únicos assaz possantes para corrigir-lhe a insônia e devolver-lhe a calma, viu-se reduzido às breves aspersões em sua banheira ou em sua bacia, às simples afusões frias, seguidas de enérgicas fricções praticadas pelo criado, com a ajuda de uma luva de crina.

Mas esses simulacros de ducha não entravam de modo algum o avanço da nevrose; quando muito, experimentava ele um alívio de algumas horas, pago muito caro no restante do tempo pela recidiva dos acessos, que voltavam à carga mais violentos e mais vivos.

Seu tédio passou a não conhecer limites; fora-se a alegria de possuir mirabolantes florações; já estava farto de sua contextura e de seus matizes; pois, malgrado os cuidados de que as cercou, a maior parte das plantas pereceu; fê-las retirar de seus aposentos e, chegado a um estado de extrema excitabilidade, irritou-se por não vê-las mais, o olho ofendido pelo vazio dos lugares que antes ocupavam.

Para distrair-se e matar as horas intérminas, recorreu às pastas de estampas e arrumou os seus Goyas; os primeiros estados de certas pranchas dos *Caprichos*, provas reconhecíveis pelo seu tom avermelhado, outrora adquiridas a peso de ouro, alegraram-no e ele se abismou nelas, acompanhando as fantasias do pintor, enamorado de suas cenas vertiginosas, de suas feiticeiras cavalgando gatos, de suas mulheres forcejando por arrancar os dentes de um enforcado, de seus bandidos, de seus súcubos, de seus demônios e anões.

Depois, percorreu-lhe todas as outras séries de águas-fortes e aquatintas, os *Provérbios* de um horror tão macabro, os temas de guerra de uma ira tão feroz, a prancha do *Garrote* finalmente, de que acarinhava uma maravilhosa prova de ensaio, impressa em papel espesso, sem cola, com linhas claras visíveis atravessando a pasta.

A selvagem inspiração, o talento áspero, desvairado de Goya, o prendiam; todavia, a universal admiração conquistada por suas obras afastavam-no um tanto delas, e ele havia renunciado, fazia anos, a enquadrá-las, receoso de, pondo-as em evidência, o primeiro imbecil que o viesse visitar se julgasse obrigado a proferir asnices e a extasiar-se, por cortesia, diante delas.

O mesmo acontecia em relação aos seus Rembrandt, que ele examinava furtivamente de quando em quando; com efeito, se a mais bela ária do mundo se torna vulgar, insuportável, assim que o público começa a trauteá-la, assim que os realejos dela se apoderam, a obra de arte que não permanece indiferente para os falsos artistas, que não é contestada pelos parvos, que não se contenta em suscitar o entusiasmo de uns poucos, torna-se também, por isso mesmo, poluída, banal, quase repugnante para os iniciados.

Essa promiscuidade na admiração era aliás um dos maiores desgostos de sua vida; êxitos incompreensíveis haviam estragado para sempre quadros e livros outrora caros; diante da aprovação dos sufrágios, ele acabava por descobrir-lhes taras imperceptíveis, e os rejeitava, perguntando-se se o seu faro não se embotara, não se enganara.

Fechou suas pastas e uma vez mais afundou, desorientado, no tédio. A fim de mudar o curso das ideias, tentou leituras emolientes, voltou-se, a fim de refrescar o cérebro, para as solanáceas da arte,[1] leu esses livros tão encantadores para os convalescentes e os achacados, que obras mais tetânicas ou mais ricas em fosfatos fatigariam, os romances de Dickens.

Tais volumes, porém, produziram efeito contrário ao que esperava: seus castos amantes, suas heroínas protestantes vestidas até o pescoço, amavam-se entre as estrelas, limitavam-se a baixar os olhos, a enrubescer, a chorar de felicidade, apertando-se as mãos. Dentro em pouco, essa exageração de pureza o lançou num excesso oposto; em virtude da lei dos contrastes, saltou de um extremo a outro, lembrou-se de cenas vibrantes e fortes, pensou nas práticas humanas dos casais, nos beijos mistos, nos beijos columbinos, conforme os designa o pudor eclesiástico quando penetram entre os lábios.

Interrompeu sua leitura, ruminou, longe da beata Inglaterra, sobre os pecadilhos libertinos, os lascivos preparativos que a Igreja desaprova; uma comoção acometeu-o; dissipou-se a anafrodisia de seu cérebro e de seu corpo que ele acreditava definitiva; a solidão agravou ainda mais o desarranjo dos seus nervos; mais uma vez obsedou-o, não a religião propriamente dita, mas a malícia dos atos e dos pecados que ela condena; o alvo habitual de suas obsecrações e ameaças ocupou-o sozinho; o lado carnal, insensível havia meses, agitou-se a princípio pelo enervamento das leituras piedosas, depois desperto, posto de pé, numa crise de nevrose, pela pudicícia inglesa, insurgiu-se e, retrogradando pela estimulação dos sentidos, ele chafurdou nas recordações de suas velhas cloacas.

Ergueu-se e, melancolicamente, abriu uma caixinha de prata dourada com a tampa enfeitada de aventurinas.

Estava cheia de bombons violetas; pegou um e apalpou-o, pensando nas estranhas propriedades desse bombom coberto de açúcar como geada; outrora, quando a sua impotência se manifestara, quando também ele sonhava, sem amargores, sem pesares, sem novos desejos, com a mulher, depositava um desses bombons sobre a língua, deixava-o derreter-se e subitamente surgiam, com infinita doçura, lembranças muito apagadas, muito enfraquecidas, das antigas libertinagens.

Tais bombons inventados por Siraudin[2] e designados pelo ridículo nome de "Pérolas dos Pirineus" eram uma gota de perfume de sarcanthus, uma gota de essência feminina, cristalizada num torrão de açúcar; eles penetravam as papilas da boca, evocavam lembranças de água opalizada por vinagres raros, por beijos muito profundos, empapados de odores.

De hábito, ele sorria, aspirando esse aroma amoroso, essa sombra de carícias que lhe punha uma ponta de nudez no cérebro e reanimava, por um segundo, o gosto não havia muito adorado de certas mulheres; hoje, não agiam mais em surdina, não se limitavam a reavivar as imagens de desordens longínquas e confusas; rasgavam os véus, pelo contrário, punham-lhe diante dos olhos a realidade corporal, premente e brutal.

À testa do desfile de amantes que o sabor do bombom ajudava a desenhar em traços precisos, uma se deteve, mostrando dentes longos e alvos, pele acetinada, toda rósea, um nariz bem cinzelado, olhos de ratinho, cabelo de franja, louro.

Era miss Urania, uma americana de corpo bem-feito, de pernas nervosas, músculos de aço, braços de ferro.

Fora uma das acrobatas mais renomadas do Circo.[3]

Des Esseintes a havia seguido atentamente, durante longas noites; das primeiras vezes, ela lhe aparecera tal como era, vale dizer, sólida e bela, mas o desejo de aproximar-se dela não o oprimia; ela nada tinha que a recomendasse à cobiça de um enfastiado e no entanto ele voltou ao Circo, seduzido por não sabia o quê, impelido por um sentimento difícil de definir.

Pouco a pouco, ao mesmo tempo que a observava, singulares concepções lhe ocorreram; à medida que admirava a sua agilidade e força, via produzir-se nela uma artificial mudança de sexo; suas momices graciosas, seus dengues de fêmea iam se apagando mais e mais, enquanto se desenvolviam, no lugar deles, os encantos ágeis e vigorosos de um macho; numa palavra, após ter sido, a princípio, mulher, e em seguida, após ter hesitado, após ter se avizinhado do andrógino, ela parecia resolver-se, precisar-se, tornar-se completamente homem.

Assim como um valentão robusto se enamora de uma moça franzina, esta artista de picadeiro deve amar, por tendência, uma criatura débil, submissa, sem fôlego, parecida comigo, pensava Des Esseintes; examinando-se, deixando agir o espírito de comparação, acabou ele por experimentar, de sua parte, a impressão de efeminar-se, e cobiçou decididamente a possessão daquela mulher, tal como uma rapariga clorótica aspira ao grosseiro hércules cujos braços a podem esmagar num amplexo.

Essa troca de sexo entre miss Urania e ele próprio o havia exaltado; estamos destinados um ao outro, assegurava; à súbita admiração da força bruta até então execrada por ele, acrescentou-se enfim a exorbitante atração da lama, da baixa prostituição que se compraz em pagar caro as carícias grosseiras de um rufião.

Enquanto esperava decidir-se a seduzir a acrobata, a entrar, se tal fosse possível, na própria realidade, Des Esseintes confirmava os seus sonhos pondo a série de seus pensamentos nos lábios inconscientes da mulher, relendo as intenções que colocava no sorriso imutável e fixo da histriã a dar voltas em seu trapézio.

Uma bela noite, resolveu-se a dispensar as criadas. Miss Urania julgou necessário não ceder sem uma corte prévia; não obstante, mostrou-se pouco esquiva, pois sabia, por ouvir dizer, que Des Esseintes era rico e que seu nome ajudava a promover as mulheres.

Contudo, tão logo pôde satisfazer seus desejos, desapontou-se além do possível. Imaginara a americana estúpida e bestial como um lutador de feira, e todavia sua bestialidade era infelizmente feminina. Faltavam-lhe, decerto, educação e tato, ela não tinha nem bom-senso nem espírito, e testemunhava um ardor animal na mesa, mas todos os sentimentos infantis da mulher subsistiam nela; possuía a tagarelice e o coquetismo das raparigas afeiçoadas às banalidades; não existia em seu corpo de mulher a transmutação das ideias masculinas.

Com isso, mostrava uma discrição puritana na cama e nenhuma daquelas brutalidades de atleta que ele desejava, embora as receasse; ela não estava sujeita às perturbações do seu sexo, conforme por um momento haviam suposto as esperanças de Des Esseintes. Esquadrinhando mais bem o vazio de suas cobiças, talvez tivesse ele percebido uma inclinação para um ser delicado e franzino, um temperamento absolutamente contrário ao seu próprio, mas então teria descoberto uma preferência não por uma rapariga, mas por um alegre zé-ninguém, por um patusco e magro palhaço.

Des Esseintes retomou, fatalmente, o seu papel de homem momentaneamente esquecido; suas impressões de feminilidade, de fraqueza, de quase proteção comprada, até mesmo de temor, desapareceram; a ilusão não mais era possível; miss Urania revelara-se uma amante comum, não justificando de modo algum a curiosidade cerebral que fizera nascer.

Se bem o encanto de sua carne fresca, de sua magnífica beleza, tivesse a princípio aturdido e atraído Des Esseintes, cuidou ele prontamente de esquivar-se dessa ligação, precipitou a ruptura, já que sua precoce impotência aumentava ainda mais diante das carícias glaciais, da pudica negligência daquela mulher.

E no entanto era a primeira a deter-se à sua frente, no desfile ininterrupto dessas luxúrias; porém, se ela lhe estava mais profundamente gravada na memória do que uma multidão de outras mulheres cujos atrativos haviam sido menos falaciosos e os prazeres menos limitados, isso se devia ao seu cheiro de animal vigoroso e saudável; a redundância da saúde dela era o próprio antípoda da sua anemia atormentada por perfumes, dos quais reencontrava um tênue cheiro no delicado bombom de Siraudin.

À guisa de uma antítese odorífera, miss Urania impunha-se fatalmente à sua lembrança, mas quase em seguida Des Esseintes, ofendido pelo imprevisto de um aroma natural e bruto, voltava às exalações civilizadas e pensava inevitavelmente nas suas outras amantes; elas se comprimiam, em bando, no seu cérebro, mas acima de todas alteava-se agora a mulher cuja monstruosidade tanto o tinha comprazido durante meses.

Era uma morena miúda e magra, de olhos negros, cabelos untados de pomada, aplastados sobre a cabeça como que traçados a pincel, separados por uma risca de rapaz, perto de uma das têmporas. Ele a tinha conhecido num café-concerto, onde ela dava representações de ventriloquia.

Para estupor de uma turba a quem esses exercícios intrigavam, ela fazia falar, cada um por sua vez, crianças de cartão em cadeiras alinhadas em forma de flauta de Pã; conversava com manequins quase vivos; na própria sala moscas zumbiam à volta dos lustres e ouvia-se o murmúrio do público silencioso que se espantava de estar sentado e recuava instintivamente de seus lugares quando roçado por veículos imaginários, ao passarem desde a entrada até a boca de cena.

Des Esseintes ficara fascinado; um enxame de ideias germinou nele; antes de mais nada, apressou-se a subjugar, à custa de dinheiro, a ventríloqua que o agradara pelo contraste mesmo que fazia com a americana. A moreninha ressumava perfumes preparados, malsãos e capitosos, e ardia como uma cratera; a despeito de todos os seus subterfúgios, Des Esseintes fatigou-se em poucas horas; nem por isso deixou de complacentemente aceitar ser explorado por ela, pois, mais do que a amante, atraía-o o fenômeno.

De resto, os planos que se tinha proposto haviam amadurecido. Decidiu-se a realizar projetos até então irrealizáveis.

Mandou trazerem-lhe, certa noite, uma pequena esfinge de mármore negro, deitada na postura clássica, as patas alongadas, a cabeça rígida e reta, e uma quimera de barro policromo, brandindo uma juba ouriçada, dardejando olhares ferozes, abanando com as estrias de sua cauda os flancos enfunados como foles de forja. Colocou cada um desses animais em cantos opostos do aposento, apagou os candeeiros, deixando as brasas da lareira iluminarem vagamente de vermelho a peça e tornarem maiores os objetos quase abismados na sombra.

Depois estendeu-se num canapé junto da mulher cuja figura imóvel era alcançada pela luz frouxa de um tição, e esperou.

Com estranhas entonações que ele a fizera antes repetir, longa e pacientemente, ela animou, sem sequer mover os lábios, sem sequer olhá-los, os dois monstros.

E no silêncio da noite, o admirável diálogo da Quimera e da Esfinge[4] começou, recitado por vozes guturais e profundas, roucas, depois agudas, como que sobre-humanas.

"— Aqui, Quimera, para.

"— Não; jamais."

Embalado pela admirável prosa de Flaubert, ele ouvia, palpitante, o terrível dueto e arrepios lhe percorreram o corpo, da nuca aos pés, quando a Quimera proferiu a frase mágica e solene:

"Busco novos perfumes, flores maiores, prazeres ainda não experimentados."

Ah! era a ele próprio que falava essa voz tão misteriosa quanto uma encantação; era a ele que narrava sua febre de desconhecido, seu ideal insatisfeito, sua necessidade de escapar à horrível realidade da existência, de franquear os confins do pensamento, de tatear, sem jamais chegar a uma certeza, as brumas dos aléns da arte! — Toda a miséria dos seus próprios esforços recalcou-se-lhe no coração. Abraçou suavemente a mulher silenciosa a seu lado, nela se refugiando como uma criança sem consolo, não lhe vendo sequer a expressão aborrecida da comediante forçada a interpretar uma cena, a exercer seu ofício em domicílio, nos momentos de repouso, longe da ribalta.

A ligação entre eles continuou, mas cedo se agravaram os desfalecimentos de Des Esseintes; a efervescência do seu cérebro não lhe derretia os gelos do corpo:

os nervos não obedeciam mais à vontade; passou a ser dominado pelas extravagâncias passionais dos velhos. Sentindo tornar-se cada vez mais indeciso perto dessa amante, recorreu ao adjuvante mais eficaz dos velhos e inconstantes pruridos, ao medo.

Enquanto tinha a mulher entre os seus braços, uma voz roufenha de bêbado gritava do outro lado da porta: — Vais ou não abrir? sei muito bem que estás com um freguês, espera, espera um pouco, vagabunda! — De imediato, tal como os libertinos excitados pelo terror de serem surpreendidos em flagrante delito, ao ar livre, nas ribanceiras, no jardim das Tulherias, num rambuteau ou num banco, ele reencontrava passageiramente as forças, precipitava-se sobre a ventríloqua cuja voz continuava a fazer barulho fora do aposento, e experimentava alegrias inéditas naquela desordem, naquele pânico de homem em perigo sendo interrompido, apressado na sua torpeza.

Infelizmente, tais sessões foram de breve duração; a despeito da remuneração exagerada que recebia, a ventríloqua largou-o de mão e na mesma noite ofereceu-se a um valentão cujas exigências eram menos complicadas e cujas forças eram mais seguras.

Ele lamentara a perda dessa amante e, ao recordar-lhe os artifícios, as outras mulheres lhe pareceram faltas de sabor; os encantos corrompidos da infância se lhe afiguravam até mesmo insípidos; o desprezo pelos seus monótonos trejeitos cresceu tanto que ele não podia mais decidir-se a suportá-los.

Remoendo o seu desgosto sozinho, certo dia em que passeava pela avenida de Latour-Maubourg, foi abordado, perto dos Inválidos, por um rapaz muito moço que lhe pediu indicasse o caminho mais curto para a rua de Babilônia. Des Esseintes mostrou-lho, e como ia atravessar também a esplanada, caminharam juntos.

A voz do rapaz, insistindo, de maneira inopinada, a fim de ser mais pormenorizadamente informado: — Com que então o senhor acha que, tomando à direita, o trajeto seria mais longo; haviam-me no entanto dito que, cortando pela avenida, eu chegaria mais depressa — era a um só tempo suplicante e tímida, muito baixa e suave.

Des Esseintes contemplou-o.[5] Parecia ter se evadido do colégio; estava pobremente trajado com um curto casaco de cheviote que lhe apertava os quadris, mal ultrapassando-os, uma calça preta colante, uma camisa de colarinho rebaixado, uma gravata bufante azul-escura, de riscas brancas, modelo La Vallière. Trazia na mão um livro escolar cartonado e na cabeça um chapéu-coco, castanho-escuro, de abas lisas.

O rosto era perturbador; pálido e cansado, de traços deveras regulares sob os longos cabelos negros, iluminavam-no dois grandes olhos úmidos, de pálpebras circundadas de azul, próximos do nariz que algumas sardas pontilhavam de ouro e sob o qual se abria uma boca pequena, mas de lábios grossos, cortados ao meio por um sulco, qual uma cereja.

Encararam-se por um instante, face a face, depois o rapaz baixou os olhos e aproximou-se; logo o seu braço roçava Des Esseintes, que diminuiu o passo, observando, em devaneio, o andar desempenado do jovem.

E do acaso desse encontro nascera uma desconfiada amizade que se prolongou por meses; Des Esseintes não podia pensar nela sem estremecer; jamais experimentara um envolvimento mais insinuante e mais imperioso; jamais conhecera perigos que tais; jamais, outrossim, se sentira mais dolorosamente satisfeito.

Entre as lembranças que o assediavam na sua solidão, a dessa recíproca afeição dominava as demais. Toda a levedura de desregramento capaz de deter um cérebro sobre-excitado pela nevrose fermentava; e, ao comprazer-se de tal maneira nessas recordações, nessa deleitação morosa, como chama a teologia a semelhante recorrência de velhos opróbrios, ele misturava, às visões físicas, ardores espirituais fustigados pela antiga leitura dos casuístas, dos Busembaum e dos Diana, dos Liguori e dos Sanchez, que trataram dos pecados contra o 6º e o 9º mandamentos do Decálogo.

Com fazer nascer um ideal extra-humano nessa alma que havia embebido e que uma hereditariedade datada do reino de Henrique III a isso talvez predispunha, a religião bulira também no ilegítimo ideal das volúpias; obsessões libertinas e místicas perturbavam-lhe, confundindo-se, o cérebro tomado de um obstinado desejo de escapar às vulgaridades do mundo, de abismar-se, longe dos usos venerandos, nos êxtases originais, em crises celestes ou malditas, igualmente aniquiladoras pelos desperdícios de fósforo que acarretam.

Ele saía desses devaneios acabrunhado, prostrado, quase moribundo, e acendia de imediato as velas e os candeeiros, inundando-se de claridade, crendo ouvir assim, menos distintamente que na sombra, o ruído surdo, persistente, intolerável, das artérias que latejavam, em ritmo acelerado, sob a pele do seu pescoço.

X

Durante essa singular moléstia que assola as raças de sangue exaurido, repentinas acalmias sucedem-se às crises; sem que pudesse explicar por quê, Des Esseintes despertou completamente são, certa manhã; não mais a tosse desesperante, não mais cunhas enfiadas na nuca a golpes de macete; em vez delas, uma sensação inefável de bem-estar, uma leveza mental que fazia com que os pensamentos se aclarassem e, de opacos e glaucos, se tornassem fluidos e irisados, feito bolhas de sabão de suaves matizes.

Esse estado perdurou alguns dias, ao fim dos quais subitamente, certa tarde, revelaram-se as alucinações do olfato.

A frangipana embalsamou-lhe o quarto; ele foi ver se o frasco não estaria destapado: não havia nenhum frasco dela no quarto; passou para o gabinete de trabalho, a sala de jantar: o odor persistia.

Chamou o criado: — Não sente um perfume? — perguntou-lhe. O outro farejou o ar e declarou não sentir aroma de flor alguma: não havia mais dúvida; a neurose voltava, outra vez, sob a aparência de uma nova ilusão dos sentidos.

Fatigado pela tenacidade do aroma imaginário, resolveu mergulhar nos perfumes de verdade, esperando que tal homeopatia nasal o curasse ou pelo menos retardasse a perseguição da importuna frangipana.

Foi até a sala de banho. Ali, perto de uma antiga pia batismal que lhe servia de bacia de mãos, sob um longo espelho com moldura de ferro forjado, que aprisionava como um para-peito de poço prateado de luar a água verde e morta do espelho, frascos de todo tamanho, de todas as formas, alinhavam-se sobre prateleiras de marfim.

Ele os colocou numa mesa e os dividiu em dois grupos: o dos perfumes simples, isto é, extratos ou espíritos, e o dos perfumes compostos, designados pelo termo genérico de buquês.

Afundou-se numa poltrona e concentrou-se.

Havia anos que se tornara destro na ciência do olfato;[1] achava que este podia experimentar deleites iguais aos da audição e da visão, visto cada sentido ser suscetível, em consequência de uma disposição natural e de uma cultura erudita, de perceber novas impressões, de decuplicá-las, de coordená-las, de com elas compor esse todo que constitui uma obra; não havia nada de anormal, em suma, na existência de uma arte que isolava odorantes fluidos, visto existirem artes que destacam ondas sonoras ou que impressionam a retina do olho com raios de diverso colorido; somente que, se ninguém alcança distinguir, sem uma intuição particular desenvolvida pelo estudo, um quadro de um grande mestre de outro medíocre, uma ária de Beethoven de uma ária de Clapisson, ninguém tampouco consegue, sem uma iniciação prévia, deixar de confundir, da primeira vez, um buquê criado por um artista de uma miscelânea fabricada por um industrial para a venda em mercearias e bazares.

Nesta arte dos perfumes, um aspecto havia, entre todos, que o seduzia particularmente: o da precisão factícia.

Quase nunca, com efeito, os perfumes provêm das flores de que trazem o nome; o artista que ousasse tomar de empréstimo à natureza tão só seus elementos não produziria mais do que uma obra bastarda, sem verdade, sem estilo, de vez que a essência obtida pela destilação de flores não poderia oferecer senão uma longínqua e assaz vulgar analogia com o aroma propriamente dito da flor viva a exalar seus eflúvios em plena terra.

Destarte, com exceção do inimitável jasmim, que não aceita nenhuma contrafação, nenhuma similitude e recusa qualquer aproximação, todas as flores são representadas com exatidão por alianças de alcoolatos e de espíritos, roubando ao modelo sua mesma personalidade e acrescentando-lhe aquele tudo-nada, aquele matiz a mais, aquele aroma capitoso, aquele toque raro que qualifica uma obra de arte.

Em resumo, na perfumaria o artista completa o odor inicial da natureza de que ele esculpe o perfume e o monta, assim como um joalheiro depura a água de uma pedra e a valoriza.

Pouco a pouco, os arcanos dessa arte, a mais negligenciada de todas, haviam se aberto ante Des Esseintes, que lhe decifrava agora a linguagem, variada, tão insinuante quanto a da literatura, o estilo de uma concisão inédita, sob a sua aparência hesitante e vaga.

Para tanto, fora-lhe preciso, antes do mais, adestrar-se na gramática, compreender a sintaxe dos odores, penetrar bem as regras que a regem e, uma vez familiarizado com esse dialeto, comparar as obras dos mestres, os Atkinson e os Lubin, os Chardin e os Violet, os Legrand e os Piesse, desmontar-lhes a construção das frases, pesar--lhes a proporção das palavras e os arranjos dos períodos.

Isso porque, nesse idioma de fluidos, a experiência tinha de apoiar-se em teorias as mais das vezes incompletas e banais.

A perfumaria clássica era, com efeito, pouco diversificada, quase incolor, uniformemente despejada numa matriz fundida por químicos antigos; ela se repetia, confinada a seus velhos alambiques, quando sobreviera o período romântico e a tinha também modificado, tornando-a mais jovem, mais maleável e mais ágil.

Sua história acompanhava, passo a passo, a história de nossa língua. O estilo perfumado de Luís XIII, composto de elementos caros àquela época, o pó do lírio-silvestre, o almíscar, a água de murta já então designada pelo nome de água dos anjos, mal era o bastante para exprimir as graças cavalheirescas, as cores um pouco cruas do tempo, que nos foram preservadas por alguns dos sonetos de Saint-Amant. Mais tarde, com a mirra, o incenso, os aromas místicos, vigorosos e austeros, a marcha pomposa do grande século, os artífices redundantes da arte oratória, o estilo amplo, sustentado, numeroso, de Bossuet e dos mestres do púlpito, tornaram-se quase possíveis; mais tarde ainda, as graças fatigadas e sábias da sociedade francesa do reinado de Luís XV encontraram mais facilmente seu intérprete na frangipana e na marechala, que se constituíram de certo modo na síntese mesma da época; depois, passado o tédio e a falta de curiosidade do primeiro império, que abusou das águas-de-colônia e das preparações de alecrim, a perfumaria lançou-se, nas pegadas de Victor Hugo e Gautier,[2] sobre os países do Levante; ela criou aromas orientais, *selams* fulgurantes de especiarias, descobriu novas entonações, antíteses até então não ousadas, experimentou e retomou antigos matizes que complicou, que sutilizou, que harmonizou; rejeitou resolutamente, por fim, essa voluntária decrepitude à qual a haviam reduzido os Malherbe, os Boileau, os Andrieux, os Baour-Lourmian,[3] os vis destiladores de seus poemas.

Mas essa língua não permaneceu estacionária desde o período de 1830. Evoluiu e, modelando-se pela marcha do século, avançou paralelamente às outras artes; sujeitou-se, ela também, aos desejos dos amadores e dos artistas, atirando-se ao chinês e ao japonês, imaginando álbuns odorantes, imitando os ramilhetes de flores de Takaoka, obtendo, por alianças de alfazema e cravo--da-índia, o odor do Rondoletia; por um matrimônio de patchuli e cânfora, o aroma singular do nanquim; por composições de limão, goivo e neroli, a emanação da Hovênia do Japão.

Des Esseintes estudava, analisava a alma desses fluidos, fazia a exegese desses textos; comprazia-se em desempenhar, para a sua satisfação pessoal, o papel de psicólogo, em desmontar e remontar as engrenagens de uma obra, a desaparafusar as peças para formular a estrutura de uma exalação composta, e, nesse exercício, seu olfato chegara à segurança de um toque quase impecável.

Assim como um comerciante de vinhos reconhece a proveniência de um vinho de que prova uma gota; que um vendedor de lúpulo, tão logo fareja um saco, determina-lhe o valor exato; que um negociante chinês pode imediatamente revelar as origens dos chás que cheira, dizer em que granjas dos montes Bohées, em que conventos búdicos ele foi cultivado, a época em que se colheram as suas folhas, precisar o grau de torrefação, a influência que sofreu pela vizinhança da flor da ameixeira, da aglaia, da Olea fragrans, de todos esses perfumes que lhe servem para modificar a natureza, para acrescentar--lhe um realce inesperado, para introduzir em seu aroma um pouco seco algo da fragrância de flores distantes e viçosas; assim também Des Esseintes podia, com respirar um tudo-nada de odor, dizer-vos prontamente as doses de sua mistura, explicar a psicologia de sua mescla, quase citar o nome do artista que o escrevera e lhe imprimira a marca pessoal do seu estilo.

Excusa dizer que ele possuía uma coleção de todos os produtos empregados pelos perfumistas; tinha até mesmo o verdadeiro bálsamo de La Mecque, esse bálsamo tão raro que só se colhe em certas partes da Arábia Pétrea e cujo monopólio pertence ao Grande Sultão.

Sentado agora à mesa, em sua sala de banho, pensava em criar uma nova fragrância e via-se tomado nesse momento da hesitação bem conhecida dos escritores que, após meses de repouso, se preparam para recomeçar uma nova obra.

Tal como Balzac, a quem perseguia a imperiosa necessidade de rabiscar bastante papel a fim de estimular-se, Des Esseintes reconheceu a precisão de adestrar previamente a mão com alguns trabalhos sem importância; desejoso de fabricar perfume de heliotrópio, sopesou frascos de extrato de amêndoas e de baunilha, depois mudou de ideia e decidiu-se a abordar a ervilha-de-cheiro.

As expressões, os procedimentos, lhe escapavam; tateou; em suma, na fragrância dessa flor, domina a laranjeira; tentou diversas combinações e acabou por dar com o tom justo, acrescentando à laranjeira um pouco de tuberosa e de rosa, que rematou com uma gota de baunilha.

As incertezas se dissiparam; uma febrícula o agitou, estava pronto para o trabalho; compôs ainda chá misturando cássia e lírio-silvestre; depois, seguro de si, decidiu-se a avançar, a articular uma frase fulminante cujo altivo estrondo cobriria o cochicho dessa astuciosa frangipana que ainda se infiltrava no aposento.

Manuseou o âmbar, o almíscar de Tonquim, terrível e estrepitoso, o patchuli, o mais acre dos perfumes vegetais e cuja flor, em estado bruto, desprende um bafio a bolor e ferrugem. O que quer que fizesse, a obsessão do século XVIII o perseguia; as saias-balão, os falbalás, giravam-lhe diante dos olhos; lembranças das "Vênus" de Boucher, feitas só de carne, sem ossos, estofadas de róseo algodão, afixaram-se às suas paredes; recordações do romance de Temidoro,[4] da delicada Rosette arregaçada num desespero cor de fogo, o obsedavam. Furioso, levantou-se e, a fim de liberar-se, aspirou essência pura de espicanardo, tão cara aos orientais e tão desagradável para os europeus por causa do seu cheiro muito pronunciado de valeriana. Permaneceu aturdido pela violência do choque. Como que moídas por um golpe de martelo, as filigranas do delicado odor desapareceram; aproveitou esse tempo de descanso para escapar dos séculos defuntos, dos vapores antiquados, para entrar, como antes o fazia, em obras menos restritas e mais novas.

Comprazia-se outrora em acalentar-se aos acordes de perfumaria; recorria a efeitos análogos aos dos poetas, empregava de certo modo a admirável ordenação de certas peças de Baudelaire, tais como "O irreparável" ou "O balcão", em que o último dos cinco versos que compõem a estrofe é eco do primeiro e retorna, qual um refrão, para afogar a alma em infinitos de melancolia e de langor.

Perdia-se nos sonhos evocados por tais estâncias aromáticas e era trazido de repente ao seu ponto de partida, ao motivo da sua meditação, pelo retorno do tema inicial, que reaparecia, a intervalos regulares, na odorante orquestração do poema.

Presentemente, queria vagabundear por uma paisagem variável e surpreendente, e começou com uma frase sonora, ampla, que abria de chofre uma vista da imensa campina.

Com os seus vaporizadores, injetou no aposento uma essência formada de ambrosia, alfazema de Mitchan e ervilha-de-cheiro, uma essência que, quando é destilada por um artista, merece o nome que se lhe dá de "extrato de prado florido"; depois, nesse prado, introduziu ele uma precisa fusão de tuberosa, flor de laranjeira e de amendoeira, e de pronto nasceram lilases artificiais, enquanto tílias respiravam, fazendo baixar até o solo suas pálidas emanações que simulavam o extrato da tília de Londres.

A esse cenário esboçado em umas poucas linhas gerais, que fugia a perder de vista ante os seus olhos fechados, insuflou uma ligeira chuva de essências humanas e quase felinas, cheirando a cabeleira, anunciando a mulher empoada e arrebicada — o estefanote, a aiapana, o opopônace, o chipre, o sarcanthus —, aos quais justapôs um tudo-nada de silindra a fim de incluir, na vida factícia da maquilagem que exalavam, uma flor natural de risos suados, de alegrias que se agitam a pleno sol.

Em seguida, por meio de um ventilador, fez com que se espalhassem essas ondas odoríferas, retendo apenas o campo, que renovou e de que aumentou a dose a fim de obrigá-lo a reaparecer, tal como um estribilho nas estrofes.

As mulheres tinham se desvanecido pouco a pouco; a campina ficara deserta; então, no horizonte encantado, usinas se ergueram e suas formidáveis chaminés ardiam no topo como malgas de ponche.

Uma exalação de fábricas, de produtos químicos, corria agora na brisa que ele produzia com leques, e a natureza ainda exalava, nessa purulência do ar, os seus doces eflúvios.

Des Esseintes palpava, aquecia entre os dedos, uma bolota de estiraque, e um odor assaz extravagante fazia--se sentir no aposento, um odor a um só tempo repugnante e requintado, que lembrava o delicioso aroma do junquilho e o imundo fedor da gutapercha e do óleo de hulha. Ele desinfetou as mãos, guardou, numa caixa hermeticamente fechada, sua resina, e as fábricas desapareceram por sua vez. Então pingou, entre os vapores reavivados das tílias e dos prados, algumas gotas de *new mown hay* e, em meio ao sítio mágico momentaneamente despojado de seus lilases, ergueram-se medas de feno, trazendo uma nova estação, esparzindo sua fina emanação no estio desses aromas.

Finalmente, depois de ter saboreado à farta o espetáculo, dispersou precipitadamente os perfumes exóticos, esvaziou seus vaporizadores, acelerou seus espíritos concentrados, soltou a rédea a todos os seus bálsamos, e na atmosfera pesada, exasperada, do aposento, irrompeu uma natureza demente e sublimada, forçando seus bafejos, carregando de alcoolatos em delírio uma brisa artificial. Uma natureza não verdadeira e fascinante, de todo paradoxal, reunindo as pimentas dos trópicos, os eflúvios picantes do sândalo da China e da hodiosmia da Jamaica aos odores franceses do jasmim, do pilriteiro e da verbena, medrando, a despeito das estações e dos climas, em árvores de essências diversas, em flores das cores e fragrâncias mais opostas, criando pela fusão e choque de todos esses tons um perfume geral, inominado, imprevisto, estranho, no qual reaparecia, como um obstinado refrão, a frase decorativa do princípio, o odor do grande prado arejado pelos lilases e pelas tílias.

De repente, uma dor aguda trespassou-o; pareceu-lhe que uma pua lhe perfurava as têmporas. Abriu os olhos, viu-se de novo em sua sala de banho, sentado à mesa; a duras penas, caminhou, atordoado, até a janela, que entreabriu. Uma lufada de ar serenou a atmosfera asfixiante que o envolvia; pôs-se a percorrer o quarto para firmar as pernas, ia e vinha contemplando o teto onde caranguejos e algas polvilhados de sal se elevavam em relevo sobre um fundo granuloso tão dourado quanto uma praia; um cenário semelhante recobria as faixas dos lambris, debruando os tabiques forrados de gaze japonesa verde-água, algo amarrotado para simular o leve estremecimento de um rio encrespado pelo vento e, nessa branda corrente, nadava a pétala de uma rosa em torno da qual girava uma nuvem de peixinhos desenhados com dois traços de tinta.

Mas as pupilas continuavam a pesar-lhe; deixou de palmilhar o curto espaço compreendido entre a pia batismal e a banheira e apoiou-se ao peitoril da janela; seu aturdimento cessou; tornou a arrolhar cuidadosamente os frascos e aproveitou a ocasião para consertar a desordem de seus artigos de toucador. Não lhes tinha posto a mão desde sua chegada a Fontenay e surpreendeu-se, agora, ao rever essa coleção outrora visitada por tantas mulheres. Os frascos e os potes se amontoavam uns sobre os outros. Aqui, uma caixa de porcelana, da família verde, continha *schnouda*, o maravilhoso creme branco que, uma vez espalhado pelas faces, passa, sob a influência do ar, para o rosa claro, depois para um encarnado tão real que dá a impressão verdadeira e exata de uma pele colorida de sangue; ali, recipientes de charão, incrustados de burgaudina, encerravam ouro japonês e verde de Atenas, cor de asa de cantárida, ouros e verdes que se transmutam em púrpura escuro quando molhados; ao lado de potes cheios de pasta de avelã, serkis do harém, emulsinas de lírio de cachemir, loções de água de morangos e de sabugueiro para a tez, e junto de pequenos frascos contendo soluções de nanquim e água de rosas para os olhos, instrumentos de marfim, de nácar, de aço, de prata, se espalhavam entremeados de escovas para as gengivas: pinças, tesouras, escovas de banho, esfuminhos, crepons e esponjas de pó de arroz, coçadores de costas, moscas e limas.

Ele manipulava todos esses apetrechos, comprados outrora por insistência de uma amante que desfalecia sob a influência de certos aromas e de certos bálsamos, uma mulher desequilibrada e nervosa que gostava de fazer macerar os bicos dos seios em perfumes, mas que só experimentava um êxtase delicioso e acabrunhante quando lhe coçavam a cabeça com um pente ou quando podia aspirar, em meio às carícias, o cheiro da fuligem, do estuque de casas em construção, no tempo de chuva, ou de poeira salpicada de grossas gotas de tempestade, no verão.

Ficou Des Esseintes a ruminar essas lembranças, e uma tarde passada em Pantin, por falta de que fazer, por curiosidade, em companhia dessa mulher, na casa de uma de suas irmãs, voltou-lhe à memória, revolvendo nele um mundo esquecido de velhas ideias e de antigos perfumes; enquanto as duas mulheres pairavam e mostravam uma à outra seus vestidos, ele se havia aproximado da janela e visto, através das vidraças empoeiradas, a rua cheia de lama e ouvido as calçadas ressoarem sob as batidas de tamancos pisando as poças.

Essa cena já longínqua apresentou-se-lhe subitamente com singular vivacidade. Pantin estava ali, à sua frente, animada, viva, naquela água verde e como que morta da vidraça marginada de luar onde seus olhos inconscientes mergulhavam;[5] uma alucinação levou-o para longe de Fontenay; o espelho devolveu-lhe, ao mesmo tempo que a rua, as reflexões que outrora havia feito nascer e, abismado num devaneio, ele repetiu consigo esta engenhosa, melancólica e consoladora antífona que em outros tempos anotara, depois do seu retorno a Paris:

— Sim, chegou a quadra das grandes chuvas; eis que as gárgulas vomitam, cantando, nas calçadas, e as estrumeiras estão de conserva nas poças que enchem com seu café com leite as malgas escavadas no asfalto; por toda a parte funcionam, para o humilde pedestre, os lava-pés.

Sob o céu baixo, no ar macio, as paredes das casas têm suores negros e seus respiradouros tresandam; a degustação da existência se acentua e o tédio esmaga; as sementeiras de lixo que cada um tem na alma desabrocham; a necessidade de sujas patuscadas agita as pessoas austeras e, no cérebro das pessoas de consideração, vão nascer desejos de forçados.

E, no entanto, aquento-me diante de um fogo vivo, e de uma corbelha de flores desabrochadas, sobre a mesa, desprende-se uma exalação de benjoim, de gerânio e de vetiver que enche o aposento. Em pleno mês de novembro, na Pantin, rua de Paris, a primavera persiste e ponho-me a rir, eu exceção, das famílias medrosas que, a fim de evitar a chegada do frio, fogem a todo vapor para Antibes ou para Cannes.

A natureza inclemente nada tem a ver com esse fenômeno extraordinário; é unicamente à indústria, impõe--se dizê-lo, que Pantin deve tal estação factícia.

Com efeito, aquelas flores são feitas de tafetá e alteiam-se sobre arames de latão; o aroma primaveril que se infiltra pelas frestas da janela é exalado pelas usinas da vizinhança, as perfumadas de Pinaud e de Saint-James.

Para os operários exauridos pelos duros labores das oficinas, para os pequenos empregados as mais das vezes pais, a ilusão de um pouco de ar puro é, graças a tais comerciantes, tornada possível.

Ademais, desse fabuloso subterfúgio de uma atmosfera campestre, pode resultar uma medicação inteligente; os boêmios tísicos exportados para o Meio-Dia morrem consumidos pela ruptura dos seus hábitos, pela nostalgia dos excessos parisienses que os derrotaram. Aqui, sob um clima falso, ajudados pelas bocas dos fogões, as recordações libertinas haverão de renascer, muito doces, com as lânguidas emanações femininas exaladas pelas fábricas. O tédio mortal da vida na província, pode o médico, graças a semelhante embuste, substituí-lo platonicamente, para o seu paciente, pela atmosfera das salinhas elegantes de Paris com suas raparigas. As mais das vezes, para consumar a cura, bastará que o paciente tenha a imaginação um pouco fértil.

Como, nos tempos que correm, não existe mais substância sã, como o vinho que se bebe e a liberdade que se proclama são adulterados e irrisórios, como é mister, enfim, uma singular dose de boa vontade para acreditar que as classes dirigentes são respeitáveis e as classes servis dignas de serem consoladas ou lamentadas, não me parece, concluiu Des Esseintes, nem mais ridículo nem mais tolo pedir ao meu próximo uma soma de ilusão tão só equivalente à que ele gasta todo dia para satisfazer objetivos imbecis, para imaginar que a cidade de Pantin é uma Nice artificial, uma Menton factícia.

Tudo isso não impede, disse ele, arrancado às reflexões por um enfraquecimento de todo o seu corpo, que me vá ser necessário desconfiar desses deliciosos e abomináveis exercícios que me aniquilam. Suspirou: — Ora vamos! mais prazeres que moderar, precauções que tomar — e refugiou-se no seu gabinete de trabalho, pensando assim escapar mais facilmente à obsessão desses perfumes.

Escancarou a janela, feliz de tomar um banho de ar, mas de inopino pareceu-lhe que a brisa trazia uma vaga crescente de essência de bergamota à qual se juntava o espírito de jasmim, de cássia e de água de rosas. Ofegou, perguntando-se se decididamente não estaria sob o jugo de uma dessas possessões que eram exorcizadas na Idade Média. O odor mudou, transformou-se, mas continuou. Um perfume indeciso de tintura de tolu, de bálsamo do Peru, de açafrão, ligados por algumas gotas de âmbar e de almíscar, elevava-se agora da aldeia deitada ao pé da encosta e subitamente operou-se a metamorfose, a frangipana, de que seu olfato percebera os componentes e preparara a análise, difundiu-se do vale de Fontenay até o forte, assaltando-lhe as narinas fatigadas, abalando ainda mais os seus nervos desfeitos, lançando-o numa tal prostração que ele se abateu desfalecente, quase agonizante, sobre o corrimão da janela.

XI

Os criados assustados apressaram-se em ir buscar o médico de Fontenay, que não compreendeu coisa alguma do estado de Des Esseintes. Tartamudeou alguns termos médicos, tateou o pulso, examinou a língua do doente, tentou em vão fazê-lo falar, receitou-lhe calmantes e repouso, prometeu voltar no dia seguinte e, a um sinal negativo de Des Esseintes, que achou forças bastantes para reprovar o zelo de seus criados e mandar embora o intruso, este se foi para contar em toda a aldeia as excentricidades daquela casa cujo mobiliário o havia positivamente gelado de estupor.

Para o maior espanto dos servidores, que não ousavam mais sair da copa, seu amo se restabeleceu em poucos dias e eles o surpreenderam tamborilando com os dedos nas vidraças, olhando o céu com um ar inquieto.

Certa tarde, as campainhas fizeram ouvir chamadas breves e Des Esseintes ordenou que lhe preparassem as malas para uma longa viagem.

Enquanto o homem e a mulher escolhiam, de acordo com as suas indicações, os objetos úteis para serem levados, ele percorria febrilmente a cabine da sala de jantar, consultava os horários de barcos, palmilhava o seu gabinete de trabalho onde continuava a esquadrinhar as nuvens, com uma expressão a um só tempo impaciente e satisfeita.

Havia já uma semana que o tempo se tornara atroz. Torrentes de fuligem faziam rolar sem interrupção, pelas planícies cinzentas do céu, blocos de nuvens semelhantes a rochas arrancadas a um solo.

Em certos momentos, rebentavam aguaceiros que submergiam o vale sob caudais de chuva.

Naquele dia, o firmamento mudara de aspecto. As vagas de tinta se haviam volatilizado e esgotado, as asperezas das nuvens se tinham desfeito; o céu estava uniformemente liso, revestido de uma capa salobra. A pouco e pouco essa capa pareceu baixar, uma bruma aquosa envolveu o campo; a chuva não tombava mais em cataratas, como na véspera, mas caía ininterrupta, fina, penetrante, alagando as alamedas, estragando as estradas, juntando céu e terra com seus inumeráveis fios; a luz estava turva; um dia lívido iluminava a aldeia ora transformada num lago de lama pontilhado de agulhas de água que picavam, com gotas de prata viva, o sujo líquido das poças; na desolação da natureza, haviam fenecido todas as cores, fazendo com que luzissem apenas os tetos por sobre os matizes apagados dos muros.

Que tempo!, suspirou o velho criado, depondo sobre uma cadeira as roupas que seu amo reclamava, um terno noutro tempo encomendado a Londres.

Por única resposta, Des Esseintes esfregou as mãos e instalou-se diante de um armário envidraçado onde estava exposta em leque uma coleção de meias; hesitou quanto à tonalidade, depois, prontamente, considerando a tristeza do dia, as cores sombrias de sua roupa, e pensando no fim a atingir, escolheu um par de seda cor de folha morta, calçou-as rapidamente, bem como botinas de colchete, sem bico, vestiu o terno, de um pardo cor de rato, quadriculado de cinza-pálido e pontilhado de marta, cobriu-se com um chapéu-coco, envolveu-se numa capa sem mangas, azul, e acompanhado de um serviçal curvado ao peso de uma mala, mais uma valise de fole, uma maleta de mão, uma caixa de chapéu, um estojo de viagem com guarda-chuvas e bengalas, dirigiu-se à estação. Ali declarou ao criado que não podia fixar a data do seu regresso, que voltaria dentro de um ano, um mês, uma semana, talvez mais cedo ainda, ordenou que não se mudasse nada de lugar na casa, entregou-lhe a soma aproximada necessária para as despesas domésticas durante a sua ausência, e subiu ao vagão, deixando o velho aturdido, braços desengonçados e boca aberta, atrás da barreira de onde partiu o trem.

Estava sozinho no compartimento; uma campina indecisa, suja, como que vista através de um aquário de água turva, fugia à toda na rabeira do comboio fustigado pela chuva. Mergulhado em suas reflexões, Des Esseintes fechou os olhos.

Uma vez mais, a solidão, tão ardentemente invejada e por fim conquistada, resultara numa angústia assustadora; o silêncio, que outrora lhe parecia como que uma compensação das tolices ouvidas anos a fio, pesava-lhe agora com um peso insustentável. Certa manhã despertara agitado como um prisioneiro posto numa célula; seus lábios enervados agitavam-se para articular sons, lágrimas lhe subiam aos olhos, sufocava como um homem que tivesse soluçado durante horas.

Devorado pelo desejo de andar, de olhar um rosto humano, de falar a outro ser, de misturar-se à vida comum, chegou a reter perto de si os criados, chamados a qualquer pretexto; todavia, a conversação com eles era impossível; gente de idade, vergada por anos de silêncio e pelos hábitos de enfermeiros, eram quase mudos, e a distância em que os havia sempre mantido Des Esseintes não era de molde a induzi-los a descerrar os dentes. Ademais, possuíam cérebros inertes e mostravam-se incapazes de responder de outra maneira que não por monossílabos às perguntas que se lhes fazia.

Não logrou encontrar, portanto, nenhum refúgio, nenhum alívio junto deles; porém, um novo fenômeno se produziu. A leitura de Dickens, que ele havia tempos consumira para acalmar os nervos e que só havia produzido efeitos contrários aos efeitos higiênicos que esperava, começou a atuar lentamente num sentido inesperado, determinando visões da existência inglesa que ele ruminava por horas; pouco a pouco, nessas contemplações fictícias, insinuaram-se ideias de realidade precisa, de viagem realizada, de sonhos verificados nos quais se enxertava o desejo de experimentar impressões novas e de escapar assim às extenuantes devassidões do espírito que se aturdia moendo no vazio.

Aquele tempo abominável de cerração e de chuva ajudava-o ainda mais em tais pensamentos com apoiar-lhe as recordações de leitura, com pôr-lhes diante dos olhos a imagem constante de um país de bruma e de lama, com impedir-lhe os desejos de se desviarem de seu ponto de partida, de se afastarem de sua fonte.

Não conseguiu mais conter-se e certo dia decidiu-se bruscamente. Seu açodamento foi tal que empreendeu a fuga bem antes da hora, na ânsia de furtar-se ao presente, de sentir-se acotovelado em meio ao vozeio, ao tumulto da multidão na estação ferroviária.

Agora respiro, dizia consigo, no momento em que o comboio diminuía a sua valsa e se detinha na rotunda do desembarcadouro de Sceaux, ritmando suas derradeiras piruetas pelo estrépito irregular das plataformas giratórias.

Uma vez no bulevar d'Enfer, chamou da rua um cocheiro, desfrutando a satisfação de ver-se assim embaraçado com suas malas e mantas. Mediante a promessa de uma generosa gorjeta, entendeu-se com o homem de calças cor de avelã e colete vermelho:

— Quando chegar — disse — à rua de Rivoli, pare diante do *Galignani's Messenger*[1] — pois pensava em adquirir, antes da partida, um guia Baedeker ou Murray, de Londres.

O veículo se pôs pesadamente em movimento e suas rodas levantaram arcos de lama; navegava-se em pleno lodaçal; sob o céu pardo que parecia apoiar-se sobre os tetos das casas, as muralhas escorriam de alto a baixo, o leito da rua estava como que revestido de uma pasta de pão de mel na qual os transeuntes escorregavam; nas calçadas que os ônibus raspavam, as pessoas se comprimiam; de saias arregaçadas, curvadas sob seus guarda-chuvas, as mulheres se encostavam às lojas para evitar salpicos de lama.

A chuva entrava em diagonal pelas janelinhas; Des Esseintes teve de subir os vidros que a água riscou com suas caneluras enquanto gotas de lama esparrinhavam, feito um fogo de artifício, de todos os lados do veículo. Ao ruído monótono de sacos de ervilha despejados acima de sua cabeça pelo aguaceiro que se derramava sobre as malas e a cobertura do fiacre, Des Esseintes sonhava com a sua viagem; era já um pagamento por conta da Inglaterra aquele tempo horroroso que o recebia em Paris; uma Londres chuvosa, colossal, imensa, fedendo a fundição aquecida e a fuligem, fumaceando sem cessar na bruma, desdobrava-se agora aos seus olhos; a seguir, fileiras de docas estendiam-se a perder de vista, cheias de gruas, cabrestantes, fardos, fervilhantes de homens empoleirados em mastros, encavalados sobre vergas, enquanto, nos cais, miríades de outros homens estavam curvados, o traseiro no ar, sobre barricas que empurravam para dentro dos porões.

Tudo isso se agitava nas margens, em entrepostos gigantescos, banhados pela água tinhosa e surda dum Tâmisa imaginário, numa floresta de mastros, num bosque de vigas a romper as nuvens baças do firmamento, enquanto trens corriam, a todo vapor, no céu, e outros rolavam pelos esgotos, arrotando gritos medonhos, vomitando vagas de fumaça pelas bocas dos poços, e em todos os bulevares, em todas as ruas onde resplandeciam, num eterno crepúsculo, as monstruosas e vistosas infâmias dos anúncios, vagas de veículos fluíam entre colunas de pessoas silenciosas, atarefadas, olhos voltados para a frente, cotovelos colados ao corpo.

Des Esseintes arrepiava-se, deliciado de sentir-se confundido àquele terrível mundo de negociantes, àquele nevoeiro isolante, àquela incessante atividade, àquela impiedosa engrenagem a esmagar milhões de deserdados que os filantropos incitavam, à guisa de consolação, a recitar versículos e a cantar salmos.

A visão extinguiu-se bruscamente com um solavanco do fiacre que o fez saltar no banco. Olhou pela portinhola; a noite havia caído; bicos de gás piscavam em meio a um halo amarelado, dentro da bruma; filetes de fogo nadavam nas poças d'água e pareciam girar à volta das rodas das carruagens que saltavam na chama líquida e suja; tentou localizar-se, avistou o Carrossel, e de inopino, sem motivo, talvez pelo simples contragolpe da queda que o fizera cair do alto de espaços fictícios, seu pensamento retrogradou até a recordação de um incidente trivial: lembrou-se de que o criado deixara de colocar, enquanto ele o olhava a preparar-lhe as malas, uma escova de dentes entre os utensílios do seu estojo de toalete; passou então em revista o rol de objetos embalados; todos haviam sido arrumados na sua valise, mas a contrariedade por ter sido omitida a escova persistiu até que o cocheiro, detendo-se, rompeu a cadeia de tais reminiscências e pesares.

Ele estava na rua de Rivoli, diante do *Galignani's Messenger*. Separadas por uma porta de vidros foscos cobertos de inscrições e munidos de moldura para enquadrar recortes de jornais e bandas azuladas de telegramas, duas grandes vitrinas transbordavam de álbuns e de livros. Acercou-se delas, atraído pela vista de cartonagens de papel azul-perruqueiro e verde-couve estampadas a quente, em todas as junturas, com ramagens de prata e ouro, de encadernações em tela castanho-clara, verde de alho-porro, amarela-esverdeada, groselha, estampada a ferro frio, nas duas capas, com filetes negros. Tudo aquilo tinha um toque antiparisiense, um aspecto mercantil, mais brutal e no entanto menos vil que as encadernações ordinárias da França; aqui e ali, em meio aos álbuns abertos, que reproduziam cenas humorísticas de Du Maurier e de John Leech, ou lançavam em cromos, através de planícies, as delirantes cavalgadas de Caldecott, apareciam alguns romances franceses a entremear tal zurrapa de cores com vulgaridades benignas e satisfeitas.

Arrancou-se por fim dessa contemplação, empurrou a porta, penetrou numa biblioteca cheia de gente; estrangeiros sentados desenrolavam mapas e algaraviavam observações em línguas desconhecidas. Um caixeiro lhe trouxe uma coleção inteira de guias. Sentou-se, por sua vez, e ficou a folhear aqueles livros cujas cartonagens flexíveis dobravam-se entre os seus dedos. Percorreu-os e deteve-se numa página de Baedeker que descrevia os museus de Londres. Interessava-se pelos pormenores lacônicos e precisos do guia; sua atenção porém desviou-se da antiga pintura inglesa para a nova, que o atraía muito mais. Lembrava-se de certos exemplares que vira em exposições internacionais e imaginava que talvez os revisse em Londres: quadros de Millais, a *Vigília de santa Inês*, de um verde-prateado lunar, quadros de Watts, de cores estranhas, matizados de goma-guta e de anil, quadros esboçados por um Gustave Moreau enfermo, pintados por um Miguel Ângelo anemiado e retocados por um Rafael imerso no azul;[2] entre outras telas, recordava-se de uma *Denunciação de Caim*, de uma *Ida* e de *Evas* em que, do singular e misterioso amálgama desses três mestres, surgia a personalidade a um só tempo quintessenciada e bruta de um inglês douto e sonhador, atormentado pela obsessão de tons atrozes.

Todos esses quadros lhe acometiam, numerosos, a memória. O caixeiro, espantado com aquele cliente que

ficava esquecido de si diante de uma mesa, perguntou-
-lhe qual o guia que escolhera. Des Esseintes permaneceu absorto, depois se desculpou, comprou um Baedeker
e saiu porta afora. A umidade enregelou-o; o vento so-
prava de lado, fustigava as arcadas com chicotadas de
chuva. — Vamos até ali — disse ao cocheiro, apontando
com o dedo, na extremidade de uma galeria, uma loja
que fazia esquina da rua de Rivoli com a rua Castiglio-
ne e que semelhava, com suas vidraças esbranquiçadas
iluminadas por dentro, uma gigantesca lamparina acesa
na incomodidade daquela cerração, na miséria daquele
tempo malsão.

Era a "Bodega". Des Esseintes perdeu-se numa grande sala que se alongava em corredor, sustida por pilares
de ferro fundido, com todas as suas paredes ocultas a
meio por altos tonéis de pé sobre poiais.

Cintadas de ferro, o bojo guarnecido de ameias de
madeira simulando um suporte para cachimbo, de cujos
entalhes pendiam vidros em forma de tulipa, com a base
no ar; o baixo-ventre perfurado e provido de uma tor-
neirinha de louça, essas barricas ornadas de um brasão
real exibiam em etiquetas coloridas o nome do seu "cru",
a capacidade dos seus flancos, o preço do seu vinho, por
barril, por garrafa ou por copo.

Na passagem deixada livre entre essas fileiras de tonéis, sob as chamas de gás que zumbiam nos bicos de
um lustre pavoroso, pintado de pardo-escuro, mesas
atestadas de cestos de biscoitos Palmers, de bolos salga-
dos e secos, de pratos onde se empilhavam mince-pies[*]
e sanduíches que ocultavam, sob seus insípidos envol-
tórios, ardentes sinapismos de mostarda, sucediam-se
entre uma fila de cadeiras até o fundo daquela cave em
que também se alinhavam, contra a parede, novos tonéis

---

[*] Em inglês no original. Assim se chamam os pastéis rechea-
dos de carne picada. (N. T.)

encimados de pequenos barris deitados de flanco com títulos gravados a ferro quente no carvalho.

Um aroma de álcool assaltou Des Esseintes quando tomou lugar naquele salão onde dormitavam vinhos poderosos. Olhou à sua volta: aqui, grandes tonéis se enfileiravam, pormenorizando toda a série de vinhos do porto, ásperos ou com sabor de fruta, cor de acaju ou de amaranto, distinguidos por epítetos laudatórios: "*old port, ligh delicate, cockburn's very fine, magnificent old Regina*"; ali, abaulando seus formidáveis abdomens, apertavam-se lado a lado pipas enormes que continham o vinho marcial de Espanha, o xerez e seus derivados, cor de topázio queimado ou cru, o san lucar, o pasto, o pale dry, o oloroso, o amontilla, adocicados ou secos.

A cave estava cheia; encostado a um canto de mesa, Des Esseintes aguardava o copo de porto pedido a um gentleman ocupado em destapar sodas explosivas contidas em garrafas ovais que faziam lembrar, exagerando-as, essas cápsulas de gelatina e glúten usadas pelas farmácias a fim de mascarar o gosto de certos remédios.

Em derredor dele, pululavam ingleses: figuras de pálidos clergymen, vestidos de preto da cabeça aos pés, de chapéus moles, sapatos de laço, intermináveis sobrecasacas com o peito constelado de botõezinhos, queixo barbeado, óculos redondos, cabelos gordurentos e lisos; carantonhas de tripeiros e focinhos de cão de fila com pescoços apopléticos, orelhas cor de tomate, faces avinhadas, olhos injetados e idiotas, colares de barba semelhantes aos de certos grandes símios; mais adiante, no fundo da adega, um comprido trangalhadanças de cabelo de estopa, queixo guarnecido de pelos brancos feito um fundo de alcachofra, decifrava, com o auxílio de uma lente, os minúsculos caracteres redondos de um jornal inglês; à frente dele, uma espécie de comodoro americano, atarracado e gorducho, de carnes defumadas e nariz bulboso, dormitava contemplando, com um charuto plantado no buraco peludo da boca, quadros dependurados às paredes com anúncios de vinhos de Champanhe, as marcas de Perrier e de Roederer, de Heidsiek e de Mumm, e uma cabeça encapuzada de monge, com o nome de Dom Pérignon, de Reims, escrito em caracteres góticos.

Um certo amolecimento envolveu Des Esseintes naquela atmosfera de corpo de guarda; aturdido pela tagarelice dos ingleses a conversarem entre si, ele devaneava evocando, diante da púrpura dos vinhos do porto que enchiam os copos, as criaturas de Dickens tão afeitas à bebida, povoando imaginariamente a cave com personagens novos, vendo aqui os cabelos brancos e a tez inflamada do sr. Wickfield; ali, a fisionomia fleugmática e matreira e o olho implacável do sr. Tulkinghorn, o fúnebre solicitador de Bleak-house. Positivamente, todos se destacavam da sua memória para virem-se instalar na Bodega, com seus casos e seus gestos; as recordações de Des Esseintes, reavivadas por leituras recentes, atingiam uma precisão inaudita. A cidade do romancista, a casa bem iluminada, bem aquecida, bem servida, bem cerrada, as garrafas lentamente servidas pela pequena Dorrit, por Dora Copperfield, pela irmã de Tom Pinch,[3] apareceram-lhe navegando qual uma tépida arca num dilúvio de lama e de fuligem. Ele preguiçava nessa Londres fictícia, feliz de estar bem abrigado, ouvindo o Tâmisa singrado por rebocadores que soltavam uivos sinistros detrás das Tulherias, perto da ponte. Seu copo estava vazio; mau grado o vapor esparso na cave aquecida outrossim pelas fumigações dos charutos e dos cachimbos, ele sentiu, ao recair na realidade, naquele tempo de fétida umidade, um pequeno arrepio.

Pediu um cálice de amontillado, mas aí, diante desse vinho seco e pálido, as histórias consoladoras, as doces malváceas do autor inglês se desfolharam e os impiedosos revulsivos, os dolorosos rubefacientes de Edgar Poe surgiram; o frio pesadelo da barrica de amontillado,[4] do homem murado num subterrâneo, acometeu-o; as faces benévolas e comuns dos bebedores americanos e ingleses que ocupavam o salão pareceram-lhe refletir involuntários e atrozes pensamentos, instintivos e odiosos propósitos; depois deu-se conta de achar-se só, de que estava perto da hora de jantar; pagou, ergueu-se da cadeira e alcançou, assaz aturdido, a porta. Recebeu uma bofetada de umidade assim que pôs os pés lá fora; inundados pela chuva e pelas rajadas de vento, os pequenos candeeiros de rua agitavam seus pequenos leques de chama sem iluminar; o céu havia baixado mais alguns graus, até tocar o ventre das casas. Des Esseintes contemplou as arcadas da rua de Rivoli, afogadas na sombra e submersas pela água, e pareceu-lhe estar de pé no morno túnel perfurado sob o Tâmisa; uns puxões no estômago o chamaram de volta à realidade; subiu ao seu carro, gritou ao cocheiro o endereço da taverna da rua de Amsterdam, perto da estação ferroviária, e consultou o relógio: sete horas. Tinha o tempo exatamente necessário para jantar; o trem só partia às oito e cinquenta, e ele contava nos dedos, calculava as horas da travessia de Dieppe a Newhaven, dizendo consigo: — Se as cifras do horário da estrada de ferro são exatas, amanhã ao meio-dia e meia, precisamente, estarei em Londres.

O fiacre se deteve diante da taverna; Des Esseintes apeou-se outra vez e entrou numa longa sala, sem douraduras, sombria, dividida por tabiques à meia altura numa série de compartimentos semelhantes aos boxes de uma estrebaria. Nessa sala, alargada perto da porta, bombas de chope se erguiam sobre um balcão, junto de presuntos tão escurecidos quanto velhos violoncelos, de lagostas pintadas a zarcão, de cavalas a escabeche, com rodelas de cebola e de cenoura crua, fatias de limão, raminhos de louro e de tomilho, bagas de zimbro e pimentas graúdas nadando num molho turvo.

Um dos boxes estava desocupado. Instalou-se nele e chamou de longe um rapaz de roupa preta que se inclinou algaraviando palavras incompreensíveis. Enquanto lhe preparavam a mesa, Des Esseintes contemplou os seus vizinhos; assim como na Bodega, insulares de olhos de faiança, compleição sanguínea, ares reflexivos ou arrogantes, percorriam jornais estrangeiros; somente mulheres sem cavalheiros jantavam, entre elas, frente a frente, robustas inglesas com caras de rapaz, dentes graúdos como palhetas, maçãs do rosto coradas, mãos e pés grandes. Atacavam com real ardor um rumpsteak-pie, uma carne quente cozinhada em molho de cogumelos e revestida, como pastel, de uma crosta.

Após haver perdido por tão longo tempo o apetite, permanecia confundido diante daquelas mocetonas cuja voracidade lhe aguçou a fome. Pediu um caldo oxtail, regalou-se com essa sopa de rabo de boi, a um só tempo gordurenta e aveludada, grossa e forte; examinou em seguida a lista de peixes, pediu um hadoque, uma espécie de badejo defumado que lhe pareceu louvável e, tomado de uma fome canina ao ver os outros se empanturrarem, comeu um rosbife com batatas e tragou duas pintas de cerveja inglesa, excitado por aquele gostinho de estábulo almiscarado que essa fina e pálida cerveja desprende.

Sua fome se atulhava; mordiscou um pedaço de queijo azul de Stilton cuja doçura se impregnava de amargor, debicou uma torta de ruibarbo e, para variar, matou a sede com a porter, essa cerveja negra que sabe a extrato de alcaçuz sem açúcar.

Respirava à larga; fazia anos que não tinha comido nem bebido tanto; tal mudança de hábitos, tal escolha de alimentos imprevistos e sólidos tirara-lhe o estômago do torpor. Afundou-se na cadeira, acendeu um cigarro e preparou-se para degustar a sua xícara de café, que temperou com gim.

A chuva continuava a cair; ouvia-a crepitar sobre as vidraças que formavam o teto do fundo do aposento e derramar-se em cascata pelas goteiras; ninguém se mexia na sala; todos estavam, como ele, repimpados no seco, diante de pequenos cálices.

As línguas se soltaram; como todos os ingleses tinham os olhos postos no ar enquanto falavam, Des Esseintes concluiu que conversavam acerca do mau tempo; nenhum deles ria e estavam todos vestidos de cheviote cinza riscado de amarelo-nanquim e de rosa de papel mata-borrão. Lançou um olhar extasiado àquelas roupas cuja cor e cujo corte não diferiam sensivelmente uns dos outros, e sentiu a satisfação de não destoar do meio, de se haver, de algum modo e superficialmente, naturalizado cidadão de Londres; a seguir, teve um sobressalto. E a hora do trem?, perguntou-se. Consultou o relógio: faltavam dez para as oito; disponho de quase meia hora ainda para ficar por aqui, e uma vez mais pensou no projeto que concebera.

Na sua vida sedentária, somente dois países o haviam atraído, a Holanda e a Inglaterra.

Satisfizera o primeiro desses desejos; não se aguentando mais, abandonara Paris um belo dia para ir visitar as cidades dos Países Baixos, uma a uma.

Em resumo, cruéis desilusões haviam resultado dessa viagem. Imaginara uma Holanda conforme às obras de Teniers e de Steen, de Rembrandt e de Ostade, afeiçoando de antemão, para seu uso, incomparáveis judiárias tão douradas quanto os couros de Córdova pelo sol; imaginando prodigiosas quermesses, contínuos rega-bofes nos campos; fiando-se naquela bonomia patriarcal, naquela jovial orgia celebrada pelos velhos mestres.

É bem verdade que Haarlem e Amsterdam o tinham seduzido; a gente não desencardida, vista nos verdadeiros campos, semelhavam de perto a pintada por Van Ostade, com suas crianças não esquadriadas, feitas a machadinha, e suas comadres gordas como potes, providas de grandes tetas e ventres não menores; mas de alegrias desenfreadas, de borracheiras familiais, nada; resumindo: cumpria-lhe reconhecer que a escola holandesa do Louvre o havia desencaminhado; servira simplesmente de trampolim para os seus sonhos; ele se tinha lançado, atirado numa pista falsa e errara por visões inegáveis, não descobrindo absolutamente sobre a face da Terra esse país mágico e real que esperava, não vendo jamais, pelos relvados semeados de vasilhas, danças de camponeses e camponesas a rebentar de alegria, a trepidar de júbilo, a se tornarem mais leves, à força de rir, dentro de suas saias e dos seus calções.

Não, decididamente, nada disso era visível; a Holanda se revelava um país como os outros e, o que é mais, um país sem coisa alguma de primitivo, de bonacheiro, pois a religião protestante ali vigorava severa, com suas rígidas hipocrisias e suas solenes durezas.

Tal desencanto lhe voltava à memória; consultou novamente o relógio: dez minutos o separavam ainda da hora de partida do trem. É mais que tempo de pedir a conta e de partir, disse consigo. Sentia um peso no estômago e uma moleza pelo corpo todo, extremos. Vamos, disse, para dar-se coragem, bebamos o último gole; e encheu um copo de brandy, ao mesmo tempo que pedia a conta. Um indivíduo de roupa preta e guardanapo sobre o braço, uma espécie de mordomo de crânio pontudo e escalvado, de barba grisalha e dura, sem bigodes, adiantou-se, lápis atrás da orelha, postou-se com uma perna à frente, qual um cantor, tirou do bolso um livro de apontamentos e, sem olhar para ele, olhos fixos no forro, perto de um lustre, calculou e anotou a despesa.

— Aqui está — disse, arrancando a folha e entregando-a a Des Esseintes, que o observava com curiosidade, como se se tratasse de um animal raro. Que surpreendente John Bull, pensava, contemplando aquele fleugmático personagem a quem a boca escanhoada dava também a vaga aparência de um timoneiro da marinha americana.

Nesse momento, a porta da taverna se abriu: pessoas entraram trazendo consigo um cheiro de cão molhado ao qual se misturava um bafio de hulha, desviado pelo vento para a cozinha cuja porta sem trinco bateu; Des Esseintes estava incapaz de mover as pernas; um doce e tépido aniquilamento deslizava por todos os seus membros, impedindo-o até mesmo de esticar a mão para acender um charuto. Ele dizia consigo: — Vamos, vamos, de pé, é preciso cair fora —, e imediatas objeções contrariavam-lhe as ordens. Para que se movimentar se se pode viajar tão magnificamente sentado numa cadeira? Pois já não estava ele em Londres, cujos odores, cuja atmosfera, cujos habitantes, cujas comidas, cujos utensílios o rodeavam? Que podia esperar, portanto, senão novas desilusões, como na Holanda?

Só lhe restava o tempo estrito de sair correndo para a estação, e uma imensa aversão pela viagem, uma imperiosa necessidade de ficar tranquilo se lhe impunham com uma firmeza cada vez mais acentuada, cada vez mais tenaz. Pensativo, ele deixava correr os minutos, cortando assim a retirada e dizendo a si mesmo: — Agora seria preciso atirar-se aos guichês, andar aos encontrões com a bagagem; que aborrecimento! que estopada não havia de ser isso! — Depois, repetindo consigo uma vez mais: — Em suma, experimentei e vi o que queria experimentar e ver. Estou saturado de vida inglesa desde a minha partida; seria uma loucura perder, por um desastrado deslocamento, sensações imperecíveis.[5] Enfim, que aberração a minha, de haver tentado renegar antigas ideias, de haver condenado as dóceis fantasmagorias do meu cérebro, de haver, como um verdadeiro calouro, acreditado na necessidade, na curiosidade, no interesse de uma excursão? Vejam — disse, olhando o relógio —, mas chegou a hora de regressar a casa. — Dessa vez, ergueu-se sobre as pernas, saiu, ordenou ao cocheiro que o levasse novamente à estação de Sceaux, e regressou, com suas malas, seus pacotes, suas valises, seus estojos, seus guarda-chuvas e suas bengalas, a Fontenay, sentindo o esfalfamento físico e a fadiga moral de um homem que retorna ao próprio lar ao cabo de uma longa e perigosa viagem.

XII

Durante os dias que se seguiram ao seu regresso, Des Esseintes ficou a examinar os seus livros e, à só ideia de que tivesse podido separar-se deles por longo tempo, experimentou satisfação tão efetiva quanto a que experimentaria se os tivesse reencontrado após uma demorada ausência. Sob o impulso desses sentimentos, tais objetos lhe pareceram novos, pois neles percebeu belezas esquecidas desde a época em que os havia adquirido.

Tudo, volumes, bibelôs, móveis, assumiu aos seus olhos um fascínio peculiar; o leito lhe pareceu mais macio comparativamente ao catre que teria ocupado em Londres; o serviço discreto e silencioso dos seus criados o encantou, fatigado que estava à ideia da loquacidade barulhenta dos garçons de hotel; a organização metódica da sua vida teve o condão de parecer-lhe mais invejável a partir do momento em que o acaso das peregrinações se tornava possível.

Retemperou-se naquele banho de habituação a que pesares artificiais emprestavam uma qualidade mais roborativa e mais estimulante.

Mas o que principalmente o preocupou foram os seus volumes. Examinou-os, tornou a enfileirá-los nas prateleiras, verificando se, desde a sua chegada a Fontenay, os calores e as chuvas não lhes tinham prejudicado as encadernações ou criado manchas em seus papéis raros.

Começou por revolver toda a sua biblioteca latina, depois deu uma nova ordem às obras especiais de Arquelau, de Alberto o Grande, de Lulle, de Arnaud de Villanova[1] com seus tratados de cabala e ciências ocultas; por fim compulsou, um por um, os seus livros modernos e com satisfação verificou estarem todos intactos e secos.

Aquela coleção lhe havia custado somas consideráveis; não admitia, com efeito, que os autores a quem mais estimava figurassem, em sua biblioteca, da mesma maneira que em outras, impressos em papel de algodão com os sapatos de sola pregada de um auvernês.[2]

Em Paris, havia outrora mandado compor, para si somente, certos volumes que obreiros especialmente contratados imprimiam em prensas manuais; ora recorria a Perrin de Lião cujos esbeltos e puros tipos convinham às reimpressões arcaicas de velhos alfarrábios; ora mandava vir da Inglaterra ou da América, para a confecção de obras do século atual, tipos novos; ora se dirigia a uma casa de Lile que possuía, havia séculos, um jogo completo de corpos góticos; ora, por fim, requisitava a antiga tipografia Enschedé, de Haarlem, cuja fundição conserva as punções e matrizes dos tipos chamados de civilidade.

E agira da mesma maneira com relação aos papéis. Cansado, um belo dia, dos chinas argentados, dos japões nacarados e dourados, dos brancos wathmans, dos holandas trigueiros, dos turkeys e dos seychalmills pintados em cor de camurça, e desgostoso também dos papéis de fabricação mecânica, encomendara vergês de forma, especiais, nas velhas manufaturas de Vire onde são usados ainda pilões outrora empregados para triturar o cânhamo. A fim de introduzir um pouco de variedade em suas coleções, mandara vir de Londres, em diversas ocasiões, papéis aveludados, papel repes e, para secundar o seu desdém dos bibliófilos, um negociante de Lubeck lhe preparava um papel encerado aperfeiçoado, azulado, sonoro, um tanto quebradiço, em cuja pasta as palhinhas eram substituídas por palhetas de ouro semelhantes às que pontilham a aguardente de Dantzig.

Conseguira ele, em tais condições, livros únicos, de formatos inusitados, que mandava revestir por Lortic, por Trautz-Bauzonnet, por Chambolle, pelos sucessores de Capé, de irrepocháveis encadernações em seda antiga, em couro de vaca estampado, em pele de bode do Cabo, encadernações todas em couro, com ornamentos dourados nas capas ou na lombada, forradas de tafetá ou chamalote, eclesiasticamente ornadas de fechos e cantoneiras, por vezes até mesmo esmaltadas por Gruel-Engelmann de prata oxidada e de esmaltes transparentes.

Mandara destarte imprimir, com as admiráveis letras episcopais da antiga casa Le Clere, as obras de Baudelaire num formato grande que fazia lembrar o dos missais, impressão feita sobre um feltro muito leve do Japão, esponjoso, suave como miolo de sabugueiro e imperceptivelmente colorido, em sua alvura leitosa, de um pouco de rosa. Essa impressão de exemplar único, num negro veludoso de tinta da China, havia sido coberta por fora e revestida por dentro com uma mirífica e autêntica pele de bácora escolhida entre mil, cor de carne, toda perfurada no lugar das cerdas e ornada de vinhetas a ferro frio, miraculosamente combinadas por um grande artista.

Naquele dia, Des Esseintes tirou esse livro incomparável de sua prateleira e pôs-se a manuseá-lo devotamente, relendo certos poemas que lhe pareciam, naquela apresentação simples mas inestimável, ainda mais penetrantes que de hábito.

Sua admiração por Baudelaire não conhecia limites. A seu ver, em literatura, os escritores tinham se limitado até então a explorar as superfícies da alma ou a penetrar-lhe os subterrâneos acessíveis e iluminados, assinalando, aqui e ali, as jazidas dos pecados capitais, estudando os seus filões, estudando o seu crescimento, anotando, como o fizera Balzac por exemplo, as estratificações da alma possuída da monomania de uma paixão, da ambição, da avareza, da estupidez paterna, do amor senil.

Tratava-se, de resto, da excelente saúde das virtudes e dos vícios, da tranquila atuação de cérebros de conformação vulgar, da realidade prática das ideias correntes, sem ideal de depravação malsã, sem nenhum além; em suma, as descobertas dos analistas se detinham nas especulações más ou boas, classificadas pela Igreja; era a investigação simples, a vigilância rotineira de um botânico que acompanha de perto o desenvolvimento previsto das florações normais plantadas em terra natural.

Baudelaire havia ido mais longe; descera até as profundezas da mina inesgotável, enfiara-se por galerias abandonadas ou desconhecidas, alcançara aqueles distritos da alma onde se ramificam as vegetações monstruosas do pensamento.

Lá, perto desses confins onde habitam as aberrações e as doenças, os tétanos místicos, a ardente febre da luxúria, os tifos e os vômitos do crime, descobrira ele, incubando sob a morna redoma do tédio, o pavoroso retorno da idade dos sentimentos e das ideias.

Havia ele revelado a psicologia mórbida do espírito que atingiu o outubro das suas sensações; narrado os sintomas das almas solicitadas pela dor, privilegiadas pelo *spleen*; mostrado a cárie crescente das impressões, quando os entusiasmos, as crenças da juventude já se calaram, quando não resta mais que a árida recordação das misérias suportadas, das intolerâncias sofridas, das contusões padecidas por inteligências a quem oprime um destino absurdo.

Acompanhara ele todas as fases desse lamentável outono, observando a criatura humana dócil em irritar--se, hábil em defraudar-se, obrigando seus pensamentos a trapacear entre si, para melhor sofrer, estragando de antemão, graças à análise e à observação, toda a alegria possível.

Depois, nessa sensibilidade irritada da alma, nessa ferocidade da reflexão que repele o incômodo ardor dos devotamentos, os benévolos ultrajes da caridade, ele vira surgir a pouco e pouco o horror das paixões idosas, dos amores maduros em que um dos partícipes ainda se entrega quando o outro já se põe de guarda, onde o cansaço reclama dos casais carícias filiais cuja aparente juvenilidade parece nova, candores maternais cuja doçura repousa e concede, por assim dizer, os interessantes remorsos de um vago incesto.

Em páginas magníficas, ele tinha exposto os amores híbridos, exasperados pela impotência em que estão de satisfazer-se, as perigosas mentiras dos estupefacientes e dos tóxicos cujo auxílio é requerido para entorpecer a dor e enganar o tédio. Numa época em que a literatura atribuía quase exclusivamente a dor de viver à má sorte de um amor desprezado ou aos ciúmes do adultério, havia ele negligenciado tais moléstias infantis e sondado as chagas mais incuráveis, mais duradouras, mais profundas que são cavadas pela saciedade, pela desilusão, pelo desprezo, nas almas em ruínas a quem o presente tortura, o passado repugna, e o porvir atemoriza e desespera.

E quanto mais Des Esseintes relia Baudelaire, mais reconhecia um indizível encanto nesse escritor que, num tempo em que o verso servia apenas para pintar o aspecto exterior dos seres e das coisas, alcançara exprimir o inexprimível, graças a uma linguagem musculosa e carnuda que, mais do que qualquer outra, possuía o maravilhoso poder de fixar, com uma estranha saúde de expressão, os estados mórbidos mais fugazes, mais tremidos, dos espíritos esgotados e das almas tristes.

Depois de Baudelaire, era assaz restrito o número de livros franceses alinhados nas suas estantes. Des Esseintes mostrava-se seguramente insensível às obras ante as quais é de bom gosto a pessoa pasmar-se. "O largo riso de Rabelais" e "a sólida comicidade de Molière" não conseguiam diverti-lo e a sua antipatia por farsas que tais ia ao ponto de ele não temer emparelhá-las, do ponto de vista artístico, com as paradas de bufões que contribuem para a alegria das feiras.

Em matéria de poesia antiga, não lia senão Villon, cujas melancólicas baladas o tocavam, e um que outro trecho de Aubigné, que lhe espicaçava o sangue com as incríveis virulências de suas apóstrofes e de seus anátemas.[3]

Em prosa, importava-se muito pouco com Voltaire e com Rousseau, assim como com Diderot, cujos "Salões" tão gabados lhe pareciam singularmente repletos de inépcias morais e aspirações simplórias; por aversão a toda essa mixórdia, confinava-se quase que exclusivamente à leitura da eloquência cristã, à leitura de Bourdalou e de Bossuet, cujos períodos sonoros e ornados se lhe impunham; mas, com preferência ainda maior, saboreava as essências condensadas em frases fortes e severas, tais como as afeiçoaram Nicole, em seus pensamentos, e sobretudo Pascal, cujo austero pessimismo, cuja dolorosa compunção iam-lhe direto ao coração.[4]

Afora esses poucos livros, a literatura francesa começava, na sua biblioteca, com o século.

Ela se dividia em dois grupos: um compreendia a literatura ordinária, profana; o outro a literatura católica, uma literatura especial, quase que desconhecida, conquanto divulgada, por seculares e imensos estabelecimentos livreiros, pelos quatro cantos do mundo.

Ele tinha tido a coragem de errar por essas criptas e, assim como na arte secular, descobrira, sob um gigantesco acúmulo de sensaborias, algumas obras escritas por verdadeiros mestres.

O caráter distintivo de tal literatura era a constante imutabilidade das suas ideias e da sua língua; assim como a Igreja havia perpetuado a forma primordial dos objetos sagrados, assim também guardara ela as relíquias dos seus dogmas e piedosamente conservara o relicário que as encerrava, a língua oratória do grande século. Conforme inclusive o declarava um dos seus escritores, Ozanam,[5] o estilo cristão nada tinha a fazer com a língua de Rousseau; devia servir-se exclusivamente do dialeto empregado por Bourdaloue e por Bossuet.

A despeito dessa afirmação, a Igreja, mais tolerante, fechava os olhos para certas expressões, certos torneios tomados de empréstimo à língua laica do mesmo século, e o idioma católico se livrara em parte de suas frases compactas, pesadas, em Bossuet sobretudo, pela extensão dos seus incidentes e pela penosa concentração dos seus pronomes; a isso, porém, haviam-se limitado as concessões, e outras não teriam certamente levado a nada, pois, assim deslastrada, tal prosa poderia bastar aos assuntos restritos que a Igreja se condenava a versar.

Incapaz de avir-se com a vida contemporânea, de tornar visível e palpável o aspecto mais simples dos seres e das coisas, inapta para explicar os ardis complicados de um cérebro indiferente ao estado de graça, essa língua excelia contudo nos assuntos abstratos; útil na discussão de uma controvérsia, na demonstração de uma teoria, na incerteza de um comentário, tinha outrossim, mais do que qualquer outra, a autoridade necessária para afirmar, sem discussão, o valor de uma doutrina.

Infelizmente, nisso como em tudo mais, um inumerável exército de pedantes invadira o santuário e emporcalhara, pela ignorância e falta de talento, a rígida e nobre elegância dele; para cúmulo do azar, devotas se haviam imiscuído e sacristias desastradas, salões imprudentes haviam exaltado, tanto quanto obras de gênio, as pífias tagarelices dessas mulheres.

Des Esseintes tivera a curiosidade de ler, entre tais obras, as da senhora Swetchine, a generala russa cuja casa de Paris foi requestada pelos católicos mais fervorosos; tinham-lhe produzido um inalterável e acabrunhante tédio; eram mais do que más, eram insignificantes;

davam a ideia de um eco retido numa pequena capela onde uma porção de pessoas pretensiosas e beatas resmoneavam as suas preces, pediam notícias umas das outras, repetiam com ar misterioso e profundo alguns lugares-comuns sobre a política, sobre as previsões do barômetro, sobre o estado atual da atmosfera.

Mas havia ainda pior: uma laureada distinguida pelo Instituto, a senhora Augustus Craven, a autora da *Narrativa de uma irmã*, de uma *Eliana*, de um *Fleurange*, sustentados a poder de serpentão e de órgão, por toda a imprensa apostólica. Jamais em tempo algum supusera Des Esseintes que se pudessem escrever insignificâncias assim. Esses livros eram, do ponto de vista da concepção, de uma tal patetice, e escritos numa língua tão nauseabunda, que se tornavam quase pessoais, quase raros.

De resto, não seria entre as mulheres que Des Esseintes, possuidor de alma pouco viçosa e por natureza pouco sentimental, iria encontrar um retiro literário adaptado aos seus gostos.

Esforçou-se no entanto, com uma atenção que nenhuma impaciência pôde reduzir, por saborear a obra da moça de gênio, da virgem das literatas do grupo; seus esforços malograram; nada compreendeu desse *Diário* e dessas *Cartas* onde Eugénie de Guérin celebra sem discrição o prodigioso talento dum irmão que rimava com tamanha candura, tamanha graça, que teria sido mister remontar seguramente às obras do sr. de Jouy e do sr. Écouchard Lebrun a fim de encontrar outras rimas tão ousadas e tão novas!

Tentara igualmente compreender, sem conseguir, as delícias dessas obras onde se descobrem narrativas como esta: "Pendurei hoje de manhã, ao lado da cama de papai, uma cruz que uma menina lhe deu ontem". — "Fomos convidadas, Mimi e eu, a assistir amanhã, em casa do sr. Roquiers, à bênção de um sino; o passeio não me desagrada." — Onde se realçam acontecimentos desta importância: "Acabo de dependurar ao pescoço uma medalha da Virgem Santa que Louise me mandou, como preservativo da cólera". — poesias deste gênero: "Oh, o belo raio de lua que acaba de cair sobre o Evangelho que eu lia!" — enfim, observações tão penetrantes e tão finas quanto esta: "Quando vejo passar diante de uma cruz um homem que se persigna ou tira o chapéu, digo comigo: Eis um cristão que passa".

E a coisa continuava desse modo, sem detença, sem trégua, até que Maurice de Guérin morreu e sua irmã o pranteou em novas páginas, escritas numa prosa aquosa salpicada, aqui e ali, de trechos de poemas cuja humilhante indigência acabou por fazer pena a Des Esseintes.

Ah!, não era para falar mal, mas o partido católico se mostrava muito pouco exigente na escolha de suas protegidas e bem pouco artista nisso! Aquelas linfas, que ele tanto acarinhara e para as quais debilitara a obediência de seus jornais, escreviam todas como alunas internas de convento, numa língua insípida, num desses chorrilhos de frases que nenhum adstringente consegue deter!

Também Des Esseintes fugia com horror de semelhante literatura; todavia, não eram tampouco os mestres modernos do sacerdócio que lhe ofereciam compensações bastantes para remediar os seus ressaibos. Estes eram predicadores ou polemistas impecáveis e corretos, mas a língua cristã, nos discursos e nos livros deles, acabara por tornar-se impessoal, por congelar-se numa retórica de movimentos e de repousos previstos, numa série de períodos construídos de acordo com um modelo único. E, com efeito, todos os eclesiásticos escreviam do mesmo modo, com um pouco mais ou menos de abandono ou de ênfase, e a diferença era quase nula entre as coisas monótonas escritas por NN. SS. Dupanloup ou Landriot, La Bouillerie ou Gaume, por D. Guéranger ou o padre Ratisbonne, por Monseigneur Freppel ou Monseigneur Perraud, pelos RR. PP. Ravignan ou Gratry, pelo jesuíta Olivain, o carmelita

Dosithée, o dominicano Didon ou pelo antigo prior de S. Maximino, o Reverendo Chocarne.[6] Repetidas vezes Des Esseintes havia pensado nisto: seria mister um talento bem autêntico, uma originalidade bem profunda, uma convicção bem sólida, para degelar essa língua tão fria, para animar esse estilo público que não era capaz de avir-se com nenhum pensamento que fosse imprevisto, com nenhuma tese que fosse destemida.

Todavia, alguns escritores existiam cuja ardente eloquência fundia e retorcia a dita língua, Lacordaire sobretudo, um dos poucos escritores que a Igreja produzira durante anos.

Encerrado, assim como todos os seus colegas, no círculo estreito das especulações ortodoxas; obrigado, à semelhança deles, a marcar passo no mesmo lugar e a não tocar senão nas ideias emitidas e consagradas pelos Pais da Igreja e desenvolvidas pelos mestres do púlpito, ele lograva dar o troco, rejuvenescê-las, quase modificá-las por via de uma forma mais pessoal e mais viva. Aqui e ali, em suas Conferências de Notre-Dame, surgiam achados de expressão, audácias verbais, inflexões amorosas, arremessos, gritos de alegria, efusões desvairadas que faziam o estilo secular fumegar sob a sua pena. Depois, além do orador de talento que era o hábil e doce monge cuja destreza e cujos esforços se haviam esgotado na impossível tarefa de conciliar as doutrinas liberais de uma sociedade com os dogmas autoritários da Igreja, havia nele um temperamento de fervente dileção, de diplomática ternura. Assim é que, nas cartas que escrevia a gente jovem, ecoavam carícias de pai exortando os filhos, reprimendas sorridentes, conselhos benévolos, perdões indulgentes. Algumas eram encantadoras por revelarem a sua avidez de afeição, e outras eram quase imponentes porque ele nelas sustentava a coragem e dissipava as dúvidas com as inabaláveis certezas de sua fé. Em suma, tal sentimento de paternidade, que assumia em sua pena algo de delicado e de feminino, imprimia-lhe à prosa um acento único em meio a toda a literatura clerical.

Depois dele, eram assaz raros os eclesiásticos e os monges que tivessem uma individualidade qualquer. No máximo, algumas páginas de seu aluno, o abade Peyreyve podiam fazer jus a uma leitura. Ele deixara tocantes biografias do seu mestre, escrevera algumas cartas amáveis, compusera artigos na língua sonora dos discursos, pronunciara panegíricos onde o tom declamatório sobrelevava excessivamente. Em verdade, o abade Peyreyve não tinha nem as emoções nem os ardores de Lacordaire. Era padre demais e homem de menos; de quando em quando irrompiam, porém, em sua retórica sermonística, aproximações curiosas, frases amplas e sólidas, elevações quase augustas.

Seria preciso todavia chegar aos escritores que não haviam sofrido ordenação, aos escritores seculares vinculados aos interesses do catolicismo e devotados à sua causa, para encontrar prosadores que valessem a pena de neles deter-se o leitor.

O estilo episcopal, tão banalmente manejado pelos prelados, retemperara-se e reconquistara de certo modo um vigor másculo com o conde de Falloux. Sob a sua aparência moderada, este acadêmico ressumava fel; seus discursos, pronunciados no parlamento em 1848, eram difusos e ternos, mas seus artigos, inseridos em O *Correspondente* e reunidos posteriormente em livros, eram mordazes e ásperos por sob a exagerada polidez de sua forma. Concebidos como arengas, continham uma certa veia amarga e surpreendiam pela intolerância de sua convicção.

Polemista perigoso por causa das suas emboscadas, lógico astuto, avançando de flanco, atacando de improviso, o conde de Falloux havia também escrito páginas penetrantes sobre a morte da senhora Swetchine, cujos opúsculos coligira e a quem venerava como santa.

Mas onde o temperamento do escritor verdadeiramente se revelava era em duas brochuras, uma aparecida em 1846 e a outra em 1880, esta última intitulada *A unidade nacional*.

Animado de fria ira, o implacável legitimista combatia desta vez, contrariamente aos seus hábitos, de frente, e atirava aos incrédulos, à guisa de peroração, estas invectivas fulminantes:

"E vós, utopistas sistemáticos, que fazeis abstração da natureza humana, fautores do ateísmo, nutridos de quimeras e de ódios, emancipadores da mulher, destruidores da família, genealogistas da raça simiesca, vós cujo nome era outrora uma injúria, alegrai-vos: fostes os profetas e vossos discípulos serão os pontífices de um porvir abominável!"

A outra brochura ostentava o título de *O partido católico* e era dirigida contra o despotismo de *O universo* e contra Veuillot, de quem se recusava a pronunciar o nome. Aqui, os ataques sinuosos recomeçavam, a peçonha ressumava de cada uma daquelas linhas em que o gentil-homem, coberto de nódoas negras, respondia com sarcasmos desdenhosos aos golpes de savata do lutador.

Os dois bastavam para representar bem os dois partidos da Igreja, onde as dissidências se resolviam em ódios desabridos; de Falloux, mais altivo e cauteloso, pertencia à seita liberal na qual já estavam arregimentados Montalembert e Cochin, Lacordaire e de Broglie; perfilhava ele inteiramente às ideias do *Correspondente*, uma revista que se esforçava por recobrir com um verniz de tolerância as teorias imperiosas da Igreja; Veuillot, mais descoberto, mais franco, rejeitava tais máscaras, atestava sem hesitação as tiranias das vontades ultramontanas, confessava e reclamava com arrogância o impiedoso jugo dos seus dogmas.

Ele havia fabricado, para a luta, uma língua particular, em que se mesclavam La Bruyère e a grosseria arrabaldeira. Tal estilo meio solene, meio canalha, brandido por essa personalidade brutal, adquiria o peso temível de um cacete. Singularmente cabeçudo e destemido, Veuillot tinha desancado com esse terrível instrumento tanto os livre-pensadores quanto os bispos, golpeando com toda a força, investindo feito um touro contra os seus inimigos, qualquer que fosse o partido a que pertencessem. Olhado com desconfiança pela Igreja, que não admitia nem aquele estilo de contrabando nem aquelas atitudes de estacada, esse religioso bandalho se havia assim mesmo imposto mercê do seu grande talento, sublevando contra si toda a imprensa contra a qual se batia ferozmente em seus *Odores de Paris*, fazendo frente a todos os assaltos, desembaraçando-se a pontapés de todos os reles plumitivos que tentavam agarrar-lhe as pernas.

Infortunadamente, tal talento inconteste só existia no pugilato; em calma, Veuillot não passava de um escritor medíocre; suas poesias e seus romances davam pena; sua língua apimentada rançava; o lutador de circo se convertia, em repouso, num valetudinário que tossia banalidades e balbuciava cânticos infantis.

Mais enfático, mais afetado, mais grave era o apologista querido da Igreja, o inquisidor da língua cristã, Ozanam. Ainda que Des Esseintes fosse homem difícil de surpreender-se, não deixava de ficar pasmado com a arrogância desse escritor que falava dos desígnios impenetráveis de Deus, quando teria sido mister fornecer as provas das inverossímeis asserções que avançava; com o maior dos sangues-frios, deformava os acontecimentos, contradizia, ainda mais impudicamente que os panegiristas dos outros partidos, os atos conhecidos da História, garantia que a Igreja jamais esconderá a sua estima pela ciência, qualificava as heresias de miasmas impuros, tratava o budismo e as demais religiões com desprezo tal que se excusava de conspurcar a prosa católica com sequer atacar-lhes as doutrinas.

Por momentos, a paixão religiosa insuflava certo ardor à sua língua oratória sob cuja frieza borbulhava uma surda corrente de violência; em seus numerosos textos sobre Dante, S. Francisco, o autor do *Stabat*, os poetas franciscanos, o socialismo, o direito comercial, sobre tudo enfim, esse homem assumia a defesa do Vaticano, que considerava infalível, e apreciava da mesma maneira todas as causas conforme se aproximassem ou se afastassem mais ou menos da sua.

Tal maneira de enfocar as questões de um só ponto de vista era também a do reles escrevinhador que alguns lhe opunham como rival: Nettement. Este era menos estrito e afetava pretensões menos altaneiras e mais mundanas; em diversas ocasiões, saíra do claustro literário onde se encerrava Ozanam e percorrera obras profanas para julgá-las. Nelas penetrara aos tateios, feito um menino numa caverna, não vendo em derredor mais do que trevas, não percebendo no meio do negrume nada além da vela que lhe iluminava alguns passos à frente.

Nessa ignorância dos lugares por onde andava, nessa escuridão, enganara-se redondamente a propósito de tudo, dizendo de Murger que tinha "a preocupação do estilo cinzelado, de cuidadoso acabamento", de Hugo que andava à cata do infecto e do imundo e a quem ousava comparar o sr. de Laprade, de Delacroix que desdenhava a regra; exaltara outrossim Paul Delaroche e o poeta Reboul, porque lhe pareciam possuídos da fé.

Des Esseintes não podia impedir-se de dar de ombros ante essas infelizes opiniões veiculadas numa prosa já coçada cujo pano se prendia e se rasgava a cada quina de frase.

Por outro lado, as obras de Poujoulat e de Genoude, de Montalembert, de Nicolas e de Carné não lhe inspiravam solicitude muito mais viva; sua inclinação pela História tratada com cuidados de erudito e numa língua digna pelo duque de Broglie, e seu pendor pelas questões sociais e religiosas abordadas por Henry Cochin, que se havia contudo revelado numa carta em que narrava uma tocante tomada de véu no Sagrado-Coração, não se acentuavam quase. Fazia longo tempo que não tocava nesses livros e ia longe a época em que desterrara entre as velharias as elucubrações pueris do sepulcral Pontmartin e do mesquinho Féval e em que confiara aos criados, para um uso vulgar, as historietas de Aubineau e de Lasserre, reles hagiógrafos dos milagres levados a cabo pelo sr. Dupont de Tours e pela Virgem.

Em suma, dessa literatura não conseguia Des Esseintes extrair sequer uma distração passageira para as suas horas de enfado; destarte, rejeitava para os cantos obscuros da sua biblioteca um montão de livros que havia outrora estudado, quando saíra do colégio dos padres. "Eu deveria antes ter deixado estes em Paris", dizia-se, desencavando de detrás dos outros livros que lhe eram particularmente insuportáveis os do abade Lamennais e os desse impermeável sectário, tão magistralmente, tão pomposamente aborrecido e vazio, o conde Joseph de Maistre.

Um único volume permanecia instalado numa prateleira ao alcance de sua mão: *O homem*, de Ernest Hello.[7]

Este era a antítese absoluta dos seus confrades em matéria de religião. Quase isolado no piedoso grupo ao qual seu comportamento assustava, Ernest Hello acabara por abandonar o caminho de grande comunicação que leva da terra ao Céu; sem dúvida enfastiado da banalidade desse caminho e da turba ruidosa de peregrinos das letras que seguiam um atrás do outro pela mesma calçada, havia séculos, detendo-se nos mesmos pontos do trajeto para trocar entre si os mesmos lugares-comuns acerca da religião, dos Pais da Igreja, de suas próprias crenças, de seus próprios mestres, ele se metera por sendas transversais, desembocara na morna clareira de Pascal onde se detivera longamente para retomar o fôlego, depois continuara a sua rota e aprofundara-se mais do que o jansenista, a quem apupou aliás, nas regiões do pensamento humano.

Retorcido e afetado, doutoral e complexo, Hello, pelas sagazes argúcias da sua análise, lembrava a Des Esseintes os estudos rebuscados e penetrantes de alguns dos psicólogos incrédulos do século anterior e do presente. Havia nele uma espécie de Duranty católico,[8] porém mais dogmático e mais agudo, um manejador experimentado da lupa, um sábio engenheiro da alma, um hábil relojoeiro do cérebro, que se comprazia em examinar o mecanismo de uma paixão e em explicar minuciosamente as engrenagens.

Nesse espírito estranhamente conformado, havia relações de pensamentos, aproximações e oposições imprevistas; outrossim, um curioso procedimento que fazia das etimologias das palavras um trampolim para as ideias cuja associação se tornava às vezes sutil, mas permanecia quase sempre engenhosa e viva.

Tinha ele destarte, e mau grado o defeituoso equilíbrio das suas construções, desmontado com singular perspicácia "o Avaro", "o homem medíocre", analisado "o Gosto do mundo", a "paixão da desdita", revelado interessantes comparações que se podem estabelecer entre as operações da fotografia e as da recordação.

Mas tal destreza no manejo desse instrumento aperfeiçoado da análise, que ele havia roubado aos inimigos da Igreja, não lhe representava senão um dos lados do temperamento.

Existia ainda um outro ser nele: seu espírito se desdobrava e, conforme o lugar, aparecia o avesso do escritor, um fanático religioso e um profeta bíblico.

Assim como Hugo, cujas deslocações de ideias e de frases fazia lembrar de quando em quando, Ernest Hello se deleitara em brincar de pequeno São João de Patmos; pontificava e vaticinava do alto de um rochedo fabricado nas beatices da rua Saint-Sulpice, arengando ao leitor numa língua apocalíptica que em certos momentos era temperada da amargura dum Isaías.

Afetava então pretensões desmesuradas à profundeza; alguns aduladores exclamavam tratar-se de um gênio, fingiam considerá-lo o grande homem, o poço da ciência do século, um poço, talvez, mas em cujo fundo não se via gota d'água, as mais das vezes.

Em seu volume, *Palavra de Deus*, onde parafraseava as Escrituras e empenhava-se em complicar-lhes o sentido quase claro; em seu outro livro *O homem*, em sua brochura *O Dia do Senhor*, redigido num estilo bíblico, entrecortado e obscuro, ele semelhava um apóstolo vingador, orgulhoso, corroído pela bile, e revelava-se igualmente como um diácono atacado de epilepsia mística, um de Maistre dotado de talento, um sectário rabugento e feroz.

Só que tal descaramento malsão, pensava Des Esseintes, obstruía amiúde as escapadelas inventivas do casuísta; com intolerância ainda maior que a de Ozanam, negava resolutamente tudo o que não pertencesse ao seu clã, proclamava os axiomas mais assombrosos, sustentava, com desconcertante autoridade, que "a geologia voltara-se para Moisés", que a história natural, que a química, que toda a ciência contemporânea comprovava a exatidão científica da Bíblia; a cada página, tratava-se da verdade única, do sobre-humano saber da Igreja, tudo semeado de aforismos mais que perigosos e de imprecações furibundas, vomitadas à farta sobre a arte do último século.

A essa estranha mistura se acrescentava o amor das doçuras beatas, traduções do livro das *Visões* de Angela de Foligno, livro de uma parvoíce fluente sem igual, e obras escolhidas de Jan Ruysbroek o Admirável, um místico do século XIII cuja prosa oferecia um amálgama incompreensível mas fascinante de tenebrosas exaltações, de efusões acariciantes, de ásperos transportes.

Todas as presunções do petulante pontífice que era Hello fulguraram num abracadabrante prefácio escrito a propósito desse livro. Conforme fazia notar, "as coisas extraordinárias só podem ser balbuciadas" e ele balbuciava com efeito, declarando que "a treva sagrada de Ruysbroek estende as suas asas de águia, é o seu oceano, a sua presa, a sua glória, e que os quatro horizontes seriam uma veste demasiado estreita para ele".

Fosse como fosse, Des Esseintes sentia-se atraído por aquele espírito mal equilibrado mas sutil; não se pudera realizar a fusão entre o fino psicólogo e o pedante piedoso, e os tropeços, as incoerências constituíam a própria personalidade desse homem.

Ao lado dele, recrutara-se o pequeno grupo de escritores que trabalhavam na linha de bandeiras do campo clerical. Eles não pertenciam ao grosso do exército; eram, a bem dizer, os batedores de estrada de uma religião que desconfiava das pessoas de talento, tais como Veuillot, como Hello, porque não lhe pareciam nem suficientemente servis nem suficientemente vulgares; no fundo, ela precisava era de soldados que não raciocinassem, de tropas de combatentes cegos, dos medíocres de que Hello falava com a ira de um homem que lhes sofreu o jugo; assim, o catolicismo apressara-se a afastar de seus jornais um panfletário raivoso, que escrevia numa linguagem a um só tempo exasperada e preciosa, simplória e selvagem, Léon Bloy,[9] e pusera para fora das portas de suas bibliotecas, como um empestado e um imundo, outro escritor que no entanto se esganiçara em louvá-la, Barbey d'Aurevilly.[10]

É bem verdade que este era demasiado comprometedor e além disso muito pouco dócil; os outros curvavam a cabeça, em suma, às admoestações, e reentravam nas fileiras; já ele era o menino endiabrado e não reconhecido do partido; literariamente, frequentava as mulheres, que trazia descompostas até o santuário. Só mesmo esse imenso desprezo de que o catolicismo cobre o talento obstou que uma excomunhão, nas devidas condições, pusesse fora de lei esse estranho servidor que, a pretexto de honrar os seus amos, quebrava as vidraças da capela, fazia malabarices com os santos cibórios, executava danças a caráter à volta do tabernáculo.

Duas obras de Barbey d'Aurevilly excitavam particularmente Des Esseintes: *O padre casado* e *As diabólicas*. Outras, tais como *A enfeitiçada*, *O cavaleiro Des Touches*, *Uma velha amante*, eram certamente mais ponderadas e mais completas, mas deixavam Des Esseintes frio, pois só lhe interessavam verdadeiramente as obras doentias, consumidas e irritadas pela febre.

Com esses volumes quase sadios, Barbey d'Aurevilly andara constantemente à beira dos dois fossos da religião católica que chegam a juntar-se: o misticismo e o sadismo.

Nos dois livros que Des Esseintes folheava, Barbey perdera toda a prudência, soltara as rédeas de sua montaria, partira, a toda brida, pelos caminhos que percorrera até seus pontos mais extremos.

Todo o misterioso horror da Idade Média planava por sobre esse livro inverossímil que é *O padre casado*; a magia misturava-se à religião, o formulário de feitiçaria à prece, e, mais impiedoso, mais selvagem que o Diabo, o Deus do pecado original torturava sem descanso a inocente Calixte, sua réproba, marcando-lhe com uma cruz rubra a fronte, como outrora fizera assinalar por um dos seus anjos as casas dos infiéis que queria matar.

Concebidas por um monge em jejum, tomado de delírio, tais cenas se desenrolavam no estilo capricante de um agitado; infelizmente, entre essas criaturas desequilibradas, feito Copélias galvanizadas de Hoffmann, outras, como Néel de Néhou, pareciam ter sido imaginadas nos momentos de prostração que sucedem às crises e destoavam desse conjunto de sombria loucura, onde introduziam o cômico involuntário provocado pela visão de um fidalgote de zinco com suas botas, a soar a trompeta de caça sobre o pedestal de um relógio.

Após tais divagações místicas, o escritor tivera um período de acalmia; depois, produzira-se uma terrível recaída.

A crença de que o homem é um asno de Buridan, um ser solicitado por duas potências de força igual que alcançam, cada qual por sua vez, vitória sobre a sua alma ou veem-se derrotadas; a convicção de que a vida humana não é senão um incerto combate travado entre o Inferno e o Céu; a fé em duas entidades contrárias, Satã e Cristo, deveria engendrar fatalmente tais discórdias interiores onde a alma, exaltada por uma luta incessante, aquecida de algum modo pelas promessas e pelas ameaças, acaba por entregar-se e se prostitui àquele dos dois partidos cuja perseguição foi mais tenaz.

Em O *padre casado*, os louvores do Cristo, cujas tentações haviam triunfado, eram cantadas por Barbey d'Aurevilly; em As *diabólicas*, o autor cedera ao Diabo, ao qual celebrava, e então aparecia o sadismo, esse bastardo do catolicismo, perseguido pela mesma religião, sob todas as suas formas, com exorcismos e fogueiras, durante séculos a fio.

Estado tão curioso e tão mal definido, não pode o sadismo, com efeito, originar-se na alma de um descrente; não consiste somente em o indivíduo espojar-se nos excessos da carne, exacerbados por sevícias sangrentas, pois então não seria mais do que um desvio do sentido genésico, mais do que um caso de satiríase que chegara ao supremo grau de maturidade; consiste, antes de tudo, numa prática sacrílega, numa rebelião moral, numa devassidão espiritual, numa aberração de todo ideal, de todo cristã; reside, outrossim, numa alegria temperada de temor, uma alegria análoga à má satisfação das crianças que por desobediência brincam com coisas proibidas, pelo só motivo de seus pais lhes terem vedado aproximar-se delas.

Com efeito, se não comportasse um sacrilégio, o sadismo não teria razão de ser; por outro lado, o sacrilégio, que decorre da própria existência da religião, só pode ser intencional e pertinentemente levado a cabo por um crente, pois o homem não sentiria satisfação alguma em profanar uma fé que lhe fosse ou indiferente ou desconhecida.

A força do satanismo, a atração que oferece, está portanto inteiramente no deleite proibido de transferir a Satã as homenagens e as preces devidas a Deus; portanto, na inobservância dos preceitos católicos, seguidos mesmo às avessas, cometendo-se, a fim de injuriar mais gravemente o Cristo, os pecados que ele maldisse de modo mais expresso: a poluição do culto e a orgia carnal.

No fundo, este caso, ao qual o marquês de Sade legou o seu nome, era tão velho quanto a Igreja; causara estragos no século XVIII, ao qual trouxe, para não ir mais longe, por um simples fenômeno de atavismo, as práticas ímpias do sabá da Idade Média.

Com ter consultado tão somente o *Malleus maleficorum*, esse terrível código de Jacob Sprenger, que permite à Igreja exterminar, pelas chamas, milhares de necromantes e de feiticeiros, Des Esseintes reconhecia no sabá todas as práticas obscenas e todas as blasfêmias do sadismo. Além das cenas imundas caras ao Maligno, noites seguidamente consagradas a acasalamentos ilícitos e indevidos, noites ensanguentadas por bestialidades do cio, ele encontrava a paródia das procissões, os insultos e ameaças permanentes a Deus, o devotamento ao seu Rival, quando era celebrada, maldizendo-se o pão e o vinho, a missa negra sobre as costas de uma mulher de quatro, cujas ancas nuas e constantemente emporcalhadas serviam de altar, e os assistentes comungavam, por escárnio, uma hóstia negra em cuja massa fora impressa a imagem de um bode.

Essa vomição de escárnios impuros, de emporcalhadores opróbrios era manifesta no marquês de Sade, que condimentava suas terríveis volúpias com ultrajes sacrílegos.

Ele urrava para o céu, invocava Lúcifer, tratava Deus de desprezível, de celerado, de imbecil, cuspia na comunhão, tentava contaminar com vis imundícies uma Divindade que ele esperava viesse a daná-lo, embora declarasse, ainda para desafiá-la, que ela não existia.

Esse estado de espírito, Barbey d'Aurevilly o bordejava. Se não ia tão longe quanto Sade, proferindo maldições atrozes contra o Salvador; se, mais prudente ou mais temeroso, pretendia sempre honrar a Igreja, nem por isso deixava de endereçar, como na Idade Média, suas postulações ao Diabo e resvalava igualmente, a fim de afrontar Deus, na erotomania demoníaca, forjando monstruosidades sensuais, tomando inclusive de empréstimo a *A filosofia na alcova* um determinado episódio que temperava com novos condimentos, para escrever o seu conto *O jantar de um ateu*.

Esse livro excessivo deliciava Des Esseintes; também mandara fazer em violeta episcopal, num enquadramento de púrpura cardinalícia, sobre um pergaminho autêntico que os auditores de Rote haviam abençoado, um exemplar de *As diabólicas* impresso com esses tipos de civilidade cujas colcheias extravagantes, cujas rubricas de caudas erguidas e em garras aparentavam uma forma satânica.

Depois de certas peças de Baudelaire que, à semelhança dos cantos berrados durante as noites do sabá, celebravam as litanias infernais, esse volume era, entre todas as obras da literatura apostólica contemporânea, o único que dava testemunho dessa situação de espírito a um só tempo devota e ímpia, para a qual as lembranças do passado de catolicismo, estimuladas pelos acessos da nevrose, haviam com frequência impelido Des Esseintes.

Com Barbey d'Aurevilly tinha fim a série dos escritores religiosos; a bem dizer, esse pária pertencia, sob todos os pontos de vista, mais à literatura secular do que à outra na qual reivindicava um lugar que se lhe negava; um romantismo descabelado, cheio de locuções retorcidas, de torneios inusitados, de comparações excessivas, arrebatava-lhe, a chicotadas, as frases que estralejavam, agitando chocalhos ruidosos ao longo do texto. Em resumo, D'Aurevilly mais parecia um garanhão entre os cavalos castrados que povoavam as cocheiras ultramontanas.

Des Esseintes fazia consigo tais reflexões ao reler, aqui e ali, algumas passagens desse livro e, comparando-lhe o estilo nervoso e variado ao estilo linfático e fixado dos seus confrades, pensava igualmente naquela evolução da língua que Darwin revelou com tanta justeza.

Misturado aos profanos, educado no meio da escola romântica, a par das obras novas, habituado ao comércio das publicações modernas, Barbey estava forçosamente de posse de um dialeto que passara por numerosas e profundas modificações, que se havia renovado desde o grande século.

Confinados, ao contrário, em seu território, atrelados a idênticas e antigas leituras, ignorantes do movimento literário dos séculos e assaz decididos, se necessário, a vazar os próprios olhos para não vê-lo, os eclesiásticos tinham necessariamente de usar uma língua imutável como essa língua do século XVIII que os descendentes dos franceses estabelecidos no Canadá falam e escrevem correntemente até hoje, sem que nenhuma seleção de torneios ou de palavras se tenha podido produzir em seu idioma isolado da antiga metrópole e cercado, de todos os lados, pela língua inglesa.

Entrementes, o som argentino de um sino que fazia soar o toque das trindades anunciou a Des Esseintes que o almoço estava pronto. Ele deixou de lado os seus livros, enxugou a fronte, dirigiu-se para a sala de refeições dizendo consigo que entre todos esses volumes que ele acabara de ordenar, as obras de Barbey d'Aurevilly eram ainda as únicas que apresentavam o começo de decomposição, as nódoas mórbidas, as epidermes pisoteadas e o gosto sorvado que tanto apreciava saborear nos escritores decadentes, latinos e monásticos das épocas antigas.

XIII

A estação prosseguia transtornada; todas se haviam confundido, naquele ano; após as lufadas de vento e os nevoeiros, céus de branca incandescência, como placas de metal, emergiram do horizonte. Em dois dias, sem nenhuma transição, ao frio úmido das cerrações, ao derramamento das chuvas, sucedeu um calor tórrido, uma atmosfera de atroz pesadume. Como que espevitado por furiosos atiçadores, o sol se abriu, goela de forno de onde dardejava uma luz quase branca que queimava a vista; uma poeira flamejante elevou-se das estradas calcinadas, tostando as árvores secas, crestando as relvas amarelecidas; a reverberação dos muros pintados a cal, as fornalhas acesas sobre o zinco dos tetos e sobre os vidros das vidraças, cegavam; uma temperatura de fundição oprimia a casa de Des Esseintes.

Seminu, abriu ele um caixilho e recebeu uma lufada de fornalha em pleno rosto; a sala de refeições, onde se refugiou, estava escaldante e o ar rarefeito fervia. Sentou-se, desolado, pois a sobre-excitação que o sustentava desde que ele se comprazia em sonhar pondo em ordem os seus livros tinha terminado.

Como a todas as pessoas atormentadas pela nevrose, o calor o esmagava; a anemia, detida pelo frio, retomava o seu curso, enfraquecendo o corpo debilitado com abundantes suores.

A camisa grudada às costas ensopadas, o perineu úmido, as pernas e os braços grudentos, a fronte empapada, a pingar lágrimas salgadas ao longo das faces, Des Esseintes jazia aniquilado em sua cadeira; nesse momento, a visão da carne posta na mesa revoltou-lhe as entranhas; ordenou que a fizessem desaparecer, pediu ovos quentes malpassados, tentou engolir nacos de pão ensopados, mas eles lhe obstruíram a garganta; náuseas lhe vinham aos lábios; bebeu algumas gotas de vinho que lhe irritaram o estômago como aguilhões de fogo. Enxugou o rosto; o suor, havia pouco morno, escorria agora frio ao longo de suas têmporas; pôs-se a chupar alguns pedaços de gelo para iludir o mal do estômago; foi em vão.

Um enfraquecimento sem limites fê-lo debruçar-se sobre a mesa; faltando-lhe o ar, levantou-se, mas os nacos de pão molhado haviam inchado e ascendiam lentamente na goela a que obstruíam. Jamais se tinha sentido assim tão inquieto, tão arruinado, tão indisposto; com isso, seus olhos se turvaram, passou a ver os objetos duplos, a girar sobre si mesmos; dentro em pouco perdeu o sentido das distâncias; seu copo lhe parecia estar a uma milha; dizia consigo que estava sendo joguete de ilusões sensoriais, embora se sentisse incapaz de reagir; foi estender-se num sofá da sala de visitas, mas então um balanço de navio em movimento começou a acalentá-lo e a indisposição de estômago aumentou; ergueu-se e decidiu precipitar por meio de um digestivo os ovos que o sufocavam.

Voltou à sala de refeições e melancolicamente comparou-se, naquela cabine, aos passageiros afligidos por enjoo; dirigiu-se, aos tropeções, até o armário, examinou o órgão-de-boca, não o abriu, e pegou na prateleira mais alta uma garrafa de beneditino que conservava por causa de sua forma, que lhe parecia sugestiva de pensamentos a um só tempo docemente luxuriosos e vagamente místicos.

Mas nesse momento permanecia indiferente, contemplando com olho inerte a garrafa rechonchuda, de um verde sombrio que, em outros momentos, fazia-lhe lembrar os prioratos da Idade Média, com a sua antiga pança monacal, sua tampa e gargalo cobertos por um capuz de pergaminho, seu selo de lacre esquartelado com três mitras de prata sobre campo azul e selado no gargalo, como uma burla, por ligaduras de chumbo, com a etiqueta escrita num latim retumbante, em papel amarelecido e como que desbotado pelo tempo: *liquor Monachorum Benedictinorum Abbatiae Fiscanensis*.

Debaixo dessa vestimenta toda abacial, rubricada por uma cruz e iniciais eclesiásticas: P. O. M., encerrada em seus pergaminhos e ligaduras, tal qual um autêntico códice, dormia um licor cor de açafrão, de uma requintada finura. Destilava um aroma quintessenciado de angélica e hissope mesclados a ervas marinhas, de iodos e bromos amortecidos por açúcares, e estimulava o paladar com um ardor espirituoso dissimulado sob um dulçor todo virginal, todo noviço, deleitava o olfato com um aguilhão de corrupção envolto numa carícia a um só tempo infantil e devota.

Esta hipocrisia que resultava do extraordinário desacordo estabelecido entre o continente e o conteúdo, entre o contorno litúrgico do frasco e a sua alma, toda feminina, toda moderna, havia-o feito sonhar, outrora; por fim, ficara a pensar também, diante dessa garrafa, nos próprios monges que a vendiam, nos beneditinos da abadia de Fécamp que, pertencentes à congregação de S. Mauro, célebre pelos seus trabalhos de História, militavam sob a regra de S. Bento, mas não seguiam as observâncias dos monges brancos de Cister e dos monges negros de Cluny. Invencivelmente, eles lhe apareciam como na Idade Média, cultivando ervas medicinais, aquecendo retortas, sintetizando em alambiques panaceias soberanas, magistérios incontestáveis.

Bebeu uma gota do licor e experimentou alívio durante alguns minutos; todavia, pouco tardou para que esse fogo que uma lágrima de vinho lhe acendera nas entranhas se reavivasse. Atirou para o lado o guardanapo, voltou ao seu gabinete, onde ficou a passear de lá para cá; parecia-lhe estar sob uma campânula pneumática onde o vácuo se fazia progressivamente e um enfraquecimento de atroz doçura fluía-lhe do cérebro para todos os membros. Retesou-se e, não se aguentando mais, talvez pela primeira vez desde a sua chegada a Fontenay, foi se refugiar no jardim e se resguardou sob uma árvore de onde tombava um anel de sombra. Sentado sobre a relva, contemplava, com ar de estupor, os canteiros de legumes plantados pelos criados. Só ao cabo de uma hora de contemplação foi que se deu conta deles, pois uma névoa esverdinhada lhe flutuava diante dos olhos e não o deixava ver, como no fundo d'água, senão imagens indecisas cujo aspecto e cujos tons mudavam.

Finalmente, porém, recuperou o equilíbrio, distinguiu nitidamente cebolas e couves; mais adiante, uma plantação de alfaces e, no fundo, ao longo da sebe, uma fieira de lírios brancos imóveis no ar pesado.

Um sorriso lhe franziu os lábios, pois subitamente se lembrou da estranha comparação do velho Nicandro que assemelhava, do ponto de vista da forma, o pistilo do lírio aos testículos de um asno, e uma passagem de Alberto Magno lhe vinha igualmente à memória, aquela em que o taumaturgo ensina um meio assaz singular de reconhecer, por meio de alface, se uma moça é ainda virgem.

Essas lembranças o alegraram um pouco; examinou o jardim, interessando-se pelas plantas que o calor emurchecera e pelas terras ardentes que fumegavam na pulverulência abrasada do ar; depois, acima da sebe que separava o jardim, em nível inferior, da estrada sobrelevada que subia até o forte, viu garotos que rolavam em pleno sol, na luz.

Concentrou sua atenção neles quando apareceu um outro garoto, menor que os outros e de aparência sórdida; tinha cabelos de sargaço cheio de areia, duas empolas verdes acima do nariz, lábios repugnantes, circundados de uma crosta branca deixada por requeijão espalhado sobre o pão e semeado de raias de cebolinha verde.

Des Esseintes farejou o ar; uma pica, uma perversão apoderou-se dele; aquela imunda fatia de pão lhe fez vir água à boca. Pareceu-lhe que seu estômago, que se recusava a qualquer alimento, seria capaz de digerir tal repelente iguaria e que seu paladar a saborearia como se se tratasse de um acepipe.

Ergueu-se de um salto, correu à cozinha, mandou que fossem procurar na aldeia uma micha, requeijão branco, cebolinha verde e que lhe aprontassem uma fatia de pão absolutamente igual à que o menino comia, e voltou a sentar-se debaixo da árvore.

Os garotos agora lutavam entre si. Arrancavam nacos de pão que metiam na boca, chupando os dedos. Choviam os socos e pontapés e os mais fracos, derrubados e pisados, escoiceavam e choravam, o traseiro raspado sobre as pedras.

O espetáculo reanimou Des Esseintes; o seu interesse pela briga desviou-lhe os pensamentos do seu mal; diante do encarniçamento dos garotos, ficou a pensar na cruel e abominável lei da luta pela existência e, conquanto aquelas crianças fossem ignóbeis, não pôde impedir-se de interessar-se pela sorte delas e de acreditar que melhor fora, para elas, que suas mães não as tivessem posto no mundo.

Com efeito, eram usagres, cólicas, febres, sarampos e bofetadas desde a primeira idade; pontapés e trabalhos embrutecedores à volta dos treze anos; logros de mulheres, doenças e infidelidades conjugais na idade viril; eram também, mais para a velhice, achaques e agonias num albergue de mendigos ou num asilo.

E o futuro se demonstrava, em suma, igual para todos, e ninguém que tivesse um mínimo de bom-senso poderia invejar a outrem. Para os ricos, era num meio diferente que passavam pelas mesmas paixões, mesmos cuidados, mesmos pesares, mesmas doenças, assim como pelos mesmos e medíocres prazeres, fossem alcoólicos, literários ou carnais. Havia inclusive uma vaga compensação para todos os males, uma espécie de justiça que restabelecia o equilíbrio de infortúnio entre as classes, dispensando mais facilmente os pobres dos sofrimentos físicos que acabrunhavam implacavelmente o corpo mais débil e mais emaciado dos ricos.

Que loucura procriar crianças!, pensava Des Esseintes. E dizer que eclesiásticos que haviam feito voto de esterilidade levaram a inconsequência ao ponto de canonizar S. Vicente de Paula porque reservava inocentes para torturas inúteis!

Graças às suas odiosas precauções, havia ele adiado, durante anos, a morte de seres ininteligentes e insensíveis, de modo que, tornados mais tarde quase compreensivos e, em todo caso, aptos para a dor, pudessem prover o futuro, aguardar e recear a morte de que ignoravam antes até mesmo o nome, alguns deles inclusive chamá-la em seu socorro, de horror a essa condenação à existência que lhes era infligida em virtude de um código teológico absurdo!

E desde que aquele ancião morrera, suas ideias passaram a prevalecer; recolhiam-se crianças abandonadas em vez de deixá-las perecer lentamente, sem que se dessem conta, e no entanto essa vida que se lhes conservava tornava-se a cada dia mais rigorosa e mais árida! A pretexto de liberdade e de progresso, a Sociedade havia outrossim descoberto a maneira de agravar a miserável condição do homem, arrancando-o de sua casa, vestindo-lhe um uniforme ridículo, distribuindo-lhe armas particulares, embrutecendo-o numa escravidão da qual, por compaixão, se havia outrora alforriado os negros, e tudo isso para pô-lo em condições de assassinar o seu próximo sem arriscar-se ao cadafalso, como os homicidas comuns que agem sozinhos, sem uniforme, com armas menos ruidosas e menos rápidas.

Que época singular, dizia consigo Des Esseintes, esta que, invocando os interesses da humanidade, procura aperfeiçoar os anestésicos a fim de suprimir o sofrimento físico e prepara, ao mesmo tempo, estimulantes que tais para agravar a dor moral!

Ah! se jamais, em nome da piedade, a inútil procriação devia ser abolida, era agora! Mas aqui eis que as leis promulgadas pelos Portalis e pelos Homais[1] pareciam ferozes e estranhas.

A Justiça achava assaz naturais a fraude em matéria de geração; tratava-se de um fato reconhecido, admitido; não havia casal, por mais rico que fosse, que não confiasse seus filhos à lixívia ou que não usasse artifícios que se vendiam livremente e que não ocorreria de resto, ao espírito de quem quer que fosse, reprovar. E, no entanto, se tais reservas ou se tais subterfúgios se revelassem insuficientes, se a fraude malograsse e, com o fito de repará-la, se recorresse a medidas mais eficazes, ah! nesse caso não haveria prisões bastantes, cadeias centrais bastantes, trabalhos forçados bastantes para aprisionar as pessoas que condenavam, de boa-fé, aliás, outros indivíduos que na mesma noite, no leito conjugal, faziam quanto podiam, em matéria de fraude, para não gerar filhos!

A fraude em si não era, portanto, um crime, mas a reparação da dita fraude o era.

Em suma, a Sociedade reputava crime o ato que consistia em matar um ser dotado de vida; e no entanto, com expulsar um feto, destruía-se um animal, menos formado, menos vivo e, seguramente, menos inteligente e mais feio que um cão ou um gato que qualquer um pode permitir-se impunemente estrangular desde o nascimento!

É bom acrescentar, pensava Des Esseintes, que, para maior equidade, não é o homem desastrado que se apressa a desaparecer, mas antes a mulher, vítima do desastre, que expira a malvadez de ter salvado a vida de um inocente!

Seria mister, ainda assim, que o mundo estivesse repleto de preconceitos para querer reprimir manobras tão naturais que o homem primitivo, que o selvagem da Polinésia é levado a praticar por uma questão de puro instinto!

O criado veio interromper as caridosas reflexões que Des Esseintes ruminava trazendo-lhe, num prato de prata dourada, o pão que desejava. Uma onda de náusea tomou-o; não teve coragem de morder aquele pão, pois a excitação malsã do estômago havia cessado; uma sensação de horrível fraqueza voltou a acometê-lo; teve de levantar-se; o sol avançava e a pouco e pouco ia alcançando o lugar onde estava; o calor se tornava mais opressivo e mais ativo.

— Atire esse pão — disse ao criado — àqueles garotos que estão se trucidando na estrada; que os mais fracos saiam estropiados, não consigam sequer um naco e sejam, além disso, desancados por suas famílias quando chegarem em casa de calças rasgadas e olhos pisados; isso lhes dará um relance da vida que os espera!

E ele voltou a casa e deixou-se cair, desfalecente, num sofá.

— É preciso, no entanto, que eu procure comer alguma coisa — disse consigo. E tentou molhar um biscoito num velho constantia de J.-P. Cloete, de que lhe restavam algumas garrafas na adega.

Esse vinho, cor de casca de cebola um tudo-nada queimada, lembrando o málaga envelhecido e o porto, mas com um buquê açucarado, especial, e um ressaibo de uvas de sumos condensados e sublimados por sóis ardentes, havia-o reconfortado por vezes e infundido, amiúde, até mesmo uma nova energia ao seu estômago debilitado pelos jejuns forçados que sofria; mas o cordial, de ordinário tão fiel, malogrou dessa vez. Esperou então que um emoliente pudesse quiçá refrescar os ardores que o requeimavam e recorreu ao nalifka, um licor russo contido numa lustrosa garrafa de ouro fosco; esse xarope untuoso e aromatizado com framboesas revelou-se de igual modo ineficaz. Ai dele! ia longe o tempo em que, desfrutando de boa saúde, Des Esseintes subia, na sua própria casa, em plena canícula, para um trenó e, envolto em peliças, fechando-as sobre o peito, forcejava por tiritar, dizendo-se, enquanto se aplicava em bater os dentes: — Ah! que vento glacial; gela-se aqui dentro, gela-se! —, lograva quase convencer-se de que fazia mesmo frio!

Infelizmente, tais remédios não davam mais resultado, desde que os seus males haviam se tornado reais.

Por isso, não podia mais contar com o recurso do láudano; em vez de tranquilizá-lo, esse calmante o irritava a ponto de privá-lo do repouso. Outrora, quisera procurar visões no ópio e no haxixe, mas essas duas substâncias lhe haviam provocado vômitos e intensas perturbações nervosas; tivera, logo em seguida, de renunciar ao seu uso, e, sem o socorro desses grosseiros excitantes, pedir unicamente ao seu cérebro que o levasse para longe da vida, para os sonhos.

Que dia!, exclamava consigo, agora, enxugando o pescoço, sentindo dissolver-se em novos suores o que lhe podia restar de forças; uma agitação febril ainda o impedia de ficar quieto; uma vez mais, pôs-se a vagar de aposento em aposento, experimentando um após outro todos os assentos. Exaurido, deixou-se cair por fim diante da sua escrivaninha e, a ela apoiado, maquinalmente, sem pensar em nada, ficou a manusear um astrolábio ali posto, à guisa de peso para papéis, sobre uma pilha de livros e de notas.

Havia comprado aquele instrumento de cobre gravado e dourado, de origem alemã e datando do século XVII, num antiquário de Paris, após uma visita ao museu de Cluny onde ficara pasmo diante de um maravilhoso astrolábio em marfim cinzelado, cuja aparência cabalística o extasiara.

O peso para papéis agitara, nele, todo um enxame de reminiscências. Determinado e acionado pelo aspecto desse objeto de adorno, seu pensamento deslocou-se de

Fontenay a Paris, à loja de quinquilharias que o tinha vendido, depois retrogradou até o museu das Termas e, mentalmente, revia o astrolábio de marfim, enquanto seus olhos continuavam fitos, mas sem mais vê-lo, no astrolábio de cobre em cima da mesa.

Depois saiu do museu e, sem deixar a cidade, flanou pelo caminho, vagabundeou pela rua do Somerard e pelo bulevar Saint-Michel, enfiou-se pelas ruas próximas e se deteve diante de certas lojas cuja frequência e apresentação assaz especiais o tinham muitas vezes impressionado.

Começada a propósito de um astrolábio, essa viagem espiritual ia terminar nas tascas do Quartier Latin.

Recordava-se da profusão desses estabelecimentos ao longo da rua Monsieur-le-Prince e na esquina da rua de Vaugirard que dá para o Odéon; às vezes, sucediam-se uns aos outros, tal como os antigos riddecks[2] da rua do Canal-dos-Arenques, em Antuérpia, espalhavam-se de enfiada, dominando os passeios das ruas com fachadas quase iguais.

Através das portas entreabertas e das janelas mal obscurecidas por vidraças de cor ou reposteiros, ele se lembrava de ter entrevisto mulheres que andavam arrastando-se e avançando o pescoço como o fazem os gansos; outras, prostradas sobre banquetas, apoiavam os cotovelos ao mármore das mesas e ruminavam cantarolando, de punhos encostados às têmporas; outras, ainda, bamboleavam-se de pé diante de espelhos, tamborilando com as pontas dos dedos os cabelos postiços lustrados por um cabeleireiro; outras, por fim, tiravam, de escarcelas de cordões puídos, pilhas de moedas de prata e de vinténs que alinhavam, metodicamente, em pequenos montes.

A maioria tinha feições grosseiras, vozes enrouquecidas, seios flácidos e olhos pintados, e todas, como autômatos acionados ao mesmo tempo pelo mesmo mecanismo, faziam no mesmo tom os mesmos convites, articulavam com o mesmo sorriso os mesmos ditos desconchavados, as mesmas reflexões extravagantes.

Associações de ideias se formavam no espírito de Des Esseintes, que chegava a uma conclusão, agora que abrangia pela memória, num só relance, tal acervo de botequins e de ruas.

Compreendia a significação desses cafés que respondiam ao estado de alma de uma geração inteira, e deles extraía a síntese de uma época.

E, com efeito, os sintomas eram manifestos e certos; as casas de tolerância desapareciam e, à medida que uma delas se fechava, uma tasca se abria.

Essa diminuição da prostituição em proveito dos amores clandestinos residia, evidentemente, nas incompreensíveis ilusões dos homens, do ponto de vista carnal.

Por monstruoso que pudesse parecer, a tasca satisfazia um ideal.

Conquanto os pendores utilitários transmitidos pela hereditariedade e desenvolvidos pelas descortesias precoces e pelas constantes brutalidades dos colégios tivessem tornado a juventude contemporânea singularmente mal-educada e outrossim singularmente positiva e fria, esta nem por isso deixara de guardar, no fundo do coração, uma velha flor azul, o velho ideal de uma afeição rançosa e vaga.

Agora, quando o sangue a acicatava, ela não podia resolver-se a entrar, consumir, pagar e sair; seria, a seu ver, um ato de bestialidade, de cio de cão cobrindo sem mais preâmbulos a cadela; outrossim, a vaidade fugia, insatisfeita, das casas de tolerância onde não encontrara sequer um simulacro de resistência, uma aparência de vitória, uma preferência esperada, tampouco liberalidade alguma da parte da comerciante que media suas carícias de conformidade com os preços. Contrariamente, a corte feita a uma rapariga de cervejaria poupava todas as suscetibilidades do amor, todas as delicadezas do sentimento. Ela era disputada e aqueles a quem consentia em outorgar, mediante generoso pagamento, um encontro, imaginavam de boa-fé tê-la arrebatado de um rival, ser o objeto de uma distinção honorífica, de um raro favor.

Todavia, tal domesticidade era tão estúpida, tão interesseira, tão vil e tão manhosa quanto a oferecida pelas casas de prostituição. Como ela, bebia sem sede, ria sem motivo, derretia-se por carícias grosseiras, insultava-se e arrepelava-se sem causa; a despeito disso tudo, de então para cá, a juventude parisiense não tinha percebido que as raparigas de taverna eram, do ponto de vista da beleza plástica, do ponto de vista das atitudes experientes e dos adornos necessários, bem inferiores às mulheres encerradas nos salões de luxo! Meu Deus, dizia-se Des Esseintes, como são palermas essas pessoas que borboleteiam em torno das cervejarias; porque, além de suas ilusões ridículas, chegam a esquecer o perigo dos atrativos degradados e suspeitos, a não se dar conta do dinheiro gasto numa taxa de consumação prefixada pela taverneira, do tempo perdido à espera de uma entrega diferida para que o preço possa ser aumentado, das dilações repetidas para decidir e ativar o jogo das gorjetas!

Esse sentimentalismo imbecil combinado com uma ferocidade prática representava o pensamento dominante do século; as mesmas pessoas que teriam vazado o olho do próximo para ganhar dez tostões, perdiam toda a lucidez, todo o faro, diante dessas taverneiras equívocas que os importunavam sem piedade e os exploravam sem trégua. Indústrias trabalhavam, famílias se extorquiam mutuamente a pretexto de comércio, a fim de empalmar dinheiro para seus filhos, os quais, por sua vez, deixavam-se intrujar por mulheres que esfolavam, em última instância, os amantes por amor.

Em toda Paris, de leste a oeste, de norte a sul, havia uma cadeia ininterrupta de intrujices, um ricochete de roubos organizados que repercutiam gradualmente uns nos outros, e tudo isso porque, em vez de contentar as pessoas prontamente, sabia-se como fazê-las ter paciência e esperar.

No fundo, o sumo da sabedoria humana consistia em prolongar o comprimento das coisas; a dizer não, depois finalmente sim; pois só se manobrava verdadeiramente as gerações entretendo-as com promessas!

— Ah! se se pudesse fazer o mesmo com o estômago — suspirou Des Esseintes, retorcendo-se por causa de uma câimbra que trouxe prontamente de volta a Fontenay seu espírito extraviado em lonjuras.

XIV

Nem bem nem mal alguns dias decorreram, graças a estratagemas que conseguiram engodar a desconfiança do estômago; certa manhã, porém, as vinhas-d'alho que disfarçavam o odor de gordura e o cheiro de sangue das carnes não foram mais aceitas e Des Esseintes perguntou-se, ansioso, se a sua fraqueza, já grande, não iria aumentar, obrigando-o a ficar acamado. Um clarão iluminou-lhe de súbito a aflição; lembrou-se de que um dos seus amigos, outrora muito doente, lograra, com a ajuda de um sustentador, travar a anemia, defender-se do definhamento, conservar o pouco de forças que lhe restavam.

Enviou seu criado a Paris, em busca desse precioso instrumento e, seguindo o prospecto de que o fabricante o fazia acompanhar, ensinou ele próprio à cozinheira o modo de cortar o rosbife em pedaços pequenos, colocá-lo a seco na marmita de estanho, com algumas fatias de alho-porro e cenoura, depois atarraxar a tampa e pôr o conjunto a cozer, em banho-maria, durante quatro horas.

Ao fim desse tempo, espremiam-se os filamentos e bebia-se uma colherada do suco lodoso e salgado que ficava no fundo da marmita. Sentia-se então um como que tenro miolo, uma carícia veludosa, descer pela garganta abaixo.

Essa essência alimentar detinha os espasmos e as náuseas do vazio, incitava inclusive o estômago, que não se recusava mais a aceitar algumas colheradas de sopa.

Graças ao sustentador, a nevrose estacionou e Des Esseintes disse consigo: — É sempre um ganho; quiçá a temperatura mude, o céu derrame um pouco de cinza sobre esse sol execrável que me deixa prostrado e eu possa assim esperar, sem maiores estorvos, a chegada das primeiras névoas e dos primeiros frios.

Naquele entorpecimento, naquele tédio ocioso em que mergulhara, sua biblioteca, cuja arrumação ficara em meio, o enervava; sem se erguer da poltrona, tinha constantemente diante dos olhos seus livros profanos, colocados de través nas prateleiras, atropelando-se uns aos outros, escorando-se mutuamente ou jazendo, feito cartas de baralho, de lado ou deitados; tal desordem o chocava tanto mais quanto contrastava com o perfeito equilíbrio das obras religiosas, cuidadosamente alinhadas ao longo das paredes.

Tentou remediar a confusão, mas ao cabo de dez minutos de trabalho ficou molhado de suor; o esforço o esgotara; foi se estender, alquebrado, num divã e tocou a campainha chamando o criado.

De acordo com suas indicações, o velho pôs mãos à obra, trazendo-lhe um a um os livros, que ele examinava e para os quais designava o lugar certo.

A tarefa foi de curta duração, pois a biblioteca de Des Esseintes continha um número singularmente restrito de obras laicas, contemporâneas.

À força de fazê-las passar pelo seu cérebro, como se fazem passar fitas de metal por uma fieira de aço, de onde saem tênues, leves, quase reduzidas a fios imperceptíveis, ele acabou só possuindo livros que resistissem a semelhante tratamento e tivessem têmpera suficiente para suportar o laminador de uma releitura; de tanto querer refinar dessa maneira, restringira e quase esterilizara todo prazer, acentuando ainda mais o conflito que existia entre suas ideias e as do mundo onde o acaso o fizera nascer. Chegara agora ao ponto de não poder mais descobrir um escrito que lhe contentasse os secretos desejos; sua admiração se despegava inclusive dos volumes que certamente haviam contribuído para aguçar-lhe o espírito, torná-lo de tal modo suspicaz e sutil.

Em arte, suas ideias tinham no entanto partido de um ponto de vista simples; para ele, não existiam escolas;[1] só importava o temperamento do escritor; interessava-lhe apenas o trabalho do cérebro dele, qualquer que fosse o assunto que abordasse. Infelizmente, esta verdade em matéria de apreciação, digna de La Palice, era quase inaplicável, pelo simples motivo de que, com desejar livrar-se dos preconceitos, abster-se de qualquer paixão, cada qual vai procurar de preferência as obras que correspondem mais intimamente ao seu próprio temperamento e acaba deixando para trás todas as outras.

Esse trabalho de seleção se havia lentamente operado nele; adorara outrora o grande Balzac, mas ao mesmo tempo que o seu organismo se havia desequilibrado, e os seus nervos ganharam ascendente, suas inclinações se tinham modificado, mudando-se as suas admirações.

Em pouco, e conquanto se desse conta da injustiça cometida em relação ao prodigioso autor de *A comédia humana*, chegara ao ponto de não mais abrir-lhe os livros, cuja arte vigorosa o melindrava; agitavam-no agora outras aspirações, que se tornavam, de certo modo, inexplicáveis.

Sondando-se bem, todavia, compreendia desde logo que, para atraí-lo, uma obra devia assumir aquele caráter de estranheza reclamado por Edgar Poe; ele se aprofundava ainda mais, e com gosto, nessa direção, e convocava bizantinices cerebrinas e complicadas deliquescências de linguagem; aspirava a uma indecisão perturbadora na qual pudesse sonhar, fazendo-a, a seu talante, mais vaga ou mais firme, de conformidade com o estado momentâneo de sua alma. Apreciava, em suma, uma obra de arte pelo que ela era em si mesma e pelo que ela lhe podia dispensar; queria ir com ela, graças a ela, como se sustido por um adjuvante, como se transportado por um veículo, a uma esfera onde as sensações sublimadas lhe comunicassem uma comoção inesperada cujas causas ele procuraria por longo tempo, e até mesmo em vão, analisar.

Em suma, desde a sua partida de Paris, distanciava-se cada vez mais da realidade e sobretudo do mundo contemporâneo pelo qual experimentava um horror crescente; tal aversão teria forçosamente de agir sobre os seus gostos literários e artísticos, e ele se afastava o mais possível dos quadros e dos livros cujos temas se rebaixassem a tratar da vida moderna.

Assim, perdendo a faculdade de admirar indiferentemente a beleza sob qualquer forma em que se apresentasse, preferia, de Flaubert, *A tentação de santo Antão* a *A educação sentimental*; de De Goncourt, *A Faustino* a *Germinie Lacerteux*; de Zola, *O crime do abade Mouret* a *L'Assommoir*.[2]

Esse ponto de vista lhe parecia lógico; tais obras menos imediatas, mas igualmente vibrantes, igualmente humanas, facultavam-lhe penetrar mais longe no âmago do temperamento desses mestres que confiavam, com o mais sincero abandono, os ímpetos mais misteriosos de seu ser; elas o levavam, a ele também, mais alto que as outras, para longe daquela vida trivial de que estava tão cansado.

Outrossim, entrava, por elas, em completa comunhão de ideias com os escritores que as tinham concebido, porque então se encontravam numa situação de espírito análoga à sua.

Com efeito, quando a época onde o homem de talento vê-se obrigado a viver é insípida e estúpida, ao artista, mau grado seu, assedia a nostalgia de um outro século.

Não podendo harmonizar-se senão a raros intervalos com o meio onde evolui; não mais descobrindo no exame desse meio e das criaturas que a ele se sujeitam prazeres de observação e de análise suficientes para o distrair, sente surgir e eclodir em si fenômenos particulares. Confusos desejos de migração aparecem, os quais se revelam na reflexão e no estudo. Os instintos, as sensações, os pendores legados pela hereditariedade, despertam, determinam-se, impõem-se com imperiosa firmeza. Vêm-lhe recordações de seres e de coisas que não conheceu pessoalmente, e chega o momento em que se evade da penitenciária do seu século e vagueia, com toda liberdade, numa outra época com a qual, por via de uma derradeira ilusão, parece-lhe estar mais bem de acordo.

Nalguns, é o retorno às épocas pretéritas, às civilizações desaparecidas, aos tempos mortos; em outros, é um impulso rumo ao fantástico e ao sonho, é uma visão mais ou menos intensa de um tempo por nascer cuja imagem reproduz, sem que ele o saiba, por um efeito de atavismo, a de épocas findas.

Em Flaubert, eram quadros solenes e imensos, pompas grandiosas em cujo quadro bárbaro e esplêndido gravitavam criaturas palpitantes e delicadas, misteriosas e sobranceiras, mulheres providas, na perfeição da sua beleza, de almas sofredoras no fundo das quais ele discernia horríveis desequilíbrios, loucas aspirações, afligidas que estavam já pela ameaçadora mediocridade dos prazeres que pudessem surgir.

Todo o temperamento do grande artista manifestava-se nas incomparáveis páginas de *A tentação de santo Antão* e de *Salambô* em que, longe de nossa vida mesquinha, ele evocava os esplendores asiáticos das épocas antigas, suas jaculatórias e prostrações misteriosas, suas demências ociosas, suas ferocidades comandadas por esse pesado tédio que provém, antes mesmo que elas tenham sido esgotadas, da opulência e da prece.

Em De Goncourt,[3] era a nostalgia do século precedente, o retorno às elegâncias de uma sociedade perdida para sempre. O gigantesco cenário de mares a fustigar molhes, de desertos estendendo-se a perder de vista sob firmamentos tórridos, não existia em sua obra nostálgica, que se confinava, junto de um parque palaciano, a uma salinha elegante amornada pelos voluptuosos eflúvios de uma mulher de sorriso fatigado, de trejeitos perversos, de pupilas inconformadas e pensativas. A alma que lhe animava os personagens não era mais aquela insuflada por Flaubert nas suas criaturas, alma de antemão revoltada pela certeza inexorável de que nenhuma nova ventura era possível, e sim uma alma revoltada tarde demais, por via da experiência, com todos os esforços inúteis que havia tentado para inventar ligações espirituais inéditas e para remediar esse gozo imemorial que repercute, de século em século, na saciedade mais ou menos engenhosa dos casais.

Conquanto vivesse entre nós e pertencesse de vida e corpo ao nosso tempo, *A Faustino* era, pelas influências avoengas, uma criatura do século passado, de que tinha as especiarias d'alma, a lassitude cerebral, a fadiga sensual.

Esse livro de Edmond de Goncourt era um dos volumes mais acarinhados por Des Esseintes; e, com efeito, a instigação ao sonho por este reclamada transbordava dessa obra onde, por sob a linha escrita, transparecia uma outra linha, visível apenas ao espírito, indicada por um qualificativo que abria perspectivas de paixão, por uma reticência que deixava adivinhar infinitos d'alma a que nenhum idioma teria podido atender; tampouco se tratava da língua de Flaubert, língua de inimitável magnificência, mas de um estilo perspicaz e mórbido, nervoso e retorcido, diligente no anotar a impalpável impressão que atinge os sentidos e determina a sensação, um estilo hábil em modular as nuanças complicadas de uma época que era por si só singularmente complexa. Em suma, era o verbo indispensável às civilizações decrépitas que, para a expressão de suas necessidades, exigem, em qualquer idade em que se manifestem, acepções, torneios, novas fundições de frases e de palavras.

Em Roma, o paganismo agonizante tinha modificado a sua prosódia, transformado a sua língua, com Ausônio, com Claudiano, com Rutílio, cujo estilo aplicado e escrupuloso, capitoso e sonoro, apresentava, sobretudo em suas partes descritivas de reflexos, sombras, matizes, uma necessária analogia com o estilo dos De Goncourt.

Em Paris, havia-se produzido um fato único na história literária; a sociedade agonizante do século XVIII, que tinha tido pintores, escultores, músicos, arquitetos impregnados dos seus gostos, imbuídos de suas doutrinas, não pudera produzir um escritor que desse conta das suas elegâncias moribundas, que exprimisse o suco de suas alegrias febris, tão duramente expiadas; havia sido preciso esperar o advento de De Goncourt, cujo temperamento era feito de lembranças, de pesares avivados ainda mais pelo doloroso espetáculo da miséria intelectual e das baixas aspirações da época, para que, não somente nos seus livros de História, mas inclusive numa obra nostálgica como *A Faustino*, pudesse ressuscitar a própria alma dessa época, encarnarem-se suas nervosas delicadezas nessa atriz, tão ocupada em espremer o coração e exacerbar o cérebro a fim de saborear, até a exaustão, os dolorosos revulsivos do amor e da arte!

Em Zola, a nostalgia dos aléns era diversa. Não havia nele nenhum desejo de migração rumo a regimes desaparecidos, a universos perdidos na noite dos tempos; seu temperamento vigoroso, sólido, inflamado pela exuberância da vida, pelas forças sanguíneas, pela saúde moral, distanciava-o das graças artificiais e das cloroses arrebicadas do século passado, assim como da solenidade hierática, da ferocidade brutal e dos sonhos efeminados e ambíguos do velho Oriente. O dia em que ele também havia sido obsedado pela nostalgia, pela necessidade que é, em suma, a própria poesia, de fugir para longe desse mundo contemporâneo ao qual estudava, voltara-se para uma vida campestre ideal onde a seiva borbulhava em pleno sol; cismara fantásticos cios do céu, longos delíquios da terra, fecundantes chuvas de pólen caindo dentro dos órgãos anelantes das flores: chegara a um panteísmo gigantesco, criado, malgrado seu talvez, com esse meio edênico onde colocava o seu Adão e a sua Eva, um prodigioso poema hindu, celebrando, num estilo cujas largas tintas, aplicadas em bruto, tinham um como que estranho brilho de pintura indiana, o hino da carne, da matéria animada, viva, revelando, pelo seu furor genésico, à criatura humana, o fruto proibido do amor, suas sufocações, suas carícias instintivas, suas atitudes naturais.[4]

A par de Baudelaire, esses três mestres eram, na literatura francesa, moderna e profana, os que mais bem haviam penetrado e afeiçoado o espírito de Des Esseintes; todavia, à força de relê-los, de saturar-se de suas obras, de decorá-las por inteiro, tivera ele, a fim de poder absorvê-las ainda mais, de esforçar-se por esquecê-las e deixá-las em repouso nas suas estantes por algum tempo.

Eis por que mal chegava a abri-las, agora que o criado lhas apresentava. Limitava-se a indicar o lugar que deveriam ocupar, cuidando de que fossem classificadas em boa ordem e a cômodo.

O criado lhe trouxe uma nova série de livros; estes assaz o vexaram; eram livros para os quais, a pouco e pouco, sua inclinação se voltara, livros que o distraíam da perfeição de escritores de mais vasta envergadura por causa de suas mesmas imperfeições; neste caso também, à força de refinamento, Des Esseintes terminara por ir buscar, em meio a páginas turvas, frases que desprendiam uma espécie de eletricidade que o fazia estremecer quando descarregavam o seu fluido num meio que parecia à primeira vista refratário.

A própria imperfeição lhe agradava, desde que não fosse parasita nem servil, e talvez houvesse certa dose de verdade em sua teoria de que o escritor subalterno da decadência, o escritor pessoal, ainda que incompleto, destila um bálsamo mais irritante, mais aperitivo, mais ácido que o artista da mesma época que seja verdadeiramente grande, verdadeiramente perfeito. A seu ver, era em seus turbulentos esboços que se percebiam as exaltações da sensibilidade mais sobre agudas, os caprichos da psicologia mais mórbidos, as depravações mais extremadas da língua afirmando suas últimas recusas de conter, de involucrar os sais efervescentes das sensações e das ideias.

Destarte, depois dos mestres, voltava-se ele obrigatoriamente para certos escritores tornados ainda mais propícios e mais caros a ele pelo desprezo em que os tinha um público incapaz de compreendê-los.

Um deles, Paul Verlaine,[5] havia estreado outrora com um volume de versos, os *Poemas saturnianos*; um volume quase fraco onde se acotovelavam pastiches de Leconte de Lisle e exercícios de retórica romântica, mas de onde já filtrava, através de certas peças, como o soneto intitulado "Sonho familiar", a verdadeira personalidade do poeta.

Procurando-lhe os antecedentes, Des Esseintes descobria, sob as incertezas dos esboços, um talento já profundamente impregnado de Baudelaire, cuja influência se havia acentuado ainda mais, depois, sem que nem por isso a espórtula recebida do indefectível mestre fosse flagrante.

Alguns dos seus livros, *A boa canção*, *As festas galantes*, *Romances sem palavras*, e por fim o seu último volume, *Sabedoria*, enfeixavam poemas onde o escritor original se destacava categoricamente da multidão de seus confrades.

Provido de rimas propiciadas pelos tempos verbais, algumas vezes até mesmo por longos advérbios precedidos de um monossílabo, de onde se despenhavam, como do rebordo de uma pedra, numa lenta cascata de água, o seu verso, cortado de cesuras inverossímeis, tornava-se amiúde singularmente abstruso, com suas elipses audaciosas e suas estranhas incorreções que não eram, contudo, destituídas de graça.

Manejando a métrica melhor do que ninguém, ele havia tentado renovar os poemas de forma fixa: o soneto que ele virava de cauda para o ar à semelhança de certos peixes japoneses de barro policromo que se apoiam em suas peanhas de guelras para baixo; ou então o depravava, acasalando somente rimas masculinas pelas quais parecia experimentar particular afeição; de igual modo, e com frequência, tinha se valido de uma forma bizarra, uma estrofe de três versos em que o do meio ficava privado de rima, e um terceiro monorrimo, seguido de um verso isolado, lançado à guisa de refrão e fazendo eco a si próprio, tais como os *streets* "Dancemos a giga"; havia outrossim empregado outros ritmos em que o timbre, quase apagado, só se prolongava a estrofes distantes, como um amortecido som de sino.

Mas sua personalidade residia sobretudo em ter podido exprimir vagas e deliciosas confidências, a meia-voz, ao crepúsculo. Só ele pudera dar a adivinhar certos aléns perturbadores da alma, cochichos tão abafados de pensamentos, confissões tão murmuradas, tão interrompidas, que o ouvido que as escutava permanecia hesitante, insinuando na alma langores avivados pelo mistério desse sopro mais adivinhado que sentido. A inflexão de Verlaine estava toda nestes adoráveis versos das *Festas galantes*:

> *Le soir tombait, un soir équivoque d'automne,*
> *Les belles se pendant rêveuses à nos bras,*
> *Dirent alors des mots si spécieux tout bas,*
> *Que notre âme depuis ce temps tremble et s'étonne.*[6]

Não era mais o horizonte imenso aberto pelas inesquecíveis portas de Baudelaire; era, ao luar, uma fenda entreaberta para um campo mais restrito e mais íntimo;

em suma, privativo de um autor que de resto havia, nestes versos por que Des Esseintes se apaixonara, formulado o seu sistema poético:

> Car nous voulons la nuance encore,
> Pas la couleur, rien que la nuance
> ....
> Et tout le reste est littérature.[7]

Com muito gosto o acompanhara Des Esseintes nas suas obras mais diversas. Após os seus *Romances sem palavras*, impressos na tipografia de um jornal de Sens, Verlaine se calara por longo tempo; depois, em versos encantadores pelos quais perpassava a inflexão doce e penetrante de Villon, reaparecera celebrando a Virgem, "longe de nossos dias de espírito carnal e carne triste". Des Esseintes relia com frequência este livro de *Sabedoria* cujos poemas lhe sugeriam devaneios clandestinos, ficções de um amor escondido por uma Madona bizantina que se transformava, em certo momento, numa Cidálise extraviada em nosso século, tão misteriosa e tão perturbadora que não se lograva saber se aspirava a depravações de tal modo monstruosas que, tão logo se realizassem, seriam irresistíveis; ou então se se lançava ela própria no sonho, um sonho imaculado onde a adoração da alma flutuaria à volta dela, em estado continuadamente inconfessado, continuadamente puro.

Outros poetas, ainda, incitavam-no a confiar-se a eles: Tristan Corbière,[8] que, em 1873, em meio à indiferença geral, havia lançado um volume dos mais excêntricos, intitulado *Os amores amarelos*. Des Esseintes, que, por aversão ao banal e ao comum, teria aceitado as doidices mais categóricas, as extravagâncias mais barrocas, vivia horas agradáveis com esse livro em que o estrambótico se mesclava a uma energia desordenada, em que versos desconcertantes resplandeciam em poemas de perfeita obscuridade, tais como as litanias do *Sono*, que ele qualificava, em certo momento, de

Obscène confesseur des dévotes mort-nées.[9]

Isso mal era francês; o autor falava como negro, exprimia-se numa linguagem de telegrama, abusava das supressões de verbos, afetava um tom de gracejo, entregava-se a graçolas de caixeiro-viajante insuportável, e então, repentinamente, naquela confusão, retorciam-se frases de espírito grotescas, momices equívocas, e de súbito irrompia um grito de dor, agudo, como uma corda de violoncelo que se partisse. Com isso, naquele estilo pedregoso, seco, descarnado por prazer, eriçado de vocábulos inusitados, de neologismos inesperados, fulguravam achados de expressão, versos nômades amputados de sua rima, soberbos; enfim, além dos seus *Poemas parisienses*, onde Des Esseintes destacava esta definição profana da mulher:

Éternel féminin de l'éternel jocrisse.[10]

Tristan Corbière havia, num estilo de concisão quase vigorosa, celebrado o mar da Bretanha, os serralhos marinhos, o Perdão de Santa Ana, alçando-se inclusive à eloquência do ódio, no insulto de que cobria, a propósito do campo de Conlie, os indivíduos que designava pelo nome de "feirantes de Quatro de Setembro".

Tal começo de decomposição de que era apreciador e que lhe oferecia esse poeta de epítetos crispados, de belezas que permaneciam sempre em estado meio suspeito, Des Esseintes o encontrava igualmente em outro poeta, Théodore Hannon,[11] discípulo de Baudelaire e de Gautier, animado de um sentido muito particular das elegâncias rebuscadas e dos deleites factícios.

Ao contrário de Verlaine, que provinha, sem cruzamento, de Baudelaire, sobretudo pelo lado psicológico, pelo matiz capcioso do pensamento, pela douta quintessência do sentimento, Théodore Hannon descendia do mestre, sobretudo pelo lado plástico, pela visão exterior dos seres e das coisas.

Sua encantadora corrupção correspondia fatalmente aos pendores de Des Esseintes, que, nos dias de bruma, nos dias de chuva, encerrava-se no retiro imaginado por esse poeta e embriagava os olhos com as iridescências de seus estofos, com as incandescências de suas pedras, com as suntuosidades, exclusivamente materiais, que contribuíam para as incitações cerebrais e se elevavam, como poeira de cantárida, numa nuvem de tépido incenso até um ídolo bruxelense de rosto arrebicado, de ventre curtido de perfumes.

Com exceção desses poetas e de Stéphane Mallarmé,[12] que ordenou ao seu criado pusesse de lado para classificá-lo à parte, Des Esseintes era muito pouco atraído pelos poetas.

A despeito de sua forma magnífica, a despeito do imponente andamento dos seus versos, que se impunham com tal brilho que os hexâmetros de Hugo pareciam comparativamente mornos e surdos, Leconte de Lisle[13] não mais o podia satisfazer. A Antiguidade, tão maravilhosamente ressuscitada por Flaubert, permanecia imóvel e fria nas suas mãos. Nada lhe palpitava nos versos, fachada que, na maior parte das vezes, não se escorava em nenhuma ideia; nada vivia naqueles poemas desertos cujas impassíveis mitologias acabavam por deixá-lo frio. De outra parte, após tê-lo longo tempo frequentado, Des Esseintes acabara também por desinteressar-se da obra de Gautier; dia após dia, fora-se dissolvendo a sua admiração pelo incomparável pintor que era esse homem, e agora sentia-se mais assombrado do que arrebatado por suas descrições de certo modo apáticas. A impressão dos objetos se havia fixado no seu olho sobremaneira perceptivo, mas ficara ali localizada, sem lhe penetrar, mais adiante, o cérebro e a carne; à semelhança de um refletor prodigioso, ele se limitara constantemente a reverberar as cercanias com impessoal clareza.

Des Esseintes ainda estimava, decerto, as obras desses dois poetas, assim como estimava as pedras raras, as matérias preciosas e mortas, mas nenhuma das variações desses instrumentistas perfeitos lograria mais extasiá-lo, pois nenhuma delas era dúctil ao sonho, nenhuma abria, ao menos para ele, uma dessas perspectivas vivas que lhe permitiam acelerar o lento voo das horas.

Saía jejuno dos livros deles, e o mesmo acontecia em relação aos de Hugo; o seu lado Oriente e patriarca era por demais convencional, por demais veloz, para conquistar-lhe a atenção; e o lado a um só tempo ama-seca e vovô o exasperava; era-lhe mister chegar às *Canções das ruas e dos bosques* para nitrir ante o impecável virtuosismo de sua métrica; todavia, bem feitas as contas, ele teria trocado todos esses lances virtuosísticos por uma nova obra de Baudelaire que fosse igual à antiga, pois decididamente era ele quase o único cujos versos continham, sob a esplêndida casca, uma balsâmica e nutritiva medula!

Saltando de um extremo a outro, da forma privada de ideias às ideias privadas de forma, Des Esseintes permanecia não menos circunspecto e não menos frio. Os labirintos psicológicos de Stendhal, os meandros analíticos de Duranty, o seduziam, mas sua linguagem administrativa, incolor, árida, sua prosa de aluguel, quando muito adequada para a ignóbil indústria do teatro, repugnava-lhe. Outrossim, os interessantes trabalhos de seus astuciosos desmontes se exerciam, a bem dizer, sobre cérebros agitados por paixões que não mais o comoviam. Ele se preocupava pouco das afeições genéricas, das associações de ideias comuns, agora que se ampliara até o exagero a retentiva do seu espírito e que não admitia senão as sensações superfinas e os tormentos católicos e sensuais.

A fim de desfrutar uma obra que juntasse, de conformidade com os seus desejos, um estilo incisivo a uma análise penetrante e felina, cumpria-lhe chegar ao mestre da indução, a esse profundo e estranho Edgar Poe pelo qual, desde o tempo em que começara a relê-lo, sua predileção não havia podido declinar.

Mais do que qualquer outro, este era talvez o escritor que correspondia, por afinidades íntimas, às postulações meditativas de Des Esseintes.

Se Baudelaire havia decifrado nos hieróglifos da alma a idade crítica dos sentimentos e das ideias, Edgar Poe, na senda da psicologia mórbida, esquadrinhara mais particularmente o domínio da vontade.

Em literatura, sob o título emblemático de "O Demônio da Perversidade", fora quem primeiro espreitara esses impulsos irresistíveis que a vontade sofre sem os conhecer e que a patologia cerebral agora explica de maneira mais ou menos segura; quem primeiro, também, havia, se não assinalado, ao menos divulgado a influência depressiva do medo que age sobre a vontade, assim como os anestésicos que paralisam a sensibilidade e o curare que anula os elementos nervosos motores; era sobre este ponto, esta letargia da vontade, que fizera convergir os seus estudos, analisando os efeitos de tal veneno moral, indicando os sintomas da sua marcha, as perturbações que começavam pela ansiedade, continuavam pela angústia, rebentando por fim no terror que entorpece as volições, sem que a inteligência, conquanto abalada, vergue-se.

A morte, de que todos os dramaturgos haviam abusado tanto, ele a aguçara de certo modo, tornando-a outra, nela introduzindo um elemento algébrico e sobre-humano; na verdade, porém, era menos a agonia real do moribundo que ele descrevia, do que a agonia moral do sobrevivente obsedado, diante do lamentável leito, pelas monstruosas alucinações que a dor e a fadiga engendram. Com uma fascinação atroz, ele se demorava nos atos de pavor, nas trincas da vontade, ponderava-os friamente, apertando pouco a pouco a garganta do leitor sufocado, anelante diante daqueles pesadelos mecanicamente agenciados pela tepidez da febre. Convulsionadas por nevroses hereditárias, desvairadas por coreias morais, as suas criaturas viviam só pelos nervos; suas mulheres, as Morellas, as Ligeias, possuíam uma erudição imensa, temperada nas brumas da filosofia alemã e nos mistérios cabalísticos do antigo Oriente, e tinham todas peitos arrapazados e inertes de anjos, eram todas, por assim dizer, assexuais.

Baudelaire e Poe, dois espíritos que tinham sido frequentemente emparelhados por causa de sua poética comum, da inclinação que partilhavam pelo exame das doenças mentais, diferiam radicalmente pelas concepções afetivas que ocupavam tanto lugar nas suas obras; Baudelaire com o seu amor adulterado e iníquo, cuja cruel repugnância fazia pensar nas represálias de uma inquisição; Poe, com os seus amores castos, aéreos, onde os sentidos não existiam, onde o cérebro se alteava solitário, sem corresponder a órgãos que, se existiam, permaneciam para sempre virgens e gélidos.

A clínica cerebral onde, praticando vivisecções numa atmosfera sufocante, esse cirurgião espiritual, tão logo se fatigava a sua atenção, tornava-se presa de sua imaginação, que fazia elevarem-se, como deliciosos miasmas, aparições sonambulescas e angélicas, era para Des Esseintes uma fonte de infatigáveis conjecturas; agora porém que a sua nevrose se exasperara, havia dias em que tais leituras o quebrantavam, dias em que, de mãos trêmulas e ouvido atento, sentindo-se como o desolador Usher, ele era tomado de um transe desarrazoado, de um surdo pavor.

Destarte, cumpria-lhe moderar-se, recorrer muito pouco a esses temíveis elixires, assim como não mais podia visitar impunemente o seu rubro vestíbulo para inebriar os olhos com as trevas de Odilon Redon e os suplícios de Jan Luyken.

E no entanto, quando estava em tais disposições de espírito, toda literatura lhe parecia insípida depois desses terríveis filtros importados da América. Então se voltava para Villiers de l'Isle-Adam,[14] em cuja obra esparsa encontrava observações ainda sediciosas, vibrações ainda espasmódicas, mas que não dardejavam, com exceção da sua Claire Lenoir pelo menos, um horror tão perturbante.

Aparecida em 1867 na *Revista das Letras e das Artes*, essa Claire Lenoir inaugurava uma série de contos compreendidos sob o título genérico de "Histórias morosas". Contra um fundo de especulações obscuras tomadas de empréstimo ao velho Hegel, agitavam-se seres desmantelados, um doutor Tribulat Bonhomet, solene e pueril, uma Claire Lenoir, burlesca e sinistra, com óculos azuis, redondos e do tamanho de moedas de cem *sous*, que lhe cobriam os olhos quase mortos.

O conto girava em torno de um simples adultério e concluía por uma cena de indizível pavor quando Bonhomet, abrindo as pupilas de Claire no seu leito de morte e penetrando-as com sondas monstruosas, percebia, distintamente refletido nelas, o quadro do marido brandindo, de braço estendido, a cabeça cortada do amante e berrando, feito um Canaca, um canto de guerra.

Baseada na observação mais ou menos justa de que os olhos de certos animais, dos bois, por exemplo, conservam até a decomposição, tal como as chapas fotográficas, a imagem de seres e coisas que, no momento de expirar, tinham diante dos olhos, esse conto derivava evidentemente dos de Edgar Poe, de que adaptava a discussão minuciosa e o horror.

O mesmo se podia dizer de "Intersigno",* que fora mais tarde incorporado aos *Contos cruéis*, uma coletânea

---

* Em francês: *intersigne*, palavra que designa a relação misteriosa entre dois fatos discernida por meio de telepatia. (N. T.)

de indiscutível talento na qual figurava "Vera", história que Des Esseintes considerava uma pequena obra-prima.

Ali, a alucinação vinha envolvida numa delicada ternura; não eram mais as tenebrosas miragens do autor americano, mas uma visão tépida e fluida, quase celeste; era, num gênero idêntico, a contraparte das Béatrici e das Ligeias, mornos e brancos fantasmas engendrados pelo inexorável pesadelo do ópio!

Esse conto trazia também à baila as operações da vontade, mas não cuidava mais de seus desfalecimentos e de suas derrotas sob a ação do medo; estudava-lhe, ao contrário, as exaltações, sob o impulso de uma convicção convertida em ideia fixa; demonstrava seu poder, que chegava mesmo a saturar a atmosfera, a impor a sua fé às coisas ambientes.

Um outro livro de Villiers, *Isis*, parecia-lhe curioso por outros títulos. A mixórdia filosófica de Claire Lenoir obstruía-o igualmente; ele oferecia uma incrível barafunda de observações verbosas e turvas e de recordações de velhos melodramas, masmorras, punhais, escadas de corda, de todas essas cantigas românticas que Villiers não lograria renovar em sua "Elën", em sua "Morgana", peças esquecidas, editadas no estabelecimento de um desconhecido, o senhor Francisque Cuyon, impressor em Saint-Brieuc.

A heroína desse livro, uma certa marquesa Tulia Fabriana, que tinha assimilado, segundo constava, a ciência caldaica das mulheres de Edgar Poe e as sagacidades diplomáticas da Sanseverina-Taxis de Stendhal, havia, além disso, assumido a enigmática postura de uma Bradamante cruzada com uma Circe antiga. Tais misturas insolúveis desprendiam um vapor fuliginoso por via do qual influências filosóficas e literárias se acotovelavam, sem haver podido ordenar-se, no cérebro do autor, no momento em que ele escrevia os prolegômenos dessa obra que iria compreender pelo menos sete volumes.

Todavia, no temperamento de Villiers, existia uma outra vertente, muito mais penetrante, muito mais nítida, uma vertente de zombarias sombrias e caçoadas ferozes; não se tratava mais das paradoxais mistificações de Edgar Poe, e sim de um achincalhamento de lúgubre comicidade, tal como a que enfurecia Swift. Uma série de peças, *As donzelas de bienfilatre*, *Os cartazes celestes*, *A máquina de glória*, *O mais belo jantar do mundo*, revelava um espírito de galhofa singularmente inventivo e acre. Toda a imundície das ideias utilitárias contemporâneas, toda a ignorância mercantil do século, eram glorificadas em textos cuja pungente ironia arrebatava Des Esseintes.

Nesse gênero da burla grave e acerba, não existia nenhum outro livro assim em França; quando muito, um conto de Charles Cros,[15] "A ciência do amor", inserido outrora na *Revista do Mundo Novo*, poderia surpreender por suas sandices químicas, seu humor desdenhoso, suas observações friamente burlescas, mas o prazer que propiciava não era senão relativo, pois a execução pecava mortalmente. O estilo firme, colorido, amiúde original de Villiers, desaparecera para dar lugar a um picadinho de carne de porco preparado sobre a bancada do primeiro a chegar.

— Deus meu! Deus meu! como são poucos os livros que se podem reler — suspirou Des Esseintes olhando o criado que descia do escabelo onde estava empoleirado para permitir-lhe abranger de um relance de olhos todas as prateleiras.

Des Esseintes fez um aceno aprovador com a cabeça. Só restavam sobre a mesa duas plaquetas. Com um sinal, mandou embora o velho e percorreu algumas folhas encadernadas em pele de onagro, previamente acetinada em prensa hidráulica, enevoada a aquarela de nuvens de prata e provida de guardas de lustrina antiga, cujas ramagens já um pouco apagadas tinham aquela graça das coisas fanadas que Mallarmé celebrou num poema delicioso.

Essas páginas, em número de nove, haviam sido extraídas, em exemplares únicos, dos dois primeiros Parnasos,[16] impressos em pergaminho e precedidos deste título: *Alguns versos de Mallarmé*, desenhado numa caligrafia surpreendente, em letras unciais, com iluminuras, realçadas, como as dos velhos manuscritos, por pontos de ouro.

Entre as onze peças reunidas sob essa capa, algumas, *As janelas*, *O epílogo azul*, solicitavam-no; todavia, mais que outras, um fragmento da *Herodíade* o subjugava, em certas horas, feito um sortilégio.

Quantas vezes, sob o candeeiro de luzes veladas a iluminar o aposento silencioso, não se sentira tocado por essa Herodíade que, na obra de Gustave Moreau então engolfada pela sombra, se eclipsava, mais ligeira, só deixando entrever uma estátua confusa, ainda branca, num braseiro apagado de pedrarias!

A obscuridade escondia o sanguíneo, adormecia os reflexos e os ouros, entenebrecia as profundezas do templo, afogava os comparsas do crime amortalhados em suas cores mortas e, poupando apenas as alvuras da aquarela, fazia a mulher sobressair da capa de suas joias e a punha mais nua.

Invencivelmente, ele erguia os olhos para ela, discernia-a em seus contornos inesquecidos e ela revivia, evocando nos lábios estes extravagantes e doces versos que Mallarmé lhe atribui:

... *O miroir!*
Eau froide par l'ennui dans ton cadre gelée
Que des fois, et pendant les heures, désolée
Des songes et cherchant mes souvenirs qui sont
Comme les feuilles sous ta glace au trou profond,
Je m'apparus en toi comme une ombre lointaine!
Mais, horreur! des soirs dans ta sévère fontaine,
J'ai de mon rêve épars connu la nudité![17]

Esses versos, que ele prezava como prezava as obras desse poeta que, num século de sufrágio universal e num tempo de lucro, vivia longe das letras, resguardado da tolice ambiente pelo seu desdém, comprazendo-se, distante do mundo, nas surpresas do intelecto, nas visões do seu cérebro, requintando pensamentos já especiosos, enxertando-lhes finuras bizantinas, perpetuando-os em deduções apenas indicadas, costuradas de leve entre si por um fio imperceptível.

Tais ideias entrançadas e preciosas, ele as atava numa língua adesiva, solitária e secreta, cheia de retrações de frases, de torneios elípticos, de tropos audaciosos.

Percebendo as analogias mais distantes, designava amiúde com um termo que lhe dava a um só tempo, por um efeito de similitude, a forma, o perfume, a cor, a qualidade, o brilho, o objeto ou ser ao qual teria de ligar numerosos e diferentes epítetos para destacar-lhe todas as faces, todos os matizes, caso o houvesse simplesmente indicado pelo seu nome técnico. Lograva assim abolir o enunciado da comparação que se estabelecia, sozinha de todo, no espírito do leitor, por via da analogia, desde que este tivesse penetrado o símbolo, e isentava-se de dispersar a atenção sobre cada uma das qualidades que teriam podido apresentar, cada qual, os adjetivos postos um atrás do outro, concentrava-a numa única palavra, num todo, produzindo, como para um quadro por exemplo, um aspecto único e completo, um conjunto.

Tratava-se de uma literatura condensada, um suco essencial, um sublimado de arte; esta tática, a princípio empregada de modo restrito em suas primeiras obras, Mallarmé havia-a ousadamente arvorado numa peça sobre Théophile Gautier e em *A tarde de um fauno*, égloga onde as sutilezas de júbilos sensuais se desdobravam em versos misteriosos e meigos que rompia de súbito este grito selvagem e delirante do fauno:

> *Alors, m'éveillerai-je à la ferveur première,*
> *Droit et seul sous un flot antique de lumière,*
> *Lys! et l'un de vous tous pour l'ingénuité.*[18]

Este verso que, com o monossílabo *lys!* transposto, evocava a imagem de algo rígido, alvo, em arremesso, sobre cujo sentido se firmava ainda o substantivo *ingénuité* em posição de rima, exprimia alegoricamente, num único termo, a paixão, a efervescência, o estado momentâneo do fauno virgem, enlouquecido de desejo à visão das ninfas.

Nesse extraordinário poema, surpresas em matéria de imagens novas, nunca vistas, surgiam a cada verso, à medida que o poeta descrevia os arrebatamentos, os queixumes do caprípede contemplando, à margem do paul, maciços de juncos que ainda conservavam, num molde efêmero, a forma oca das náiades que o haviam preenchido.

Outrossim, experimentava Des Esseintes deleites capciosos em apalpar aquela minúscula plaqueta cuja capa de feltro do Japão, tão branca quanto leite coalhado, era fechada por dois cordões de seda, um rosa da China, o outro negro.

Dissimulada por trás da capa, a trança negra juntava-se à trança rósea que punha um como que sopro de velutina, uma como que suspeita de arrebique japonês moderno, um como que adjuvante libertino, na antiga brancura, na cândida carnação do livro, e enlaçava, atando-as numa laçada ligeira, sua cor sombria à cor clara, insinuando uma discreta advertência desse pesar, uma vaga ameaça dessa tristeza que se segue aos transportes extintos e às sobre-excitações pacificadas dos sentidos.

Des Esseintes depôs sobre a mesa *A tarde de um fauno* e folheou uma outra plaqueta que mandara imprimir para seu uso, uma antologia do poema em prosa, pequena capela posta sob a invocação de Baudelaire e aberta para o adro dos seus poemas.

A antologia compreendia uma seleta do *Gaspar da noite* desse fantasioso Aloysius Bertrand[19] que transferiu para a prosa os procedimentos de Leonardo e pinta, com seus óxidos metálicos, pequenos quadros cujas vivas cores cintilam como esmaltes brilhantes. Des Esseintes nela incluirá o *Vox Populi* de Villiers, uma peça soberbamente cunhada em estilo de ouro com a efígie de Leconte de Lisle e de Flaubert, e alguns extratos desse delicado *Livro de Jade*[20] cujo exótico perfume de ginseng e de chá se mesclam à perfumada frescura da água que tagarela à luz do luar, ao longo do livro todo.

Mas, nessa coletânea, haviam sido coligidos certos poemas salvos de revistas mortas: *O demônio da analogia*, *O cachimbo*, *O pobre menino pálido*, *O espetáculo interrompido*, *O fenômeno futuro*, e sobretudo *Queixas de outono* e *Arrepio de inverno*, que eram as obras-primas de Mallarmé e figuravam igualmente entre as obras-primas do poema em prosa, pois uniam uma língua tão magnificamente disposta que acalentava por si só, qual uma encantação melancólica, uma melodia inebriante, a pensamentos de uma sugestividade irresistível, a pulsações de alma de sensitivo cujos nervos inquietos vibravam com uma acuidade que vos penetrava até o arrebatamento, até a dor.

De todas as formas de literatura, a do poema em prosa era a preferida de Des Esseintes. Manejada por um alquimista de gênio, devia, segundo ele, encerrar em seu pequeno tamanho, em estado de *of meat*, o poderio do romance, de que suprimia as demoras analíticas e as superfetações descritivas. Com muita frequência, meditara Des Esseintes sobre esse inquietante problema, escrever um romance concentrado em algumas frases que conteriam o suco coobado de centenas de páginas, empregadas sempre para estabelecer o meio, desenhar os caracteres, acumular as observações e os fatos miúdos de apoio. Então, as palavras escolhidas seriam tão impermutáveis que substituiriam todas as outras; o adjetivo seria empregado de maneira tão engenhosa e tão definitiva que não poderia legalmente ser destituído do seu lugar, abriria tais perspectivas que o leitor poderia sonhar, semanas a fio, acerca do seu significado, a um só tempo preciso e múltiplo, comprovaria o presente, reconstruiria o passado, adivinharia o porvir das almas das personagens, reveladas pelos clarões desse epíteto único.

O romance, assim concebido, assim condensado em uma ou duas páginas, tornar-se-ia uma comunhão de pensamento entre um mágico escritor e um leitor ideal, uma colaboração espiritual consentida entre dez pessoas superiores esparsas no universo, um deleite oferecido aos delicados, acessível somente a eles.

Numa palavra, o poema em prosa representava, para Des Esseintes, o suco concentrado, a osmazoma da literatura, o óleo essencial da arte.

Tal suculência desenvolvida e reduzida a uma gota, existia já em Baudelaire e também nesses poemas de Mallarmé que ele aspirava com tão profunda alegria.

Depois de ter fechado a sua antologia, Des Esseintes disse consigo que sua biblioteca, detida nesse último livro, não aumentaria provavelmente nunca mais.

Com efeito, a decadência de uma literatura, irreparavelmente atingida no seu organismo, enfraquecida pela idade das ideias, esgotada pelos excessos da sintaxe, sensível somente às curiosidades que enfebrecem os doentes e, no entanto, instada a tudo exprimir no seu declínio, obstinada em querer reparar todas as omissões de deleite, a legar as mais sutis lembranças de dor em seu leito de morte, havia se encarnado em Mallarmé da maneira mais cabal e requintada.

Eram, elevadas à sua última expressão, as quintessências de Baudelaire e de Poe; eram as suas finas e poderosas substâncias ainda mais destiladas e desprendendo novos perfumes, novas ebriedades.

Era a agonia da velha língua que, após ir se decompondo de século em século, terminava por dissolver-se, por atingir esse delíquio da língua latina que expirava nos misteriosos conceitos e nas enigmáticas expressões de S. Bonifácio e S. Adelmo.

De resto, a decomposição da língua francesa se fizera de vez. Na língua latina, uma longa transição, um desvio de quatrocentos anos existia entre o verbo mosqueado e soberbo de Claudiano e Rutílio, e o verbo em decomposição do século VIII. Na língua francesa não se verificara nenhum lapso de tempo, nenhuma sucessão de épocas; o estilo mosqueado e soberbo dos De Goncourt e o estilo em decomposição de Verlaine e Mallarmé se acotovelam em Paris, que viveram ao mesmo tempo, na mesma época, no mesmo século.

E Des Esseintes sorriu, contemplando um dos in-fólio abertos sobre a sua estante de coro, pensando que chegaria o momento em que um erudito prepararia, para a decadência da língua francesa, um glossário semelhante àquele onde o sábio Du Cange anotou as derradeiras balbúcies, os derradeiros espasmos, os derradeiros clarões da língua latina agonizando de velhice no fundo dos claustros.[21]

XV

Aceso como fogo de palha, o seu entusiasmo pelo sustentador de igual modo apagou-se. Entorpecida a princípio, a dispepsia nervosa despertou a seguir, a escaldante essência nutritiva provocou-lhe uma tal irritação nas entranhas que Des Esseintes teve, o quanto antes, de interromper o seu uso.

A moléstia retomou o curso; fenômenos desconhecidos vieram acompanhá-la. Depois dos pesadelos, das alucinações do olfato, das perturbações de visão, da tosse rebelde, pontual como um relógio, dos batimentos fortes do coração e das artérias, e dos suores frios, surgiram as ilusões da audição, alterações que só se produzem no último período do mal.

Minado por uma febre ardente; Des Esseintes ouviu subitamente murmúrios de água, voos de vespas; depois, esses ruídos se fundiram num único que semelhava ao ronco de um torno; o ronco se aclarou, atenuou-se e pouco a pouco resolveu-se num som argentino de campanas.

Sentiu então o cérebro delirante arrastado por ondas musicais, posto a rolar nos turbilhões místicos de sua infância. Os cânticos aprendidos com os jesuítas reapareceram, instituindo por si sós o pensionato, a capela onde haviam ressoado, repercutindo suas alucinações nos órgãos olfativos e visuais, velando-os de fumaça de incenso e de trevas irisadas por clarões de vitrais, sob os altos arcos de abóbada.

No colégio dos padres, as cerimônias religiosas eram praticadas com grande pompa; um excelente organista e uma notável mestria faziam desses exercícios espirituais uma delícia artística proveitosa para o culto. O organista adorava os velhos mestres e, nos dias feriados, celebrava missas de Palestrina e de Orlando Lasso, salmos de Marcello, oratórios de Haendel, motetos de Sebastian Bach; às tímidas e fáceis compilações do padre Lambillotte, tão em favor no meio dos sacerdotes, preferia executar os *Laudi spirituali* do século XVI cuja beleza sacerdotal havia muitas vezes seduzido Des Esseintes.

Mas havia sobretudo experimentado inefáveis alegrias ao ouvir o cantochão que o organista mantivera a despeito das ideias novas.

Essa forma, agora considerada como uma forma caduca e gótica da liturgia cristã, como uma curiosidade arqueológica, como uma relíquia de tempos vetustos, era o verbo da antiga Igreja, a alma da Idade Média; era a prece eterna cantada, modulada de acordo com os impulsos da alma, o hino permanente dirigido havia séculos ao Altíssimo.

Tal melodia tradicional foi a única que, com seu poderoso uníssono, suas harmonias solenes e maciças como pedras de talha, pôde emparelhar-se às velhas basílicas e encher as abóbadas romanas de que parecia ser a emanação e a própria voz.

Quantas vezes não havia Des Esseintes sido colhido e vergado por um sopro irresistível, quando o *Christus factus est* do canto gregoriano se elevava na nave cujos pilares tremiam entre as nuvens móveis dos incensórios, ou quando o fabordão do *De profundis* gemia, lúgubre como um soluço contido, pungente como um apelo desesperado da humanidade a chorar seu destino mortal, a implorar a misericórdia enternecida do seu Salvador!

Em comparação com esse canto magnífico, criado pelo gênio da Igreja, impessoal, anônimo como o próprio órgão cujo inventor é desconhecido, toda a outra música religiosa lhe parecia profana. No fundo, em todas as obras de Jomelli e de Porpora, de Carissimi e de Durante, nas concepções mais admiráveis de Haendel e de Bach, não havia renúncia ao êxito público, o sacrifício de um efeito artístico, a abdicação de um orgulho humano a ouvir-se rezar; quando muito, com as imponentes missas de Lesueur celebradas em Saint-Roch o estilo religioso se afirmava, grave e augusto, aproximando-se, do ponto de vista da severa nudez, da austera majestade do antigo cantochão.

Desde então, totalmente revoltado por esses pretextos à *Stabat* imaginados pelos Pergolese e pelos Rossini, por toda essa intrusão de arte mundana na arte litúrgica, Des Esseintes se mantivera longe dessas obras equívocas que a Igreja tolera, indulgentes.

Aliás, tal fraqueza consentida pelo desejo de receitas e sob uma falaciosa aparência de atrativo para os fiéis, acabara logo por levar a cantos tomados de empréstimo a óperas italianas, a abjetas cavatinas, a indecentes quadrilhas, trazidas com grande orquestra para dentro das próprias igrejas, convertidas em salões elegantes, entregues aos histriões de teatro que berravam lá em cima, enquanto cá embaixo as mulheres competiam a golpes de vestidos elegantes e desfaleciam aos gritos de comediantes cujas vozes impuras maculavam os sons sagrados do órgão!

Havia anos que ele obstinadamente se recusava a tomar parte em tais patuscadas piedosas, apegando-se às suas recordações de infância, deplorando mesmo ter ouvido alguns *Te Deum* inventados por grandes mestres, pois lembrava-se do admirável *Te Deum* do cantochão, hino tão simples, tão grandioso, composto por um santo qualquer, um S. Ambrósio ou um S. Hilário, que, em lugar dos recursos complicados de uma orquestra, em lugar da mecânica musical da ciência moderna, revelava uma fé ardente, uma delirante jubilação elevando-se da alma da humanidade inteira em acentos compenetrados, convictos, quase celestes!

Outrossim, as ideias de Des Esseintes a respeito da música estavam em flagrante contradição com as teorias que professava no tocante às demais artes. Em questão de música religiosa, ele só aprovava realmente a música monástica da Idade Média, essa música emaciada que lhe agia instintivamente sobre os nervos, assim como certas páginas da velha latinidade cristã; além disso, ele próprio o reconhecia, era incapaz de compreender os artifícios que os mestres contemporâneos podiam ter introduzido na arte católica; é bem de ver que não havia estudado música com a mesma paixão que dedicara à pintura e às letras. Tocava piano, como qualquer um; após longos titubeios, estava mais ou menos apto a decifrar a custo uma partitura, mas ignorava a harmonia, a técnica necessária para discernir realmente uma nuança, para apreciar uma finura, para saborear, com pleno conhecimento de causa, um refinamento.

Por outro lado, a música profana é uma arte de promiscuidade quando a pessoa não a pode ler em casa, sozinha, assim como lê um livro; para degustá-la, ter-lhe-ia sido preciso misturar-se a esse público invariável que regurgita os teatros e que assedia o Circo de Inverno onde, sob um sol raso, numa atmosfera de lavadouro, vê-se um homem com aparência de carpinteiro a fustigar o ar com os braços e a massacrar episódios desconexos de Wagner, para a enorme alegria de uma turba inconsciente!

Não tivera coragem de mergulhar nesse banho de multidão para ir ouvir Berlioz, de quem certos fragmentos o haviam no entanto subjugado por suas apaixonadas exaltações e suas fugas saltitantes, e ele sabia outrossim, como cumpre, que não havia uma só cena, uma frase sequer de uma ópera do prodigioso Wagner que pudesse ser impunemente destacada do seu conjunto.[1]

Os pedaços cortados e servidos no prato de um concerto perdiam toda significação, permaneciam privados de sentido, visto que, semelhantes a capítulos que se completam uns aos outros e concorrem todos para a mesma conclusão, para o mesmo fim, as melodias lhe serviam para desenhar o caráter das suas personagens, para encarnar os pensamentos delas, exprimir-lhes os móbiles, visíveis ou secretos, e suas engenhosas e persistentes reviravoltas só eram compreensíveis para os ouvintes que acompanhavam o assunto desde a sua exposição e viam as personagens precisar-se pouco a pouco e desenvolver-se num meio de onde não podiam ser tiradas sem que perecessem, como os ramos arrancados a uma árvore.

Ademais, achava Des Esseintes que, nessa turba de melômanos que se extasiam aos domingos nos bancos, vinte, se tanto, conheciam a partitura que era massacrada, quando as encarregadas dos camarotes consentiam em calar-se para permitir fosse ouvida a orquestra.

Como, outrossim, o inteligente patriotismo impedia um teatro francês de representar uma ópera de Wagner, para os curiosos que ignoram os arcanos da música e não podem ou não querem ir a Bayreuth, não havia alternativa senão ficar em casa, e fora essa a sensata resolução que ele havia sabido tomar.

De outra parte, a música mais pública, mais fácil, e os trechos independentes das grandes óperas não lhe interessavam quase; os reles gorjeios de Auber e de Boieldieu, de Adam e de Flotow,[2] e os lugares-comuns retóricos professados pelos Ambroise Thomas e pelos Bazin repugnavam-lhe pela mesma razão que as momices antiquadas e as graças popularescas dos italianos. Ele se havia afastado resolutamente, pois, da arte musical e dos anos que durava a sua abstenção, só se lembrava com prazer de certas sessões de música de câmara em que ouvira Beethoven e sobretudo Schumann e Schubert, que lhe haviam triturado os nervos à maneira dos poemas mais íntimos e mais atormentados de Edgar Poe.

Certas partes para violoncelo, de Schumann, deixaram-no positivamente ofegante e afogado pelo sufocante bolo da histeria; mas eram sobretudo os *lieder* de Schubert que o tinham amiúde elevado, posto fora de si, e a seguir prostrado, como após uma perda de fluido nervoso, após uma orgia mística da alma.

Essa música o penetrava, comovendo-o até os ossos, e recalcava uma infinitude de sofrimentos olvidados, de velhos tédios, num coração surpreendido de conter tantas misérias confusas e dores vagas. Era uma música de desolação que, gritando nas profundezas do seu ser, o aterrava e encantava a um só tempo. Jamais, sem que lágrimas nervosas lhe assomassem aos olhos, pudera repetir consigo "As queixas da donzela",[3] pois havia nesse lamento alguma coisa mais do que aflitivo, alguma coisa de penetrante que lhe revolvia as entranhas, algo assim como o fim de um amor numa paisagem triste.

E toda vez que lhe vinham aos lábios esses fúnebres e delicados queixumes, evocavam nele um lugar dos arrabaldes, lugar avaro, mudo, onde, sem ruído, ao longe, filas de pessoas, estafadas da vida, iam, encurvadas, perder-se no crepúsculo, enquanto, repleto de amarguras, abarrotado de desgosto, ele se sentia só, sozinho, na natureza em prantos, abatido por uma indizível melancolia, por uma angústia pertinaz cuja misteriosa intensidade excluía qualquer consolação, qualquer piedade, qualquer repouso. Semelhante a um dobre de finados, aquele canto desesperado o obsedava, agora que ele estava de cama, aniquilado pela febre e agitado de uma ansiedade tanto mais inamovível quanto não conseguia discernir-lhe a causa. Acabou por deixar-se ir à deriva, derribado pela torrente de aflições que tal música derramava, de súbito obstada, um minuto, pelos cânticos de salmos que se elevavam em acentos lentos e surdos dentro da sua cabeça, cujas têmporas magoadas lhe pareciam estar sendo percutidas por badalos de sino.

Certa manhã, no entanto, os ruídos se acalmaram; ele pôde dominar-se melhor e pediu ao criado que lhe trouxesse um espelho, o qual lhe tombou em seguida das mãos; mal conseguia reconhecer-se; o rosto tinha uma cor terrosa, os lábios estavam inchados e secos, a língua engelhada, a pele rugosa; os cabelos e a barba, que o criado não mais tinha aparado depois da doença, aumentavam o aspecto aterrador da face encovada, dos olhos dilatados e licorosos que ardiam num clarão febril nessa cabeça de esqueleto, eriçada de pelos. Mais do que a debilidade, do que os vômitos incoercíveis que rejeitavam qualquer tentativa de alimentação, mais do que o marasmo onde estava mergulhado, tal mudança de aspecto o amedrontou. Acreditou-se perdido; depois, no acabrunhamento que o esmagava, uma energia de homem acuado o pôs sentado, deu-lhe forças para escrever uma carta ao seu médico de Paris e de ordenar ao criado que partisse imediatamente à procura dele e o trouxesse até ali no mesmo dia, custasse o que custasse.

Repentinamente, passou do abandono mais completo à mais revigorante esperança; esse médico era um célebre especialista, um doutor renomado por suas curas de moléstias nervosas: "ele deve ter curado casos mais renitentes e mais perigosos do que o meu", dizia consigo Des Esseintes; "certamente estarei outra vez de pé dentro de alguns dias"; em seguida a essa confiança, vinha um desencanto absoluto; por mais sábios, mais intuitivos que pudessem ser, os médicos nada sabiam das nevroses, de que ignoravam até mesmo as origens. Tal como os outros, esse lhe receitaria o eterno óxido de zinco e a quinina, o brometo de potássio e a valeriana; quem sabe, prosseguia ele, agarrando-se aos últimos ramos, se esses remédios me foram até agora ineficazes foi sem dúvida porque eu não soube usá-los em doses certas.

A despeito de tudo, semelhante espera de um alívio o reanimava, mas surgiu-lhe uma nova apreensão: contanto que o médico estivesse em Paris e quisesse dar-se ao trabalho; logo veio aterrá-lo o temor de que o seu criado não o tivesse encontrado. Voltava a sentir desfalecimento, saltando, de um segundo para outro, da esperança mais insensata aos mais loucos sobressaltos, exagerando tanto as possibilidades de pronto restabelecimento quanto os receios de perigo iminente; as horas passavam e chegou o momento em que, desesperado, no fim de suas forças, convencido de que decididamente o médico não viria, repetiu consigo, irado, que se houvesse sido socorrido a tempo, teria certamente sido salvo; depois, sua cólera contra o criado, contra o médico, a quem acusava de o deixar morrer, desvaneceu-se e por fim irritou-se consigo próprio, censurando-se por haver esperado tanto tempo para pedir ajuda, persuadindo-se de que estaria atualmente curado se tivesse, na véspera apenas, reclamado medicamentos revigorantes e cuidados úteis.

A pouco e pouco, tais alternâncias de alarmes e de esperanças que lhe sacolejavam a cabeça oca se acalmaram; esses choques terminaram por alquebrá-lo; caiu num sono de cansaço atravessado de sonhos incoerentes, numa espécie de síncope entrecortada de despertares sem conhecimento; havia de tal modo perdido a noção dos seus desejos e temores que permaneceu aturdido, e não experimentou nenhum espanto, nenhuma alegria, quando de repente o médico entrou-lhe no quarto.

O criado tinha-o sem dúvida posto a par da existência que Des Esseintes levava e dos diversos sintomas por ele próprio observados desde o dia em que levantara do chão seu amo atordoado pela violência dos perfumes, perto da janela, pois o médico fez poucas perguntas ao doente, cujos antecedentes de resto conhecia havia longos anos; examinou-o, porém, auscultou-o e observou-lhe com atenção as urinas, onde certos traços brancos lhe revelaram uma das causas mais determinantes da nevrose dele. Escreveu uma receita e, sem dizer palavra, foi-se, depois de anunciar sua próxima visita.

A consulta reconfortou Des Esseintes que se sobressaltou no entanto ante o silêncio do médico e instou com o criado não lhe escondesse por mais tempo a verdade. Este lhe garantiu que o doutor não manifestava nenhuma inquietação e, por desconfiado que fosse, Des Esseintes não pôde surpreender nenhum sinal que traísse a hesitação da mentira no rosto tranquilo do velho.

Então, os seus pensamentos se desfranziram; ademais, seus sofrimentos tinham se calado e a fraqueza que sentia em todos os membros fazia-se agora acompanhar de uma certa doçura, de um certo mimo a um só tempo indeciso e lento; ficou, enfim, surpreso e satisfeito de não ser atulhado de drogas e frascos, e um sorriso pálido franziu-lhe os lábios quando o criado lhe trouxe uma lavagem nutritiva à base de peptona e o preveniu de que repetiria o exercício três vezes nas próximas vinte e quatro horas.

A operação deu resultado e Des Esseintes não pôde impedir-se de felicitar-se tacitamente a propósito desse acontecimento que coroava de certo modo a existência que criara; seu pendor pelo artificial tinha agora atingido, sem que ele o houvesse querido, a satisfação suprema; não se poderia ir mais longe; a alimentação absorvida de tal maneira era, seguramente, o último desvio que se podia cometer.

Seria uma delícia, dizia consigo, se se pudesse, uma vez restabelecida de todo a saúde, continuar esse regime simples. Que economia de tempo, que radical libertação da aversão que a carne inspira às pessoas sem apetite! que definitivo alívio da lassidão que sempre decorre da escolha forçosamente restrita dos pratos! que enérgico protesto contra o vil pecado da gula! enfim, que decisivo insulto atirado à cara dessa velha natureza cujas exigências uniformes seriam para sempre extintas!

E ele prosseguiu, falando à meia-voz: seria fácil aguçar a fome tragando um austero aperitivo, pois quando se pudesse logicamente dizer: "Que horas serão? parece-me que é tempo de ir para a mesa, tenho o estômago nas costas", pôr-se-ia a mesa, colocando o solene instrumento sobre a toalha e então, tão logo fosse recitado o benedicite, ter-se-ia suprimido a aborrecida e vulgar rotina da refeição.

Alguns dias depois, o criado apresentou uma lavagem cuja cor e cujo odor diferiam absolutamente dos da peptona.

— Mas não é a mesma! — exclamou Des Esseintes, que contemplou muito perturbado o líquido derramado dentro do aparelho. Pediu, como num restaurante, o cardápio, e, desdobrando a receita do médico, leu:

Óleo de fígado de bacalhau	20 gramas
Caldo de carne	200 gramas
Vinho de Borgonha	200 gramas
Gema de ovo	1

Ficou pensativo. Ele que não pudera, em razão das perturbações de seu estômago, interessar-se seriamente pela arte culinária, surpreendeu-se repentinamente a meditar sobre combinações de falso gastrônomo; depois, uma ideia extravagante lhe atravessou a mente. Talvez o médico tivesse pensado que o estranho paladar do seu cliente já se fatigara do gosto da peptona; talvez tivesse querido, à semelhança de um cozinheiro hábil, variar o sabor dos alimentos, impedir que a monotonia dos pratos levasse a uma inapetência completa. Uma vez imerso nessas reflexões, Des Esseintes redigiu receitas inéditas, preparando refeições magras para a sexta-feira, aumentando a dose de óleo de fígado de bacalhau e de vinho e suprimindo o caldo de carne como se se tratasse de um alimento gorduroso, expressamente interditado pela Igreja; todavia, dentro em pouco não teve mais de deliberar quanto a esses líquidos nutrientes, pois o médico lograra pouco a pouco dominar-lhe os vômitos e fazê-lo engolir, pelas vias ordinárias, um xarope de ponche com pó de carne cujo vago aroma de cacau lhe aprazia à boca real.

Semanas se passaram e o estômago decidiu funcionar; em certos momentos, as náuseas retornavam, mas a cerveja de gengibre e a poção antiemética de Rivière conseguiam reduzi-las.

Por fim, a pouco e pouco, os órgãos se restauraram; ajudadas pelas pepsinas, carnes de verdade foram digeridas; as forças se restabeleceram e Des Esseintes pôde ficar de pé no seu quarto e tentar dar alguns passos apoiando-se a uma bengala e segurando-se nos cantos dos móveis; em vez de alegrar-se com esse êxito, esqueceu seus sofrimentos extintos, irritou-se com a demora da convalescença e censurou o médico por arrastá-lo assim, passo a passo. Tentativas malsucedidas atrasaram, na verdade, a cura; tanto quanto a quina, o ferro, mesmo mitigado pelo láudano, não era aceito e foi mister substituir os dois pelos arseniatos, após quinze dias perdidos em esforços inúteis, como o comprovava impacientemente Des Esseintes.

Chegou enfim o momento em que pôde permanecer de pé tardes inteiras e passear sem ajuda de um aposento a outro. Então seu gabinete de trabalho o irritou; defeitos aos quais o hábito o acostumara saltaram-lhe aos olhos quando a ele voltou após longa ausência. As cores escolhidas para serem vistas à luz das velas lhe pareceram destoar à luz do dia; pensou em trocá-las e combinou, durante horas, facciosas harmonias de cores, híbridos acasalamentos de tecidos e de couros.

— Decididamente me encaminho para a saúde — disse consigo, referindo-se ao retorno de suas antigas preocupações, de suas velhas inclinações.

Certa manhã, enquanto contemplava as suas paredes laranjas e azuis, pensando em tapeçarias ideais fabricadas com estolas da Igreja grega, sonhando com dalmáticas russas de orlas douradas, pluviais de brocado ornadas de ramagens figuradas por pedras dos Urais e fieiras de pérolas, o médico entrou e, observando a expressão do seu paciente, interrogou-o.

Des Esseintes o pôs a par de seus irrealizáveis desejos, e começava a maquinar novas investigações de cores, a falar de concubinatos e rupturas de tons que iria administrar, quando o médico lhe derramou uma ducha gelada sobre a cabeça afirmando-lhe, de modo peremptório, que não seria naquela residência, em todo caso, que poria em execução os seus projetos.

E sem lhe dar tempo de respirar, declarou que cuidara do mais urgente ao restabelecer as funções digestivas, que era preciso agora atacar a nevrose, que de modo algum estava curada, e que ele necessitaria anos de regime e de cuidados. Acrescentou enfim que antes de tentar qualquer remédio, antes de começar qualquer tratamento hidroterápico, impossível de ser realizado aliás em Fontenay, era mister abandonar aquela solidão, voltar a Paris, reingressar na vida comum, tratar de distrair-se como os outros.

— Mas isso não me distrai a mim, os prazeres dos outros! — exclamou Des Esseintes indignado.

Sem discutir tal opinião, o médico simplesmente assegurou que essa mudança radical de modo de vida por ele exigida era, a seu ver, uma questão de vida ou morte, uma questão de sanidade ou loucura complicada em curto prazo por tubérculos.

— Então, é a morte ou a transferência para a prisão de forçados! — exclamou Des Esseintes exasperado.

O médico, que estava imbuído de todos os preconceitos de um homem do mundo, sorriu e dirigiu-se para a porta sem lhe responder.

XVI

Des Esseintes fechou-se no seu quarto de dormir, tapando os ouvidos às marteladas dos criados que pregavam os caixotes de embalagem por eles preparados; cada martelada lhe feria a alma, fazia uma dor viva penetrar-lhe a carne. Cumpria-se a sentença pronunciada pelo médico; o temor de sofrer, uma vez mais, as dores que havia suportado, o receio de uma atroz agonia, tinham atuado mais poderosamente sobre Des Esseintes do que a aversão a uma detestável existência a que o condenara a jurisdição médica.

E, no entanto, dizia consigo, há pessoas que vivem solitárias, sem falar com ninguém, que se afastam do mundo, como os reclusos e os trapistas, e nada prova que tais infelizes e que tais sábios se tornam dementes ou tísicos. Ele havia citado esses exemplos ao doutor, mas sem resultado; este repetira, num tom seco que não admitia mais nenhuma réplica, que o seu veredicto, de resto confirmado pela opinião de todos os nosógrafos da nevrose, era o de que a distração, a diversão, a alegria, seriam as únicas capazes de influenciar essa moléstia cujo lado espiritual escapava inteiramente à força química dos remédios; e, impacientado pelas recriminações do seu paciente, tinha declarado pela última vez que se recusava a continuar atendendo-o se ele não consentisse em mudar de ares, viver em novas condições de higiene.

Des Esseintes fora imediatamente até Paris, consultara outros especialistas, submetera-lhes imparcialmente o seu caso e, tendo todos aprovado sem hesitar as prescrições do seu confrade, alugara ele um apartamento ainda desocupado num edifício novo, regressara a Fontenay e, pálido de raiva, dera ordens aos criados de lhe prepararem as malas.

Afundado na sua poltrona, ruminava agora aquela expressa observância que transtornava os seus planos, rompia os vínculos da sua vida presente, sepultava os seus projetos futuros. Com que então sua beatitude havia terminado! a enseada que o abrigava, era mister agora que a deixasse para reentrar de cheio naquela intempérie de estupidez que outrora o havia fustigado!

Os médicos falavam de diversão, de distração; e com o quê, e com quem, queriam eles que se divertisse e distraísse?

Pois não se havia ele próprio exilado da sociedade? será que conhecia algum homem cuja existência tentasse, tal como a sua, desterrar-se na contemplação, deter-se no sonho? será que conhecia algum homem capaz de apreciar a delicadeza de uma frase, a sutileza de uma pintura, a quintessência de uma ideia, um homem cuja alma fosse torneada o bastante para poder compreender Mallarmé e amar Verlaine?

Onde, quando, em que mundo devia lançar a sua sonda para descobrir um espírito gêmeo, um espírito desprendido dos lugares-comuns, que bendissesse o silêncio como um benefício, a ingratidão como um alívio, a desconfiança como um abrigo, um porto?

No mundo em que vivera antes de sua partida para Fontenay? — Mas a maioria dos fidalgotes que frequentara deveria, desde essa época, ter-se aviltado nos salões, embrutecido diante das mesas de jogo, acabado nos braços das mulheres da vida; a maioria deveria estar inclusive casada; após terem tido, durante sua vida, os restos de vadios, eram suas esposas que possuíam agora os restos das vadias, pois, senhor das primícias, o povo era o único que não ficou com o rebotalho.

Que bela contradança, que bela troca esse costume adotado por uma sociedade no entanto hipócrita!, dizia consigo Des Esseintes.

Ademais, a nobreza decomposta estava morta; a aristocracia tombara na imbecilidade ou na imundície! Extinguia-se no gatismo de seus descendentes cujas faculdades se debilitavam a cada geração e rematavam em instintos de gorilas fermentados em crânios de palafreneiros e de jóqueis, ou ainda, como os Choiseul-Praslin, os Polignac, os Chevreuse, rolava na lama de pleitos que a igualavam em torpeza às outras classes.[1]

Os próprios palacetes, os escudos seculares, a elegância heráldica, a manutenção pomposa dessa antiga casta tinham desaparecido. Como as terras não produziam mais rendimentos, haviam sido levadas a leilão juntamente com os castelos, pois faltava ouro com que comprar malefícios venéreos para os descendentes embrutecidos das velhas raças!

Os menos escrupulosos, os menos obtusos, deixavam de lado qualquer vergonha; envolviam-se em tramoias, chafurdavam na lama das negociatas, compareciam aos tribunais como larápios vulgares, e serviam para elevar um pouco a justiça humana que, não podendo eximir-se sempre de parcialidade, acabava por nomeá-los bibliotecários das prisões.

Essa avidez de ganho, esse prurido de lucro, havia igualmente repercutido na classe que se apoiara constantemente na nobreza, o clero. Viam-se agora, nas quartas páginas dos jornais, anúncios de calos curados por algum padre. Os mosteiros se tinham convertido em usinas de boticários e licoristas. Vendiam receitas ou fabricavam eles próprios: a ordem de Cister, o chocolate, a trapistina, a semolina e a alcoolatura de arnica; os irmãos maristas, o bifosfato de cálcio medicinal e a água de arcabuz; os jacobinos, o elixir antiapoplético; os discípulos de S. Bento, o beneditino; os religiosos de S. Bruno, o chartreuse. O comércio havia invadido os claustros onde, à guisa de antifonários, grossos livros de escrituração repousavam sobre estantes de coro. Feito lepra, a avidez do século assolava a Igreja, fazia os monges debruçarem-se sobre inventários e faturas, transformava os superiores em confeiteiros e medicastros, os irmãos leigos e os convertidos em vulgares embaladores e vis boticários.

E mesmo assim, apesar de tudo, só entre os eclesiásticos é que Des Esseintes podia esperar travar relações irmanadas até certo ponto com os seus gostos; na companhia de cônegos geralmente doutos e bem-educados, teria ele podido passar alguns serões afáveis e aprazíveis; fora mister, porém, que lhes partilhasse as crenças, que não oscilasse entre ideias céticas e ímpetos de convicção que ascendiam de quando em quando à superfície, sustentados pelas recordações da sua infância.

Ter-lhe-ia sido preciso entreter opiniões idênticas, não admitir, conforme de bom grado o fazia em seus momentos de ardor, um catolicismo temperado de um pouco de magia, como no reinado de Henrique III, e de um pouco de sadismo, como no final do século passado. Esse clericalismo especial, esse misticismo depravado e artisticamente perverso para o qual se encaminhava em certas horas, não poderia sequer ser discutido com um padre, que não o teria compreendido ou então o rejeitaria de imediato, tomado de horror.

Tal insolúvel problema o agitava pela vigésima vez. Bem quisera que o estado de suspeição em que inutilmente se debatera em Fontenay tivesse fim; agora que lhe cumpria mudar de pele, como desejaria forçar-se a ter fé, a gravá-la em si tão logo lhe viesse, a afixá-la na alma com ganchos e pô-la, em suma, ao abrigo de todas aquelas reflexões que a abalavam e que a desenraizavam;

todavia, quanto mais a desejava, menos se preenchia a vacância do seu espírito, mais tardava a chegar a visitação do Cristo. À medida que a sua fome religiosa aumentava, à medida que invocava com todas as forças, como um resgate para o futuro, como um subsídio para a sua vida nova, a fé que se deixava entrever, mas cuja distância a ser franqueada o assustava, ideias se apinhavam no seu espírito sempre em ignição, repelindo-lhe a vontade mal firmada, rejeitando por questões de bom-senso, por provas de matemática, os mistérios e os dogmas.

Seria necessário que ele pudesse parar de discutir consigo mesmo, dizia-se dolorosamente; seria necessário poder fechar os olhos, deixar-se levar por essa corrente, olvidar as malditas descobertas que destruíram o edifício religioso de alto a baixo havia já dois séculos.

E no entanto, concluiu num suspiro, não são nem os fisiologistas nem os incrédulos que arrasam o catolicismo, e sim os próprios padres, cujas obras canhestras extirpam as convicções mais tenazes.

Na biblioteca dominicana, um doutor em teologia, um irmão pregador, o R. P. Rouard de Card, através de uma brochura intitulada "Da falsificação das substâncias sacramentais", havia peremptoriamente demonstrado que a maior parte das missas não era válida porquanto as matérias que servem ao culto eram falsificadas por comerciantes.[2]

Havia anos que se adulteravam os santos óleos com banha de galinha; a cera, com osso calcinado; o incenso, com resina comum e benjoim. Mas o pior era que as substâncias indispensáveis ao santo sacrifício, as duas substâncias sem as quais nenhuma oblação é possível, tinham sido também desnaturadas: o vinho, por repetidas diluições, pela adição ilícita de pau-de-pernambuco, bagas de engos, álcool, alúmen, salicilato, litargírio; o pão, esse pão da Eucaristia que deve ser amassado com a fina flor dos frumentos, pela mistura de farinha de feijão, potassa e argila com cal!

Agora, finalmente, fora-se ainda mais longe; ousara--se suprimir completamente o trigo e comerciantes inescrupulosos fabricavam quase todas as hóstias com féculas de batata!

Ora, Deus recusava-se a descer na fécula. Era um fato inegável, certo; no segundo tomo da sua teologia moral, S. E. o cardeal Gousset havia igualmente tratado com detença tal questão da fraude do ponto de vista divino; e, segundo a incontestável autoridade desse mestre, não se podia consagrar o pão composto de farinha de aveia, trigo mourisco ou cevada, e conquanto pairasse certa dúvida quanto ao pão de centeio, não havia por que travar discussão nem litígio quando se tratava de uma fécula que, conforme a expressão eclesiástica, não era, a título nenhum, matéria competente do sacramento.

Em consequência da manipulação rápida da fécula e da bela aparência que apresentavam os pães ázimos criados com tal matéria, essa fraude indigna se propagara a ponto de quase não existir mais o mistério da transubstanciação e padres e fiéis comungarem, sem o saber, com espécies neutras.

Ah! ia longe o tempo em que Radegunda, rainha da França, preparava pessoalmente o pão destinado aos altares, o tempo em que, de acordo com os costumes de Cluny, três padres ou três diáconos, em jejum, revestidos de alva e de amicto, lavavam o rosto e os dedos, escolhiam o fromento grão por grão, esmagavam-no com mó, amassavam a pasta com uma água fria e pura e a coziam eles próprios num fogo vivo, entoando salmos!

Tudo isso não impede de pensar, disse Des Esseintes consigo, que semelhante perspectiva de ser-se constantemente intrujado, mesmo na santa mesa, visa a enraizar crenças já debilitadas; pois como admitir uma onipotência a que detêm uma pitada de fécula e um tudo-nada de álcool?

Tais reflexões ensombreceram ainda mais o aspecto da sua vida futura, tornaram-lhe o horizonte mais ameaçador e mais negro.

Decididamente, não lhe restava nenhum ancoradouro, nenhuma riba. Que ia ser dele nessa Paris onde não tinha família nem amigos? Não havia mais nenhum vínculo entre ele e o bairro de Saint-Germain, que arquejava de velhice, escamava-se numa poeira de dessuetude, jazia como casca decrépita e vazia numa sociedade nova! E que ponto de contato poderia existir entre ele e essa classe burguesa que havia pouco a pouco ascendido, aproveitando-se de todos os desastres para enriquecer, suscitando toda a sorte de catástrofes para impor o respeito aos seus atentados e aos seus roubos?

Depois da aristocracia do nascimento, vinha agora a aristocracia do dinheiro; era o califado dos balcões, o despotismo da rua do Sentier, a tirania do comércio de ideias venais e estreitas, de instintos vaidosos e velhacos.

Mais celerada, mais vil do que a nobreza despojada e o clero decaído, a burguesia deles tomava emprestada a ostentação frívola, a jactância caduca, que degradava pela sua ignorância da arte de saber viver; roubava-lhes os defeitos, que convertia em vícios hipócritas; e, autoritária e dissimulada, baixa e covarde, metralhava sem piedade sua eterna e necessária papalva, a populaça, que ela própria havia libertado e emboscado para que se atirasse à garganta das velhas castas!

Agora, era um fato consumado. Uma vez terminada a sua tarefa, a plebe fora, por medida de higiene, sangrada até a última gota; a burguesia reinava, jovial, pela força do seu dinheiro e pelo contágio da sua parvoíce. O resultado do advento dela fora o esmagamento de toda inteligência, a negação de toda probidade, a morte de toda arte e, com efeito, os artistas aviltados se haviam posto de joelhos e cobriam ardentemente de beijos os pés fétidos dos altos alquiladores e dos baixos sátrapas cujas esmolas os faziam viver!

Era, em pintura, um dilúvio de patetices flácidas; em literatura, uma intemperança de estilo insípido e de ideias lassas, pois que faltava honestidade ao especulador negocista, virtude ao flibusteiro que vivia à caça de um dote para seu filho e se recusava a pagar o da filha, amor casto ao voltairiano que acusava o clero de estupro e ia farejar hipocritamente, bestialmente, sem depravação real da arte, em turvos quartos, a água gordurosa de bacias e a tépida pimenta de saias sujas!

Era a grande prisão de forçados da América transportada para o nosso continente; era, enfim, a imensa, a profunda, a incomensurável pulhice do financista e do novo-rico resplandecendo, qual um sol abjeto, sobre a cidade idólatra que ejaculava, de bruços, cânticos impuros ante o ímpio tabernáculo dos bancos!

Eh! desaba, pois, sociedade! morre, então, velho mundo! gritou Des Esseintes indignado pela ignomínia do espetáculo que evocava; o grito rompeu o pesadelo que o oprimia.

Ah!, exclamou, dizer que tudo isto não é um sonho! dizer que vou reentrar na balbúrdia do século! Chamava em sua ajuda, para cicatrizar-se, as máximas consoladoras de Schopenhauer; repetia consigo o doloroso axioma de Pascal: "A alma não vê coisa que a não aflija quando pensa nisso", mas as palavras ressoavam-lhe no espírito como sons privados de sentido; seu aborrecimento os desagregava, roubava-os de qualquer significação, de qualquer virtude sedativa, de qualquer vigor efetivo e doce.

Dava-se conta, enfim, de que os argumentos do pessimismo eram impotentes para o consolar, de que a impossível crença numa vida futura seria a única capaz de apaziguá-lo.

Um acesso de ira varria, qual um furacão, suas tentativas de resignação, tanto como de indiferença. Não podia dissimular para si próprio que nada mais existia, que tudo havia desmoronado; os burgueses se fartavam, assim como em Clamart, de joelhos, no papel, sob as ruínas grandiosas da Igreja que se haviam tornado um lugar de encontro, uma pilha de escombros, maculadas por inqualificáveis graçolas e escandalosas troças. Será que, para mostrar de uma vez por todas a sua existência, o terrível Deus da Gênese e o pálido Despregado do Gólgota não iriam reviver os cataclismas extintos, reacender as chuvas de fogo que consumiram as cidades outrora condenadas e as vilas mortas? Será que essa vasa iria continuar a correr e a cobrir com sua pestilência este velho mundo onde só prosperavam sementeiras de iniquidades e searas de opróbrios?

A porta abriu-se bruscamente; ao longe, enquadrados pelo portal, homens com a cabeça coberta de tricornes, o rosto barbeado e uma mosca sob o lábio, apareceram carregando baús e móveis; depois a porta se fechou atrás do criado que trazia pacotes de livros.

Des Esseintes deixou-se cair, prostrado, numa cadeira. — Dentro de dois dias, estarei em Paris; vamos — disse consigo —, está tudo acabado mesmo; como um maremoto, as vagas da mediocridade humana elevam-se até o céu e vão engolir o refúgio cujas barreiras eu mesmo abri, contra minha vontade. Ah! a coragem me falta e o coração me arrasta! — Senhor, tem piedade do cristão que duvida, do incrédulo que desejaria crer, do forçado da vida que embarca sozinho, de noite, sob um firmamento que não mais iluminam os consoladores fanais da velha esperança!

Prefácio escrito vinte anos depois do romance

J.-K. HUYSMANS
(1903)

Cumpre que eu me regozije acima do tempo... ainda que o mundo tenha horror do meu regozijo e que a sua grosseria não saiba o que quero dizer.

RUSBROCK O ADMIRÁVEL

Penso que todos os homens de letras são como eu: jamais releem suas obras depois de publicadas. Com efeito, não há nada mais penoso, mais desencantador do que rever, anos depois, nossas próprias frases. Elas se decantaram, de certo modo, e depositaram-se no fundo do livro; e, a maior parte do tempo, os livros não são como os vinhos, que melhoram com o envelhecer; uma vez desgastados pela idade, os capítulos rançam e o seu aroma se estiola.

Tive essa impressão no caso de certas garrafas enfileiradas no armário de *Às avessas* quando tive de destapá-las.

E, assaz melancolicamente, procuro recordar, folheando estas páginas, o estado de alma que poderia ter tido no momento de escrevê-las.

Estava-se então em pleno naturalismo; todavia, esta escola, que iria prestar o inolvidável serviço de situar personagens reais em ambientes exatos, estava condenada a repetir-se, a marcar passo no mesmo lugar.

Ela não admitia de modo algum, em teoria pelo menos, a exceção; confinava-se pois à pintura da existência comum, esforçava-se, a pretexto de trabalhar ao vivo, em criar seres que fossem tão parecidos quanto possível à média das pessoas. Esse ideal foi realizado, em seu gênero, numa obra-prima que, muito mais que *L'Assomoir*, firmou-se como o paradigma do naturalismo: *L'éducation sentimentale*, de Gustave Flaubert, romance que era, para todos nós, dos "Saraus de Médan", uma verdadeira bíblia; porém, só comportava poucas moeduras; era uma obra acabada, irrepetível pelo próprio Flaubert; estávamos todos reduzidos, portanto, naquela época, a bordejar, a dar voltas por caminhos mais ou menos explorados.

Como a virtude constituía, força é confessá-lo, uma exceção cá embaixo na terra, estava por isso mesmo afastada do plano naturalista. Por não possuirmos o conceito católico da queda e da tentação, ignorávamos de quantos esforços, de quantos sofrimentos havia ela surgido: o heroísmo da alma vitoriosa das ciladas escapava-nos. Não nos teria ocorrido a ideia de descrever essa luta, com seus altos e baixos, seus ataques manhosos e suas fintas, assim como seus hábeis ajudantes que se preparam, muito longe, amiúde, da pessoa a quem o Maldito ataca, no fundo de um claustro; a virtude nos parecia o apanágio de seres sem curiosidade ou desprovidos de sentido, pouco comovedora, em todo o caso, para ser tratada, do ponto de vista da arte.

Restavam os vícios; o campo a cultivar era, porém, restrito. Limitava-se aos territórios dos Sete Pecados Capitais e outrossim, desses sete, um único, o contra o sexto mandamento de Deus, era pouco mais ou menos acessível.

Os outros haviam sido terrivelmente vindimados e não restavam mais uvas a desbagoar. A Avareza, por exemplo, fora espremida até a última gota por Balzac e por Hello. O Orgulho, a Cólera, a Inveja, vaguearam por todas as publicações românticas, e tais assuntos dramáticos tinham sido tão violentamente falseados pelo abuso dos palcos que fora mister verdadeiramente um gênio para renová-los num livro. Quanto à Gula e à Preguiça, pareciam servir antes para encarnar-se em personagens episódicos e mais bem convir a comparsas do que a atores principais ou primeiras cantoras de romances de costumes.

A verdade é que o Orgulho teria sido a mais magnífica das perversidades a estudar, em suas ramificações infernais de crueza para com o próximo e de falsa humildade; a Gula, trazendo a reboque a Luxúria, a Preguiça, o Roubo, teria sido matéria para surpreendentes pesquisas se tais pecados houvessem sido esquadrinhados com a lâmpada e o maçarico da Igreja e com a Fé; nenhum de nós, todavia, estava preparado para essa tarefa; víamo-nos, pois, impelidos a remoer o delito mais fácil de descascar do que qualquer outro, o pecado da Luxúria, em todas as suas formas; e Deus sabe como o remoemos; contudo, essa espécie de torneio era curta. Por mais que se inventasse, o romance podia resumir-se em algumas linhas: saber por que o senhor Fulano cometia ou não cometia adultério com a senhora Sicrana; se se quisesse ser elegante e distinguir-se como um autor de bom-tom, colocava-se a obra de carne entre uma marquesa e um conde; se se quisesse, ao contrário, ser um escritor popular, um prosador corrente, cumpria colocá-la entre um guarda-fiscal apaixonado e uma rapariga qualquer; só o quadro diferia. A distinção me parece ter prevalecido atualmente nas boas graças do leitor, pois vejo que hoje em dia ele não se entretém com amores plebeus ou burgueses, mas continua a saborear as hesitações da marquesa que hesita em ir ao encontro do seu tentador num pequeno sótão cujo aspecto muda de acordo com a decoração em moda na época. Ela sucumbirá? Ou não? Isso se intitula estudo psicológico. Eu concordo.

Confesso, todavia, que quando me acontece abrir um livro e nele perceber a eterna sedução e o não menos eterno adultério, apresso-me a fechá-lo, pois não estou absolutamente desejoso de saber como irá terminar o idílio anunciado. O volume onde não haja documentos comprobatórios, o livro que não me ensine nada, não me interessa.

No momento em que apareceu *Às avessas*, isto é, em 1884, a situação era pois a seguinte: o naturalismo se esfalfava em girar a mó sempre dentro do mesmo círculo. A soma de observações que cada um havia armazenado, com base em si próprio e nos outros, começava a esgotar-se. Zola, que era um belo cenógrafo de teatro, saía-se bem pintando telas mais ou menos precisas: sugeria otimamente a ilusão de movimento e de vida; seus heróis eram destituídos de alma, regidos singelamente por impulsos e instintos, o que simplificava o trabalho da análise. Movimentavam-se, levavam a cabo alguns atos sumários, povoavam de nítidas silhuetas os cenários, que se tornavam os personagens principais de seus dramas. Ele celebrava, assim, o mercado central, as lojas de modas, as estradas de ferro, as minas, e os seres humanos perdidos nesses meios não desempenhavam senão o papel de figurantes, de atores secundários; contudo, Zola era Zola, vale dizer, um artista algo grosseiro, mas dotado de pulmões possantes e punhos valentes.

Nós outros, menos troncudos e preocupados com uma arte mais sutil e mais verdadeira, devíamos perguntar-nos se o naturalismo não levaria a um impasse e se não nos iríamos chocar contra a parede do fundo.

A bem dizer, tais reflexões só me ocorreram bem mais tarde. Eu procurava vagamente evadir-me do beco sem saída onde sufocava, mas não tinha nenhum plano determinado, e *Às avessas*, que me libertou de uma literatura sem escapatória, arejando-me, é uma obra perfeitamente inconsciente, imaginada sem ideias preconcebidas, sem intenções porvindouras reservadas, sem coisa alguma.

Ocorrera-me, de início, como uma breve fantasia, sob a forma de um conto extravagante; vi-a um pouco como um par de *A vau-l'eau* transferido para um outro mundo; eu imaginava um senhor Folantin mais letrado, mais refinado, mais rico e que havia descoberto, no artifício, um derivativo para o desgosto que lhe inspiram as azáfamas da vida e os costumes americanos de seu tempo; eu o representava fugindo à toda pressa para o sonho, refugiando-se na ilusão de magias extravagantes, vivendo sozinho, longe do seu século, na lembrança evocada de épocas mais cordiais, de ambientes menos vis.

E à medida que eu refletia nisso, o assunto se avolumava e impunha a necessidade de pacientes pesquisas; cada capítulo tornava-se o suco de uma especialidade, o sublimado de uma arte diferente; condensava-se num *of meat* de pedrarias, de perfume, de flores, de literatura religiosa e laica, de música profana e cantochão.

O estranho foi que, sem o ter previsto, fui levado, pela própria natureza de meus trabalhos, a estudar a Igreja sob diversos aspectos. Era, com efeito, impossível remontar até as únicas eras puras que a humanidade conheceu, até a Idade Média, sem verificar que Ela mantinha tudo, que a arte só existia n'Ela e por Ela. Como eu não tinha fé, eu a encarava meio receoso, surpreendido da sua amplidão e da sua glória, perguntando-me como uma religião que me parecia feita para crianças tinha podido sugerir obras tão maravilhosas.

Eu andava meio às apalpadelas ao redor d'Ela, adivinhando mais do que vendo, reconstituindo para mim mesmo, com os fragmentos que encontrava nos museus e nos alfarrábios, um conjunto. E hoje, ao percorrer, após investigações mais demoradas e mais seguras, as páginas de *Às avessas* que tratam do catolicismo e da arte religiosa, observo que esse minúsculo panorama, pintado em folhas de blocos de anotações, é exato. O que eu então pintava era sucinto, carente de desenvolvimentos, mas verídico. Limitei-me, subsequentemente, a ampliar os meus esboços e a afiná-los.

Eu poderia muito bem assinar agora as páginas de *Às avessas* sobre a Igreja porque elas parecem ter sido, com efeito, escritas por um católico.

No entanto, eu me acreditava distante da religião! Não imaginava que, de Schopenhauer, que eu admirava além do razoável, ao Eclesiastes e ao Livro de Jó, não havia mais que um passo. As premissas acerca do Pessimismo são as mesmas; somente, quando se trata de concluir, o filósofo se esquiva. Eu gostava muito de suas ideias no tocante ao horror da vida, à estupidez do mundo, à inclemência do destino: eu as amo igualmente nas Santas Escrituras; todavia, as observações de Schopenhauer não levam a nada; ele vos deixa, por assim dizer, na mão; seus aforismos não são, em resumo, senão um herbário de plantas secas; já a Igreja explica as origens e as causas, assinala os fins, apresenta os remédios; não se contenta em dar-vos uma consulta a respeito da alma, ela vos trata e vos cura, enquanto o medicastro alemão, depois de ter-vos acertadamente demonstrado que a afecção de que sofreis é incurável, dá-vos as costas, zombeteiramente.

Seu Pessimismo não é outro senão o das Escrituras, de onde o tomou emprestado. Ele não disse mais do que Salomão, mais do que Jó, mais sequer do que a *Imitação*, que resumiu, bem antes dele, toda a sua filosofia numa frase: "É verdadeiramente uma miséria viver sobre a Terra!".

À distância, essas similitudes e dissemelhanças aparecem nitidamente, mas naquela época, ainda que as percebesse, não me demorava nelas; a necessidade de tirar conclusões não me tentava; o caminho traçado por Schopenhauer era carroçável e de aspecto variado, eu passeava por ele tranquilamente, sem desejo de conhecer-lhe o fim; naquele tempo, eu não tinha nenhum conhecimento dos prazos, nenhuma apreensão quanto a desenlaces; os mistérios do catecismo me pareciam infantis; como todos os católicos, de resto, ignorava perfeitamente a minha religião; não me dava conta de que tudo é mistério, de que vivemos no mistério, de que se o acaso existisse, seria ainda mais misterioso que a Providência. Eu não admitia a dor inflingida por um Deus, imaginava que o Pessimismo podia ser o consolador das almas superiores. Que estupidez! isso é que era pouco experimental, pouco documento humano, para servir-me de um termo caro ao naturalismo. Jamais o Pessimismo consolou os enfermos do corpo e os acamados da alma!

Sorrio agora, tantos anos depois, ao ler as páginas onde tais teorias, tão resolutamente falsas, são afirmadas.

Nessa leitura, porém, o que mais me impressiona é o seguinte: todos os romances que escrevi desde *Às avessas* estão contidos em germe neste livro. Seus capítulos não são, com efeito, mais do que pontos de partida dos volumes que se lhe seguiram.

O capítulo sobre a literatura latina da Decadência, se não o desenvolvi, pelo menos aprofundei-o ao tratar da liturgia em *En route* e *L'oblat*. Eu o reproduziria hoje sem nada mudar-lhe, salvo no que respeita a S. Ambrósio, cuja prosa aquosa e cuja retórica ampulosa nem sempre me agradam. Ele me parece ainda o "tedioso Cícero cristão", tal como eu o qualificava, mas, em compensação, o poeta é encantador; seus hinos, e os da sua escola que figuram no Breviário, estão entre os mais belos conservados pela Igreja; acrescento que a literatura algo especial, em verdade, do hinário poderia ter tido um lugar no compartimento reservado desse capítulo.

Como em 1884, tampouco me apaixona hoje o latim clássico do Maro e do Grão-de-Bico; como na época de *Às avessas*, prefiro a língua da Vulgata à língua do século de Augusto, até mesmo à da decadência, mais curiosa contudo, com seu aroma de gado montês e suas cores pintalgadas de carne de caça. A Igreja que, após ter sido desinfetada e rejuvenescida, criou, para abordar uma ordem de ideias até então inexpressas, vocábulos grandíloquos e diminutivos de delicada ternura, parece-me pois ter afeiçoado para si uma linguagem muito superior ao dialeto do paganismo, e Durtal, nesse particular, pensa ainda como Des Esseintes.

O capítulo das pedrarias, eu o retomei em *La cathédrale* para tratá-lo então do ponto de vista da simbólica das gemas. Dei vida às pedrarias mortas de *Às avessas*. Não nego, de modo algum, que uma bela esmeralda possa ser admirada pelas fagulhas que encrespam o fogo de sua água verde, mas não é ela, quando se ignora o idioma dos símbolos, uma desconhecida, uma estrangeira com a qual não se pode conversar e que se cala, porque não se lhe compreendem as locuções? Ora, ela é mais e melhor do que isso.

Sem admitir, como um velho autor do século xvi, Estienne de Clave, que as pedrarias são engendradas, tal como as pessoas naturais, de um gérmen esparso na matriz do solo, pode-se muito bem dizer que elas são minerais significativos, substâncias loquazes; que são, numa palavra, símbolos. Foram encaradas sob esse aspecto desde a mais alta antiguidade e a tropologia das gemas é um dos ramos dessa simbólica cristã tão completamente esquecida pelos padres e leigos do nosso tempo e que eu tentei reconstituir em suas grandes linhas no meu volume acerca da basílica de Chartres.

O capítulo de *Às avessas* é, portanto, superficial, à flor do engaste. Não é o que deveria ser, uma joalharia do além. Compõe-se de escrínios mais ou menos bem descritos, mais ou menos bem ordenados numa vitrina, mas isso é tudo e não é o bastante.

As pinturas de Gustave Moreau, as gravuras de Luyken, as litografias de Bresdin e de Redon, são como eu ainda as vejo. Nada tenho a modificar na ordenação deste pequeno museu.

Quanto ao terrível capítulo vi, cujo número corresponde, sem intenções preconcebidas, ao do Mandamento de Deus a que ofende, e quanto a certas partes do capítulo ix que se lhe podem juntar, eu não os escreveria mais, evidentemente, da mesma maneira. Teria sido mister pelo menos explicá-los, de maneira mais estudiosa, por aquela perversidade diabólica que se intromete, do ponto de vista luxurioso sobretudo, nos cérebros extenuados das pessoas. Parece, com efeito, que as moléstias dos nervos, as nevroses, abrem na alma fissuras pelas quais penetra o Espírito do Mal. Há aí um enigma que permanece sem elucidação: a palavra "histeria" não resolve coisa alguma; pode bastar para precisar um estado material, para dar conta de rumores irresistíveis dos sentidos, mas não deduz as consequências espirituais que a isso se vinculam e, mais particularmente, os pecados da dissimulação e da mentira que quase sempre se enxertam nela. Quais são os mantenedores e as consequências dessa moléstia pecaminosa, em que proporção se atenua a responsabilidade do ser atingido na alma por uma espécie de possessão que se vem implantar na desordem do seu desafortunado corpo? Ninguém sabe; nesta matéria, a medicina disparata e a teologia se cala.

À falta de uma solução que não podia evidentemente oferecer, Des Esseintes teve de considerar a questão do ponto de vista da culpa e exprimir pelo menos algum remorso; absteve-se de vituperar-se, e procedeu mal; embora educado pelos jesuítas, de que faz — mais do que Durtal — o elogio, tornou-se no entanto, subsequentemente, tão rebelde às coações divinas, tão obstinado em chafurdar no lodo carnal!

Em todo caso, esses capítulos parecem marcos inconscientemente plantados para indicar o caminho de *Là-bas*. Observe-se, além disso, que a biblioteca de Des Esseintes encerrava certo número de alfarrábios de magia e que as ideias enunciadas no capítulo vii de *Às avessas* acerca do sacrilégio são o acicate para um futuro volume versando o assunto mais a fundo.

Esse livro, *Là-bas*, que assustou tantas pessoas, eu não o escreveria mais, agora que me tornei de novo católico, da mesma maneira. Com efeito, é certo ser censurável o lado celerado e sensual que nele se desenvolve; e no entanto, afirmo, encobri, não disse nada; os documentos que ele contém são, em comparação com aqueles que omiti e que possuo nos meus arquivos, confeitos bem insípidos, iguarias sem sabor!

Acredito, todavia, que a despeito de suas demências cerebrais e de suas doidices alvinas, essa obra, pelo próprio assunto que expunha, prestou serviços. Chamou a atenção para as manigâncias do Maligno que alcançara fazer-se negar; foi o ponto de partida de todos os estudos que se renovaram sobre o eterno processo do satanismo; auxiliou a aniquilar, com desvendá-las, as odiosas práticas das goétias; tomou partido em favor da Igreja e combateu assaz resolutamente, em suma, o Demônio.

Para voltar a *Às avessas*, de que é apenas um sucedâneo, posso repetir, no tocante a flores, o que já contei no tocante a pedras.

Às avessas não as considera senão do ponto de vista dos contornos e das colorações, nunca do ponto de vista das significações que encerram; Des Esseintes escolheu apenas orquídeas extravagantes, mas taciturnas. Convém acrescentar que teria sido difícil fazer falar, neste livro, uma flora acometida de alalia, uma flora muda, pois o idioma simbólico das plantas morreu com a Idade Média, e os crioulos vegetais estimados por Des Esseintes eram desconhecidos dos alegoristas daquele tempo.

A contrapartida de tal botânica eu a escrevi mais tarde, em *La cathédrale*, a propósito dessa horticultura litúrgica que suscitou páginas tão curiosas de Santa Hildegarda, de São Meliton, de São Eucher.

Outra questão é a dos odores de que desvendei, no mesmo livro, os emblemas místicos.

Des Esseintes preocupou-se tão só com perfumes laicos, simples ou extratos, e com perfumes profanos, compostos ou buquês. Ele teria podido também experimentar os aromas da Igreja, o incenso, a mirra e essa estranha timiama que a Bíblia cita e que é ainda própria do ritual, onde deve ser queimada, juntamente com o incenso, sob os sinos, por ocasião do seu batizado, após o bispo tê-los lavado com água benta e assinalado com os santos óleos e o azeite dos doentes; tal fragrância, porém, parece ter sido esquecida pela própria Igreja e acredito que um cura ficaria muito surpreso se se lhe pedisse timiama.

A receita vem consignada, entretanto, no Êxodo. A timiama se compunha de estiraque, de gálbano, de incenso e de onicha, e esta última substância não seria outra senão o opérculo de certo molusco do gênero das "púrpuras" que se dragam nos pauis das Índias.

Ora, é difícil, para não dizer impossível, dados os sinais de identificação incompletos deste molusco e do seu lugar de proveniência, preparar uma autêntica timiama; o que é uma pena, pois, fosse de outro modo, esse perfume perdido teria certamente suscitado em Des Esseintes faustosas evocações das galas cerimoniais, dos ritos litúrgicos do Oriente.

Quanto aos capítulos sobre literatura laica e religiosa contemporânea, continuam, no meu entender, tanto quanto o sobre literatura latina, a ser justos. O capítulo consagrado à arte profana ajudou a pôr em evidência poetas assaz desconhecidos do público de então: Corbière, Mallarmé, Verlaine. Nada tenho a cortar do que escrevi há dezenove anos; mantive a minha admiração por esses escritores; a que eu professava por Verlaine aumentou inclusive. Arthur Rimbaud e Jules Laforgue teriam merecido figurar no florilégio de Des Esseintes, mas não havia ainda nada impresso naquela época e só bem mais tarde foi que suas obras apareceram.

Não consigo imaginar, de outra parte, que jamais chegasse a apreciar os autores religiosos modernos que *Às avessas* desanca. Ninguém me tirará da cabeça que a critica do falecido Nettement é imbecil e que a sra. Augustus Craven e que a srta. Eugénie de Guérin são literatas pedantes e bem linfáticas e devotas estéreis. Seus julepos me parecem insípidos; Des Esseintes passou para Durtal seu gosto das especiarias e creio que se entenderiam muito bem ainda, os dois, no que diz respeito à preparação, em vez desses xaropes, de uma essência artística de gengibre.

Não mudei de opinião tampouco relativamente à literatura de confraria dos Poujoulat e dos Genoude, mas seria agora menos severo em relação ao padre Chocarne, citado num grupo de piedosos cacógrafos, pois ele ao menos escreveu páginas medulares sobre a mística, em sua introdução à obra de S. João da Cruz, e seria igualmente mais brando com Montalembert, que, por falta de talento, deu-nos uma obra incoerente e desparelhada, mas contudo comovedora, acerca dos monges; eu não escreveria mais, sobretudo, que as visões de Angela de Foligno são tolas e fluidas, o contrário é que é verdade; mas devo declarar, em minha defesa, que só as tinha lido na tradução de Hello. Ora, este fora tomado da mania de desbastar, de edulcorar, de acendrar os místicos, por receio de ferir o falacioso pudor dos católicos. Pôs numa prensa uma obra ardente, cheia de seiva, e dela só extraiu um suco incolor e frio, mal requentado, em banho-maria, sobre a pobre lamparina do seu estilo.

Dito isto, se, enquanto tradutor, Hello se revelava um carola diluidor, manda a justiça se diga ter sido, quando agia por conta própria, um manejador de ideias originais, um exegeta perspicaz, um analista verdadeiramente vigoroso. Era inclusive, entre os escritores da mesma orientação, o único que pensava; vim em socorro de D'Aurevilly para enaltecer a obra deste homem tão incompleto, mas tão interessante, e *Às avessas* ajudou, penso eu, o modesto êxito que seu melhor livro, *L'home*, obteve após a sua morte.

A conclusão desse capítulo acerca da literatura eclesial moderna era a de que, entre os castrados da arte religiosa, havia um único garanhão, Barbey d'Aurevilly; e esta opinião continua a ser positivamente exata. Foi ele o único artista, no sentido próprio da palavra, produzido pelo catolicismo dessa época; foi um grande prosador, um romancista admirável cuja audácia punha em polvorosa os ratos de sacristia, a quem exasperava a veemência explosiva das suas frases.

Enfim, se algum capítulo pode ser considerado como o ponto de partida de outros livros, esse é sem dúvida o capítulo a respeito do cantochão, que ampliei subsequentemente em todos os meus livros, em *En route* e sobretudo em *L'oblat*.

Após este breve exame de cada uma das especialidades alinhadas nas vitrinas de *Às avessas*, a conclusão que se impõe é a de que este livro foi o começo de minha obra católica, que ali se encontra, inteira, em embrião.

E a incompreensão e a estupidez de certos mumificadores e de certos agitados do sacerdócio me parecem, uma vez mais, insondáveis. Reclamaram, anos a fio, a destruição dessa obra de que não tenho, aliás, a propriedade, sem sequer se dar conta de que os volumes místicos que a sucederam são incompreensíveis sem ela, pois foi, repito-o, o tronco de onde eles surgiram. Como apreciar, de resto, a obra de um escritor, em seu conjunto, sem a considerar desde os seus primórdios, sem a seguir passo a passo; como, sobretudo, dar-se conta da Graça numa alma se se suprimem os traços da sua passagem, se se apagam as primeiras marcas por ela deixadas?

O certo, em todo o caso, é que *Às avessas* rompia com os precedentes, com *Les soeurs Vatard*, *En ménage*,

A *vau-l'eau*, levando-me por um caminho cujo término eu nem sequer adivinhava.

Muito mais sagaz do que os católicos, Zola o percebeu bem. Lembro-me de que fui passar, após o aparecimento de *Às avessas*, alguns dias em Médan. Certa tarde em que passeávamos os dois pelo campo, ele se deteve bruscamente e, com um olhar sombrio, censurou-me o livro, dizendo que eu assestava um golpe terrível no naturalismo, que fazia a escola desviar-se do seu caminho, que queimava ademais os meus barcos com semelhante romance, pois nenhum gênero de literatura era possível nesse gênero esgotado num só volume, e, amigavelmente — pois era um homem excelente —, incitou-me a voltar à trilha já estabelecida, a aplicar-me a um estudo de costumes.

Eu o ouvia pensando que ele estava certo e errado, ao mesmo tempo — certo ao me acusar de minar o naturalismo e de obstruir-me qualquer caminho — errado no sentido de que o romance, tal como ele o concebia, me parecia estar morto, gasto pelas repetições, sem mais interesse, quisesse ele ou não, para mim.

Havia muitas coisas que Zola não podia compreender: em primeiro lugar, a necessidade que eu experimentava de abrir as janelas, de fugir de um ambiente no qual sufocava; depois, o desejo que me tomava de sacudir os preconceitos, de romper os limites do romance, de nele introduzir a arte, a ciência, a história, de não mais usar essa forma, numa palavra, senão como um quadro onde inserir labores mais sérios. A mim, era isso que me preocupava nessa época, suprimir a intriga tradicional, inclusive a paixão, a mulher, concentrar o feixe de luz num único personagem, realizar o novo a qualquer preço.

Zola não respondia a esses argumentos com os quais eu tentava convencê-lo e reiterava sem cessar a sua afirmativa: "Não admito de modo algum que se mude de maneira e de opinião; não admito que se queime o que se adorou".

Com que então não desempenhou ele também o papel do bom Sicambro? Com efeito, se não modificou seu processo de composição e de escrita, variou pelo menos a sua maneira de conceber a humanidade e de explicar a vida. Após o negro pessimismo de seus primeiros livros, não tivemos, sob as cores do socialismo, o otimismo beato dos últimos?

Impõe-se confessar que ninguém compreendia menos a alma do que os naturalistas que se propunham a observá-la. Enxergavam a existência como uma peça inteira, uniforme; não a aceitavam senão quando condicionada por elementos verossímeis, e posteriormente aprendi, por experiência própria, que a inverossimilhança nem sempre aparece, no mundo, em estado de exceção, que as aventuras de Rocambole são às vezes tão exatas quanto as de Gervaise e de Coupeau.

Mas a ideia de que Des Esseintes pudesse ser tão verdadeiro quanto os próprios personagens de Zola desconcertava, irritava a este.

Até aqui, nestas poucas páginas, falei de *Às avessas* sobretudo do ponto de vista da literatura e da arte. Cumpre-me agora falar dele do ponto de vista da Graça, mostrar que parte de desconhecido, que projeção de alma que se ignora pode haver amiúde num livro.

Essa orientação tão clara, tão nítida de *Às avessas* para o catolicismo, confesso que permanece até agora incompreensível para mim.

Não fui educado em escolas congreganistas, e sim num liceu, jamais fui devoto em minha juventude, e o lado de recordação de infância, de primeira comunhão, de educação, que desempenha tão amiúde papel de destaque na conversão, não existiu no meu caso. E o que torna ainda maior a dificuldade e confunde qualquer análise é que, quando escrevi *Às avessas*, eu não punha os pés na igreja, não conhecia nenhum católico praticante, nenhum padre; não experimentava nenhum toque divino incitando-me a voltar-me para a Igreja, vivia no meu canto, tranquilo; parecia-me muito natural satisfazer os ímpetos dos sentidos, e não me ocorria sequer a ideia de que tal espécie de certame fosse proibido.

Às avessas apareceu em 1884 e fui me converter numa Trapa em 1892; cerca de oito anos decorreram antes de as sementeiras desse livro germinarem; ponhamos dois anos, até mesmo três, para que a Graça levasse a cabo um trabalho surdo, obstinado, por vezes sensível; nem por isso ficariam de fora cinco anos durante os quais não me recordo de haver experimentado qualquer veleidade católica, qualquer arrependimento da vida que levava, qualquer desejo de modificá-la. Por quê, como fui orientado para um caminho então perdido para mim dentro da noite? Sou absolutamente incapaz de dizê-lo; nada, a não ser ascendências de beguinarias e de claustros, preces de família holandesa muito fervorosa que mal cheguei a conhecer aliás, poderá explicar a perfeita inconsciência do derradeiro grito, o apelo religioso da última página de Às avessas.

Sei, sim, muito bem, que há pessoas de grande fortaleza que traçam planos, organizam de antemão itinerários de existência, e seguem-nos; convém-se mesmo, se não me engano, que com vontade tudo se consegue; quero muito acreditar nisso, mas eu próprio jamais fui, confesso, nem um homem tenaz nem um autor astuto. Minha vida e minha literatura têm uma parte de passividade, de ignorância, de direção muito certeira fora de mim.

A Providência me foi misericordiosa e a Virgem me foi boa. Limitei-me a não contrariá-las quando declaravam suas intenções; simplesmente obedeci; fui conduzido pelas chamadas "vias extraordinárias"; se alguém pode ter certeza do nada que seria sem a ajuda de Deus, esse alguém sou eu.

As pessoas destituídas de Fé objetar-me-ão que com ideias assim não se está longe de chegar ao fatalismo e à negação de toda psicologia. Isso não, pois a Fé em Nosso Senhor não é o fatalismo. O livre-arbítrio continua a salvo. Eu poderia, se me aprouvesse, continuar a ceder às emoções luxuriosas e permanecer em Paris, em vez de ir penar numa Trapa. Sem dúvida alguma, Deus não teria insistido; mas, sem deixar de atestar que a vontade permanece intata, cumpre reconhecer, no entanto, que o Salvador contribui grandemente com a sua vontade, no caso, que ele vos atormenta, que ele vos persegue, que ele vos "cozinha",* para usar um termo enérgico da baixa gíria policial; todavia, torno a repeti-lo, pode-se, por conta própria e risco, mandá-lo ir passear.

Quanto à psicologia, a coisa muda. Se a considerarmos, como a considero, do ponto de vista de uma conversão, ela é, em seus prenúncios, impossível de deslindar: certos recantos podem ser tangíveis, mas os outros não: o trabalho subterrâneo da alma nos escapa. Houve sem dúvida, no momento em que eu escrevia *Às avessas*, um revolvimento de terras, uma perfuração do solo para ali plantar alicerces de que eu não me dava conta. Deus cavava para assentar seus fios e só atuava nas trevas da alma, na noite. Nada era perceptível; só muitos anos depois foi que a fagulha começou a correr ao longo dos fios. Eu sentia então a alma comover-se aos seus abalos; não era ainda nada de muito doloroso ou de muito claro: a liturgia, a mística, a arte, constituíam os seus veículos ou meios; isso se passava geralmente nas igrejas, na de S. Severino sobretudo, onde eu entrava por curiosidade, por falta do que fazer. Assistindo às cerimônias, não

---

* No original: *cuisiner*, interrogar, procurar obter de alguém confissões por qualquer meio (*Le Petit Robert*). Em gíria nossa, forçar alguém a dar o serviço. (N.T.)

sentia mais do que uma trepidação interior, aquela pequena tremulação que se experimenta ao ver, ao escutar ou ao ler uma bela obra, mas não havia ataque preciso, intimação a um pronunciamento.

Só que eu me desfazia, pouco a pouco, de minha casca de impureza: começava a desgostar-me de mim mesmo, mas recalcitrava, mesmo assim, quanto aos artigos de Fé. As objeções que eu me formulava pareciam-me irresistíveis; e uma bela manhã, ao despertar, elas se resolveram, sem que eu jamais tivesse sabido de que maneira. Rezei pela primeira vez e a explosão se deu.

Tudo isso, para as pessoas que não creem na Graça, parece loucura. Para aqueles que lhe sentiram os efeitos, não é possível qualquer espanto; e se alguma surpresa houvesse, não poderia existir senão no período de incubação, quando não se vê nem se percebe nada, o período de desentulho e de fundação de que nem sequer se suspeita.

Compreendo, em resumo, até certo ponto, o que se passou entre os anos de 1891 e 1895, entre *Là-bas* e *En route*, e nada do que se passou entre os anos de 1884 e 1891, entre *Às avessas* e *Là-bas*.

Se eu mesmo não compreendi, com maior razão os outros não compreenderam nada das impulsões de Des Esseintes. Feito um aerólito, *Às avessas* caiu no meio da feira literária suscitando estupor e cólera; a imprensa se perturbou; jamais divagara assim, em tantos artigos; após ter me tratado de misantropo impressionista e de haver qualificado Des Esseintes de maníaco e imbecil complicado, os normalistas como o sr. Lemaître se indignaram de eu não ter feito o elogio de Virgílio e declararam em tom peremptório que os decadentes da língua latina, na Idade Média, não eram mais do que "maçadores e cretinos". Outros mestres de obra da crítica houveram por bem, outrossim, advertir-me de que me seria proveitoso sujeitar-me, numa prisão termal, ao látego das duchas, e, por sua vez, os conferencistas se intrometeram. Na Sala dos Capuchinhos, o arconte Sarcey bradava, desvairado: "Quero que me enforquem se compreendo uma só palavra desse romance!". Finalmente, para completar, as revistas sérias, tais como a *Revue des Deux Mondes*, encarregaram o seu líder, o sr. Brunetière, de comparar o dito romance às comédias musicadas de Waflard e Fulgence.

Nessa barafunda, um único escritor viu as coisas com clareza, Barbey d'Aurevilly, que aliás não me conhecia absolutamente. Num artigo do *Constitutionnel*, com a data de 28 de julho de 1884, e que foi recolhido em seu volume *Le roman contemporain*, aparecido em 1902, escrevia ele: "Depois desse livro, não resta ao autor senão escolher entre a boca de uma pistola e os pés da cruz".

Está escolhido.

Recensões e reações
a *Às avessas*

A. MEUNIER (J.-K. HUYSMANS),
LES HOMMES D'AUJOURD'HUI, Nº 263 (1885)

[...] Fiquei a observar o homem enquanto ele conversava comigo. Portava-se como um gato atencioso, muito cortês, quase simpático, mas tenso, pronto para mostrar as garras à menor palavra. Seco, magro, meio encanecido, com um rosto expressivo e uma expressão de fastio — essa foi minha primeira impressão.

— E então — perguntei, indo direto ao assunto —, o senhor está satisfeito com o sucesso de *Às avessas*?

— Sim, o livro explodiu entre os jovens literatos como uma granada. Pensei que estava escrevendo para dez pessoas, produzindo uma espécie de livro hermético, destinado a idiotas. Para minha enorme surpresa, sucedeu que alguns milhares de pessoas, espalhadas pelo mundo, achavam-se num estado de espírito análogo ao meu, nauseadas pela ignominiosa velhacaria do século, famintas também de obras de arte mais ou menos bem executadas, mas que pelo menos tivessem sido concatenadas com honestidade e sem aquela pressa desprezível de levar ao prelo que tanto viceja na França nos dias de hoje [...].

— E se eu lhe perguntasse a respeito do naturalismo, uma vez que, afinal, o senhor é tido como um dos mais ardorosos adeptos desse movimento?

— Eu responderia simplesmente que escrevo o que vejo, o que vivo, o que sinto, e que escrevo o menos mal que posso. Se isso é naturalismo, tanto melhor. A questão se reduz ao seguinte: há escritores com talento e escritores sem talento, não importa que sejam naturalistas, românticos, decadentes ou o que mais forem, não interessa! Em minha opinião, é uma questão de ter talento, e pronto!...

Em suma, minha primeira impressão se confirmou: Huysmans é, sem sombra de dúvida, um misantropo azedo, o feixe de nervos anêmico de seus livros, que analisarei rapidamente aqui.

Ele começou com uma medíocre coletânea de poemas em prosa intitulada *Le drageoir aux épices*; depois escreveu um romance, o primeiro dele, sobre prostitutas, *Marthe*, publicado em Bruxelas, em 1876, que, apesar de sua abordagem casta, foi proibido na França como uma afronta à moralidade. *L'Assommoir* ainda não tivera o impacto extraordinário que conhecemos hoje. Depois disso, *Marthe* foi republicado em Paris e foi acolhido com algum sucesso. O livro contém, aqui e ali, observações valiosas, que já revelam um certo desassossego de estilo, mas para mim sua linguagem lembra demais a dos irmãos Goncourt. É obra de principiante, curiosa e vibrante, mas demasiado breve e sem o necessário caráter.

Só com *Les soeurs Vatart* descobrimos o temperamento bizarro do autor, uma mescla enigmática de parisiense refinado e pintor holandês. É essa fusão, a que poderíamos adicionar uma pitada de humor negro e rude comédia inglesa, que confere a esses livros sua marca característica.

Les soeurs Vatart tem algumas páginas excelentes. Saiu em 1879, e apresenta pela primeira vez na literatura moderna descrições meticulosas e minudentes de estradas de ferro e locomotivas. É uma fatia da vida de mulheres que encadernam livros, uma obra grosseira, lasciva e fiel à realidade, como que saída do pincel do velho Steen, ainda que empunhado por uma alerta e ágil mão parisiense, mas, pessoalmente, *En ménage* continua a ser meu predileto entre os livros que devemos a esse autor.

Isso porque o livro proporciona vislumbres da melancolia e explora feridas particulares e almas frágeis. É o hino do niilismo! Um hino que explosões de sinistra despreocupação e a linguagem de uma mente feroz tornam ainda mais sombrio [...]. Mas em *Às avessas* emerge a raiva furiosa, a máscara de apatia se fende, acusações contra a vida ardem em cada linha; estamos distantes da filosofia sossegada e desiludida dos dois livros que o precederam. O que vemos é insanidade, espuma na boca; não acredito que o ódio e o desprezo por um século já tenham sido expressos com tanto ardor como nesse romance estranho, que tanto se afasta de toda a literatura contemporânea.

Em minha opinião, uma das grandes falhas dos livros de M. Huysmans é que, em cada um deles, é o *mesmo personagem* que mexe os pauzinhos. Cyprien Tibaille e André Folantin são, afinal de contas, não mais que a mesma pessoa, transportada para ambientes diferentes. E essa pessoa é, obviamente, como se percebe, M. Huysmans. Estamos bem distantes do impecável talento artístico de Flaubert, que se ocultava por detrás de seu trabalho e criava personagens tão assombrosamente distintos. M. Huysmans é incapaz desse autocontrole. Seu rosto sardônico surge, à espreita, em todas as páginas, e quero crer que a constante intrusão de uma personalidade, por mais interessante que seja, diminui a qualidade de uma obra, e, por fim, torna-se cansativa por sua previsibilidade.

Não tratarei aqui de seu estilo. Tudo já ficou dito num judicioso artigo de M. Hennequin. Algumas de suas páginas são de um esplendor sem-par, sobretudo em *Às avessas*, livro no qual um capítulo a respeito de Gustave Moreau, para citar apenas um, é e será sempre famoso, com toda justiça. Mas há um outro elemento que os críticos de modo geral têm fingido não notar. Refiro-me à análise psicológica de seus personagens — ou melhor, de seu personagem, pois, como já disse, só existe um: pusilânime, perturbado, atormentado, racional e presciente o bastante para mostrar a si mesmo a direção para a qual sua doença o está conduzindo, numa linguagem fluente e precisa. Um dos atributos originais desse escritor reside em sua análise de personalidade, originalidade essa semelhante, em minha opinião, à de seu estilo. Leia, leitor, *La crise juponnière*, em *En ménage*, e pense que nada desse cantinho da alma jamais havia sido vislumbrado. Quão autêntico é esse exame da crise e com que hábil clareza o autor a destrinça para nós! Ou leia em *Às avessas* o esplêndido capítulo dedicado a memórias infantis e a convoluções teológicas expostas com engenho, e decida se essas explorações das criptas do espírito não são profundíssimas e, em tudo e por tudo, novas!

Além de seus romances, M. Huysmans publicou um volume de *Croquis parisiens*, no qual, seguindo Aloysius Bertrand e Baudelaire, tentou fazer poesia em prosa. Em certa medida, renovou e revigorou o gênero, usando conceitos estranhos, versos brancos como refrões, começando e encerrando seus poemas com estranhas e reiteradas linhas rítmicas, acrescentando até mesmo uma espécie de ritornelo ou *envoi*, como nas baladas de Villon e Deschamps. Há também ensaios sobre pintura, reunidos em seu livro *L'art moderne*, o primeiro livro a explicar seriamente o trabalho dos impressionistas, ou a conceder a Degas o alto posto que ele ocupará no futuro. M. Huysmans foi também o primeiro a defender Rafael, numa época em que ninguém prestava atenção a esse pintor; e foi o primeiro a interpretar e promover a obra de Odilon Redon. Que crítico de arte atual possui esses dons de gosto infalível e compreensão da arte em todas as suas formas mais diversificadas?

Para resumir, se existir justiça, M. Huysmans, antes tão desprezado pela gente vulgar, há de receber seu quinhão de aplausos. Por ora, tenho de admitir que, no que me diz respeito, partilho pouquíssimas de suas ideias. Pessoalmente, acredito numa literatura mais saudável, talvez num estilo menos espalhafatoso e também menos complicado. Também acredito numa análise psicológica mais ampla e geral e menos seletiva. Desse ponto de vista, Balzac parece-me ser o mestre — ele dissecou cuidadosamente as grandes e universais paixões dos seres humanos, o amor paterno, a cobiça. Por mais alto que eu coloque M. Huysmans entre os verdadeiros escritores de um século em que são tão poucos, não posso deixar de considerá-lo uma exceção, um escritor bizarro e mórbido, espasmódico e ostentoso, um artista até a raiz do cabelo. Nas palavras de outro estranho escritor de epítetos contorcidos e luxuriantes, com ideias desconcertantes e remotas, Léon Bloy, ele "arrasta continuamente a Mãe Imagem, pelo cabelo ou pelos pés, na escada caruncnhada da Sintaxe atônita". Contudo, por mais que o admiremos, isso tudo não me parece conduzir à bela salubridade de concepção e estilo que perfazem as obras-primas incontestes e absolutas.

PAUL GINISTRY, *GIL BLAS*
(21 DE MAIO DE 1884)

M. Huysmans, estranho personagem de talento bizarro e preciosista, é o tipo de homem de quem se poderia esperar essa imensa mistificação, essa prodigiosa fraude artística [...]. A tarefa, se havia alguma, não era fácil. Exigia um volume excepcional de leituras, pois o neurótico criado por M. Huysmans, como uma nova espécie de Bouvard e Pécuchet, percorre de ponta a ponta o repertório do conhecimento humano. Exigia, sobretudo, para que se mantivesse suportável ao longo de suas trezentas páginas, o elemento-surpresa de um estilo violento, intenso e irritante, mas um estilo em que o brilhantismo pudesse lampejar em meio aos choques [...].

LÉO TRÉZENIK, *LUTÈCE*
(1-8 DE JUNHO DE 1884)

Decadência de quê?
Isto é puro e simples colapso.

A sociedade moral, tal como o mundo intelectual, funda-se num arcabouço de preconceitos, convenções, favores recíprocos etc. que só se mantém de pé por algum milagre de equilíbrio. As rodas da sociedade só continuam a girar por causa da velocidade e porque, até agora, ninguém se atreveu a meter um pau nos raios e escangalhar a máquina toda. Algumas pessoas, como M. Huysmans, solapam os alicerces, lançam um ataque direto à base, mostram-nos que aqueles grandes blocos, aparentemente tão sólidos, não passam de frágeis caixas de papelão, imitações perfeitas de pedra, mas que na realidade estão cheias de vento.

Eis por que um livro como *Às avessas* deve ser colocado num canto da biblioteca, ao alcance da mão, pois constitui um formidável golpe de picareta no papelão frágil das convenções sociais e literárias, e vem de um fervoroso ateu, de um rijo pessimista — completo, absoluto e em paz consigo mesmo.

É como se quase não ouvíssemos o golpe da picareta a demolir o edifício, tão seduzidos ficamos com a estupefaciente erudição que transborda dessas páginas, tão cegados pela suavidade dessa linguagem preciosista, tão refinada e, ainda assim, tão tensa, musculosa e sanguínea.

EMILE GOUDEAU, *L'ÉCHO DE PARIS*
(10 DE JUNHO DE 1884)

[...] Com notável talento e assombrosa erudição, M. Huysmans reuniu em seu livro *Às avessas* todos os elementos do desespero humano. Desprezou firmemente todos os prazeres e reservou para si mesmo a terrível alegria de abolir a alegria humana. Um livro insalubre, mas lindíssimo do ponto de vista artístico, planejado à perfeição e habilmente executado.

Não obstante, sua conclusão atormentada deixa uma tênue esperança, uma vez que seu herói, Des Esseintes, em vez de buscar refúgio no suicídio, aceita a ordem médica de retornar ao mundo que ele tanto desprezava [...].

Leia este livro majestosamente desesperançado, e depois enterre suas ilusões impossíveis, beba água fresca e comece a amar — qualquer coisa, até um cachorro.

BARBEY D'AUREVILLY, *LE PAYS*
(29 DE JULHO DE 1884)

[...] Des Esseintes não é um ser humano criado como Obermann, René ou Adolphe, estes heróis arrebatados e culpados de romances humanos. É uma máquina que se descontrolou. Nada mais.

[...] Quando [Des Esseintes] não é um patife, é um poltrão. [...] Inventa coisas ridículas e idiotas. Lembrem a história da tartaruga cujo casco ele mandou folhear a ouro e no qual incrustou pedras preciosas! Lembrem os livros de sua biblioteca, cujo espírito as encadernações pretendem traduzir! Lembrem aquelas flores das quais se espera que matem flores naturais! Lembrem a alquimia dos aromas de Des Esseintes, buscados insanamente em combinações de perfumes conhecidos! E diga-me se tais fantasias não são absurdas! Posso entender perfeitamente que as vulgaridades da vida ofendam um espírito orgulhoso e elevado, mas para fugir delas e substituí-las, uma pessoa não pode se curvar a essas ninharias [...]. E o Des Esseintes de M. Huysmans, que representa o Titã face a face com a vida, comporta-se como um néscio Pequeno Polegar quando é preciso alterá-la.

[...] Esta é a punição de tal livro, um dos mais decadentes que podemos apontar entre os livros decadentes deste século de decadência [...]. Empreendido com desespero, o livro termina com um desespero maior do que o do começo. Ao fim de todos os desatinos inacreditáveis que ousou, o autor sentiu a tristeza demolidora da decepção. Uma angústia mortal permeia seu livro. O ínfimo castelinho de cartas — sua pequenina Babel de papelão — construído contra Deus e o mundo, desmorona em cima dele [...]. O Revolucionário provou sua própria insignificância [...].

"Depois de *Les fleurs du mal*", eu disse certa vez a Baudelaire, "você só pode escolher entre a boca de uma pistola ou o pé da cruz". Baudelaire escolheu o pé da cruz.

Porventura o autor de *Às avessas* o escolherá também?

OSCAR WILDE, *O RETRATO DE DORIAN GRAY*
(1891), CAPÍTULO 10

Seus olhos caíram no livro amarelo que Lord Henry lhe enviara. O que seria?, pensou. Dirigiu-se ao pequeno aparador octogonal de cor pérola, que a ele sempre parecera ser obra de estranhas abelhas egípcias que trabalhassem a prata, e pegando o volume, atirou-se numa poltrona e pôs-se a virar as páginas. Passados alguns minutos, deixou-se absorver. Era o livro mais estranho que já lera. Pareceu-lhe que em vestes requintadas, e ao som delicado de flautas, todos os pecados do mundo desfilavam lentamente diante dele. Coisas com que sonhara vagamente de súbito faziam-se reais para ele. Coisas com as quais nunca havia sonhado eram aos poucos reveladas.

Era um romance sem enredo e com apenas um personagem. Na verdade, era tão somente um estudo psicológico de um certo jovem parisiense que passava a vida tentando concretizar no século XIX todas as paixões e modalidades de pensamento cultivados em todos os séculos, menos o dele, e também sintetizar em si, por assim dizer, os vários ânimos pelos quais já passou a alma do mundo, amando, por seu mero artificialismo, aquelas renúncias que os homens tolamente denominam virtude, tanto quanto aquelas rebeliões naturais que os sábios ainda denominam pecado. Estava escrito num curioso estilo cravejado de pedrarias, a um só tempo vívido e obscuro, cheio de *argot* e arcaísmos, de termos técnicos e paráfrases elaboradas, que caracterizam o trabalho de alguns dos mais consumados artistas da escola francesa dos *Symbolistes*. Havia nele metáforas monstruosas como orquídeas e com a mesma sutileza cromática. A vida dos sentidos era descrita em termos da filosofia mística. Às vezes ficava difícil saber se o que se lia eram os êxtases espirituais de algum santo medieval ou as confissões mórbidas de um pecador moderno. Era um livro venenoso. O odor pesado de incenso parecia aderir a suas páginas e perturbar o cérebro. A simples cadência das frases, a monotonia sutil da música do texto, tão eivado de refrões complexos e movimentos primorosamente repetidos, produzia na mente do moço, à medida que passava de um capítulo para outro, uma enfermidade de sonho que o tornava inconsciente do dia que findava e das sombras que avançavam.

MAX NORDAU, *DEGENERAÇÃO*
(1892)

Examinaremos a seguir o "decadente" ideal que Huysmans desenha para nós com muita indiferença e abundância de pormenores em *Às avessas*. Antes, uma palavra sobre o autor desse instrutivo livro. Huysmans, o tipo clássico de mente histérica sem originalidade, a vítima predestinada de toda sugestão, começou sua carreira literária como um fanático imitador de Zola e produziu em seu primeiro período de desenvolvimento romances e novelas que [...] superaram em muito seu modelo em obscenidade. Depois desviou-se do naturalismo [...] e começou a macaquear os diabolistas, especialmente Baudelaire. Um fio vermelho liga esses dois métodos em outros aspectos abruptamente contrastantes, ou seja, sua lubricidade [...]. Huysmans é, como "decadente" extenuado, tão vulgarmente obsceno quanto era em sua fase de "naturalista" brutal.

Às avessas dificilmente pode ser chamado de romance, e Huysmans, na verdade, não o classifica como tal [...]. Já vimos quão docilmente M. Huysmans, em seu desatino a respeito de chás, licores e perfumes, segue à risca o princípio fundamental dos parnasianos — vasculhar dicionários técnicos. É evidente que ele foi obrigado a copiar os catálogos de viajantes comerciais que negociam perfumes e sabonetes, chás e licores a fim de catar sua erudição a preços correntes [...].

E ei-lo agora, pois, como o "super-homem" com que Baudelaire e seus discípulos sonham e com quem desejam se parecer: fisicamente, doente e frágil; moralmente, um rematado patife; intelectualmente, um inacreditável idiota que passa todo o tempo escolhendo as cores e os tecidos com que revestir artisticamente seu quarto, a observar os movimentos de peixes mecânicos, cheirando perfumes e provando licores [...]. Um parasita do mais baixo grau de atavismo, uma espécie de sáculo humano, estaria condenado, se pobre fosse, a morrer ignobilmente de fome se a sociedade, com uma caridade equivocada, não lhe assegurasse as necessidades da vida num hospício de cretinos.

ÉMILE ZOLA, CARTA A HUYSMANS, (20 DE MAIO DE 1884)

[...] Ora, devo dizer-lhe francamente o que me incomoda no livro? Primeiro, repito, confusão. Talvez seja o construtor que há em mim que protesta contra isso, mas não me agrada que Des Esseintes seja tão louco no começo quanto o é no fim, que não haja nenhuma forma de progressão, que as diferentes partes se sucedam mediante dolorosas transições autorais e que você nos mostre uma espécie de lanterna mágica, mudando arbitrariamente. É a neurose do personagem que o faz levar tal vida, ou é a vida que o torna neurótico? Há uma reciprocidade, não há? Mas nada disso está exposto com clareza. Creio que a obra teria um efeito mais chocante, sobretudo em seu trato de coisas inefáveis, se você a tivesse baseado em algo mais lógico, por mais louco que fosse. Outra coisa: por que Des Esseintes tem tanto medo de doença? Obviamente, ele não é um schopenhaueriano, se tem medo da morte. Teria sido melhor para ele ser levado por sua doença do estômago, já que o mundo não lhe parece habitável. Seu final, a resignação do personagem ao absurdo da vida, irrita-me os nervos. Teria sido bom vê-lo refletir mais sobre a morte se você não quisesse acabar o livro com o remate cru da morte do personagem.

É isso, meu amigo, essas são todas as minhas ressalvas [...]. De modo geral, passei três noites de muita felicidade. Este livro será visto ao menos como uma curiosidade entre as suas obras. Orgulhe-se de tê-lo escrito.

STÉPHANE MALLARMÉ, CARTA A HUYSMANS, (18 DE MAIO DE 1884)

Ei-lo, este livro singular, que tinha que ser escrito — e o foi, por você — e em nenhum outro momento da literatura senão agora!

[...] O melhor em tudo isso, e a força de seu trabalho (que será atacado como uma obra de imaginação doentia etc.) é que não há nele um átomo de fantasia: você conseguiu, em sua refinada fruição de essências, revelar-se mais documentalista do que qualquer contemporâneo [...].

[...] Não posso esperar, não para lhe agradecer (pois você não falou para me agradar), mas para dizer o quanto estou simples e profundamente feliz por meu nome circular, muito à vontade, nesse belo livro (o quarto dos fundos de sua mente), um hóspede que veste trajes orgulhosos desenhados pela mais requintada simpatia artística! Só acredito em dois tipos de glória, cada qual quase tão ilusória quanto a outra. Um é encontrado no delírio de um povo para o qual se poderia esculpir artisticamente um novo ídolo; o outro é ver a nós mesmos, lendo um livro muito querido, aparecer das profundezas de suas páginas, onde se esteve, sem saber, durante todo o tempo e por vontade do autor! Você me fez conhecer esta última glória, verdadeiramente, deliciosamente!

ARTHUR SYMONS, "O MOVIMENTO DECADENTISTA NA LITERATURA", *DRAMATIS PERSONAE* (1923)

A obra [de Huysmans], como a dos Goncourt, é em grande medida determinada pela *maladie fin de siècle* — a enfermidade nervosa que, no caso dele, conferiu um curioso tom pessoal de pessimismo a sua perspectiva de mundo, a sua visão da vida. Parte de sua obra — *Mar-*

the, *Les soeurs Vatard*, *En ménage*, *A vau-l'eau* — é um minucioso e penetrante estudo dos pequenos incômodos, das dificuldades corriqueiras da vida, que, vistas de uma ótica transtornada e ranheta, se compraz, para sua própria tortura, na insistente contemplação da estupidez humana, do que existe de sórdido na existência. No entanto, esses livros levam à obra-prima ímpar, a fantasia espantosa de *Às avessas*, livro em que ele concentrou tudo o que a arte moderna tem de delicadeza depravada, de belo e curioso veneno. *À rebours* é a história de um típico Decadente — um estudo de um homem real, mas que se concentra antes no tipo que na personalidade [...].

[Huysmans] expressou não apenas seus próprios sentimentos, mas os de toda uma época. E com um estilo que leva ao grau máximo as modernas experiências de linguagem. Baseado em Goncourt e Flaubert, esse estilo procura a inovação, *l'image peinte*, a exatidão de cores, a precisão enérgica do epíteto, onde quer que palavras, imagens e epítetos estejam presentes. Bárbaro em sua abundância, violento em sua ênfase, fatigante em seu esplendor, é um estilo — sobretudo em relação a coisas vistas — de notável expressividade, com todas as tonalidades da paleta de um pintor. Elaborado e deliberadamente estranho, é em sua própria estranheza que a obra de Huysmans — tão fascinante, tão repulsiva, de um artificialismo tão instintivo — passa a representar, como não se pode dizer da obra de nenhum outro escritor, as tendências primordiais, os resultados principais do decadentismo na literatura.

Notas

Estas notas visam antes a contribuir para uma melhor leitura do romance que a proporcionar contextos e aparatos críticos copiosos. Em geral, Huysmans oferece em *Às avessas* informações biobibliográficas e históricas suficientes para que o leitor acompanhe e capte a essência das referências.

EPÍGRAFE

1   *Cumpre que eu me regozije* [...] *Jan Van Ruysbroeck*: A epígrafe é tirada da obra de Jan Van Ruysbroeck, ou Ruysbroeck o Admirável, místico flamengo do século XIV, tal como traduzida para o francês por Ernest Hello em 1869. Há referências tanto a Ruysbroeck quanto a Hello no capítulo XII (ver também a nota 7 ao capítulo XII).

NOTÍCIA

1   *castelo de Lourps*: Huysmans visitou o castelo de Lourps, perto do povoado de Jutingy, no departamento de Seine-et-Marne, em 1881, e mais tarde voltou ali para passar partes do verão, com sua companheira Anna Meunier e a família dela, em 1884 e 1885. Neste último ano tiveram ali a companhia de Léon Bloy, romancista e polemista descrito no capítulo XII como

"um panfletário raivoso". Bloy, de início admirador da obra de Huysmans, mais tarde se tornaria um de seus detratores mais contundentes.

2   *do duque de Épernon e do marquês de O*: Jean-Louis de Nogaret, duque de Épernon (1554-1642), e o marquês de O (1535-94) eram favoritos do rei Henrique III.

3   *decadência*: Aqui Huysmans usa *"décadence"* no sentido de "degeneração", mas as duas palavras não são sinônimas. Os leitores contemporâneos teriam reconhecido a linguagem da hereditariedade que *Às avessas* partilha com o naturalismo.

4   *Nicole*: Protagonista do romance *Port-Royal*, do romancista e crítico Sainte-Beuve (1804-69).

5. *a nuca já se lhe tornara sensível* [...] *um cálice*: Huysmans orgulha-se da exatidão e da veracidade documental de suas descrições. Numa carta a Zola, em maio de 1884, diz ter seguido "passo a passo" o *Traité des névroses* (1883), de Axëlfeld, e *Du névrosisme aigu et chronique et des maladies nerveuses*, de Bouchut (1860).

6   *Fontenay-aux-Roses* [...] *sem vizinhos, perto do forte*: Huysmans foi mandado a Fontenay-aux-Roses, para convalescer, em 1881. A descrição de um local bastante afastado de Paris para que ele ficasse isolado e perto o suficiente da capital a fim de que não parecesse sedutoramente distante faz eco à forma como Huysmans descreveu Fontenay-aux-Roses a Zola (carta de junho de 1881): um lugar "pseudocampestre".

CAPÍTULO I

1   *Des Esseintes tinha criado outrossim mobiliários* [...] *que seu capricho de momento o levava a ler*: Uma das fontes para a decoração dos aposentos de Des Esseintes é a descrição da residência do conde Robert de Montesquiou-Fezensac feita por Mallarmé em carta a Huysmans. Outras fontes para a atenção dada por Des Esseintes à decoração de interiores e ao mobiliário podem ser *La maison d'un artiste* (1881), o inventá-

rio estético de Edmond de Goncourt, e "Philosophy of Furniture" (1840), de Edgar Allan Poe.

2   *dandismo*: O conceito do dandismo foi popularizado por *Du dandysme et de Georges Brummel*, de Barbey d'Aurevilly (1844), e retomado por Baudelaire em *Peintre de la vie moderne* (1863). Para Baudelaire, o dândi era "meio sacerdote, meio vítima" e representava "um herói em tempos decadentes". Cumpre observar que a ideia que Barbey e Baudelaire faziam do dândi era muito diferente da versão mais afetada assumida por Wilde e outros escritores e pintores na Inglaterra da década de 1890. Para Baudelaire, o dandismo denotava uma espécie de espiritualidade e ascetismo, e não uma *persona* social ostentatória.

3   *O jantar de participação de uma virilidade momentaneamente morta*: A ideia de Huysmans para o velório da virilidade de Des Esseintes baseia-se numa descrição de Grimod de la Reunière (1758-1838), que com 25 anos de idade organizou um jantar, em 1783, para o lançamento de seu livro *Réflexions philosophiques sur le plaisir par un célibataire*.

4   *O que desejava eram cores [...] à luz artificial*: O trecho que se segue tem como ponto de partida o ensaio de Baudelaire "Salon de 1846", sobre crítica de pintura. Como afirma Huysmans em seu prefácio de 1903 para *Às avessas*, essas ideias sobre o simbolismo das cores culminam na pesquisa feita para seu romance *La cathédrale* (1898).

5   Glossarium mediae et infimae latinitatis de Du Cange: Charles du Fresne du Cange (1610-88) foi historiador e filólogo, e seu *Glossarium ad scriptores mediae et infimae latinitatis* (1878) é novamente mencionado no capítulo XIV, quando Des Esseintes reflete sobre a necessidade de um glossário que capte "os últimos espasmos" de uma decadente língua francesa.

6   *três peças de Baudelaire [...] mundo*: Os dois poemas de Baudelaire, "A morte dos amantes" e "O inimigo" são de *As flores do mal* (1875), enquanto "Não importa onde, fora do mundo" (título tirado de Thomas Hood) vem de *Pequenos poemas em prosa*, de Baudelaire (1869).

CAPÍTULO II

1 *igual aos que são ainda usados, em Gand, pelas mulheres da beguinaria*: O convento de beguinos em Gand foi fundado no século XVII, e como muitas cidades em Flandres proporcionava imagens sugestivas para escritores e pintores simbolistas. O romance simbolista *Bruges-la-morte* (1892), de Georges Rodenbach, que tem uma dívida para com *Às avessas*, utiliza a vista de Bruges como locação e como inspiração.

2 *um grande aquário* [...] *escotilha*: A imagem do aquário neste e em outros episódios do romance constitui — como a estufa — um importante tema decadentista, presente em obras de escritores simbolistas como Laforgue, Rodenbach e Maeterlink.

3 *as Aventuras de Arthur Gordon Pym*: O livro *The narrative of Arthur Gordon Pym of Nantucket* (1838), de Edgar Allan Poe, é um história de mistério, motim e horror, ambientada no mar. Foi traduzida para o francês por Baudelaire.

4 *o método do Sr. Pasteur*: Louis Pasteur (1822-95), o famoso químico e autor de *Études sur le vin* (1866) e *Études sur la bière* (1876). Huysmans alude aqui à descoberta, por Pasteur, de um meio para conservar o vinho e a cerveja, a pasteurização.

5 *artifício* [...] *gênio humano*: Esta passagem e as demais neste capítulo recordam *Peintre de la vie moderne*, de Baudelaire. Para os leitores da época, muitas das ideias de Des Esseintes aqui teriam parecido uma absurda interpretação literal dos princípios de Baudelaire.

CAPÍTULO III

1 *nome genérico de "decadência"*: Désiré Nisard, em cujo *Étude de moeurs et de critique sur les poètes latins de la décadence* (1834) Huysmans baseou parte deste capítulo, considerava o termo "decadência" pejorativo, por denotar um período literário em que grassavam o

ornamento e a descrição. Para Des Esseintes e muitos dos contemporâneos de Huysmans, era um termo positivo. Grande parte do debate sobre o decadentismo girou em torno de discussões de linguagem: contra as tendências refinadoras, complicadoras e neologizantes da chamada escritura "decadente", os críticos franceses tradicionais postulavam o que era chamado o "gênio" do latim (e, por extensão, do francês): clareza, precisão e economia. Des Esseintes é anticlássico em suas preferências: desdenha Virgílio, Cícero, Horácio etc., a quem muitas vezes critica de forma agressiva, e prefere a "doçura refinada" e o "estilo bárbaro" dos escritores que Nisard condenara.

2   *do Grão-de-Bico*: Cícero, cujo nome em latim significa grão-de-bico.

3   *Esse era um observador* [...] *do Satyricon os costumes de sua época*: Des Esseintes usa Petrônio, autor do *Satyricon*, para verberar o naturalismo.

4   *Conquanto fosse muito aferrado à teologia*: Daqui em diante, observa Remy de Gourmond, Huysmans utilizou livremente (ou, como diz Gourmond, "roubou") trechos da *Histoire générale de la littérature du moyen age en occident* (publicada em tradução francesa em 1883), de Adolphe Ebert. A edição da Gallimard, organizada por Marc Fumaroli, oferece notas copiosas sobre este capítulo e utiliza um artigo definitivo sobre Huysmans e a literatura latina: Jean Céard, "Des Esseintes et la décadence latine", *Studi Francesi*, 65-6 (maio-dezembro de 1878), pp. 297-310.

5   *os livros se alinhavam agora nas prateleiras* [...] *do século atual*: Após a exposição aparentemente exaustiva deste capítulo, somos trazidos de inopino ao presente. Des Esseintes deixa de fora períodos inteiros de desenvolvimento histórico, sempre insistindo na continuidade da decadência e fazendo uma ligação implícita entre a "decadência" latina e seu próprio período. Este capítulo, com seus juízos críticos e suas afirmações polêmicas, representa uma contrapartida aos capítulos sobre a moderna literatura sacra e profana que se sucedem mais adiante.

CAPÍTULO IV

1 *Des Esseintes decidiu, por conseguinte, revestir de ouro a couraça da sua tartaruga*: Este episódio baseia-se na tartaruga de Montesquiou, folheada a ouro e incrustada de pedrarias. Numa anotação em seu diário, referente a 14 de junho de 1882, Edmond de Gourmont a chama "bibelô ambulante", e um dos poemas da coletânea de Montesquiou *Les hortensias bleus* faz menção ao pobre animal.

2 *Ele chamava [...] seu órgão-de-boca*: O "órgão-de-boca" de Des Esseintes, uma versão antiga de uma coqueteleira, parece ter se baseado na leitura de *Chimie du goût et de l'odorat* (1755), de Polycarpe Poncelet. Na passagem que se segue surgem também ideias de Baudelaire sobre a correspondência e a união harmoniosa de diferentes ordens de sensação.

CAPÍTULO V

1 *Gustave Moreau. Dele tinha adquirido duas obras-primas [...] Salomé, assim concebido*: As duas telas de Gustave Moreau (1826-98) compradas por Des Esseintes — *Salomé dançando diante de Herodes* e *A aparição* — haviam sido exibidas, em Paris, no Salon de 1876 e na Exposition Universelle de 1878. Huysmans escreveu um ensaio sobre Moreau em *Certains*, seu livro de crítica de arte. Conquanto fosse um dos mais célebres pintores do período, Moreau se mantinha fora dos vários grupos literários que pretendiam tê-lo entre seus membros. Para Des Esseintes, Moreau transcende a história, mas também, e isso é significativo, a genealogia: não tem "antecedentes reais nem descendentes possíveis".

2 *tal como o de Salambô*: A sacerdotisa no romance *Salambô* (1862), de Flaubert. Ambientado em Cartago depois da Primeira Guerra Púnica, descreve a revolta do exército mercenário de Cartago.

NOTAS 329

3   *Jan Luyken*: Gravador holandês (1649-1712), sobre quem Huysmans escreveu um ensaio em *Certains*. Tal como Des Esseintes, Huysmans era atraído pela sensualidade do corpo mutilado ou ferido.
4   Comédia da Morte, *de Bresdin*: Rodolphe Bresdin (1822--85), pintor e gravador, foi amigo de Gautier Baudelaire. Montesquiou escreveu dois panfletos sobre sua vida e sua obra. A *Comédia da morte* apareceu em 1854.
5   *Estes estavam assinados: Odilon Redon*: Odilon Redon (1840-1916) ilustrou as obras de vários escritores e poetas, como Baudelaire, Flaubert, Mallarmé e Poe (trabalhos seus têm sido usados na capa de edições de Poe da Penguin Classics). A série de litografias *Homenagem a Goya* saiu em 1885. Huysmans escreveu sobre elas na *Révue Independente* e também um ensaio sobre Redon, "Le monstre", que figura em *Certains* (1887), seu livro de crítica de arte.
6   Provérbios *de Goya*: Essa série de gravuras de Goya (1746-1828) era uma das obras prediletas de Baudelaire, que escreveu com entusiasmo sobre a capacidade do artista de arrancar beleza da feiura.
7   *Theotokopoulos*: Domenikos Theotokopoulos (1541--1614), mais conhecido como El Greco.

CAPÍTULO VI

1   De laude castitatis [...] *Avitus, bispo metropolitano de Vienne*: *De consolatoria laude castitatis ad Fuscinam sororem* [Em louvor da castidade] já fora mencionado no capítulo III, no inventário da biblioteca de Des Esseintes.

CAPÍTULO VII

1   o dominicano Lacordaire [...] *alunos de Sorrèze*: Jean--Baptiste-Henri Lacordaire (1802-62) foi um pregador politicamente ativo cuja obra mais conhecida são suas *Conférences*. Dando ênfase ao misticismo do cristia-

nismo, fundiu a ideia de que a fé e a razão eram compatíveis. A abadia-escola de Sorrèze foi um famoso educandário em Tarn.

2 *De Quincey*: A obra de Thomas de Quincey foi traduzida, em 1818, pelo poeta romântico Alfred de Musset e afetou profundamente Baudelaire (que adaptou trechos de *Confessions of an english opium-eater* [Confissões de um inglês comedor de ópio] em seu *Paradis artificiels* [Paraísos artificiais].

3 *ocorriam-lhe ideias monstruosas [...] abusos da água-benta e dos santos óleos*: Huysmans estudou e fez longas anotações sobre missas negras, e o satanismo foi, em parte, o tema de seu livro *Là-bas* (1891).

4 *Schopenhauer era mais exato*: O filósofo alemão Arthur Schopenhauer (1788-1860), contemporâneo de Hegel, exerceu notável influência na França em sua época. Seus livros *O mundo como vontade e representação* e *Aforismos* tiveram um enorme impacto. Um livro fundamental sobre seu prestígio é *Le pessimisme au XIXe siècle: Leopardi, Schopenhauer, Hartmann*, de Elme-Marie Caro, como também *La philosophie de Schopenhauer* (1874), de Théodule Ribot. Em seu prefácio de 1903, Huysmans reavalia sua atração por Schopenhauer como um medíocre sucedâneo da fé cristã.

5 Imitação de Cristo: Obra de Thomas de Kempis (1380-1471). Em seu prefácio de 1903, Huysmans faz uma conexão entre a resignação de Schopenhauer e a tristeza resignada de Thomas de Kempis.

6 *tratamentos de hidroterapia*: A hidroterapia era, na época, um tratamento para a neurose. Fumaroli destaca a dimensão autobiográfica deste trecho, aludindo à descrição feita por Huysmans, em carta a Zola (abril de 1882) de um exaustivo tratamento de hidroterapia.

CAPÍTULO VIII

1 *Ele comparava naturalmente [...] flores burguesas*: Aqui fica clara a fonte baudelairiana. Os poemas de

NOTAS

Baudelaire tinham sido descritos como "flores do mal, nascidas nas estufas da decadência", e a estufa tornou-se o símbolo dos organismos insólitos, estiolados e desnaturados apreciados pelos decadentes. A suprema expressão da imagética da estufa são os poemas de *Serres chaudes* (1889), de Maeterlinck, mas a mesma imagem pode ser encontrada em autores díspares como Zola e Laforgue. Notamos que mesmo aqui, com a sensualidade das plantas, Des Esseintes lê os rótulos: mesmo essas plantas são interpretadas textualmente.

2 *Depois das flores artificiais* [...] *falsas*: Nessa reviravolta, a lógica do artifício faz uma pausa sinistra mas ligeiramente cômica, como a tartaruga.

3 *Tudo não passa de sífilis*: A transmissão da sífilis de pais para filhos é outro meio para que o tema da hereditariedade entre no romance. Em *Às avessas* a continuidade é frequentemente vista como um declínio ou um vírus insidioso, e esse sonho com a sífilis assolando o mundo ao longo das eras é um excelente exemplo disso, pois o mal liga épocas, gerações e classes sociais.

CAPÍTULO IX

1 *as solanáceas da arte*: O adjetivo solanáceo remete às solanáceas, família de várias plantas narcóticas (e às vezes venenosas), e aqui Huysmans evoca uma espécie de escrita narcótica.

2 *Siraudin*: Famoso confeiteiro, que tinha também como cliente a heroína de *La Faustin* (1882), de Edmond de Goncourt.

3 *do Circo*: O fascínio por artistas de circo (como miss Urânia) é típico do fim do século XIX: Banville, Villiers e os irmãos Goncourt, em *Les frères Zemganno* [Os irmãos Zemganno, 1979] exploraram a vida e a arte de acrobatas e artistas circenses.

4 *diálogo da Quimera e da Esfinge*: O diálogo ocorre em *La tentation de saint Antoine* [A tentação de santo Antão], de Flaubert.

5   *Des Esseintes contemplou-o*: Marc Fumaroli observa que foi esse episódio que fez o jovem poeta e romancista decadente Jean Lorrain sentir-se atraído por Huysmans. Lorrain, autor de *Monsieur phocas*, foi o guia de Huysmans no submundo de Paris.

CAPÍTULO X

1   *Havia anos que se tornara destro na ciência do olfato*: Huysmans pesquisou os perfumes, tal como os poetas latinos, exaustivamente. Uma das fontes desse capítulo foi S. Piesse, *Des odeurs, des parfums, et des cosmétiques* (1877) e o catálogo *Produits spéciaux recommandés de Violet, parfumeur brèveté fournisseur de toutes les cours étrangères* (1874). Des Esseintes saturou-se de ideias baudelairianas: exegeta dos sentidos, intérprete de sinfonias olfativas, é também, graças a seus livros e tratados, especialista em perfumes. Aromas e perfumes representam tanto essências (o que endossa o estudo por Des Esseintes da destilação e da concentração) quanto falsificações (o que satisfaz sua necessidade de artifício). Há neste capítulo, como em todo o romance, uma tensão insolúvel entre as duas coisas.

2   *Victor Hugo e Gautier*: Victor Hugo (1802-85) e Théophile Gautier (1811-72) foram dois dos maiores poetas do século XIX, precursores dos românticos e dos radicais literários. Hugo foi o grande vulto da literatura francesa, popularíssimo e cultor de todos os gêneros. Entre muitas outras obras, escreveu *Notre-Dame de Paris* e *Les misérables*, o livro de poemas *Les orientales* e a peça *Hernani*. Gautier escreveu *Emaux et Camées* (1851) e o romance *Mademoiselle de Maupin*, além de volumes de contos fantásticos e inúmeros ensaios críticos e jornalísticos, e a ele Baudelaire dedicou *Les fleurs du mal*. Tornou-se expoente da "arte pela arte" e foi prezado pelos simbolistas (e mais tarde por Ezra Pound e T. S. Eliot) por seu livro *Emaux et camées*.

NOTAS 333

3   *os Malherbe, os Boileau, os Andrieux, os Baour-Lormian*: François Malherbe (1555-1628), influente poeta francês, apreciava versos claros e econômicos. Nicolas Boileau (1636-1711), autor de *Art poétique*, foi um dos grandes poetas neoclássicos. François Guillaume Andrieux (1759-1833) e Pierre François Marie Baour-Lormian (1770-1854) foram classicistas reacionários que combateram os primeiros românticos. Baour-Lormian escreveu uma obra influente, *Le classique et le romantique* (1825).

4   *Temidoro*: Romance (1745) de Claude Godard d'Aucour.

5   *Pantin estava ali* [...] *seus olhos inconscientes mergulhavam*: Des Esseintes sai dos trópicos artificiais da estufa e dos aromas de feno e flores para a realidade de Pantin, nos arrabaldes industriais de Paris.

CAPÍTULO XI

1   Galignani's Messenger: Jornal diário, em inglês, publicado em Paris. Publicou uma recensão de *Às avessas*, que descreveu como "uma obra de tendência inteiramente nova, mas de modo algum saudável", que deixava "um sabor sem dúvida amargo" (23 de maio de 1884).

2   *cenas humorísticas de Du Maurier e de John Leech* [...] *um Rafael imerso no azul*: George Du Maurier (1834-96), John Leech (1817-64) e Randolph Caldecott (1846-86) foram pintores e caricaturistas ingleses. John Everett Millais (1829-96) e George Frederick Watts eram pintores pré-rafaelitas. Huysmans vira no Salon de 1881 algumas obras deles, que analisa em seu livro de crítica de arte, *L'art moderne*.

3   *pela pequena Dorrit, por Dora Copperfield, pela irmã de Tom Pinch*: referências a personagens de Dickens.

4   *o frio pesadelo da barrica de amontillado*: Des Esseintes pensa no conto "O barril de amontillado" (1846) de Poe.

5   *Estou saturado de vida inglesa* [...] *sensações imperecíveis*: A Londres de Des Esseintes, a perfeita ima-

gem literária, é uma mescla dos pré-rafaelitas, de De Quincey e de Dickens, mas também de mercadorias e rótulos. A "viagem" de Des Esseintes a Londres nos faz lembrar Oscar Wilde em *A decadência da mentira*: "Se você desejar ver um objeto japonês, não há de proceder como um turista e viajar a Tóquio. Pelo contrário, vai ficar em casa e mergulhar na obra de certos pintores japoneses [...]".

CAPÍTULO XII

1 *Arquelau [...] Arnaud de Villanova*: Arquelau foi um poeta e alquimista grego do século v a.c.; Alberto o Grande (ou Magno), filósofo medieval alemão; Raymond Lully (1233-1315), poeta e filósofo catalão; Villanova, alquimista e astrólogo espanhol do fim do século XIII e começo do século XIV.

2 *Aquela coleção lhe havia custado [...] sapatos de sola pregada de um auvernês*: No trecho que se segue, Huysmans nomeia encadernadores do presente e do passado, e observamos que Des Esseintes passa mais tempo tocando nesses livros do que os lendo.

3 *"O largo riso de Rabelais" [...] anátemas*: François Rabelais (m. 1553), autor de *Gargântua e Pantagruel*, era conhecido por seu humor e sua inventividade linguística. Molière (Jean-Baptiste Poquelin, 1622-73) escreveu algumas das melhores comédias teatrais francesas. Des Esseintes antipatiza com sua ênfase no "bom-senso". François Villon, poeta medieval e autor de *Testament*, foi um dos protótipos do *poète maudit*. Agrippa d'Aubigné (1552-1630) escreveu *Les tragiques*.

4 *Em prosa [...] iam-lhe direto ao coração*: Voltaire (François-Marie Arouet, 1694-1778) foi um dos mais prolíficos autores, de todos os gêneros, na história da literatura francesa. Filósofo humanista e militante político, combateu a intolerância religiosa e a opressão. Jean-Jacques Rousseau (1712-1878), nascido na Suíça, escreveu textos autobiográficos, críticos, ficcionais e políticos; exerceu

enorme influência na época. Denis Diderot (1713-84), romancista, dramaturgo e crítico livre-pensador, também atuou na área política e foi um dos editores da *Encyclopédie*. Louis Bourdalone (1623-1704) foi um padre jesuíta, famoso pelos sermões em que dava ênfase à moralidade pessoal. Jacques-Bénigne Bossuet (1627-1704), poeta, historiador, eclesiástico e orador, foi membro da corte de Luís XIV. Blaise Pascal (1623-62) foi filósofo, matemático, cientista e apologista do cristianismo. Seus *Pensées* foram publicados em 1670.

5 *Ozanam*: Frédéric Ozanam (1813-53) foi um influente liberal católico.

6 *todos os eclesiásticos* [...] *o Reverendo Chocarne*: O longo trecho que se segue é uma súmula de vultos destacados do catolicismo liberal do século XIX. As edições de Marc Fumaroli e Rose Fortassier indicam as datas extremas, as biobibliografias e o preciso significado desses autores.

7 *Ernest Hello*: Hello (1828-85), que exerceu profunda influência sobre a geração simbolista, escreveu em 1869 um estudo sobre *Noces spirituelles*, de Jan Van Ruysbroeck. Essa obra, traduzida por Hello, forneceu a epígrafe de *Às avessas*. Quando o poeta e dramaturgo Maurice Maeterlinck publicou uma tradução do livro de Ruysbroeck em 1891, Huysmans declarou: "Há mais saber e compreensão do coração humano em uma página [de Ruysbroeck] que em todos os Stendhals, Bourgets e Barrèses do mundo!". Hello escreveu várias obras de filosofia e estética, notadamente *Le style* (1861).

8 *Duranty católico*: Edmond Duranty (1833-80) foi o editor da revista *Réalisme*. Também romancista, foi um influente porta-voz da doutrina realista.

9 *Léon Bloy*: romancista, jornalista e polemista (1847--1917), foi amigo e defensor de Huysmans, antes de tornar-se um de seus mais malévolos detratores.

10 *Barbey d'Aurevilly*: Jules Barbey d'Aurevilly (1808--89), jornalista de direita e romancista, dândi e amigo de Baudelaire. O melodrama, o sadismo e a blasfêmia caracterizam seus contos e romances. *Un prêtre marrié*

prêtre marrié apareceu em 1865. A coletânea de novelas *Les diaboliques* (1874) foi proibida, acusada de obscenidade.

CAPÍTULO XIII

1   *Portalis e pelos Homais*: Auguste Portalis (1801-55), estadista e político da monarquia de julho. Homais é o farmacêutico de *Madame Bovary*, de Flaubert, uma das grandes imagens da imbecilidade perniciosa do "bom-senso".
2   *riddecks*: bares (flamengo).

CAPÍTULO XIV

1   *para ele, não existiam escolas*: Talvez Huysmans estivesse preparando o caminho para a acolhida de seu livro, mas algumas dessas ideias aparecem em suas cartas desse período: ele começa a pôr em dúvida a validade de fazer distinção entre escolas literárias.
2   *preferia, de Flaubert* [...] L'Assommoir: Cada um desses livros é tido como um exemplo atípico, exótico e até rebuscado da obra do autor. Des Esseintes prefere os romances aparentemente marginais, exóticos ou nostálgicos de Flaubert, dos Goncout e de Zola aos "clássicos" realistas desses autores.
3   *De Goncourt*: Edmond de Goncourt (1822-96) e seu irmão Jules (1830-70), romancistas, historiadores e diaristas. O *Journal* que deixaram é um registro fascinante e crítico do período 1850-96, cheio de casos curiosos e perfis de pessoas notáveis e fatos momentosos. O romance *Germinie Lacerteux* (1864) é uma obra-prima do naturalismo, enquanto *Charles Demailly* (1868), história de um jovem com pendores artísticos que é vilipendiado por uma esposa ardilosa e pelo cruel mundo literário, talvez tenha influenciado o Des Esseintes de Huysmans. Após a morte de Jules,

Edmond continuou a escrever. Entre seus romances estão *Les fréres Zemganno* (1879) e *La Faustin* (1882).

4   *Em Zola* [...] *atitudes naturais*: Huysmans alude a *La faute de l'abbé Mouret* (1875), história de um jovem padre e de sua amante Albine, ambientada num jardim edênico chamado Paradou.

5   *Paul Verlaine*: Um dos escritores que mais influenciaram o movimento simbolista (1844-96), autor do influente *Les poètes maudits* (1884). Verlaine viveu como um poeta maldito, mas sua poesia é famosa pela musicalidade, pela deliberada imprecisão das impressões e pela meticulosa feitura.

6   *Le soir tombait* [...] *s'étonne*: Caía a tarde, uma tarde equívoca de outono,/ As namoradas, dependurando-se sonhadoras aos nossos braços,/ Disseram então palavras enganadoras em voz tão baixa,/ Que desde então nossa alma treme e se surpreende. (Tradução de José Paulo Paes)

7   *Car nous voulons* [...] *littérature*: Pois queremos o matiz ainda,/ Não a cor, apenas o matiz/ [...]. E todo o resto é literatura. (Tradução de José Paulo Paes)

8   *Tristan Corbière*: Poeta (1845-75), autor de *Les amours jaunes* (1873). Era mais ou menos desconhecido até Huysmans e Verlaine (em *Les poètes maudits*) chamarem a atenção para ele. Foi um dos poetas franceses admirados por Pound e Eliot.

9   *Obscène confesseur des dévotes mort-nées*: Obsceno confessor de devotas natimortas. (Tradução de José Paulo Paes)

10 *Éternel féminin de l'éternel jocrisse*: Eterno feminino do eterno maricas. (Tradução de José Paulo Paes)

11 *Théodore Hannon*: Poeta belga, autor de *Rimes de joie*, que Huysmans prefaciou em 1881 e que contém um poema intitulado "Cyprien Tibaille", nome de um personagem de Huysmans. Na época em que saiu *Às avessas*, os dois não eram mais amigos.

12 *Stéphane Mallarmé*: O maior porta-voz do movimento simbolista (1842-98), embora sua obra poética e em prosa tenha ultrapassado até mesmo as grandiosas am-

bições do simbolismo. Mallarmé saudou a publicação de *Às avessas* com seu poema "Prose (pour Des Esseintes)", um de seus trabalhos mais complexos do ponto de vista linguístico e conceitual.

13 *Leconte de Lisle*: (1818-94), membro destacado do movimento parnasiano, cuja poesia valorizava a impessoalidade, o verso esculpido e ritmos majestosos.

14 *Villiers de l'Isle-Adam*: Um dos mais excêntricos e brilhantes escritores franceses da segunda metade do século XIX (1838-89). De início poeta, Villiers passou para a prosa e o teatro. Seu romance *L'Eve future* (1886) e sua peça *Axël* (1890) são obras-primas da "reação idealista" na literatura francesa. Seus *Contes cruels* [*Contos cruéis*, 1883] contêm o conto "Vera", história de uma mulher trazida de volta à vida pelo idealismo e pela força de vontade do marido. "Claire Lenoir" é uma novela sobrenatural. Tullia Fabriana é uma personagem de *Isis*, de Villiers.

15 *Charles Cros*: Poeta excêntrico (1842-88) e pessoa de múltiplos interesses (inventor do gramofone, pioneiro da fotografia em cores e astrônomo). Foi, como Corbière e Villiers, um marginal da literatura, até mesmo para grupos marginais como os simbolistas.

16 *dos dois primeiros Parnasos*: Os poetas parnasianos prezavam a impessoalidade, a perícia e a perfeição formal em oposição à inspiração lírica e à crença no valor social da arte dos românticos. Os *Parnasos* eram antologias de poesia em que figuravam muitos dos maiores poetas do século XIX — Verlaine, Mallarmé, Banville, Leconte de Liste.

17 *O miroir* [...] *nudité*: Oh. espelho/ Água fria enregelada em teu caixilho pelo tédio/ Quantas vezes, e horas a fio, eu, desolada/ Dos sonhos e em busca de minhas lembranças que são/ Como folhas sob o teu aço gélido e profundo,/ Apareci em ti como sombra longínqua!/ Mas, horror! nas noites, em tua fonte severa,/ Conheci do meu sonho esparso a desnudez! (Tradução de José Paulo Paes)

18 *Alors, m'éveillerai-je* [...] *l'ingénuité*: Eu despertaria então para o fervor primeiro,/ Reto e sozinho sob um

jorro antigo de luz,/ Lírio! e um de vós todos pela ingenuidade. (Tradução de José Paulo Paes)

19 *Aloysius Bertrand*: Poeta romântico francês (1807-41), autor de *Gaspard de la nuit* (1842), alucinados poemas em prosa.

20 Livro de Jade: Poema em prosa (1867), de Judith Gautier (1846-1917), filha de Théophile Gautier.

21 *um glossário* [...] *no fundo dos claustros*: Em 1888, os jovens escritores simbolistas e decadentes, sobretudo Paul Adam e Félix Fénéon, elaboraram o *Petit glossaire des auters décadents et symbolistes*. Incluía excertos de Verlaine, Mallarmé e vários escritores menos conhecidos, mas, surpreendentemente, nada do próprio Huysmans.

CAPÍTULO XV

1 *e ele sabia* [...] *ser impunemente destacada do seu conjunto*: Huysmans escreveu *Às avessas* numa época de intenso wagnerismo. Baudelaire e Mallarmé haviam escrito reflexões sobre a música de Wagner e suas implicações para a poesia, e a *Révue Wagnérienne* publicou vários textos inspirados na música de Wagner ou em reação a ela. Huysmans também era colaborador da revista. Cumpre observar que nessa época a música de Wagner era mais ouvida em forma de excertos, em concertos, do que em versões integrais. Nesse sentido, é interessante que Des Esseintes, sempre pronto a extrair, antologizar e descontextualizar, não aprove essas intervenções no caso da música.

2 *de Auber e de Boieldieu, de Adam e de Flotow*: Todos esses compositores representam a tradição da ópera cômica francesa.

3 "*As queixas da donzela*": Poema de Schiller, musicado por Schubert.

CAPÍTULO XVI

1 *Ademais, a nobreza decomposta estava morta* [...] *classes*: Huysmans se refere aqui aos escândalos que precederam a revolução de 1848.
2 *Na biblioteca dominicana* [...] *comerciantes*: O livro de Rouard de Card foi publicado em 1856. Essa preocupação de Des Esseintes retoma o tema explorado no capítulo sobre perfumes produzidos com substâncias reais ou "essenciais" e suas versões falsas, fabricadas industrialmente.

Cronologia

1815 Nascimento de Godfried Huysmans, pai do romancista, na cidade holandesa de Breda. Litógrafo e pintor miniaturista, radica-se em Paris ainda jovem.

1845 JUNHO: Godfried Huysmans pede em casamento Malvina Badin, jovem professora francesa.

1848 5 DE FEVEREIRO: Nascimento de Charles-Marie-Georges Huymans, na rue Suger, nº 11 (atualmente nº 9), 6º Arrondissement.
Ordenação de Joseph Antoine Boullan.

1856 24 DE JUNHO: Morte de Godfried Huysmans.

1857 A mãe casa-se de novo, com M. Jules Og.

1858 MAIO: A mãe e o padrasto compram uma pequena encadernadora de livros na rue de Sèvres, nº 11, no 7º Arrondissement.

1862 Huysmans é matriculado no Lycée Saint-Louis.

1864 Primeiras experiências sexuais, com prostitutas.

1866 7 DE MARÇO: Huysmans é aprovado no exame de *baccalauréat*.

1º DE ABRIL: Seguindo os passos de membros da família de sua mãe, Huysmans entra para o Ministério do Interior como *employé de sixième classe*, com salário de 1500 francos anuais.

OUTONO: Matricula-se na Faculdade de Direito e Letras da Universidade de Paris.

1867 8 DE SETEMBRO: Morte do padrasto.

1868 15 DE AGOSTO: O salário aumenta para 1800 francos anuais.

1870   30 DE JULHO: Mobilizado para o 6º Batalhão da Guarda Móvel durante a Guerra Franco-Prussiana. A disenteria o impede de tomar parte nas ações.
15 DE AGOSTO: O salário aumenta para 2100 francos anuais.
1871   FEVEREIRO: O governo e seu gabinete se transferem para Versalhes.
VERÃO: Huysmans aluga cômodos em Paris.
1872   Primeira versão de suas memórias de guerra, que se tornarão *Sac au dos*.
1873   1º DE FEVEREIRO: O salário aumenta para 2400 francos anuais.
1874   10 DE OUTUBRO: Publicação de *Le drageoir aux épices*, coletânea de poemas em prosa, às expensas do autor.
1876   4 DE MAIO: Sua mãe morre, deixando Huysmans responsável pelas duas meias-irmãs e pela condução da encadernadora. É transferido para a Sûreté Générale em Paris.
12 DE SETEMBRO: Publicação, em Bruxelas, de *Marthe, histoire d'une fille*, conto sobre a vida de uma prostituta num bordel autorizado.
1877   Entra em contato com Zola, Flaubert e Edmond de Goncourt.
1878   1º DE JANEIRO: O salário aumenta para 2700 francos anuais.
1879   26 DE FEVEREIRO: Publicação de *Les soeurs Vatard*, estudo sobre a vida de mulheres que trabalham como encadernadoras. A obra é dedicada a Zola.
17 DE MAIO: Por recomendação de Zola, *Le Voltaire* publica o primeiro artigo de Huysmans sobre o Salon, o principal evento artístico do calendário parisiense.
1880   1º DE JANEIRO: O salário aumenta para 3 mil francos anuais.
ABRIL: *Sac au dos* sai em *Les soirées de Médan*, coletânea de histórias de guerra, juntamente com contos de Zola e Maupassant.
1881   FEVEREIRO: Publicação de *En ménage*, estudo pessimista da vida cotidiana.
22 DE MAIO: Publicação de *Croquis parisiens*.

1882 1º DE JANEIRO: O salário aumenta para 3300 francos anuais.
26 DE JANEIRO: Publicação, em Bruxelas, de *A vau-l'eau*, estudo sobre a vida mesquinha de um pequeno *fonctionnaire*.

1883 MAIO: Publicação de *L'art moderne*, coletânea de ensaios críticos em defesa de pintores progressistas (Odilon Redon, Gustave Moreau, os impressionistas).

1884 1º DE JANEIRO: O salário aumenta para 3600 francos anuais.
MAIO: Publicação, com enorme sucesso, de *À rebours*. Início da amizade com Léon Bloy.

1886 JANEIRO: Só um empréstimo feito pelo poeta François Coppée impede que Huysmans fique insolvente devido a prejuízos sofridos pela encadernadora.

1887 1º DE JANEIRO: O salário aumenta para 4500 francos anuais.
16 DE ABRIL: O salário aumenta para 4800 francos anuais.
26 DE ABRIL: Publicação de *En rade*, mas sem receptividade popular.
31 DE OUTUBRO: Primeira menção a *Là-bas*, em carta a Zola.

1888 PRIMAVERA: *The Universal Review* encomenda uma novela a Huysmans, porém mais tarde recusa *La retraite de M. Bougran*.
VERÃO: Huysmans toma contato com o trabalho dos primitivos durante uma viagem à Alemanha.

1889 21 DE AGOSTO: Funeral de Villiers de l'Isle-Adam. Mallarmé e Huysmans são nomeados seus testamenteiros literários.
SETEMBRO: Huysmans viaja a Tiffauges, reduto de Gilles de Rais. Conhece Berthe de Courrière.
NOVEMBRO: Publicação de *Certains*, segundo volume de ensaios críticos.

1890 5 DE FEVEREIRO: Huysmans escreve uma carta ao ex-Abbé Boullan, apresentando-se.
JULHO: Publicação de *La Bièvre*, evocação do rio e de seus arredores.

SETEMBRO: Huysmans visita Boullan em Lyon. Berthe de Courrière é internada em Bruges.

1891 15 DE FEVEREIRO: L'*Écho de Paris* começa a publicação, em folhetim, de *Là-bas*.

MARÇO: Henriette Maillat tenta chantagear Huysmans por ele ter utilizado em *Là-bas* cartas escritas por ela.

ABRIL: Publicação de *Là-bas* em forma de livro.

28 DE MAIO: Berthe de Courrière apresenta Huysmans ao Abbé Mugnier, que se tornará seu diretor espiritual.

JULHO: Peregrinação a La Salette, seguida de uma visita a Boullan, em Lyon.

25 DE SETEMBRO: Paul Valéry visita Huysmans em seu escritório.

1892 JANEIRO: Huysmans realiza uma sessão espírita em seu apartamento.

1º DE FEVEREIRO: O salário aumenta para 5 mil francos anuais.

JULHO: Primeiro retiro de Huysmans na abadia de Notre-Dame d'Igny.

1893 3 DE JANEIRO: Boullan morre em Lyon.

3 DE SETEMBRO: Huysmans é agraciado com a distinção Chevalier de la Légion d'Honneur.

1894 PRIMAVERA: Huysmans conhece Dom Besse, que procurava desenvolver a pequena comunidade beneditina em Saint Wandrille, na Normandia.

1895 1º DE JANEIRO: O salário aumenta para 6 mil francos anuais.

12 DE FEVEREIRO: Morte de Anna Meunier, sua amante, em Sainte-Anne.

25 DE FEVEREIRO: Publicação de *En route*, que descreve a conversão de Durtal e seu subsequente refúgio em Notre-Dame d'Igny.

1896 OUTUBRO: Estada na abadia beneditina de Solesmes.

1898 JANEIRO: Publicação de *La cathédrale*, terceiro volume do ciclo de Durtal.

16 DE FEVEREIRO: Huysmans se aposenta do funcionalismo público depois de 32 anos de trabalho.

1899 JUNHO: Deixa Paris, para fixar residência na casa que ele fez construir em Ligugé. Publicação de *La magie en Poitou*.

1900 18 DE MARÇO: Huysmans submete-se à cerimônia de recebimento das vestes de noviço oblato.

ABRIL: Primeira reunião da Académie Goncourt, da qual Huysmans era presidente.

1901 JANEIRO: Nova publicação, em edição de luxo, de três estudos de Huysmans sobre os velhos bairros de Paris — *La Bièvre, Les Gobelins, St-Séverin*.

21 DE MARÇO: Huysmans faz os votos finais como oblato.

8 DE JUNHO: Publicação de *Sainte Lydwine de Schiedam*, angustiante história da mártir holandesa.

NOVEMBRO: Publicação de *De tout*, coletânea de artigos.

OUTUBRO: As leis sobre comunidades religiosas obrigam Huysmans a deixar a abadia em Ligugé.

1903 ABRIL: Publicação de *L'oblat*, último volume do ciclo de Durtal, narrando sua estada em Ligugé.

1906 SETEMBRO: Publicação de *Les foules de Lourdes*.

8 DE NOVEMBRO: Percebendo a gravidade de seu estado de saúde, Huysmans faz uma versão preliminar de seu testamento.

1907 JANEIRO: Promovido a Officier de la Légion d'Honneur.

12 DE MAIO: Huysmans morre, meia hora depois da saída de Lucien Descaves, seu testamenteiro literário.

15 DE MAIO: Huysmans é sepultado no jazigo da família, no Cemitério de Montparnasse.

1908 Publicação póstuma de *Trois églises et trois primitifs*.

Leituras complementares

BALDICK, Robert. *The life of J.-K. Huysmans* (Oxford: Oxford University Press, 1955).
BANKS, Brian R. *The image of Huysmans* (Nova York: AMS Press, 1990).
BEAUMONT, Barbara (trad.). *The road from decadence: From Brothel to Cloister. Selected letters of J.-K. Huysmans* (Londres: Athlone, 1989).
BORIE, Jean. *Huysmans: Le diable, le célibataire et Dieu* (Paris: Grasset, 1991).
COGNY, Pierre. *J.-K. Huysmans à la recherche de l'unité* (Paris: Nizet, 1953).
GROJNOWSKI, Daniel. *À rebours de J.-K. Huysmans* (Paris: Gallimard/Foliothèque, 1996).
HUNEKER, James Gibbons. "The pessimist's progress", in *Egoists: A book of supermen* (Nova York: Scribner, 1909).
LLOYD, Christopher. *J.-K. Huysmans and the 'Fin-de-siècle' novel* (Edimburgo: Edinburgh University Press, c. 1990).

LEIA MAIS PENGUIN-COMPANHIA
CLÁSSICOS

Lima Barreto

Triste fim de Policarpo Quaresma

Introdução de
LILIA MORITZ SCHWARCZ
Notas de
LILIA MORITZ SCHWARCZ, LÚCIA GARCIA
E PEDRO GALDINO

Ambientado no final do século XIX, *Triste fim de Policarpo Quaresma* conta a história do major Policarpo Quaresma, nacionalista extremado, cuja visão sublime do Brasil é motivo de desdém e ironia. Interessado em livros de viagem, defensor da língua tupi e seguidor de manuais de agricultura, Policarpo é, sobretudo, um "patriota", quer defender sua nação a todo custo. O patriotismo aferrado leva o protagonista a envolver-se em projetos que constituem as três partes do livro.

Lançado pela primeira vez como folhetim no *Jornal do Comércio, Recordações...* completa, em 2011, cem anos de sua primeira publicação. Esta nova edição traz uma introdução da historiadora Lilia Moritz Schwarcz que, recorrendo ao original manuscrito e às resenhas da edição do autor publicado em 1915, faz uma análise contundente do romance e de seus personagens, desvendando o contexto social e político em que foi escrito por Lima Barreto.

Complementando a fortuna crítica do livro, cerca de trezentas notas elaboradas por Lilia Moritz Schwarcz, Lúcia Garcia e Pedro Galdino recuperam citações, textos, autores e personalidades históricas presentes no romance.

WWW.PENGUINCOMPANHIA.COM.BR

LEIA MAIS PENGUIN-COMPANHIA
CLÁSSICOS

John Reed

Dez dias que abalaram o mundo

Tradução de
BERNARDO AZJENBERG
Introdução de
A. J. P. TAYLOR

Dez dias que abalaram o mundo é não só um testemunho vivo, narrado no calor dos acontecimentos, da Petrogrado nos dias da Revolução Russa de 1917, como também a obra que inaugura a grande reportagem no jornalismo moderno. A Universidade de Nova York elegeu este livro como um dos dez melhores trabalhos jornalísticos do século XX. Reed conviveu e conversou com os grandes líderes Lênin e Trotski, e acompanhou assembleias e manifestações de rua que marcariam a história da humanidade.

"Jack" Reed fixou a imagem do repórter romântico, que corre riscos e defende causas socialmente justas. Cobriu os grandes eventos de sua época — a Revolução Russa, a Revolução Mexicana e a Primeira Guerra Mundial. Suas coberturas serviram de inspiração para dois filmes clássicos dirigidos por Sergei Eisenstein, *Outubro* (1927) e *Viva México!* (1931). Em 1981, Warren Beatty dirigiu o filme *Reds*, no qual interpreta Reed.

Esta edição traz apêndice com notas e textos de panfletos, decretos, ordens e resoluções dos principais personagens e grupos ligados à revolução, além de introdução assinada pelo historiador A. J. P. Taylor.

WWW.PENGUINCOMPANHIA.COM.BR

LEIA MAIS PENGUIN-COMPANHIA
CLÁSSICOS

Nicolau Maquiavel

O príncipe

Tradução de
MAURÍCIO SANTANA DIAS
Prefácio de
FERNANDO HENRIQUE CARDOSO

Àqueles que chegam desavisados ao texto límpido e elegante de Nicolau Maquiavel pode parecer que o autor escreveu, na Florença do século XVI, um manual abstrato para a conduta de um mandatário. Entretanto, esta obra clássica da filosofia moderna, fundadora da ciência política, é fruto da época em que foi concebida. Em 1513, depois da dissolução do governo republicano de Florença e do retorno da família Médici ao poder, Maquiavel é preso, acusado de conspiração. Perdoado pelo papa Leão X, ele se exila e passa a escrever suas grandes obras. *O príncipe*, publicado postumamente, em 1532, é uma esplêndida meditação sobre a conduta do governante e sobre o funcionamento do Estado, produzida num momento da história ocidental em que o direito ao poder já não depende apenas da hereditariedade e dos laços de sangue.

Mais que um tratado sobre as condições concretas do jogo político, *O príncipe* é um estudo sobre as oportunidades oferecidas pela fortuna, sobre as virtudes e os vícios intrínsecos ao comportamento dos governantes, com sugestões sobre moralidade, ética e organização urbana que, apesar da inspiração histórica, permanecem espantosamente atuais.

WWW.PENGUINCOMPANHIA.COM.BR

1ª EDIÇÃO [2011] 2 reimpressões

Esta obra foi composta em Sabon por Alice Viggiani
e impressa em ofsete pela Geográfica sobre papel Pólen da
Suzano S.A. para a Editora Schwarcz em maio de 2024

A marca FSC® é a garantia de que a madeira utilizada na fabricação do papel deste livro provém de florestas que foram gerenciadas de maneira ambientalmente correta, socialmente justa e economicamente viável, além de outras fontes de origem controlada.